Sztuka dla sztuki

Seria z wachlarzem

Katie Fforde

Sztuka dla sztuki

przełożyła
Monika Wyrwas-Wiśniewska

Warszwskie Wydawnictwo Literackie
MUZA SA

Tytuł oryginału: *Artistic Licence*
Projekt okładki: *Maryna Wiśniewska*
Redakcja: *Stanisława Staszkiel*
Redakcja techniczna: *Zbigniew Katafiasz*
Korekta: *Anna Sidorek*

ISBN 83-7319-618-8

Warszawskie Wydawnictwo Literackie
MUZA SA
Warszawa 2005

Dla Lyn Cluer-Coleman
i jej wspaniałej Stroud House Gallery

Rozdział pierwszy

Thea stała w koszu na śmieci i próbowała ubić nogami jego zawartość na tyle, by dało się założyć wieko. Właśnie miażdżyła obcasem pudełko od pizzy, kiedy usłyszała dobiegającą z hallu rozmowę.

– Pójdziemy do kuchni, tylko nie zwracaj uwagi na bałagan. Tam zawsze jest jak w chlewie.

W chwilę później w drzwiach stanęła Petal, jej najmłodsza i najbardziej uciążliwa lokatorka, a za nią mężczyzna, którego Thea widziała pierwszy raz w życiu.

– Cześć, Thea. Co robisz? – Dziewczyna była zaciekawiona, ale nie na tyle, żeby poczekać na odpowiedź. – To jest mój wujek Ben. O rany, telefon!

Kiedy Petal zaczęła szukać w torbie swej „przystawki mózgowej", Thea próbowała wyjść z kosza, starając się przy tym nie przewrócić. Wprawdzie nie ma nic wstydliwego w ubijaniu opakowań po pizzy, płatkach śniadaniowych i chipsach – zmniejsza się w ten sposób objętość śmieci i chroni środowisko – ale wolałaby jednak robić to bez świadków. Petal znalazła wreszcie komórkę, chwyciła ją niczym wygłodniała mewa resztki hamburgera i rozmawiając, wyszła z kuchni.

Thea usiłowała utrzymać równowagę w rozchwianym koszu. Jedna noga, przebiwszy wierzchnią warstwę kartonu, utknęła w śmieciach. Próbując ją uwolnić, Thea zahaczyła obcasem o uchwyt kartonu po piwie i poczuła, że traci równowagę. Przez chwilę widziała już siebie rozciągniętą na podłodze wśród skorupek jajek, skórek od banana i fusów kawy. Gwałtownie wyciągnęła rękę, chcąc się czegoś złapać, ale ściana była zbyt daleko.

Nieznajomy przeszedł szybko przez kuchnię i chwycił ją za rękę, pomagając złapać równowagę.

Może gdyby nie była w tak fatalnym humorze, dostrzegłaby zabawną stronę tej sytuacji i uśmiała się z nim razem. Ale kiedy pomagał jej wyjść z kosza, zaczerwieniła się tylko ze złości i nie miała najmniejszej ochoty sprawdzić, czy się z niej śmieje.

– Dziękuję bardzo – wymamrotała do kosza na śmieci, wciskając na powrót wieko. – Ależ ze mnie idiotka!

Niejednokrotnie już Petal udało się sprawić, że Thea czuła się jak najgorsza karykatura właścicielki nadmorskiego pensjonatu. Dlatego miała wielką ochotę powiedzieć temu „wujowi", że cała sytuacja powstała z winy jego siostrzenicy, która zapomniała odkupić worki na śmieci, a zużyła już cały ich zapas. Ale w końcu machnęła na to ręką. Wystarczy, że się przy nim ośmieszyła, nie musi się jeszcze prezentować jako osoba małostkowa.

– Nie ma za co. Każdemu może się coś takiego zdarzyć – powiedział.

Każdemu, kto jest na tyle głupi, żeby włazić do kosza na śmieci, pomyślała. Ale nie powiedziała tego na głos. Chcąc odwrócić jego uwagę od torebki herbaty, która przyczepiła się do jej buta, wskazała głową w kierunku Petal.

– Ta dziewczyna przepali w końcu telefon. Mam nadzieję, że mózg jej się nie zagotuje.

– Już się dawno zagotował – stwierdził wuj Petal, przyglądając się Thei i kuchni w skupieniu.

Thea usiłowała odzyskać swój zwykły dobry humor, ale nie było to łatwe. Ten wysoki, ciemnowłosy mężczyzna o głęboko osadzonych oczach był niezwykle poważny i bardzo łatwo można było wziąć jego zachowanie za dezaprobatę. Chciała mu powiedzieć, żeby zaczekał na swoją siostrzenicę w hallu, ale niestety cierpiała na chroniczną gościnność i po prostu nie była w stanie nie zaproponować czegoś do jedzenia lub picia nawet najbardziej niemile widzianym gościom.

– Może kawy albo herbaty?

Przesunęła czajnik na rozgrzaną płytkę kuchenki. Marzyła o herbacie, ale nie wyobrażała sobie, że może ją wypić, nie częstując gościa.

– Chyba nie będzie na to czasu, mam tylko zabrać jakieś rzeczy Petal.

– Czy to znaczy, że Petal zabiera w końcu swoje dzieło do domu?

Była to tak dobra wiadomość, że Thea poczuła nagle życzliwość do całego świata. Uśmiechnęła się na samą myśl o tym, że już wkrótce będzie się mogła dostać na strych, do sypialni i do łazienki, nie potykając po drodze o części smoka, księżniczki czy zamku, wykonane z *papier mâché* i przykryte workami na śmieci.

– Niech pan wypije herbatę, to potrwa wieki.

I przynajmniej nie będziemy musieli rozmawiać, dodała w myślach.

Być może jej obecna radość zbyt mocno kontrastowała z gburowatością, jaką okazała, kiedy pomagał jej wyjść z kosza na śmieci, ponieważ zmarszczył brwi.

– Nie mogę tu siedzieć zbyt długo. Wieczorem muszę być w domu.

– Jak pan uważa, ale jeśli ja się czegoś nie napiję, język na stałe przyschnie mi do podniebienia.

– W takim razie poproszę – powiedział, nieco zaskoczony.

Jej euforia nieco przygasła. Wuj Ben najwidoczniej nie miał talentów towarzyskich. Mógłby przynajmniej mówić o pogodzie.

– Ma pan daleko?

– Jak już przewiozę rzeczy Petal, muszę wracać do Londynu.

O tej porze dnia zajmie mu to przynajmniej trzy godziny. Znalazła niewyszczerbiony kubek i włożyła do niego torebkę z herbatą.

W tym momencie zadzwonił telefon. To była jej stara przyjaciółka, która zwykle gadała przez co najmniej pół godziny, a i to tylko wtedy, jeśli się bardzo spieszyła. Thea porozmawiała z nią kilka minut, a następnie wykonała manewr wymijający. Zapaliła świecę, trzymaną przy telefonie specjalnie na takie okazje, i zbliżyła do czujki alarmowej. Alarm rozdzwonił się posłusznie.

– Kochanie, muszę kończyć – krzyknęła do słuchawki. – Coś się pali! Przepraszam – powiedziała do wuja Petal, który patrzył na nią nieco zaszokowany. – To jedyny sposób na nią, chociaż boję się, że kiedyś za karę wybuchnie tu prawdziwy pożar. A teraz herbata.

– Naprawdę nie mam czasu, powinienem jeszcze wpaść do Molly, to znaczy do ciotki Petal.

– Pan nie musi pić herbaty, ale ja o niej marzę.

Mężczyzna westchnął.

– Ja też.

Napełniając kubki wrzątkiem, spojrzała na niego przez ramię.

– Mówi pan o Molly Pickford? Znam ją. To ona poleciła mi Petal. – westchnęła, zastanawiając się, jakim cudem dała się tak wmanewrować. Czyżby dlatego, że nie potrafiła Molly odmówić?, obawiała się, że właśnie dlatego. Molly zapewniała, że jej córka chrzestna i siostrzenica jest cicha, solidna i wypłacalna. Choć to ostatnie było prawdą, zapomniała wspomnieć, że Petal jest również wyjątkowo męcząca. Nawet gdyby brała od niej dwa razy więcej, niż od innych lokatorów i tak by się nie opłacało. – Mleka? Cukru? – Podała gościowi kubek. – Jest pan krewnym Molly? Petal nazwała pana wujkiem, ale nie zawsze oznacza to faktyczne pokrewieństwo.

Powinna była już dawno przezwyciężyć skrępowanie wynikające z przyłapania jej w tak niezręcznej sytuacji. Jednakże gość nadal rozglądał się po kuchni jak postać z filmu science fiction badająca obcą planetę, poczuła się zatem zmuszona odwrócić jego uwagę za pomocą pytań dotyczących spraw, które wcale jej nie interesowały.

– Jesteśmy kuzynami któregoś stopnia. Musi pani zapytać Molly, którego. Ona uwielbia takie szczegóły.

Thea poczuła do niego odrobinę sympatii. Zdjęła z krzesła plik papierów i poprosiła, żeby usiadł.

– Przepraszam, nie zapamiętałam pańskiego nazwiska.

– Pewnie dlatego, że Petal go nie wymieniła. Nazywam się Jonson. Bez „h" w środku. Ben Jonson.

– Jak ten poeta?

– Tak.

Lekkie zaskoczenie, z jakim przyjął fakt, że słyszała o jednym z najsłynniejszych szesnastowiecznych poetów, na powrót ją rozzłościło.

– Bardzo lubię jego wiersze, szczególnie ten o synu. – Przygryzła wargę. – Nazwał go najlepszym kawałkiem swojej poezji...

W jego spojrzeniu wyczytała, że chyba nawet ma ją za coś w rodzaju człowieka, chociaż nie do końca.

– Fragmentem. Najlepszym fragmentem swojej poezji.

Theę natychmiast opuściły wszelkie sentymenty i poczuła powracającą irytację.

– Wiedziałam, że jakoś tak. Proszę usiąść. Petal z pewnością zajmie to parę godzin. Mam nadzieję, że nie będzie panu przeszkadzać, jeśli się zabiorę do gotowania? W chwili szaleństwa zgodziłam się przygotowywać moim lokatorom wieczorny posiłek.

– Codziennie?

– Poza piątkami i sobotami, wtedy zwykle wychodzą albo jadą do rodziny. Ale zawsze robię dużą kolację w niedzielę wieczór. – Była właśnie niedziela, stąd przez cały dzień próbowała z doskoku przygotować sos do lazanii. W myślach pogoniła Petal, bo jeszcze chwila, a poczuje się zmuszona zaprosić jej wuja na kolację. A choć lazanię da się pewnie nieco rozciągnąć, to sałatki i chleba na pewno nie. – Proszę usiąść, wprowadza pan tu bałagan.

Nie wiedziała, czy zauważył jej żart; była prawie pewna, że nie ma poczucia humoru, ale nie chciała tego sprawdzać.

Petal wróciła do kuchni z komórką przy uchu.

– Muszę kończyć, narka, laleczko. – Prawie dokładnie w chwili, kiedy się rozłączyła, zadzwonił domowy telefon. – Och! – stwierdziła bezceremonialnie – to na pewno do mnie.

Thea wypiła łyk herbaty, żałując, że to nie czerwone wino. Teraz, kiedy Ben usiadł, nie mogła się dostać do lodówki.

– Czy mógłby mi pan podać butelkę mleka? I ser? Lodówka jest zaraz za panem. – Widział już jej kuchnię, więc wnętrze lodówki nie powinno go zgorszyć, choć Thea nie pozwalała tam zaglądać osobom bardzo nerwowym. – Ten półtłusty, jest na drzwiach.

Podał jej oba produkty.

Petal nadal rozmawiała przez telefon. Już niedługo reszta lokatorów zacznie wracać z weekendu i gotowanie w zatłoczonej kuchni stanie się jeszcze trudniejsze.

– Mogłaby się wreszcie rozłączyć – powiedzieli równocześnie Ben i Thea. Popatrzyli na siebie zaskoczeni i Ben się uśmiechnął.

Zmieniło go to jakoś, ale w tym właśnie momencie Petal odłożyła słuchawkę i Thea odwróciła się do niej, zanim zdążyła zrozumieć, na czym polegała ta zmiana. Kiedy spojrzała na niego ponownie, uśmiech już zniknął.

– A tak przy okazji: wybiera się tu ciocia Molly – oznajmiła Petal.

– O Boże! – wykrzyknęła Thea i dopiero po chwili uświadomiła sobie, że to musiało dla krewnych Molly zabrzmieć wyjątkowo nieuprzejmie. Wlała mleko do garnka. – To znaczy jestem teraz okropnie zajęta. Nie wiesz po co?

– Jakaś wycieczka edukacyjna. W środę.

– Cóż, w środę mam wolne, więc pewnie będę mogła pojechać. Zadzwonię do niej później i oszczędzę jej chodzenia – a raczej sobie konieczności uprzątnięcia kuchni, pomyślała. Choć Ben Jonson rozglądał się z dezaprobatą, przynajmniej zachowywał swoje uwagi dla siebie. Molly natomiast miałaby wiele do powiedzenia na temat utrzymywanych przez Theę standardów porządku i higieny.

Petal zmarszczyła brwi.

– Mogę się mylić, ale na pewno mówiła coś o Francji.

– O Francji? – Mieszając energicznie sos, Thea zastanawiała się, czy nie jest go przypadkiem za mało, i prawie nie słuchała Petal.

– Tak. Ciocia Molly chce chyba, żebyś pojechała z nią do Francji. W środę.

Thea odłożyła trzepaczkę na blat, robiąc przy okazji plamę z sera.

– Petal, skup się! Co dokładnie powiedziała Molly? Nie myśli chyba, że pojadę z nią w środę do Francji?

– Ależ tak! Jej koleżanka złamała nogę albo biodro, albo coś tam, więc szuka teraz kogoś, kto by z nią pojechał. Powiedziałam jej, że pewnie się zgodzisz. – Petal, znudzona tematem, który nie dotyczył jej osobiście, zwróciła się teraz do wuja: – Och, dobrze, że dostałeś herbaty, wujku! Wieki miną, nim odszukam te rzeczy na strychu, tyle tam gratów. – Popatrzyła na stół i blaty zastawione naczyniami oraz na tonący w papierach kredens i stwierdziła: – W tym domu zawsze jest taki bałagan!

– W twoim też by był, gdybyś miała lokatorów niepotrafiących nawet wstawić kubka do zmywarki, że już nie wspomnę o umyciu go – warknęła Thea. – I mam nadzieję, że zabierzesz wszystko z podestu. Rzeczy na strychu przynajmniej nie rzucają się w oczy.

Petal, tylko przez chwilę zawstydzona, zaczęła się bronić:

– Sorry, Thea, ale nie dość na nas naciskasz. Jeśli nie zrzędzi się ludziom nad głową, to nie sprzątają. Gdybym to ja wynajmowała pokoje, ludzie nie zostawialiby wszędzie swoich rzeczy! – Tu sztywno wymaszerowała z kuchni, pozostawiając Theę w bezsilnej wściekłości.

– Zatem Petal doprowadza panią do szału? – spytał Ben.

– Aż tak to widać? Tylko czasami. – Spróbowała sosu i sięgnęła po tarkę. – Lubię ją, naprawdę. Jest bardzo efektowna i zabawna i fajnie pójść z nią czasem na zakupy.

Doskonale zdawała sobie sprawę, że gdyby okazała nieco więcej stanowczości, lokatorzy nie zachowywaliby się w taki sposób. Ale wynajmowała pokoje od niedawna i jeszcze nie zdążyła się nauczyć, jak tworzyć zasady postępowania i egzekwować ich przestrzeganie.

– Czy byłby pan tak słodki i starł mi trochę sera? – spytała i z trudem stłumiła chichot, uświadomiwszy sobie, jak niestosownie zabrzmiała ta czuła prośba.

Uniósł brwi.

– Skoro prosi pani tak ładnie, nie mogę odmówić. – Wziął ser i tarkę i zabrał się do roboty.

– Ciekawe, o co może chodzić Molly? Nie oczekuje chyba, że pojadę z nią w środę do Francji. Nawet ona... – przerwała, uświadomiwszy sobie, że właśnie zamierzała skrytykować przy nim jego daleką krewną.

– Czy to aż tak niedorzeczne? – zapytał, nie wyrażając jednak w żaden sposób swego stosunku do Molly.

– Nie, nie. Chodziło mi o to, że Molly jest zwykle świetnie zorganizowana. Mam tylko nadzieję, że nie przyjdzie akurat w czasie kolacji.

Było to bardzo prawdopodobne. Molly, która szykowała kolację tylko dla męża, mogła spokojnie przygotować ją, podać i nawet posprzątać po niej jeszcze przed dziewiątą. U Thei natomiast, gdzie czas kolacji wyznaczali z reguły niepunktualni lokatorzy, stan taki rzadko bywał osiągany o tej porze.

Petal wróciła w momencie, gdy Thea wkładała gotową potrawę do piekarnika. Dźwigała ogromną ilość plastikowych toreb.

– Naprawdę powinnaś posprzątać na strychu. Nie do wiary, ile tam jest kartonowych pudeł – stwierdziła. – Co ty w nich trzymasz?

Pudła pełne były starannie skatalogowanych i poukładanych fotografii i negatywów, które Thea robiła od czasów studenckich aż do momentu porzucenia zawodu fotografa, ale nie zamierzała wyjaśniać tego Petal.

– Strych zapewne wygląda dużo porządniej, skoro zabrałaś stamtąd swoje rzeczy – powiedziała, próbując w myślach zlokalizować korkociąg.

Za chwilę Petal i jej wuj pójdą sobie, a ona będzie mogła otworzyć butelkę czerwonego wina, którą ukryła za wybielaczem w szafce pod zlewem – jedynym miejscu, gdzie nigdy nie zaglądali lokatorzy. Nie zamierzała częstować nim Molly. Molly wyznawała zasadę, że życie

14

jest zbyt krótkie, aby pić tanie czerwone wino. Thea natomiast uważała, że jest zdecydowanie zbyt długie, by tego nie robić.

Petal, niepomna jadu w głosie Thei, rozejrzała się niespokojnie po kuchni.

– Nie uważasz, że mogłabyś trochę posprzątać przed przyjściem cioci Molly?

Przez chwilę Thea gotowa była popełnić morderstwo, ale po namyśle zrezygnowała z tego zamiaru. Bałagan tylko by się zwiększył.

– Jestem w trakcie przygotowywania kolacji, Petal. Rozumiem, że nie będziesz z nami jadła?

– Nie, nie. Nie powiedziałam ci? Sorry.

W tym momencie ktoś zadzwonił do drzwi.

– Otwórz, dobrze? – poprosiła Thea.

– Ale to pewnie ciocia Molly do ciebie. – Petal była zaskoczona, że Thea śmie prosić ją o coś takiego. – Jestem teraz zajęta.

– Ja również – stwierdziła Thea, wycierając ścierką kuchenne blaty.

– Ja otworzę – zaoferował się Ben.

Było to bardzo uprzejme z jego strony. A byłoby jeszcze bardziej, gdyby zajął Molly długą rozmową w hallu na górze, co dałoby Thei trochę czasu na sprzątanie.

Molly, którą Thea poznała od razu pierwszego dnia w Cheltenham, była bardzo daleko spokrewniona z jej matką. Pokrewieństwo było naprawdę odległe, ale Molly, która potrafiła być bardzo miła, natychmiast zaprosiła Theę na kawę. Thea, uradowana możliwością uwolnienia się od ekipy przeprowadzkowej, przyszła w starych dżinsach i podartej koszulce, Molly zaś, jak zwykle nieskazitelnie ubrana i uczesana, podała nie kawę, a sherry. Następnie uznała nieporządny strój Thei za „artystyczny" i wzięła ją pod swoje skrzydła. W ciągu tych dwóch i pół roku, odkąd Thea mieszkała w Cheltenham, spędziły razem wiele czasu. A dziś, pełna życzliwości, Molly weszła do kuchni dobre pięć minut po dzwonku do drzwi.

Wielkie dzięki, wuju Benie, pomyślała Thea.

– Kochanie – Molly była czuła, ale i pełna werwy – mam nadzieję, że nie przeszkadzam ci za bardzo, ale musiałam powiedzieć ci o tym osobiście.

– Powiedzieć mi o czym? – spytała Thea, kiedy już się ucałowały.

– O wyjeździe. – Molly przysunęła sobie krzesło, popatrzyła na nie podejrzliwie, po czym usiadła. – Do Aix. W Prowansji. Powinno tam być pięknie o tej porze roku. Petal przekazała ci wiadomość?

– Mówiła coś, że jedziesz w środę do Francji.

– Kochanie, Prowansja jest we Francji. Oczywiście wiesz o tym, prawda? Ale nie jadę sama, ty jedziesz ze mną.

Thea, która zdążyła już wyczyścić więcej blatów niż zwykle przez tydzień, odwróciła się zaskoczona.

– Co?

– Thea, skup się, proszę. Powiedziałam, że chcę, abyś pojechała ze mną do Prowansji. W środę.

– W tę środę?

– Tak. Miałam jechać z koleżanką z kursów garncarstwa, ale złamała nogę. Jeśli pojadę sama, będę musiała dopłacić do jedno-osobowego pokoju. Daj spokój – dodała zachęcająco, zupełnie jak-by Thea odmawiała kąpieli w morzu z powodu zbyt zimnej wody. – To tylko sześć dni.

– Weź Dereka.

– Derek nienawidzi sztuki i oglądania widoków. To taki filister.

– Ależ to strasznie mało czasu, Molly!

– Och, wiem, że to dość nagłe, ale pomyśl tylko, jak będzie bosko! Początek kwietnia to moja ulubiona pora na pobyt w Prowansji, nie będzie jeszcze żadnych turystów. – Molly ewidentnie nie uważała siebie za turystkę.

– Przede wszystkim mnie na to nie stać. – Thea nie miała co do tego pewności, ale wydawało się jej, że Molly jest okropnie bogata i zapewne zarezerwowała bardzo drogą wycieczkę. – I do-prawdy…

– Och Thea, przestań, bądź raz choć odrobinę spontaniczna. I nie martw się o pieniądze, Derek zapłaci. To był jego pomysł, żeby cię zaprosić. Powiedział, że na pewno należą ci się wakacje za to, że tyle czasu opiekowałaś się Petal.

Thea podziękowała w myślach Derekowi – widocznie dobrze wiedział, że jego siostrzenica to nie tylko sama słodycz.

– Ale, Molly, na pewno taniej będzie dopłacić do jedynki.

– Och, wiem. Ale chodzi mi też o towarzystwo. Nigdy nie wiadomo, kto będzie na takiej wycieczce. Chcę jechać z kimś, kogo znam. Z kimś, z kim będę mogła porozmawiać.

Osobiście Thea wolałaby pojechać na wakacje z kimś, kogo lubi, a choć lubiła Molly, nawet najlepsza przyjaźń mogła się rozpaść w takich okolicznościach. A wcale nie była pewna, czy tę przyjaźń faktycznie można określić mianem „najlepszej".

Postanowiła w tej sytuacji narazić się na utratę dobrej opinii w oczach Molly i otworzyć ukryte pod zlewem wino. A ponieważ była pewna, że Petal zabrała jedyny porządny korkociąg w tym domu, zmuszona była otworzyć butelkę takim, który kaleczył palce.

– To szalenie wspaniałomyślne z twojej strony, Molly, kochanie, jednak nie mogę się zgodzić. Proszę, spróbuj. To tylko wino z promocji, ale całkiem niezłe, jeśli je trochę ogrzać.

– Z promocji? – Molly popatrzyła na swój kieliszek, jakby zawierał wyjątkowo niesmaczne lekarstwo.

– No wiesz, z tych co to „kup jedną butelkę, a drugą dostaniesz gratis".

Dla Molly, członkini klubu znawców wina, taka opinia była z pewnością bulwersująca, ale powstrzymała się od komentarzy.

– Oczywiście, że możesz jechać do Francji – powiedziała stanowczo. Uniosła kieliszek do ust, zawahała się i odstawiła go, nie próbując wina. – Dereka naprawdę na to stać i ma rację, że potrzebujesz odpoczynku – spojrzała na sufit. Odgłosy na górze wskazywały, że dzieła Petal zbliżają się już do drzwi frontowych. – Będziesz mogła wyjechać tak nagle?

Perspektywa zamiany użerania się z lokatorami i nudnej pracy na pół etatu na wiosnę w Prowansji, nagle wydała się Thei bardzo atrakcyjna. A Molly, choć zachowywała się władczo i apodyktycznie, potrafiła być całkiem zabawna.

Wypiła duży łyk wina i stwierdziła, że przyjaciółka ma rację: nie było dobre. Wino w Prowansji z pewnością jest lepsze. Przysunęła sobie krzesło i wrzuciła ścierkę do zlewu.

– Nie ma teraz zbyt dużego ruchu, a poza tym nie należy mi się płatny urlop. Nie sądzę, żeby były problemy.

– Świetnie! Będą ci potrzebne wygodne buty, parasol, kapelusz od słońca...

W tej właśnie chwili Petal otworzyła drzwi do kuchni i krzyknęła:

– Ben dziękuje za herbatę i przeprasza, że nie może się pożegnać, ale pakuje samochód. A do ciebie, ciociu, zadzwoni, bo teraz nie ma czasu cię odwiedzić. Pa! – drzwi zamknęły się, a następnie otworzyły ponownie. – A przy okazji, Thea, w suszarce jest parę moich rzeczy. Bądź aniołem i powieś je, dobrze?

Przyjąwszy za pewnik, że Thea będzie aniołem, Petal znikła.

Thea popatrzyła na Molly.

– Kapelusz od słońca? – Zimny, wiosenny deszcz uderzał w okna, a suszarka była pełna ubrań Petal. – Bardzo chętnie pojadę z tobą, Molly.

Thea pracowała na pół etatu u fotografa na głównej ulicy miasta, ale praca ta nie dawała jej szans na jakąkolwiek zawodową satysfakcję. Wysyłanie do laboratorium zdjęć z wakacji i wydawanie ich dwadzieścia cztery godziny później nie było zajęciem zbyt interesującym. To, że popełniła błąd, zrozumiała już w momencie, gdy po raz pierwszy przygotowała dla wszystkich kawę. Pracowała wcześniej jako fotograf i taki wybór wydawał jej się naturalny, ale szybko doszła do wniosku, że sprzedawanie tanich importowanych ubrań podstarzałym hippisom byłoby dużo zabawniejsze.

Lecz choć często czytała ogłoszenia na drzwiach sklepów i śledziła rubrykę „Dam pracę" w miejscowej gazecie, nie mogła się zebrać, by poszukać czegoś bardziej interesującego. Wynikało to zapewne z apatii, która nią ostatnio zawładnęła: nie była szczęśliwa, prowadząc takie życie, ale brakowało jej też energii, żeby je zmienić. Miała nadzieję, że być może ta wycieczka do Francji da jej konieczny impuls do działania.

Byłoby przesadą twierdzić, że równocześnie z „miłością życia" opuściła Theę i „chęć życia", ale naprawdę sądziła, że mężczyzna, o którym mowa, stanie się jej partnerem – a może nawet mężem.

Właśnie wyrabiała sobie nazwisko jako fotoreporter i to, co się stało, było wyjątkowo bolesne i poniżające. Najgorsze zaś, że sama była wszystkiemu winna. Tak przynajmniej twierdziły jej przyjaciółki fotoreporterki.

Zmusiły ją do opowiedzenia całej historii już w trzy dni po tym, kiedy pewnego wieczoru zjawiła się u jednej z nich, pytając, czy może zostać na noc. Po trzech dniach obserwowania, jak ubrana w piżamę Thea ogląda w telewizji Channel 5, pani domu, która zapewne chciała odzyskać kanapę, zadzwoniła po posiłki. Przyjaciółki poleciły Thei ubrać się, a następnie zaciągnęły ją do miejscowego pubu, gdzie została doprowadzona do porządku za pomocą licznych *marqueritas*.

Kiedy wyjaśniła, że zerwała z Conradem, co już i tak podejrzewały, skupiły się na przyczynach tego zerwania. I stwierdziły, że jak na profesjonalną, bezwzględną i nowoczesną kobietę wykazała się naiwnością amatorki.

– No wiem – przyznała, kończąc drinka. – Jest mi tak głupio, że chciałabym się ze wstydu zapaść pod ziemię.

– Przeżyjesz – pocieszyła ją Zelda, modelka, która doszła do wniosku, że praca po drugiej stronie aparatu fotograficznego jest bardziej interesująca. – Ile od nich dostałaś pieniędzy?

Thea wymieniła sumę, choć wszystkie już ją znały.

– Nie chciałam ich przyjąć, ale Anna nalegała. Powiedziała, że dałam jej dużo więcej, niż można kupić za pieniądze, i że wspaniałomyślność polega nie tylko na dawaniu, ale i na przyjmowaniu. Myślę, że to urocze z jej strony.

Wyraz twarzy przyjaciółek powiedział Thei, że uznały to raczej za wywołujące mdłości, ale taktownie powstrzymały się od komentarzy.

– Co teraz? Możesz robić, co zechcesz, skoro pozbyłaś się tego drania – stwierdziła jedna z nich.

– Powinnaś kupić sobie luksusowy sprzęt, taki, którym zarobisz prawdziwe pieniądze. – Elizabeth była nastawiona na robienie kariery i zawsze wydawała się Thei, łagodnie mówiąc, męcząca.

– Tak naprawdę – odparła Thea, szykując się już do obrony przed frontalnym atakiem ze strony przyjaciółek – to chcę kupić duży dom w Cheltenham i wynajmować pokoje studentom.

Rozdział drugi

Przyjaciółki były zbyt zaszokowane, żeby ją atakować.

– Dlaczego w Cheltenham? – spytała Elizabeth, na wypadek, gdyby istniały jakieś ukryte powody tej decyzji.

– Ponieważ nikogo tam nie znam i mogę zacząć wszystko od początku. Robić coś zupełnie innego. Zarabiać na życie bez pośpiechu i taszczenia ze sobą pół tony sprzętu. Dużo myślałam przez ostatnie parę dni i już podjęłam decyzję.

– Ale to takie podniecające nie wiedzieć, gdzie się danego dnia będzie pracowało – stwierdziła Magenta. – A poza tym sprzęt robią teraz coraz lżejszy.

– Ale jak dla mnie nie dość szybko.

– Przecież możesz pracować w studio?

– To prawda – zgodziła się Thea. – Może za jakiś czas o tym pomyślę, ale teraz chcę się ukryć i wylizać rany.

– Muszą być rzeczywiście głębokie, skoro chcesz się ukryć na prowincji. – Zelda wzruszyła ramionami. – Byłaś tam kiedyś?

Thea skinęła głową.

– Kiedyś robiłam w tym mieście zdjęcia na Festiwalu Literatury. Mają całą ulicę sklepów z kariatydami. Naprawdę mi się tam podobało. Poza tym tak, jestem mocno zraniona. Nie sądzę, żeby Conrad kiedykolwiek mnie kochał.

– Bardzo się pokłóciliście?

– Raczej nie. Po prostu nie byłam w stanie mu wytłumaczyć, co zrobił nie tak. Nie było sensu się kłócić. Nie kłócisz się z ludźmi,

21

na których ci nie zależy. A jemu nigdy na mnie nie zależało i nagle mnie również przestało zależeć na nim. I w ogóle zniechęcił mnie do mężczyzn.

– W Cheltenham nie ma mężczyzn? – zdziwiła się Elizabeth.

– Tak sądzę. Między innymi dlatego je wybrałam.

Wszystkie się roześmiały, ale przez cały wieczór nie zdołały przekonać jej do zmiany decyzji i w końcu uznały, że jest stanowczo zbyt naiwna jak na fotoreporterkę.

– Zawsze możesz do nas przyjechać, jak już zdecydujesz się wrócić do świata – powiedziała Magenta.

– A wy możecie przyjechać do mnie, żeby od niego uciec.

– To byłoby wspaniale, kochanie – odparła Magenta bez przekonania.

Przez jakiś czas Thea cieszyła się ze zmiany w swoim życiu. Pracowała bardzo ciężko przy szykowaniu domu, zawierała znajomości i dawała wszystkim do zrozumienia, że niepotrzebny jej żaden facet. Ale teraz, po prawie dwóch latach od przyjazdu do Cheltenham, dom był już urządzony i pełen lokatorów. A lokatorzy doprowadzali ją do szału.

W zasadzie lubiła młodzież. Była mało wymagająca, nie miała nic przeciwko rozwieszaniu cudzego prania czy zdejmowaniu go, jeśli padało. I przecież tylko prawdziwa jędza nie przeprasowałaby czegoś, kiedy ktoś był „bardzo, ale to bardzo spóźniony", a koniecznie musiał iść w białej bluzce, szczególnie jeśli wychodził „w sprawie pracy". Ale miała tylko trzydzieści pięć lat i stała się zastępczą matką dla ludzi zbyt dorosłych jak na jej dzieci. Ci ludzie zaś, często pierwszy raz w życiu poza domem, byli zachwyceni taką miłą, uczynną osobą, która słuchała cierpliwie opowieści o ich problemach i przyszywała guziki w razie konieczności. A jeśli czasami suszyła im głowę o brudne naczynia porozstawiane po całym domu, po prostu ją ignorowali. Przynajmniej nie przesłuchiwała ich na temat tego, z kim wychodzą.

Thea czuła, że zmiana z fotoreporterki z perspektywami w matkę nastoletnich dzieci nastąpiła zdecydowanie zbyt szybko. Gdzieś pomiędzy powinna była przeżyć jakieś życie. Jednakże ta konstatacja przyszła zbyt późno: kiedy przyjechała tu z Londynu, nieszczęśliwa i wyczerpana emocjonalnie, „życie" było ostatnią rzeczą, na jaką miałaby ochotę. Wtedy chciała rutyny, porządku, porannych przebudzeń bez konieczności zastanawiania się, w jakim mieście znajduje się jej pokój hotelowy. I nie chciała już dłużej spędzać wieczorów na odrzucaniu zalotów ze strony fotografów, którzy, zużywszy zawartość minibarków, chcieli zrobić też użytek z podwójnego łóżka.

Nie zamierzała zupełnie odcinać się od mężczyzn – przynajmniej nie na zawsze. Wiedziała doskonale, że chociaż Conrad okazał się dupkiem, istniało wielu mężczyzn prawych i godnych zaufania. Od wyjazdu z Londynu spotkała się nawet z takimi parę razy. Szkoda tylko, że te podstawowe zalety zawsze szły w parze z nudziarstwem i zamiłowaniem do średniowiecznej muzyki klasycznej.

Ku konsternacji Petal niedawno zerwała z takim właśnie facetem. Petal była tym faktem wręcz przerażona.

– Jezu, Thea, wiem, że on nie należał do zbyt interesujących, ale przynajmniej b y ł! Nie powinnaś zrywać z chłopakiem – to jest z facetem – dopóki nie znajdziesz sobie drugiego. Bo możesz zostać całkiem sama i nie mieć z kim chodzić na randki! Bardzo ci smutno?

Thea z trudem powstrzymała się, by nie wybuchnąć śmiechem.

– Myślałam, że rozegrałam to jak bohaterka *Seksu w wielkim mieście*.

Był to jeden z ulubionych seriali Petal.

– Thea! Ty nie jesteś taka jak te kobiety! Nie mogłabyś pieprzyć się z kim popadnie, tak jak one!

To stwierdzenie przyniosło Thei pewną ulgę. Choć wiedziała dobrze, że nie mogłaby się pieprzyć z kim popadnie, przerażenie Petal wskazywało być może, że ona również by nie mogła. Zdaniem Molly powinna kontrolować Petal pod tym względem, ale czuła, że zupełnie się do tego nie nadaje.

– Po prostu nie byłam w stanie znieść jeszcze jednego koncertu muzyki średniowiecznej w lodowato zimnym kościele – wyjaśniła.

– To trzeba mu było powiedzieć, że nie chcesz iść! Nie musisz zaraz zrywać z facetem tylko dlatego, że nie podzielasz jego gustów muzycznych. Zabierz go na coś, co lubisz!

Thea była pewna, że Petal zdołałaby każdego wielbiciela muzyki dawnej nawrócić na techno lub drum'n'bass, ale nie sądziła, że sama posiada podobne talenty. Choć z drugiej strony, jeśli chodzi o stawianie na swoim, Petal mogłaby się wiele nauczyć od Molly.

Derek, mąż Molly, nie tylko dobrze przez nią wyszkolony, ale mający również w perspektywie cały tydzień wolności, chętnie zgodził się zawieźć je na lotnisko Gatwick. Molly miała ze sobą elegancką walizkę na kółkach oraz, jako bagaż podręczny, kasetkę na kosmetyki od kompletu. Thea wzięła dużą, zniszczoną torbę podróżną pożyczoną od Jerry'ego, jednego z jej lokatorów, oraz pokaźnych rozmiarów bawełnianą torebkę w kwiaty, w której zmieścić się mogło mnóstwo rzeczy. Molly pakowała się według listy i zabrała stroje na każdy dzień i każdy wieczór, a także wiele par butów. Thea wepchnęła do torby wszystkie swoje granatowe ciuchy w nadziei, że nawet jeśli nie będą do siebie idealnie pasować, to przynajmniej się ze sobą zleją. A na wieczór wzięła parę nieco mniej zniszczonych butów niż adidasy, które miała teraz na nogach.

Derek i Molly przyjechali po nią punktualnie o ósmej rano. Molly, starannie umalowana i wyglądająca naprawdę świetnie, popatrzyła na Theę i zacisnęła usta.

– Och! – jęknęła. – Adidasy.

– Mówiłaś, że będą mi potrzebne wygodne buty – przypomniała jej Thea.

– Wiem, ale myślałam raczej o… Zresztą to nieważne. Masz płaszcz od deszczu i parasolkę?

– Mam kurtkę z kapturem – odparła Thea stanowczo. – Nie lubię parasolek.

Nie miała też ubezpieczenia bagażu i kosztów leczenia, ale wiedziała, że nie należy o tym mówić Molly, bo mogłaby dostać ataku.

– Rób, jak uważasz. Gdzie masz torebkę?

– Tutaj.

Molly była przerażona.

– Nie mogłabym wyjść wieczorem z torebką tych rozmiarów.

Thea wzruszyła ramionami, mając nadzieję, że nie zapomniała o niczym naprawdę ważnym, na przykład o porządnych spodniach.

– No dobrze. Ale wiesz, że co wieczór będziemy jadać w restauracji?

– Poradzę sobie.

Zamknęła frontowe drzwi, rozważając, czy wakacje z Molly nie okażą się przypadkiem okropną pomyłką. Już teraz zachowanie przyjaciółki zaczęło ją poważnie niepokoić.

– Plakietki przypniemy sobie dopiero w hali odlotów – zdecydowała Molly zaraz po tym, jak Thea uparła się, żeby Derek, zamiast szukać miejsca na parkingu i pomagać im przy odprawie, wysadził je przed wejściem na lotnisko. – Nie chcemy przecież, żeby ludzie nas zbyt wcześnie rozpoznali. Dostałaś plakietkę identyfikacyjną, prawda? Obiecali, że ci ją przyślą.

– O tak – odparła Thea. – Tyle że gdzieś ją zgubiłam. Ale to nieważne, stanę po prostu obok ciebie.

Molly popatrzyła na Theę surowo.

– Doprawdy, powinnaś... – ale nim Thea zdążyła zaprotestować, Molly uświadomiła sobie, że dała jej tylko dwa dni na przygotowanie się do podróży. – Jasne, miałaś strasznie mało czasu na przygotowania i bardzo się cieszę, że zgodziłaś się pojechać...

Thea uśmiechnęła się.

– A ja się bardzo cieszę, że mnie zaprosiłaś. Lata całe nie byłam za granicą.

– O mój Boże. A sprawdziłaś, czy masz ważny paszport?

– Muszę powiedzieć – zaczęła z ulgą Thea, kiedy już okazało się, że jej paszport jest w najlepszym porządku i że naniesiono wszystkie konieczne zmiany na jej bilecie – że czekam z utęsknieniem na ten moment, kiedy wreszcie nie będę musiała myśleć, tylko chodzić za przewodnikiem jak owca. Ostatnie dni były takie nerwowe. Odpocznę, jak mi będą mówić, co mam robić.

Molly, która nigdy nie zachowywała się jak owca i niezbyt dobrze się czuła wtedy, kiedy ktoś jej mówił, co ma robić, spędziła wspaniałe dwa tygodnie na pakowaniu się i różnych zabiegach upiększających. Miała też świadomość, że po prostu nie byłaby w stanie przygotować się do wyjazdu w tak krótkim czasie jak Thea.

– To musiało być dla ciebie okropne. Ale nie martw się. Pewnie będę ci mogła pożyczyć wszystko, czego zapomniałaś wziąć.

– Dziękuję – odparła Thea ciepło, wiedząc już na pewno, że zapomniała pasty do zębów, a niewykluczone, że jeszcze kilku innych rzeczy.

– Napijemy się kawy teraz, czy jak już kupimy perfumy? – spytała Molly.

– Muszę sobie kupić jakąś książkę…

– Nie, nie ma sensu. Na takiej wycieczce nigdy nie ma czasu na lekturę, będziesz zbyt zajęta.

– Jeździłaś już na takie wycieczki?

– Tak, a nasz przewodnik to naprawdę miły człowiek. Można by nawet powiedzieć, że jestem prawdziwą fanką Geralda. – Molly zachichotała niepokojąco.

Thea przez chwilę miała ochotę udać nagły i niespodziewany atak jakiejś choroby i wrócić do domu, ale uznała to wyjście za tchórzliwe i prymitywne. Poza tym Molly odkryłaby wtedy, że nie jest ubezpieczona.

– No, skoro te wycieczki podobały ci się na tyle, żeby jechać na kolejne, ja też na pewno będę się świetnie bawić – próbowała przekonać sama siebie. – A jaki jest ten człowiek, który wygłosi odczyt o Cézannie?

– Nie mam pojęcia. Nigdy o nim nie słyszałam. Nie sądzę, żeby był stałym współpracownikiem Tiger Tours – fakt ten zdecydowanie obniżał jego ocenę w oczach Molly – ale przypuszczam, że będzie na poziomie. Bardzo uważnie zatrudniają ludzi. A teraz chodź, muszę sobie kupić jakiś krem pod oczy. – Przyjrzała się Thei uważnie. – Ty też powinnaś. Nie należy z tym czekać, aż pojawią się zmarszczki, wiesz.

Thea, dla której zakupy w strefie bezcłowej oznaczały wyłącznie spryskanie się dużą ilością próbek perfum, uśmiechnęła się do niej.

– Pójdę tylko do kiosku i zaraz do ciebie dołączę.

Molly przypięła charakterystyczną, pasiastą plakietkę Tiger Tours dopiero przy odbiorze bagażu na lotnisku w Marsylii. Thea zauważyła, że takie plakietki mają przyczepione kobiety w określonym wieku i typie. Wkrótce zaczęła się czuć w tej grupie jak dziecko. Nawet Molly, choć skończyła już pięćdziesiąt lat, była młodsza od większości uczestniczek wycieczki. Pojawiło się również kilku mężczyzn z plakietkami i ludzie zaczęli się do siebie niepewnie uśmiechać.

– Teraz rozumiesz, dlaczego chciałam, żebyś ze mną pojechała – sceniczny szept Molly był doskonale słyszalny nawet dla najdalej stojących. – Większość jest w wieku geriatrycznym. Mogła mi się dostać za towarzyszkę jakaś nietrzymająca moczu staruszka w pieluchach.

Thea miała nadzieję, że wszystkie obecne tu staruszki są głuche jak pień. Pomyślała, że każdy, kto miał dość odwagi, żeby się wybrać na zagraniczną wycieczkę, musi mieć w sobie coś interesującego. Uśmiechnęła się do kilku osób, aby w ten sposób odciąć się od nieprzyjemnej uwagi Molly.

– Witam moją grupę – powiedział wysoki, ciemnowłosy mężczyzna tuż po pięćdziesiątce. – Zbierzcie się tutaj, podam wam kilka ważnych informacji. Widzę trochę znajomych twarzy, co mnie bardzo cieszy. Pomożecie mi utrzymać dyscyplinę wśród nowicjuszy.

Thea spojrzała na Molly i zobaczyła, że jej przyjaciółka lekko się uśmiecha. Uśmiechy gościły też na innych twarzach – wszyscy ewidentnie byli fanami Geralda. Cóż, skoro potrafił okiełznać Molly, musi mieć mnóstwo zalet, bo na przykład biedny Derek jest zupełnie pod jej pantoflem.

– A pani dlaczego nie ma plakietki, młoda damo? – spytał Theę Gerald, uśmiechając się lizusowsko.

– Bo zgubiłam – odparła nieco wyzywająco. Jeśli Gerald stanowił dla Molly ideał mężczyzny, to nigdy nie będą sobie odbijać facetów.

– W porządku, Gerald, ona jest ze mną – odezwała się Molly. – Pamiętasz mnie? Arles w zeszłym roku? Molly Pickford.

– Molly! Cudownie mieć cię znowu na pokładzie! I przywiozłaś ze sobą kumpelkę! Świetnie. A teraz uwaga – toalety są na lewo, a tu po prawej stronie macie wózki na bagaże.

Thea zauważyła, że większość uczestników rozważa, co jest dla nich w tej chwili ważniejsze, i zaproponowała:

– Może pójdę po parę wózków i przyprowadzę je tutaj? Inaczej zaraz znikną.

– Świetny pomysł. Będę tu czekał, póki się wszyscy na powrót nie zbierzemy. A potem pójdziemy do autokaru.

Zaczęły się wakacje. Thea rozmyślała, czy nie lepiej było wyrwać się na kilka dni do jakiegoś taniego kurortu, ale uświadomiła sobie szybko, że gdyby Molly nie wyciągnęła jej na tę wycieczkę, sama nigdy nie zdobyłaby się na wyjazd. Pocieszyła się myślą, że jeśli Molly zacznie ją doprowadzać do szału, zawsze będzie się mogła przyczepić do jakiejś miłej staruszki – a było spośród kogo wybierać.

Leżąc na łóżku i obserwując, jak Molly się rozpakowuje, uświadomiła sobie, że nie dzieliła pokoju z żadną kobietą od czasu wycieczek szkolnych, kiedy wszyscy po prostu podróżowali z plecakami. Dla Molly rozpakowywanie się było sztuką samą w sobie.

– Tylko tuzin wieszaków. Nie sądzę, żebyś zabrała jakieś ze sobą?

– Istotnie – stwierdziła Thea. – Ale dwanaście wieszaków to chyba dość, prawda? Wypada jeden dziennie.

Molly westchnęła.

– Może powinnam była jednak załatwić nam oddzielne pokoje. Nigdy nie zdołam tu rozwiesić swoich rzeczy.

– Nie ma sprawy, nikt... – chciała powiedzieć, że nikt poniżej pięćdziesiątki nigdy się naprawdę nie rozpakowuje, ale uświadomiła sobie, że nie będzie to miła uwaga. – Po prostu rzucę swoje rzeczy na krzesło.

– Ale będzie nam potrzebne, żeby się umalować.

– A nie możemy malować się w łazience? Na stojąco?

– Może ty. Ja potrzebuję krzesła, powiększającego lusterka, dobrego oświetlenia i dobre pół godziny. Nie jestem taka młoda jak ty.

Rozwiesiwszy swoje rzeczy na wszystkich dwunastu wieszakach i schowawszy do szuflad podróżne żelazko, suszarkę i termoloki, Molly zaczęła rozpakowywać kosmetyki. Ustawiła je na stole, przesunąwszy go wcześniej pod okno. W wyniku tej akcji Thea została pozbawiona nocnej szafki i po wszystko musiała wstawać z łóżka, ale skoro poddała się w sprawie wieszaków, była już na straconej pozycji. Poza tym fascynowała ją ilość markowych kremów i fluidów, jakie przywiozła ze sobą przyjaciółka. Jak na swój wiek Molly wyglądała doskonale, i jeśli zawdzięczała to tym butelkom i słoiczkom, to być może Thea powinna zmodyfikować nieco swoje zabiegi upiększające.

W końcu Molly skończyła. Jej ubrania elegancko prezentowały się w szafie. Jej bielizna leżała poukładana w szufladach komody. Jej olejek do kąpieli, żel pod prysznic, szampon, odżywka i lakier do włosów stały na półce w łazience. Paczki płatków kosmetycznych i wacików wisiały na wszystkich dostępnych haczykach, a specjalna lniana ściereczka do twarzy zajmowała jedyny uchwyt na ręczniki.

– Kochanie, a gdzie ty schowasz swoje rzeczy? Czy to wszystko, co zabrałaś? Serce, wiem, że jesteś ode mnie dużo młodsza, ale chyba słoik kremu to trochę za mało? A gdzie żel do mycia twarzy i tonik?

Thea, dla której wielkim zaskoczeniem było odkrycie, jak wiele rzeczy potrzeba, żeby Molly wyglądała jak Molly, doszła do wniosku, że równie dobrze może powiedzieć prawdę

– Raczej nie stosuję żelu i toniku. Po prostu nakładam krem, ścieram go papierem toaletowym i nakładam jeszcze raz.

Molly była przerażona.

– Nie mogę uwierzyć, że w dzisiejszych czasach ktoś może nie używać takich podstawowych rzeczy. – Popatrzyła uważnie na Theę. – Widzisz, na razie wszystko jest w porządku, ale potem odbije się to na tobie okropnie. Musisz dbać o siebie, Thea, kochanie, bo...

Nim Molly zdołała dokończyć myśl, która na pewno sprowadzałaby się do stwierdzenia „bo nigdy nie znajdziesz sobie faceta", Thea wpadła jej w słowo:

– Mam nawilżający dezodorant. Dzięki niemu moje pachy są łatwe do wygolenia.

Molly z oburzeniem wydęła usta.

Thea już w pierwszej chwili ich znajomości wyczuła w Molly urodzoną swatkę, dlatego opowiedziała jej bardzo obrazowo i dramatycznie o swoim zerwaniu z Conradem. Miała poważne podejrzenia, które nie rozwiały się do tej pory, że gdyby tego nie zrobiła, Molly spod ziemi wyciągałaby samotnych mężczyzn tak długo, aż zanudzona na śmierć Thea wstąpiłaby do klasztoru.

Spojrzała na zegarek.

– Mamy trzy kwadranse do zbiórki przed obiadem.

– Naprawdę? O Boże! Czy mogę się pierwsza wykąpać? Co na siebie włożysz?

Thea nie miała zbyt wielkiego wyboru.

– Chyba coś granatowego.

Kiedy zeszły na dół, Gerald niecierpliwie krążył po hotelowym foyer, czekając na ostatnich członków swego stadka. Chciał jak najszybciej zaprowadzić grupę na posiłek.

– Molly jak zwykle spóźniona! A myślałem, że już w zeszłym roku nauczyłem cię punktualności.

– To moja wina... – zaczęła Thea, gotowa poświęcić prawdę w obronie przyjaciółki. Zauważyła jednak, że Molly rozpromienia się pod surowymi napomnieniami Geralda, i doszła do wniosku, że ona to lubi. Poza tym i tak nikt by nie uwierzył, że przygotowania Thei trwały dłużej niż dziesięć minut, skoro nadal miała wilgotne włosy, a jej granatowa spódnica była w widoczny sposób wygnieciona.

– Och, Gerald, jesteś okropny! – stwierdziła Molly. – Doprawdy nie wiem, dlaczego z tobą jeżdżę.

Kiedy szli wąską uliczką do restauracji, Thea rozważała, czy Molly chciałaby, żeby Derek zachowywał się równie władczo jak Gerald, i doszła do wniosku, że nie. Co innego dać sobą komenderować przez pięć dni na wakacjach, a co innego spędzić całe życie z kimś, kogo nie jest się w stanie kontrolować.

– Uważam, że wanna jest okropnie mała, szczególnie dla jednej osoby – oświadczyła kobieta, która przyjechała z mężem, więc miała przewagę nad innymi.

– A co dopiero dla dwojga? – mruknęła do siebie Thea.

Kolejny głos, z akcentem z okolic Londynu, dobiegł do Thei poprzez brzęk naczyń.

– Szukałam i szukałam, ale chociaż mieli ogromny wybór, nie było kartek „dla mojej sprzątaczki", więc musiałam jej wysłać taką z kwiatami.

Thea poczuła się wręcz zahipnotyzowana i początkowo nie usłyszała uprzejmego pytania swojej sąsiadki:

– Czy to pani pierwsza wycieczka z Tiger Tours?

Starsza pani z całą pewnością przekroczyła siedemdziesiąt pięć lat, ale było w niej coś wesołego.

– Tak – odpowiedziała za Theę Molly. – Przyjechała ze mną.

– Rozumiem – stwierdziła staruszka, mierząc Molly wzrokiem. – Miło mieć młodszą towarzyszkę, kiedy się człowiek starzeje.

Molly otworzyła już usta w proteście, ale starsza pani dodała:

– Tylko żartowałam, kochanie – i mrugnęła szelmowsko do Thei.

– Proszę państwa – zawołał Gerald siedzący u szczytu stołu. – Starzy wyjadacze znają reguły obowiązujące w Tiger Tours. Zaczynając od lewej, przedstawiamy się swoim sąsiadom, a oni przedstawiają nas swoim sąsiadom z lewej i tak dalej, aż poznamy wszyscy swoje imiona.

– Nie znoszę tego – mruknęła starsza pani. – Nazywam się Doris, kochanie. Podaj mi swoje imię, ale nie przedstawiaj mi nikogo innego, bo i tak nie zapamiętam.

– Nie uprzedzałaś mnie, że tu będą zabawy towarzyskie – wyrzucała Thea Molly, kiedy rytuał już się zakończył. – Za nic bym nie pojechała!

– Nonsens – odparła Molly – to tylko małe ćwiczenie, które ma pomóc nam się poznać. Och, wspaniale, to jest prawdziwe wino.

Pod koniec wieczoru Thea czuła się okropnie zmęczona, ale jej nastawienie zmieniło się na bardziej optymistyczne. Nie wszyscy uczestnicy wycieczki byli starzy, a ci, którzy istotnie byli, nadrabiali to zainteresowaniem innymi ludźmi i generalnie życiem. Ziewała szeroko, kiedy wracali do hotelu, nie włączyła się do rozmowy i zasnęła, nim Molly zakończyła swoje wieczorne zabiegi kosmetyczne.

Mniej więcej godzinę później obudziła się. Molly chrapała głośno i nieregularnie. Thea zakopała się w pościeli, rozważając, czy zdoła na powrót zasnąć. Jutro spróbuje kupić zatyczki do uszu, ale jak to zrobi prawie nie mówiąc po francusku, nie miała pojęcia. Nie byłoby fair w stosunku do Molly prosić o pomoc Geralda, skoro wiedział, że mieszkają w jednym pokoju, a Molly była w nim tak zadurzona.

Aix-en-Provence urzekło Theę. Było to czarujące miasteczko rozsądnej wielkości, pełne fontann, starych domów i uroczych kawiarenek. Wielka szkoda, że tak mało spała w nocy, ponieważ w autokarze chwilami przysypiała. Kiedy Molly przyłapywała Theę na zamykaniu oczu, trącała ją łokciem w żebra i kazała podziwiać widoki. Rzecz nie w tym, że Thea nie chciała oglądać Le Mont Saint Victoire – bardzo jej się ta góra podobała i doskonale potrafiła zrozumieć ewidentną obsesję Cézanne'a na jej punkcie – ale w tym, że była zmęczona.

Czwartego dnia wycieczka zebrała się w pięknej sali jednego z *hôtels*, w którym mieścił się teraz uniwersytet. Portrety notabli miasta Aix patrzyły z dezaprobatą na plastikowe składane krzesełka rozstawione dla studentów. Członkowie wycieczki Tiger Tours wyciągnęli długopisy i notatniki. Nadszedł czas odczytu o Cézannie.

Thea siedziała z tyłu, daleko od Molly, wśród starszych uczestników wycieczki, którzy mieli tendencje do przysypiania i z pewnością nie krytykowaliby jej za to samo. Na dzisiejsze popołudnie przypadał „czas wolny" i wiedziała doskonale, że Molly będzie chciała iść na zakupy. A w takim wypadku nie byłby to prawdziwy czas wolny dla żadnej z nich: Molly wydałaby fortunę, a Thea by się tylko męczyła.

Wszedł prelegent. Z początku Thea sądziła, że to ktoś wezwany na przykład do przestawienia krzeseł, gdyż był zdecydowanie zbyt młody, żeby mieć cokolwiek wspólnego z Tiger Tours. Był młodszy nawet od Thei, wysoki, ciemny i po prostu rozkoszny. Usiadła prosto i postanowiła jednak nie przysypiać – nie tylko zabytki odznaczały się urodą, cieszył się nią również ten dobrze zbudowany młodzieniec o niebieskich oczach i podkręconych rzęsach. Był, jakby to powiedziała Petal, fajowy.

Thea przez chwilę słuchała go z uwagą, ale wkrótce doszła do wniosku, że uroda nie uczyniła z niego dobrego mówcy. Mówił cicho i niewyraźnie, zachowywał kamienny wyraz twarzy i, odwrotnie niż Gerald, nie przelewał na słuchaczy swojej werwy i entuzjazmu. Jego

33

głos, na ile mogła go usłyszeć, miał w sobie przyjemnie usypiający, irlandzki zaśpiew. Przysnęła.

Po jakichś dziesięciu minutach ocknęła się i postanowiła, że nie pójdzie na zakupy z Molly, tylko na lunch. Lubiła zakupy jak każda kobieta, ale nie z kimś, kto był posiadaczem złotej karty kredytowej i mógł nagle odczuć gwałtowną potrzebę kupienia sobie pięćdziesiątej torebki. Poza tym ostatnio niewiele spała i brakowało jej niezbędnej do takiej wyprawy energii.

Przez resztę odczytu próbowała wymyślić wymówkę dla Molly. Stwierdzenie: „Chcę wrócić do pokoju i poczytać Prousta" na pewno odebrałoby Molly mowę na dobre dziesięć sekund. Tylko czy tyle czasu wystarczyłoby Thei na wymknięcie się do jakiejś kawiarni? Zapewne tak, ale potem musiałaby kupić coś Prousta i wyjaśnić, skąd to nagłe zamiłowanie do lektury. Mogła też, oczywiście, przyznać, że jest zmęczona, ponieważ źle spała, i marzy tylko, by posiedzieć na słońcu, ale nie byłoby to grzeczne. Poza tym Molly zapewne nie uwierzyłaby, że chrapie. Wprawdzie nie sypiała z Derekiem w jednej sypialni, ale Thea miała wrażenie, że wynikało to raczej z jego przypadłości, nie jej.

Pod koniec odczytu nadal nie miała wiarygodnego wykrętu dla Molly, która zbliżała się już, idąc wzdłuż rzędu krzeseł.

– Nie będziemy jadły lunchu, tylko potem napijemy się kawy…

Dopiero po chwili do Thei dotarło, że Molly mówi nie do niej, tylko do osoby siedzącej za nią. Joan była to dość miła kobieta z okolic Londynu zbliżona wiekiem i stanem konta do Molly. Ewidentnie potrzebowała towarzystwa na zakupach.

– Słyszałaś, Thea? Mówiłam właśnie, że nie będziemy jadły lunchu, tylko napijemy się później kawy.

– Molly, a czy bardzo byś się gniewała, gdybym z wami nie poszła? Chciałabym zrobić kilka zdjęć, no i muszę napisać kartki do znajomych.

Molly przyjęła to prawie bez protestów.

– Jesteś pewna? Dobrze. Będziemy się świetnie bawić z Joan.

Machając Molly na pożegnanie, Thea miała ochotę podskakiwać z radości. Nareszcie była sama. Towarzystwo Molly przez dwadzieścia cztery godziny na dobę sprawiało, że zaczęła tęsknić za samotnością.

Znalazła czarujące miejsce z maleńką fontanną i kawiarnią ze stolikami na zewnątrz. Opadła na krzesło, zamówiła piwo i sałatkę nicejską i wyciągnęła z torby książkę.

– Mogę się przysiąść? Nie mówię po francusku, a tak mi się chce pić, że mój żołądek pewnie się już zastanawia, czy przypadkiem nie poderżnięto mi gardła.

Thea podniosła głowę i zobaczyła pięknego, acz nudnego prelegenta. Z bliska nie wydawał się taki nudny, więc uśmiechnęła się miło.

– Potrafi pan chyba zamówić piwo. Ja też kiepsko mówię po francusku.

Usiadł przy jej stoliku.

– Mógłbym, a nawet pewnie udałoby mi się zamówić i koniak, ale mam też ochotę coś zjeść, a nie chciałbym przez pomyłkę dostać sałaty z flakami. Co to jest? – popatrzył podejrzliwie na sałatkę Thei, którą właśnie przyniósł kelner. – Czy pani wie, że tu dodają do sałatki ptasie żołądki?

– *Anchois*. To sałatka nicejska. Niech ją pan sobie zamówi, jest przepyszna.

– *Pour moi aussi* – powiedział do kelnera, wskazując na talerz i szklankę Thei. – *S'il vous plaît*.

– Widzi pan, radzi pan sobie całkiem nieźle. – Thea zaczynała się dobrze bawić. Miło było jeść lunch na słońcu w towarzystwie atrakcyjnego mężczyzny. Mogła trafić gorzej.

– Wiem, ale kiedy zobaczyłem panią tutaj, pomyślałem sobie: Po co omijać atrakcyjną kobietę i jeść w samotności, skoro mam pretekst do rozmowy? – Wyciągnął do niej rękę. – Jestem Rory Devlin.

Thea podała mu swoją, mając nadzieję, że jej rumieniec przypisze słońcu Prowansji.

– Thea Orville.

– A co taka ładna młoda kobieta robi na wycieczce Tiger Tours?

– Nasiąka kulturą i słucha, jak przystojni młodzi mężczyźni opowiadają jej o Cézannie.

– Byłem fatalny, prawda? Zdążyłem zapomnieć o Cézannie więcej, niż większość ludzi kiedykolwiek o nim wiedziała. Nie potrafię o nim interesująco opowiadać.

– To, co większość twoich słuchaczy wie o Cézannie, dałoby się zapisać na odwrocie znaczka pocztowego.

Uśmiechnął się do niej ponuro.

– Jesteś kobietą bez serca, że mówisz mi takie rzeczy. Jeszcze jedno piwo?

– No nie wiem…

Chciała właśnie powiedzieć, że piwo, słońce i lunch to niebezpieczne połączenie, ale jej przerwał.

– Tylko mi nie mów, że jak wypijesz jeszcze jedno piwo, będziesz musiała szukać łazienki. I tak ten cały Gerald ma na tym punkcie obsesję i o niczym innym nie mówi.

– Większość grupy podziela tę obsesję. – Uśmiechnęła się do niego. – Z zasady podróżuję z ludźmi, którzy potrzebują łazienki nieco częściej niż ja.

– Zatem dobrze trafiłaś, wybierając Tiger Tours. Co jeszcze masz z nimi wspólnego?

– Przyjechałam z Molly, tą wysoką, przystojną kobietą.

– Aha.

– Wszyscy są bardzo mili. Ludzie staroświeccy albo apodyktyczni nie jeżdżą na takie wycieczki.

– Tu bym się nie zgodził. W zeszłym tygodniu miałem odczyt dla grupy z innego biura. Była tam tak apodyktyczna kobieta, że inni uczestnicy próbowali przekupić kierowcę autokaru, żeby ją gdzieś zostawił.

– Zatem często wygłaszasz odczyty? – Była zaskoczona, zważywszy, jak fatalnie mu to wychodziło.

Pokręcił głową.

– Zwracają mi wydatki i nawet trochę płacą, a ja mogę malować.

– Jesteś artystą?

– Tak. A ty co robisz?

Najwidoczniej nie chciał rozmawiać o swoim zajęciu. Na nieszczęście ona również nie chciała rozmawiać ani o wynajmowaniu pokoi, ani o fotografii.

– Dobrą stroną takiej wycieczki jest to, że nikt cię nie pyta, co robisz, ponieważ wszyscy są już na emeryturze.

– Dajesz mi odprawę?

– Wcale nie. Nie chcę cię po prostu zanudzić.

– Jestem pewien, że tobie by się to nie udało. W przeciwieństwie do mnie. Widziałem, jak przysypiałaś na moim odczycie.

Thea roześmiała się.

– Jestem okropnie niewyspana. Molly chrapie jak wieloryb.

– A ja jestem beznadziejnym prelegentem – ale nie będziemy do tego wracać. Jako malarz jestem dużo lepszy.

– Miło mi to słyszeć.

Zmarszczył brwi.

– Za tę niemiłą uwagę musisz mi powiedzieć, czym się zajmujesz.

– Dobrze, ale masz już lunch.

– *Deux bières, garçon, s'il vous plaît*. – Wziął sztućce. – Zatem?

Thea oparła się o poręcz krzesła.

– Mam dom pełen studentów i na pół etatu pracuję jako pomoc u fotografa.

– Nie wyglądasz na właścicielkę pokoi do wynajęcia.

– A jaka powinnam być? Taka jak Nora Batty? Mam może zakładać ręce na piersi i kazać wszystkim wychodzić przed dziewiątą i nie wracać wcześniej niż na herbatę z herbatnikami?

– Nie złość się. Wiesz dobrze, o co mi chodzi. Jesteś za młoda na wynajmowanie pokoi i pracę na pół etatu.

– Nikt tak naprawdę nie pasuje do stereotypu, a ja lubię młodych ludzi.

– A pół etatu u fotografa? Masz tutaj aparat. Powinnaś sama robić zdjęcia, a nie wywoływać cudze.

Popatrzyła na swoją Leicę M4. Odkupiła ją od poprzedniego właściciela za tysiąc pięćset funtów i kochała z całego serca.

– To prawda.

– Wykręcasz się.

– Czemu nie? Nie opowiadam o sobie obcym.

– Opowiem ci o sobie, jeśli ty też to zrobisz.

Uśmiechnął się do niej w taki sposób, że poczuła, jak z ociąganiem budzi się jej libido. Niemal zapomniała, że istnieje, tyle czasu minęło, odkąd ostatni raz pozwoliła sobie na tego typu odczucia.

– Dobrze – powiedziała w końcu. – Ty pierwszy. Ale jeśli historia nie będzie ciekawa, uprzedzam, że się zerwę.

Znowu zmarszczył brwi.

– Zerwiesz się?

– Ucieknę, pójdę sobie do domu. Czyli w moim przypadku do hotelu.

– Przejęłaś pewnie to okropne wyrażenie od któregoś ze swoich studentów.

– Tak jest. A teraz słucham.

Rozdział trzeci

Rory uparł się zamówić koniak dla nich obojga. Dopiero kiedy go podano i kiedy się napił, rozpoczął swoją historię.

– W szkole plastycznej byłem uznany za cudowne dziecko. Poszedłem do niej wcześnie, nauczyłem się rysować i początkowo trzymałem się odgórnych wytycznych. W tych czasach wszystko co figuratywne uważano za kicz, tylko prace abstrakcyjne albo konceptualne uchodziły za coś warte. Wiesz, o czym mówię?

– W końcu pojechałam na wycieczkę edukacyjną do Aix. Słyszałam też o Tracy Emin.

– Przepraszam. Zapomniałem. Tam, skąd pochodzę, ludzie uważają, że nieposłane łóżko to po prostu nieposłane łóżko.

– Mów dalej.

– No więc tworzyłem konceptualne instalacje, pojemniki na śmieci z zabitymi na drogach zwierzętami, ogromne akwarium z amputowanymi kończynami zawieszonymi w galaretowatej masie. Malowałem również abstrakcje, wielkie wirujące jaja z gówna, które miały wyrażać mój gniew albo żal. I pisałem komentarze wyjaśniające, dlaczego robię rzeczy, które wywołują mdłości. Natomiast na wystawę dyplomową przygotowałem coś we własnym stylu. Obrazy i rysunki, na których dawało się rozpoznać, co przedstawiają. Myślałem wtedy, że mnie ukamienują, ale nie, to się stało dopiero później.

Napił się brandy. Thea wyczuła, że nadal bolą go sprawy, o których zamierzał jej teraz powiedzieć.

– Moja wystawa dyplomowa okazała się ogromnym sukcesem. Zostałem okrzyknięty przyszłą sławą, poznałem też piękną kobietę, która przedstawiła mnie właścicielowi galerii na Cork Street. Wszystko jak w bajce.

Popatrzył jej w oczy. Tak, miała rację. Nadal go to bolało.

– Mów dalej – powtórzyła miękko, zbyt zaciekawiona, by mu oszczędzić tej przykrości.

– Żeby nie rozwlekać tej przygnębiającej historii, powiem tylko, że zaproponowano mi wystawę, którą tak rozreklamowano, jak tylko można sobie wymarzyć – nawet za bardzo, jak dla mnie – a ja ją przewaliłem. Byłem kompletnie zalany, nim się w ogóle zaczęła, i nie przestałem pić, póki nie padłem. A rano okazało się, że obraziłem wszystkich ważnych krytyków i obrzygałem autora rubryki towarzyskiej.

– O Boże!

– Właśnie. No i ci dranie krytycy totalnie zjechali moje prace, stwierdzili, że nigdy do niczego nie dojdę i skończę na malowaniu widoczków na pocztówkach.

Thea skrzywiła się.

– I co wtedy zrobiłeś?

– Ulotniłem się. Trochę podróżowałem, a potem osiadłem w Irlandii. Teraz zarabiam na życie malowaniem psów i koni. Czasami dzieci. Najbardziej lubię psy. Ale nie wygłupiam się z pocztówkami.

Ostatnie słowa wypowiedział z taką goryczą, że niemal poczuła jego ból. Położyła rękę na jego dłoni; żadne słowa pociechy nic by tu nie pomogły.

– Nie miałbym do nich pretensji, gdyby napisali, że jestem pijanym nierobem, bo to przynajmniej by była prawda. Ale moje prace dość im się podobały, nim się upiłem. A przecież się nie zmieniły dlatego, że wypiłem trochę za dużo – no, o wiele za dużo. Dobra. A teraz twoja kolej.

Zaśmiała się cicho.

– Niestety, moja historia też nie ma szczęśliwego zakończenia.

– Chryste! Chcesz się jeszcze napić?

Pokręciła przecząco głową

– Nie, aż tak źle nie jest, chociaż to też niezbyt zabawna opowieść. Byłam fotografem, właśnie wyrabiałam sobie nazwisko i zaczynałam dostawać na tyle przyzwoite pieniądze, żeby spłacać hipotekę i zatrudnić księgowego.

– Co fotografowałaś?

– Byłam fotoreporterem. Robiłam zdjęcia sławnym ludziom, czasami jeździłam za granicę. Właśnie do czegoś dochodziłam, kiedy... kiedy to się stało.

– Czyli co?

Głęboko wciągnęła powietrze w płuca. Naprawdę nie lubiła opowiadać tej historii, czuła się wtedy taka głupia.

– Miałam chłopaka, dziennikarza, którego poznałam w Afryce. Myślałam, że to bohater, który ryzykuje życie, żeby potem opowiadać światu o biednych i prześladowanych, i myślałam, że... no, wiesz. Miałam już nawet sprzedać mieszkanie i przeprowadzić się do niego, ale...

– Ale? Zdradził cię?

– Tak, choć nie z kobietą.

– O mój Boże! Z mężczyzną!

Choć te wspomnienia nadal bolały, Thea roześmiała się.

– Mężczyźni zawsze kojarzą zdradę wyłącznie z seksem.

Przyjął jej przyganę z filuternym błyskiem w oku.

– No to jak?

– Ukradł mi pewne zdjęcie, a potem próbował je sprzedać i wykorzystać bez mojej zgody.

– I to już zaraz koniec świata?

– Tak. To była... bardzo delikatna sprawa. Pozwolono mi zrobić to zdjęcie tylko dlatego, że klienci mi zaufali. Nie było przeznaczone do publikacji.

– A on ci nie oddał forsy?

– No wiesz?! Naprawdę nie obchodzi cię nic prócz seksu i pieniędzy?

41

– Przepraszam. Zatem cię nie okradł i nie zwiał z inną kobietą?

– W ogóle nie bierzesz serio tego, co mówię! A to jest cholerna historia mojego życia, moja obrzydliwa przeszłość i powód, dlaczego jestem dziś tą zgorzkniałą kobietą, z którą rozmawiasz...

– Nie wyglądasz na zgorzkniałą – z jego tonu wynikało jeszcze coś więcej, ale nie zwróciła na to uwagi. – A skoro cię nie okradł i nie zdradził, to w czym problem?

Westchnęła. Nawet Conradowi nigdy nie zdołała wyjaśnić, że chodziło jej o to, że próbował sprzedać jej honor.

– Sprzedał – a raczej próbował sprzedać – coś bardzo prywatnego ludziom pozbawionym skrupułów, o moralności alfonsów. I zlekceważył to, że stawką w transakcji była moja uczciwość.

Rory zmarszczył brwi, próbując zrozumieć jej słowa.

– A co było na tym zdjęciu?

– Tego ci nie powiem. Ci ludzie są ogromnie sławni.

– Zostało opublikowane?

– Na szczęście nie, ale nie dzięki Conradowi. Długo musiałam ich przekonywać, że nie miałam z tą sprawą nic wspólnego.

– Jak ci się to udało?

– Powiedziałam im, co się stało, jak tylko sama to odkryłam, i poradziłam, żeby natychmiast zawiadomili prawników. Ci bez problemu wstrzymali publikację, a ja na szczęście byłam w stanie udowodnić, że fotografia została skradziona.

– A jak ci ją ukradł? Zostawiłaś w ciemni negatyw?

– Nie. Ukradł ją z kosza na moim laptopie.

– Kurde.

Thea już od dawna nikomu o tym nie opowiadała.

– Pożyczyłam mu swojego laptopa, bo akurat nie był mi potrzebny. Nie podejrzewałam, że zajrzy do kosza.

– Dlaczego to zrobił?

– Albo dlatego, że jest wścibskim draniem, i takie wyjaśnienie najbardziej mi odpowiada, albo przypadkiem, bo laptop pracował powoli i chciał opróżnić kosz, jak on się tłumaczył. Niezależnie od tego, jak było naprawdę, znalazł plik jpg, czyli zdjęcie, w którego nazwie wymienione było nazwisko.

– I nie powiesz mi, o kogo chodziło?

– Nie powiem.

Uśmiechnął się.

– Mów dalej.

– Otworzył plik i zobaczył wspaniałej jakości zdjęcie sławnej kobiety w bardzo malowniczej, acz erotycznej pozie.

– To znaczy, że była naga?

Thea kiwnęła głową.

– A ty zrobiłaś jej zdjęcie?

Thea ponownie skinęła głową.

– Jak ci się to udało?

– Zamówili serię specjalnych, prywatnych zdjęć do rodzinnego albumu. Spędziłam z nimi cały tydzień: robiłam im zdjęcia, jadałam z nimi, brałam udział w *barbecue* i tak dalej. Potem, pewnego dnia, ta kobieta, którą zdążyłam dobrze poznać... – urwała w zamyśleniu. – Myślę, że czuła się trochę samotna i dlatego lubiła ze mną rozmawiać, chociaż jestem od niej sporo starsza.

– To mogę zrozumieć.

Nie zwróciła uwagi na jego słowa.

– W każdym razie chciała, żebym zrobiła jej zdjęcie nago, tylko w antycznej biżuterii, którą dostała od męża, w pozie jak na cennym obrazie, który również znajdował się w ich posiadaniu – spojrzała na Rory'ego. – Nie, nie zamierzam ci powiedzieć, co to za obraz. To też jest poufne.

– Czyli zrobiłaś jej to zdjęcie?

– Tak. Później mi wyjaśniła, że właśnie wymacała sobie na piersi guzek i myślała, że czeka ją mastektomia. Więc chciała, żeby na wszelki wypadek jej mąż miał takie zdjęcie. Była przerażona. Guzek na szczęście okazał się łagodny. Na wszelki wypadek, po wywołaniu i obróbce zdjęć, oddałam jej negatywy. To był bardzo delikatny materiał i wiedziałam, że jej mąż byłby zmartwiony, gdyby zdjęcie dostało się w niepowołane ręce.

– A ona?

Thea pokręciła głową.

– Była bardzo młoda i taka przerażona, że nie poświęciła chyba negatywom ani jednej myśli. O tym guzku powiedziała tylko mnie i lekarzowi.

– Biedne dziecko.

– Dokładnie.

– To jakim cudem to zdjęcie znalazło się na twoim laptopie, skoro byłaś taka ostrożna?

– Jak się okazuje, nie dość ostrożna. Podobały jej się kolorowe odbitki, ale chciała też mieć czarno-białe. Sądziła, że będę musiała jeszcze raz ją sfotografować, ale wyjaśniłam, że mogę zmieniać kolory na komputerze, a ona tylko powie, które jej odpowiadają. Po zakończeniu pracy skasowałam zdjęcie, ale zapomniałam opróżnić kosz – westchnęła. – Pewnie mi teraz powiesz, że byłam nieostrożna, ale, szczerze mówiąc, do głowy mi nie przyszło, że ktoś przejrzy kosz na moim komputerze – skrzywiła się. – W przeciwieństwie do moich klientów nie przywykłam do ludzi przeszukujących moje śmieci, nawet te wirtualne.

– Byli na ciebie wściekli, kiedy ich zawiadomiłaś?

– Z początku bardzo, bo mąż tej kobiety myślał, że próbuję ich szantażować. Ale ona wtedy już wiedziała, że guzek nie jest złośliwy, i przekonała go, że nie byłabym do tego zdolna. Wiedziała, jak bardzo jestem zmartwiona tą sprawą i że myślę o porzuceniu fotografii. W każdym razie żeby już nie przedłużać tej długiej i paskudnej historii, dali mi w prezencie trochę pieniędzy – uśmiechnęła się. – Nie, nie powiem ci ile. Ale kiedy sprzedałam mieszkanie w mieście i spłaciłam hipotekę, wystarczyło mi jeszcze na zakup domu i przygotowanie pokoi do wynajęcia.

– No to zachowali się przyzwoicie, chociaż sądzę, że było ich na to stać.

– Oczywiście, że było ich na to stać, i owszem, zachowali się bardzo przyzwoicie. An... to znaczy ta dziewczyna twierdziła, że gdybym ich nie ostrzegła, jej zdjęcie znalazłoby się we wszystkich gazetach w całej Europie, nie tylko u nas. Uważała, że skoro już chcę rzucić fotografię, to przynajmniej pomogą mi zacząć od nowa. – Thea patrzyła przez chwilę na swój kieliszek. – Nie wzięłabym tych pieniędzy, ale A... ona powiedziała, że wydają miliony funtów na ludzi, których nawet nie lubią, natomiast ja jej pomogłam i chce mi coś dać od siebie. Pewnie dlatego, że ta kreatura zrujnowała mi życie i karierę.

Wyraz twarzy Rory'ego wskazywał, że musi mu to bliżej wyjaśnić.

– Zrozumiałam wtedy, że wspaniałomyślność wymaga czasami nie tylko dawania, ale i brania.

Rory milczał przez kilka sekund.

– Faceci to dranie, taka jest prawda.

Thea westchnęła.

– Tak, tu się z tobą zgodzę. Ale, szczerze mówiąc, wcale wtedy nie musiałam rzucać fotografii, po prostu miałam już dosyć włóczenia się po kraju z tonami sprzętu uwieszonego na szyi.

– O? Zatem to nie on zrujnował ci karierę?

– To, co próbował zrobić, było znacznie gorsze. Żałuję tylko, że nie miałam okazji dobrać się z nożem do jego garniturów.

– Ubrania pocięte w gniewie? To jest pomysł. Wyobraź sobie: stos ubrań na środku galerii, pokryty podartymi zdjęciami i listami miłosnymi, zalany winem i płynami, o których się nie mówi w towarzystwie. Mógłbym na tym zarobić fortunę.

– Proszę bardzo. Nie zamierzam się domagać tantiem.

Roześmiał się.

– To nie w moim stylu, niestety. Więc teraz wynajmujesz pokoje?

– Aha. W statecznym uniwersyteckim miasteczku w Cotswold[1]. Co mi przypomina, że powinnam zadzwonić do domu.

---

[1] Pasmo wzgórz w południowo-zachodniej Anglii.

– Niezbyt to satysfakcjonujące.

– Ale da się przeżyć. W zasadzie lubię młodzież i dzięki temu jakoś się trzymam. – Z westchnieniem dopiła brandy.

– Nie wygląda mi to na szczęśliwe zakończenie.

– Szczęśliwe zakończenia nie zdarzają się w prawdziwym życiu. Stać nas jedynie na kompromisy, prawda?

Chciała, żeby się z nią zgodził i kazał jej zignorować tę dziwną tęsknotę, która pojawiała się zawsze, kiedy nie była zbyt mocno zajęta, takie uczucie, że czegoś w jej życiu brakuje. Nagle zachichotała. Gdyby wiedział, o czym myśli, zapewne stwierdziłby, że brakuje jej mężczyzny.

– Co cię tak śmieszy?

– Nie, nic, coś sobie tylko wyobraziłam.

– I nie zamierzasz mi powiedzieć co?

– Nie. Pozwól, że teraz ja ci postawię brandy.

– Ale tylko jeśli ty też się jeszcze napijesz. Matka mnie ostrzegała przed pięknymi kobietami, które raczyć mnie będą alkoholem.

Tym razem Thea roześmiała się całkiem szczerze.

– Nie sądzę, żeby twoja matka miała na myśli takie kobiety jak ja – skinęła na kelnera i zamówiła drinki.

Rory zacisnął palce na szklaneczce brandy i przyjrzał się jej, przekrzywiając głowę w bok.

– Przyszło mi do głowy, że marnujesz się, wynajmując pokoje studentom…

– … i pracując na pół etatu – dorzuciła.

– Potrzebujesz prawdziwego życia.

– A niby ty takie prowadzisz! – zabrzmiało to tak podobnie do tekstów Petal, że roześmiała się i nagle poczuła, że jest już wstawiona.

– No właśnie. Ale razem moglibyśmy sobie takie stworzyć.

Thea stłumiła śmiech.

– Brzmi to zupełnie jak niemoralna propozycja.

Jego uśmiech był odbiciem jej uśmiechu, ale zdecydowanie bardziej czarującym.

– Być może, ale prawdę mówiąc, prowadzę wyjątkowo cnotliwe życie, w każdym razie moja matka nie zgłasza żadnych zastrzeżeń.

– To znaczy?

– Przyjedź do Irlandii i zajmij się mną trochę. Pobędziesz w samotności, zrobisz parę prawdziwych zdjęć, rozejrzysz się po okolicy, poczujesz we włosach wiatr, a na twarzy słońce...

– Czy przypadkiem nie pisujesz też w wolnym czasie poezji?

– Możesz sobie ze mnie kpić, ale mówię teraz całkiem serio. Mógłbym ci pokazać inne życie.

– Jestem tego pewna, ale po co miałabym zamieniać opiekę nad studentami na opiekę nad tobą?

– Ponieważ ja jestem tylko jeden, mam niewielkie wymagania i ciężarną sukę.

Thea pokręciła głową. Była wstawiona, ale nadal myślała trzeźwo.

– Dziękuję, ale nie. Po wakacjach zamierzam wrócić do rzeczywistości. Nie można uciec od samego siebie, wiesz.

– A musisz uciekać? Mnie się wydajesz w całkiem dobrej kondycji.

Naprawdę był bardzo atrakcyjny. Miał jasne zielonkawo-niebieskie oczy z irytująco podwiniętymi rzęsami, kręcone włosy, jego usta zaś, duże i wypukłe, unosiły się w kącikach leciutko do góry.

– To słodkie, że mnie zapraszasz, ale raczej nie skorzystam.

Wyciągnął z kieszeni zniszczony notes.

– Dam ci na wszelki wypadek mój adres, gdybyś jednak zmieniła zdanie. – Napisał coś na kartce i wyrwał ją z notesu. – Polecisz ze Stansted do Knock, gdzie jest międzynarodowe lotnisko – w jego głosie zabrzmiało nieco szyderczej dumy. – Odbiorę cię stamtąd. To niedaleko.

– Bardzo to miłe, naprawdę, ale raczej nie zmienię zdania.

Wzięła kartkę i wsunęła do torby. Zamierzała ją sobie zachować jako małą pamiątkę typu „co by było, gdyby" na takie chwile, kiedy będzie miała wszystkiego dość.

– Nigdy nie wiadomo. Różnie bywa.

Uśmiechnęła się trochę smutno.

– Myślę, że powinniśmy się teraz napić kawy.

– Z jeszcze jedną brandy?

– Zdecydowanie nie.

Kiedy zamawiał kawę, zamknęła oczy i pozwoliła, żeby słońce Prowansji grzało jej twarz i odganiało od niej myśli o lokatorach, nudnej pracy i końcówce angielskiej zimy, której jeszcze całe tygodnie zajmie przejście w prawdziwą wiosnę.

– Och, to ty! – ostry głos zaskoczonej Molly zmusił Theę do otwarcia oczu. Molly gorączkowo usiłowała wyrwać rękę spod ramienia Geralda, ale nie było to takie łatwe z powodu dużej torby, którą w niej trzymała. Miała dziwny wyraz twarzy, który u kogoś innego świadczyłby zapewne o poczuciu winy. Joan z nimi nie było.

– Hej! – odparła Thea. – Przysiądźcie się do nas. Kupiłaś coś ładnego, Molly? A gdzie Joan? – poczuła się okropnie zażenowana. Spanie u boku obcego mężczyzny jest zawsze niewłaściwe, nawet jeśli ma miejsce na oczach wszystkich.

– Właśnie zamówiliśmy kawę – dodał Rory. – Zamówić i dla was?

Molly spojrzała najpierw na Geralda, a potem na nich, zaciskając usta i na pewno zastanawiając się, która z nich popełniła większy grzech, ona czy Thea.

– Joan była zmęczona i wróciła do hotelu, żeby się przespać. My zaszliśmy tam później... zobaczyć, czy nie chciałabyś pójść z nami do *patisserie* – dodała szybko, by Thea przypadkiem sobie nie pomyślała, że ten powrót do hotelu miał jakikolwiek inny cel. – Myślałam, że piszesz kartki?

Dziwaczne zachowanie Molly kazało się Thei zastanowić, czy przypadkiem między nią a Geraldem coś nie zaszło, choć do tej pory zakładała, że ich flirt jest zupełnie niewinny.

– Nie, zrobiłam kilka zdjęć i postanowiłam zjeść lunch.

Molly popatrzyła najpierw na nią, potem na Rory'ego, a w końcu na Geralda. Thea mogła się założyć, że jej przyjaciółka bardzo chce zapytać, czy zaaranżowała to spotkanie.

Sprawę wyjaśnił sam Rory

– A ja miałem szczęście zobaczyć tu Theę i przekonałem ją, żeby zamówiła lunch i dla mnie. Mój francuski jest okropny, prawda, Gerald?

– Tiger Tours nie zatrudniło cię ze względu na znajomość języków obcych, nieprawdaż? – Gerald podsunął krzesło Molly i roześmiał się serdecznie.

Molly niewątpliwie była jedną z wielu przystojnych kobiet w średnim wieku, z którymi flirtował podczas wycieczek. Choć jej przyjaciółka potrafiła być nieznośna, Thei nie podobała się myśl, że jest wykorzystywana.

Gerald usiadł również i uniósł rękę.

– *Garçon*!

– Ja się napiję brandy – dodał szybko Rory. – I Thea również.

Thea była pewna, że Gerald nie miał najmniejszego zamiaru zamawiać drinków dla wszystkich, ale w tej sytuacji nie mógł nic zrobić, ponieważ kelner zapisał ich zamówienie i spojrzał wyczekująco na Molly, która powiedziała:

– Jeśli można, to poproszę cytrynową herbatę, Geraldzie.

– Oczywiście.

Gerald zwrócił się do kelnera i złożył zamówienie po francusku. Mówił tak długo, jakby zamawiał co najmniej obiad, zdaniem Thei tylko po to, żeby się popisać. Ona i Rory poradzili sobie wcześniej równie dobrze, a trwało to dużo krócej.

Żeby odwrócić uwagę Geralda i Rory'ego, którzy mierzyli się wzrokiem zupełnie jak kibice rywalizujących ze sobą drużyn piłkarskich, Thea zwróciła się do Molly.

– Kupiłaś może coś ciekawego? Znalazłaś te buty, których szukałaś?

– Tak, a nawet pasującą do nich torebkę. – Molly najwyraźniej wahała się, czy lepiej pochwalić się łupami, czy komuś dociąć

– Rory'emu za zamówienie brandy albo Thei za flirtowanie z Rorym. Zapewne dlatego, że nie wiedziała dokładnie, co pomiędzy nimi zaszło, a sama również znalazła się w dwuznacznej sytuacji, sięgnęła po kartonowe pudełko. – Zobacz. Jak myślisz, ładne?

Thea była zdania, że kolejna torebka i buty w kolekcji Molly nie mają istotnego znaczenia, ale posłusznie wydała aprobujący pomruk.

– To była okazja, bo funt stoi teraz bardzo wysoko – wyjaśniła Molly i wymieniła sumę ogromną bez względu na kurs funta.

– A pan coś kupił? – spytała Thea Geralda.

– Ja? Nic. Pozostawiam zakupy wam, drogie panie. Gdybym kupował pamiątki wszędzie tam, gdzie prowadzę wycieczki, już dawno nie mógłbym wejść do domu.

Ponieważ Molly nie kupiła pamiątek, tylko buty, a ponadto Thei nie spodobało się określenie „drogie panie", nie mogła powstrzymać się, żeby nie powiedzieć:

– Ale nowe buty przecież by się panu przydały? – Popatrzyła znacząco na błyszczące lakierki Geralda. – W tych musi być ciężko tyle chodzić.

Molly rzuciła jej wściekłe spojrzenie, Rory zakrztusił się resztką kawy, a Gerald już zaczerpnął tchu, by jej wyjaśnić, że buty robi zawsze na zamówienie w Londynie i że starczają mu na całe lata, ale na szczęście dla Thei zjawił się kelner z napojami.

Kiedy wróciły do hotelu, Thea położyła się na łóżku i potulnie obserwowała, jak Molly robi sobie makijaż. Przyjaciółka nadal była na nią zła, ale o co dokładnie, Thea nie miała pewności, choć została poddana drobiazgowemu przesłuchaniu na temat lunchu z Rorym.

– Poprosiłaś go, żeby się przysiadł?

– Nie, sam to zrobił. Pewnie się czuł samotnie. Od jakiegoś czasu maluje we Francji i chyba zaczęło mu brakować angielskiego towarzystwa.

– Ale to nie Anglik, prawda?

– Nie, to Irlandczyk. Podkreślasz sobie oczy tuszem, a nie ołówkiem? – Thei było dokładnie wszystko jedno, czym się Molly maluje, ale miała dość jej pytań.

– Tak. Trzeba z nim bardzo uważać, bo łatwo przesadzić.

– Chodziłaś na kurs makijażu? – wszystko, byleby przerwać to przesłuchanie.

– Kiedy byłam młoda, uczyłam się makijażu u Lucy Clayton.

– Naprawdę? Opowiedz mi o tym.

W końcu Molly była z siebie zadowolona. Spryskała sobie nadgarstki wodą toaletową i spojrzała na zegarek.

– O Boże, jest już prawie wpół do, a ty nadal nie jesteś gotowa! Pospiesz się z łaski swojej. Gerald nie znosi spóźnialskich, szczególnie na *dinner adieu* – wiesz, że organizują go na statku?

Na szczęście toaleta zajęła Thei zaledwie kilka minut.

– Bardzo cię przepraszam, Geraldzie – zawołała Molly, kiedy znalazły się w hotelowym hallu, gdzie wycieczkowicze liczeni już byli po raz drugi. – Naprawdę starałam się zejść punktualnie – wskazała wzrokiem Theę, dając do zrozumienia, że spóźnienie wynikło z jej winy.

– Ale wszyscy się chyba ze mną zgodzą, że efekt wart był oczekiwania – powiedział Gerald, idąc wzrokiem za jej spojrzeniem.

Thea uśmiechnęła się do niego chłodno, myśląc z ulgą, że już jutro jadą do domu.

Dereka nie było w hali przylotów, zatem Molly zadzwoniła do niego na komórkę.

– Och, właśnie parkujesz? Dzięki Bogu, nie cierpię czekać na lotnisku. – Wybrała kolejny numer. – Mówi, że były korki – wyjaśniła Thei takim tonem, jakby wcale w to nie wierzyła. – Dzwonię do siostry dowiedzieć się, co się zdarzyło pod naszą nieobecność.

Thea uśmiechała się do uczestników wycieczki, którzy rozchodzili się właśnie w różnych kierunkach. Pomimo uciążliwego towarzystwa

Molly naprawdę podobało jej się w Aix-en-Provence i wcale nie tęskniła za powrotem do resztek zimy, domu pełnego studentów i nudnej pracy na pół etatu.

Ponieważ nadal była niewyspana, pomimo panującego na lotnisku rozgardiaszu zaczęła snuć senne marzenia o słońcu Prowansji i pewnym lunchu w pewnej restauracji w towarzystwie pewnego Irlandczyka.

– O mój Boże! – wykrzyknęła Molly, skończywszy rozmawiać z siostrą. – Nie masz pojęcia, co się stało! Twoi lokatorzy urządzili sobie przyjęcie i podobno doprowadzili dom do okropnego stanu. Teraz wygląda zupełnie jak w tej reklamie płynu Pronto!

– Cholera! Nic mi nie powiedzieli o przyjęciu, kiedy do nich wczoraj zadzwoniłam.

– Lepiej zadzwoń teraz i sprawdź, co się dzieje. Moja kochana, to okropne. Podobno wkręciło się tam kilku włóczęgów i zarzygali całe schody!

Thea, która i tak nie tęskniła za powrotem do domu, uznała tę perspektywę za wyjątkowo niemiłą.

Molly próbowała wcisnąć jej w rękę swoją komórkę.

– Lepiej dowiedzieć się wszystkiego od razu, niż się narażać na wstrząsy po powrocie. Doprowadzenie domu do porządku zajmie ci całe wieki, a może nawet będziesz musiała go odnawiać. A Petal mówi, że zepsuła się pralka. To takie okropne, strasznie mi przykro. Wracać i zastać dom w ruinie… Znam bardzo profesjonalną firmę sprzątającą, możesz ją wynająć. Będzie cię to kosztować zaledwie dwie setki.

Nadal wciskała jej w dłoń swój telefon.

Thea popatrzyła na nią i nagle minęło całe jej wcześniejsze niezdecydowanie. Nie była już senną owcą snującą się posłusznie za przewodnikiem.

– Właściwie, Molly, to ja nie mam zamiaru tam wracać. Zmieniłam zdanie. Nie chcę wracać do zdemolowanego domu i zepsutej pralki – niech lokatorzy sami się tym zajmą. Zamierzam przedłużyć sobie wakacje.

– Co? – Molly była zupełnie ogłuszona. – Ależ nie możesz zrobić czegoś podobnego, skoro twój dom jest w takim stanie! A poza tym Petal nie może mieszkać bez pralki. To okropnie niehigieniczne!

– Jeśli o mnie chodzi, to wszyscy mogą umrzeć z powodu salmonelli. Sami są sobie winni. To oni urządzili przyjęcie i to ich nieproszeni goście zarzygali schody. No to niech teraz sami wybulą te dwie setki na firmę sprzątającą. Niby dlaczego ja mam to robić?

Molly gapiła się na nią bez słowa.

– Słuchaj, Cyril miał jechać do Stansted. Zabiorę się z nim. A ty powiedz Petal, żeby zorganizowała sprzątaczy albo niech sama posprząta, jeśli woli. Możesz jej również powiedzieć, że jak nie zadzwoni do serwisu, to będzie musiała nauczyć się korzystać z pralni samoobsługowej.

Żałując jedynie kupionej na targu papierowej torby z suszoną lawendą, która została w walizce Molly, Thea porwała swoje bagaże i pobiegła za starszym panem, weteranem aż dziesięciu wycieczek z Tiger Tours. Dogoniła go akurat przy rozsuwanych drzwiach do hali przylotów. Obejrzała się przez ramię i zobaczyła, że u boku Molly pojawił się Derek i że przyjaciółka z przerażeniem wskazuje palcem w jej kierunku.

– Cyril! To ja, Thea. Jedziesz może do Stansted? Mogę się z tobą zabrać?

Dopiero na lotnisku w Stansted, pozbawiona podtrzymującego ją na duchu towarzystwa Cyrila, Thea musiała się zmierzyć ze skutkami własnej porywczości. Pewna, że będzie żałować do końca życia tej eskapady, poszła sprawdzić rozkład lotów. Nie było sensu dzwonić do Rory'ego, póki nie zdobędzie pewności, że zdoła się dostać do Irlandii.

Ale wszystko okazało się zaskakująco łatwe. Jakimś szczęśliwym trafem miała lot za dwie godziny, a w samolocie były wolne miejsca, mogła zatem dotrzeć do Knock jeszcze za dnia.

Widocznie tak musiało być – powiedziała sobie. – Widocznie musiałam uciec od zdewastowanego domu i obowiązków. Widocznie zapisano w gwiazdach, że mam przeżyć szalony romans.

Kiedy dzwoniła do Rory'ego, czuła suchość w ustach. W jego gwiazdach mogło być przecież zapisane coś zupełnie innego.

– Tu Thea, spotkaliśmy się we Francji.

– O, Thea? Miło cię słyszeć.

Przynajmniej jeszcze jej nie zapomniał.

– Zaprosiłeś mnie do siebie, pamiętasz?

Musiała oszaleć. Zamierzała przelecieć nad Morzem Irlandzkim i zamieszkać u kogoś, kogo znała zaledwie dwie godziny!

– A ty zmieniłaś zdanie i przyjeżdżasz?

– Tak, jeśli na pewno nie masz nic przeciwko temu.

– Ubiję tłustego cielca i rozwinę czerwony dywan przed wejściem.

Ulga wywołała kropelki potu na jej czole.

– Lepiej odbierz mnie z lotniska. Czy to daleko od ciebie?

– Nie, przecież ci mówiłem. Jakaś godzina drogi. O której przylatujesz?

Uszczęśliwiona i podniecona pobiegła kupić bilet. Póki nie wyczerpie się limit jej karty kredytowej, wszystko będzie dobrze. Konieczność powrotu do domu właśnie teraz byłaby zupełnie okropna, nie mówiąc już o upokorzeniu – Molly odniosłaby bezapelacyjne zwycięstwo.

Uśmiechniętą, jasnooką Irlandkę obsługującą kasę Thea uznała za dobry omen. Karta dała się zautoryzować, dostała bilet, a następnie szybko przebiegła po sklepach, żeby kupić sobie majtki i skarpetki na zmianę. Potem dużo czasu spędziła w toalecie, myjąc się jak najstaranniej, przynajmniej w widocznych miejscach. Przez chwilę zastanawiała się nawet, czy nie umyć głowy i nie wysuszyć jej pod suszarką do rąk. W końcu dziewczyny lubią dobrze wyglądać, szczególnie jeśli polują na młodszego od siebie faceta.

Mając nadzieję, że uda jej się dokonać jeszcze jednej transakcji nadwerężoną kartą kredytową, wahała się, czy kupić Rory'emu butelkę koniaku, co by było aluzją do Prowansji, czy butelkę Paddy Irish Whiskey. W końcu zdecydowała się na tę drugą, bo była tańsza, kupiła też film do aparatu i najnowszą książkę Jilly Cooper na drogę. Następnie, tak czysta i spokojna, jak to tylko możliwe po ucieczce z domu, usiadła w poczekalni.

Rozdział czwarty

Rory czekał na nią w hali przylotów. Na jej widok otworzył szeroko ramiona i dobre wychowanie wymagało, żeby w nie wpadła i przyjęła serdeczny pocałunek złożony prawie na jej ustach. Nie żeby całkiem nie chciała. Rory okazał się jeszcze przystojniejszy i bardziej atrakcyjny, niż to zapamiętała z Prowansji.

– Jezu, Thea, dobrze cię widzieć. Co sprawiło, że zmieniłaś zdanie? – zapytał, odbierając od niej bagaż.

– Moja apodyktyczna przyjaciółka Molly.

Upuścił jej torby na ziemię.

– Nie wierzę! Z całą pewnością nie poradziła ci, abyś „uciekła do tego przystojnego Irlandczyka, który tyle wie o Cézannie".

Thea roześmiała się serdecznie.

– Nie, istotnie tego nie powiedziała. Natomiast zadzwoniła z lotniska do siostry, dowiedziała się, że moi lokatorzy urządzili dziką balangę, i poradziła mi wezwać fachowców, żeby doprowadzili dom do porządku. A ponieważ jej męża jeszcze nie było, zdołałam uciec. – Przerwała na chwilę. – Tak się cieszę, że cię widzę, Rory. Nigdy nie można mieć pewności, czy takie wakacyjne zaproszenia są składane na serio.

Popatrzył na nią karcąco.

– Przypominam ci, że ja wcale nie byłem tam na wakacjach. Ta próba wykrzesania z siebie entuzjazmu na temat Cézanne'a i oglądanie, jak wszyscy słuchacze stopniowo przysypiają, to była zdecydowanie najcięższa praca, jaką w życiu wykonałem.

Znowu ją pocałował, tym razem zdecydowanie w usta, i choć z pewnością sprawiło jej to przyjemność, zaczęła podejrzewać, że oczekuje od niej nieco więcej, niż była gotowa mu dać po tak krótkiej znajomości. Ucieczka z domu ucieczką z domu, ale nie zamierzała przecież wskakiwać Rory'emu do łóżka, nim zdąży go lepiej poznać. Dużo łatwiej było porzucić lokatorów niż zasady.

Roześmiał się, widząc jej wahanie.

– Czy to cały twój bagaż? Nie martw się, ubrania będziesz mogła pożyczać sobie ode mnie. Samochód stoi tam.

Kiedy szła za nim na parking, przyszło jej poniewczasie do głowy, że stroje odpowiednie na tydzień w Prowansji najpewniej nie okażą się właściwe w zachodniej Irlandii. Otuliła się polarem, czekając, aż otworzy drzwiczki bardzo poobijanego land-rovera.

– Wsiadaj. Obawiam się, że straszny tu bałagan, ale to dobry wóz. Droga do domu jest dość stroma, a nim da się przejechać prawie w każdych warunkach.

– Często tu pada śnieg? – Sądząc z szarych, mknących po niebie chmur i zacinającego lodowatego deszczu. Właśnie nadciągała śnieżyca.

– Bardzo rzadko, jesteśmy zbyt daleko na zachód, natomiast mamy tu mnóstwo deszczu. – Zamknął bagażnik i usiadł za kierownicą. – W końcu to właśnie dzięki niemu szczycimy się aż czterdziestoma odcieniami zieleni.

Land-rover, choć hałaśliwy, posiadał jednak bardzo wydajne ogrzewanie, które nawiewało ciepłe powietrze prawie jak suszarka do włosów. W miarę jak krajobraz stawał się coraz ładniejszy, Thea zaczynała czuć się lepiej. Żeby zachować twarz, musiała spędzić u Rory'ego najwyżej tydzień, a nie było przeszkód, żeby się przy okazji świetnie bawić. Nigdy wcześniej nie była w Irlandii.

– Mayo jest najbardziej znane z zatoki Clew i Croagh Patrick. To góra, która wygląda zupełnie jak kupa śmieci. Raz do roku ciągną do niej pielgrzymki. Niektórzy wchodzą tam nawet boso

– uśmiechnął się do Thei. – Jeśli spojrzysz w lewo, gdy wjedziemy na wzgórze, to zobaczysz zatokę.

Spojrzała. Słońce, które do tej pory zdawało się dąsać, nagle rozsunęło chmury i zabarwiło morze na srebrno, odległe zaś wysepki na złoto. Piękno tego widoku zaparło jej dech w piersiach. Miała ochotę robić zdjęcia i zarazem siedzieć nieruchomo, napawając się tym widokiem i zapisując go sobie na zawsze w pamięci. Westchnęła tak głęboko, że wyszło jej z tego ziewnięcie.

Rory spojrzał na nią badawczo.

– Musisz być chyba zmęczona. Jesteśmy już prawie na miejscu. Jak się rozpakujesz i wypijesz drinka, poczujesz się znacznie lepiej.

– Istotnie, jestem trochę znużona. Dziś rano wcześnie wyjechaliśmy, a nie spałam dobrze.

– Ta Molly nadal chrapie, co?

– Naprawdę ci o tym powiedziałam? Okropnie to nielojalne.

– Sam się domyśliłem. Masz do wyboru dwie sypialnie oprócz mojej – rzucił jej krótkie spojrzenie. – Wybierzesz sobie tę, która ci się najbardziej spodoba.

– To miłe.

Czy chciał jej taktownie dać do zrozumienia, że jego sypialnia nie wchodzi w grę, czy że ma z czego wybierać, jeśli nie chce z nim spać? Nagle pożałowała, że nie przeżyła szalonej młodości – teraz lepiej rozumiałaby takie podteksty. A tak nie miała pojęcia, jak się należy zachować, kiedy się uciekło z domu do obcego mężczyzny.

– No bo przecież nie będziesz chciała wskoczyć do mojego łóżka, dopóki się nie przekonasz, jak często się kąpię i czy nie chrapię gorzej niż Molly, prawda? – zapytał z rozbrajającym uśmiechem.

Ten uśmiech, jego pełne współczucia zrozumienie oraz fakt, że świat miał teraz lekką różowo-złotą barwę nadaną mu przez zachodzące słońce, sprawiły, że przestała tak mocno żałować swojego wyskoku.

Był to raczej domek niż dom, a stał prawie na skraju plaży. Długi i niski, miał białe ściany, szary dach i niebieskie drzwi frontowe. Prowadziła do niego wąska, zielona droga. Thea zatrzymała się w niewielkim ogrodzie, patrząc na bramę otoczoną gęstymi i wysokimi krzewami, za którą widać było plażę i srebrne morze.

– Lepszy widok jest z mojej pracowni na wzgórzu.

– Rozumiem, dlaczego chcesz tu mieszkać. Tu jest tak pięknie!

– Wejdź do środka. Jest za zimno, żeby stąd podziwiać widoki. To samo ujrzysz z okna w kuchni.

Powitało ich głośne, basowe szczekanie.

– Wystarczy, żeby napełnić cię bożą trwogą – stwierdził Rory. – Ale nie bój się, to kochane stworzenie. Będzie się szczenić na dniach.

Otworzył drzwi, przez które wysunęła się chwiejnie na zewnątrz suka wielkości małej kanapy. Nie mogła rzucić się ku nim radośnie ze względu na wielki brzuch, ale wyraźnie się uśmiechała i powitała Theę z równie wielkim entuzjazmem, jak Rory'ego.

– To jest Lara. Angielski mastiff. Poznaj się z nią, kiedy będę wnosił bagaże.

Thea mocno przytuliła do siebie psa.

– Szczenięta też będą tej rasy?

– Naprawdę wątpię. Przekonamy się, jak się urodzą. Możliwe, że ojcem jest collie albo jakiś inny, który dostał się do domu przez wejście dla kota. Wejdźmy do środka.

Frontowe drzwi prowadziły prosto do obszernego, wysokiego salonu o łukowatym suficie jak na statku. Znajdował się tam kominek, w którym zachęcająco tlił się torf, zaś wysoko na hakach rozwieszone były fragmenty łodzi i sprzęt rybacki. Pomiędzy salonem a kuchnią nie było ściany, co dawało wrażenie przestrzeni i światła, a okna wychodziły na trzy strony świata.

– Chcesz herbatę, whisky czy jedno i drugie? – spytał Rory, obserwując, jak Thea rozgląda się po salonie i rejestruje wiszące na ścianach obrazy i mapy, szklane pływaki do sieci oraz rozrzucone na podłodze kawałki drewna. – Zalecałbym to ostatnie.

Roześmiała się.

– To chyba przesada, ale zgoda.

– No to usiądź przy kominku i poczekaj, a potem oprowadzę cię po moim królestwie.

Jeszcze raz rozejrzała się wokoło i doszła do wniosku, że oprowadzanie nie zajmie wiele czasu. Kuchni, której wielkie panoramiczne okno wychodziło na wyspy, a dalej na odległe góry, mogła się przyjrzeć, siedząc przy kominku. W salonie było jeszcze troje drzwi. Miała nadzieję, że za którymiś z nich kryje się łazienka.

– Usiądź i zdejmij kurtkę, jeśli już się rozgrzałaś.

Usiadła na pełnej wgłębień starej kanapie, tak miękkiej, że człowiek zapadał się w nią prawie do Australii. Ilość psiej sierści wskazywała wyraźnie, że tu właśnie sypia Lara. Kanapa i pies nawet wyglądali tak, jakby byli spokrewnieni. Thea zaczęła bezmyślnie rozważać, czy szczeniaki przypadkiem nie okażą się pluszowymi zabawkami, z których wyłazić będzie włosie, uroczą krzyżówką małych piesków i zniszczonej tapicerki.

Poobserwowawszy gościa wrogo przez kilka minut, Lara westchnęła głęboko z więcej niż odrobiną wyrzutu, a następnie wepchnęła się na kanapę, zajmując całą wolną przestrzeń, i złożyła pysk na kolanach Thei, wyraźnie dając jej do zrozumienia, że skoro odważyła się zająć kanapę, to musi ponieść wszystkie konsekwencje tego czynu.

Thei ten fizyczny kontakt sprawiał przyjemność. Wprawdzie łeb Lary był ciężki, ale budził w niej miłe uczucie, ciepłe, prawie krzepiące, a poza tym całkowicie wykluczał pomoc z jej strony przy przygotowywaniu herbaty.

Rory zjawił się wkrótce z tacą, na której stały obtłuczony brązowy dzbanek, dwa kubki, dwie szklanki i butelka whisky. Jakoś zmieściła się tam również torebka cukru, zmięta i zaplamiona herbatą, oraz karton mleka. Postawił tacę na małym stoliku przed kanapą.

– Jak już napijesz się herbaty, pokażę ci, gdzie jest łazienka, a potem wybierzesz sobie sypialnię. Mleko? Cukier?

– Tylko mleko. Mieszkasz tu sam? – spytała, gdy podał jej kubek.

– Tak. Jedna dziewczyna przychodzi tu i próbuje utrzymać porządek, a poza tym jestem tylko ja. Mam dom i pracownię na wzgórzu. Dziewczyna tam nie sprząta, więc pracownia jest w strasznym stanie.

– Pokażesz mi swoje prace czy wolisz zachować je w tajemnicy również przede mną?

Otworzył butelkę whisky, nalał duże porcje do szklanek i podał jedną Thei.

– Od tak dawna nikomu ich nie pokazywałem, że być może już czas, abym to zrobił. Slancha!

– Co powiedziałeś?

– Slancha, czyli zdrówko. Pisze się to, wyobraź sobie, s-l-a-i-n-t-e.

– Slancha!

Wzdrygnęła się, kiedy alkohol spłynął jej do żołądka.

– O Boże, chciałaś z wodą? Niestety mam tylko czerwoną lemoniadę.

– Czerwoną lemoniadę?

– W Irlandii lemoniada jest tylko w dwóch kolorach: czerwonym i białym. Ale chyba nie chcesz rozcieńczyć nią whisky? – Otrząsnął się z obrzydzenia na samą myśl o tym.

Pokręciła głową.

– Nie, tak jest dobrze. – Napiła się ponownie. – A nawet jeszcze lepiej.

Whisky zaczęła ją odprężać prawie natychmiast. Nagle uświadomiła sobie, że już od wielu godzin nic nie jadła. Pijąc w tym tempie, ogrzewana przez ogień i psa, zaraz zaśnie tam, gdzie siedzi. Uznała, że jednak lepiej będzie rozmawiać, niż zasnąć.

– Są tu w pobliżu jakieś sklepy?

– Jesteśmy jakieś pięć mil od Westport, ale w wiosce też jest mały sklepik, w którym sprzedają prawie wszystko. Umiesz prowadzić?

– Tak, ale nie jestem pewna, czy dam sobie radę z land-roverem. Dlaczego pytasz?

– Ponieważ w ciągu dnia nie jestem specjalnie towarzyski. Będzie lepiej, jeśli sama znajdziesz sobie rozrywki. Land-rover prowadzi się dość łatwo, jak już się do niego przywyknie, a tu właściwie nie ma ruchu.

– Do sklepu nie można pójść pieszo?

– To trzy mile stąd. Jak wolisz, możesz robić, co zechcesz.

Poczuła nagły przypływ ciepłych uczuć do niego, zapewne wywołanych gorącą herbatą i nierozcieńczoną whisky.

– To takie miłe z twojej strony, że pozwoliłeś mi tu przyjechać bez uprzedzenia, mimo że wcześniej tak się zapierałam, że nie przyjadę.

– Lubię dziewczyny, które potrafią zmienić zdanie.

– Nie jestem już dziewczyną. Mam trzydzieści pięć lat.

Czuła, że musi mu to powiedzieć. Lubiła w tych sprawach otwartość, odwrotnie niż Molly, która prędzej by umarła, niż zdradziła komuś swój wiek.

– Trzydzieści pięć lat to doskonały wiek dla dziewczyny.

– Doprawdy?

– Doprawdy. Jestem w tych sprawach ekspertem.

– A ty ile masz lat? Teraz twoja kolej.

– Dwadzieścia osiem, czyli najlepszy wiek dla chłopaka.

– Ale nieco zbyt młody jak dla trzydziestopięcioletniej dziewczyny.

– Mam ci udowodnić, że się mylisz?

Thea wytrzeźwiała na tyle, żeby zauważyć niebezpieczny błysk w jego oku, który ostrzegł ją, że należy porzucić ten temat.

– Myślę, że wystarczy mi twoje słowo – ucięła. A potem, ponieważ nie bardzo chciała całkowicie zatrzaskiwać drzwi przed czymś, co mogło się przecież okazać bardzo ekscytujące, dodała: – Przynajmniej dziś.

– Na dobre rzeczy warto poczekać – stwierdził.

Chcąc zmienić zarówno nastrój, jak i półleżącą pozycję, zaczęła spychać psi łeb z kolan.

– Powinnam chyba odwiedzić łazienkę. – Głowa psa dała się zepchnąć, choć bardzo niechętnie, i Thea wywalczyła sobie wreszcie drogę na brzeg kanapy. – Jeśli mi powiesz, gdzie jest.

– Tamte drzwi i potem na lewo. – Pokazał jej drogę, ale sam się nie podniósł.

Thea wypiła jeszcze kilka łyków herbaty i wstała z trudem.

– Jak już tam będziesz, to przy okazji obejrzyj sobie małą sypialnię. Może ci się spodoba. Stoją w niej dwa pojedyncze łóżka. Szalenie cnotliwie.

Thea zignorowała tę uwagę, ale obejrzała pokój, który był zgodny z jego opisem, ładny, ale nieco zimny. Najwyraźniej znajdował się w dobudowanej później części domu i ściany nie miały takiej grubości jak gdzie indziej.

Pod jej nieobecność Rory ponownie napełnił szklanki. Usiadła koło Lary, rozważając, czy rozsądnie będzie pić tyle na pusty żołądek.

– Zapewne będziesz chciała coś zjeść, i tu pojawia się problem, bo zamierzałem dziś iść na kolację do pubu – oznajmił Rory.

Na samą myśl, że będzie musiała wstać z kanapy, przebrać się i wyjść, Thea poczuła się nagle kompletnie wyczerpana, ale zdołała zrobić taką minę, jakby o niczym innym nie marzyła.

– Choć z drugiej strony pewnie nie masz ochoty na taką wyprawę o tej porze, i to zaraz po przyjeździe – uśmiechnął się. – Gdybym wiedział, że złożysz mi wizytę, upiekłbym placek...

– Naprawdę sprawiłam ci wielki kłopot.

– Wcale nie. Nie zaprosiłbym cię, gdybym nie chciał, żebyś przyjechała. Po prostu żaden ze mnie kucharz.

Thea wreszcie poczuła się jak w domu.

– Natomiast ja jestem mistrzem w przygotowywaniu posiłków z niczego – oznajmiła.

– Nawet nie śmiałbym cię o to prosić. – Pomysł ewidentnie spodobał się Rory'emu.

– No to może się rozejrzę i zobaczę, na czym stoimy. – Thea wstała z kanapy. Rory nie może żałować, że przyjechała. A skoro nie zamierza mu przyrzec nocy gorącego i oryginalnego seksu, zrekompensuje to gorącym i oryginalnym posiłkiem.

– Świetnie. Rozpalę ogień. Chcesz spać w tej małej sypialni?

– A jaką mam alternatywę?

– Chodź, pokażę ci. – Otworzył drzwi na prawo od wejścia, za którymi znajdował się duży pokój ze wspaniałym widokiem na morze. – To moja sypialnia. Jest tu podwójne łóżko i pościel z gęsiego puchu, ale to transakcja wiązana – bierzesz sypialnię, bierzesz i mnie. Mogę się podzielić, ale na pewno nie zrezygnuję z niej całkowicie.

– Racja – stwierdziła Thea ostrożnie. – A ta druga?

Znajdowała się naprzeciwko sypialni Rory'ego, po drugiej stronie wejścia. Miała taki sam wysoki drewniany sufit jak salon, stały w niej dwa pojedyncze łóżka i dwie szafy.

– Ten dom należał do mojego wuja. Nie miał własnych dzieci, ale zapraszał na lato swoich siostrzeńców i bratanków. Zapisał mi go w spadku, kiedy obiecałem, że tu zamieszkam. Był artystą.

– On to namalował czy ty? – Thea wskazała dwa małe nadmorskie widoczki wiszące nad łóżkami.

– On. Są niezłe, nie uważasz?

– Uhm. Tu je namalował?

– Tak sądzę. Ja pracuję w nieco większej skali.

– Pokażesz mi jutro swoje prace?

– Może. Ale dziś pokażę ci tylko kuchnię, w której nie ma nic prócz spaghetti, musztardy i ketchupu. Jeśli zdołasz przyrządzić z tego posiłek, jutro pokażę ci wszystkie cuda mojego królestwa – uśmiechnął się, zaglądając jej w oczy; znów poczuła podniecenie. – Jest również worek ziemniaków i kawałek sera.

Jedli przy stoliku przed kominkiem. Stół jadalny całkowicie pokrywały książki, ulotki reklamowe, brudne naczynia oraz duży zwój liny. Najwyraźniej od dawna nikt przy nim nie jadał. Thea ugotowała ziemniaki, a potem, pokrojone w plasterki zapiekła z pomidorami z puszki, smażoną cebulą, jajkami, mlekiem oraz startym serem.

– Jesteś naprawdę dobrą kucharką! Mam szczęście, że cię zaprosiłem – stwierdził Rory.

– Dobrze, że tak myślisz, bo właściwie wprosiłam się tu sama.

– Nieprawda. Dałem ci swój adres, no nie?

– No tak. Zjesz jeszcze trochę zapiekanki?

– Oczywiście. W pubie nie dostałbym nic równie dobrego.

– Straszny z ciebie pochlebca. Zrobić herbaty?

– Czy może lepiej jeszcze kropelkę „uziemiacza"?

Thea mogła się założyć, że miał na myśli whisky.

– Wolę herbatę. Wiesz, jestem nieco zmęczona.

– Zatem herbata. I nie przejmuj się zmywaniem. Susan zajmie się tym rano.

Thea dosłownie padała z nóg, ale postanowiła, że jutro wstanie wcześnie i uporządkuje kuchnię. Miała poważne podejrzenia, że jej lokatorzy nie zawracają sobie głowy sprzątaniem po wieczornych posiłkach właśnie dlatego, że ona zawsze robiła to za nich następnego dnia. Ciekawe, jak sobie teraz radzą, pomyślała. Jutro, jeśli będzie miała na to ochotę, zadzwoni do nich i powie, gdzie jest. Ale tylko jeśli będzie miała ochotę.

Powiedzieli sobie po przyjacielsku dobranoc, choć Rory flirtował z nią żartobliwie na tyle długo, aby jego zamiary stały się dla niej jasne. Poszła spać, niemal żałując, że nie należy do dziewczyn, które bez wahania wskoczyłyby pod tę kołdrę z gęsiego puchu. Jakoś nie mogła, chociaż miała ochotę. Choć niewykluczone, że po nocy czy dwóch w tej temperaturze poczuje się zmuszona do kogoś przytulić.

Wygrzebała z torby szczoteczkę do zębów, wyobrażając sobie przerażenie Petal, gdyby wiedziała, co się tu dzieje: Thea z kochankiem, młodszym od siebie i w dodatku takim przystojnym! Kiedyś po zerwaniu z pewnym miłym-ale-nudnym facetem podsłuchała komentarz Petal na ten temat, wygłoszony do jednej z koleżanek: „Wiem, że był do kitu, ale na co można liczyć w jej wieku?".

– Trzydzieści pięć lat to doskonały wiek dla dziewczyny – wyszeptała do siebie z uśmiechem, otulając się kołdrą. – Widzisz, Petal?

Susan, która mieszkała na dole w wiosce i zjawiła się następnego ranka około jedenastej, zastała w domu zaskakujący porządek. Jednakże nie była zbyt zachwycona widokiem Thei i to bynajmniej nie z powodu zmytych naczyń. Susan najwyraźniej kochała się w Rorym.

Rory, który nie należał do rannych ptaszków uśmiechnął się do niej przyjacielsko, potwierdzając tym samym, że nie jest zbyt wymagającym pracodawcą.

– Cześć, Susan! Thea przyjechała do mnie na trochę. Śpi w sypialni od frontu, może zechcesz tam trochę odkurzyć? – Po czym zwrócił się do Thei: – Chodź, pokażę ci pracownię, a Susan w tym czasie posprząta. Lepiej weź mój płaszcz.

Thea wypróbowała na Susan swój siostrzany uśmiech, chcąc okazać, że łączy się z nią w potępieniu leniwych mężczyzn, ale dziewczyna nie zareagowała. Może później się z nią dogadam, pomyślała, idąc za Rorym na wzgórze.

Pracownia znajdowała się w ogromnej szopie, której okna sięgały od sufitu do podłogi. W kwietniu było tu zdecydowanie zimno, a w zimie musiało być chyba wręcz mroźno. W kącie stał piec, ale zbyt mały, by ogrzać taką powierzchnię.

– Sama widzisz, dlaczego tak chętnie złapałem tę okazję w Prowansji. Szczęściarz ze starego Cézanne'a, że miał takie wczesne wiosny i gorące lata. Chociaż ten piec jest zaskakująco wydajny. Zaraz w nim rozpalę.

Thea podeszła do ogromnych sztalug nakrytych płótnem – obraz chyba zająłby całą ścianę w pokoju średniej wielkości – ale Rory zastąpił jej drogę.

– Ten nie jest jeszcze gotowy i nikt go nie obejrzy, póki nie skończę. O, tam! Możesz sobie obejrzeć to, czym zarabiam na chleb. I whisky – wskazał na niewielki obraz przedstawiający konia.

Thea ujrzała bardzo staromodny obraz przedstawiający czyjś niebagatelny majątek, ale musiała przyznać, że wykonanie było naprawdę mistrzowskie.

– Zachowałeś podobieństwo? – zażartowała.

– Jasne! Mógłbym całe życie malować konie wyścigowe i nawet nieźle na tym zarabiać. Moja ciotka, wdowa po wuju, który zostawił mi ten dom, ciągle mnie pyta, dlaczego się na to nie decyduję. To pewny zarobek, a w końcu też polega na malowaniu, nieprawdaż?

– Nie – odparła. – Jedno to praca, a drugie to życie.

Spojrzenie, jakie jej rzucił, było więcej niż nagrodą za wykazane zrozumienie. Żeby zmienić temat i nie musieć się kochać z Rorym tu i teraz, wzięła do ręki powyginany cynowy kubek.

– Też się otaczasz rzeczami, które malujesz, jak Cézanne, czy to po prostu tak sobie tu leży?

Z westchnieniem przyjął jej decyzję.

– Wszystkie kobiety są takie same. Nigdy się nie uspokoją, póki nie wetkną ślicznego noska w każdy zakamarek męskiego serca. Cholera, Thea, przejechałaś kawał drogi, żeby mnie zobaczyć, no to równie dobrze możesz zobaczyć i obrazy! Są w szopie obok. Tylko nie proś, żebym ci je pokazywał albo tłumaczył, co przedstawiają.

– Uważam, że mój nos nie jest śliczny, tylko wścibski.

Uniósł jej podbródek i obrócił twarz tak, aby padało na nią słońce.

– Nos masz ładny, ale to przede wszystkim twoje oczy zwróciły moją uwagę.

– O?

– Ten kolor, jasny, żółtawo-zielony z czarną obwódką naokoło...

– O!

Nikt jej nigdy nie powiedział czegoś takiego o jej oczach i zapewne dlatego uciekła do Irlandii z artystą. Bo być może tylko artysta, i to Irlandczyk, potrafi mówić takie komplementy.

Pocałował ją w usta, krótko, ale mocno. I miło.

– Zapewne chcesz się zabrać do pracy. – Odchrząknęła i spojrzała na zegarek. – Pójdę się przejść z Larą po plaży, ale potem... mogę rzucić okiem na to, co trzymasz w szopie?

– Tylko mnie mogła się trafić kobieta, którą bardziej interesują moje akwaforty niż ja sam.

Thea uśmiechnęła się, czując, że odzyskała już panowanie nad sobą.

– Przecież nie robisz akwafort, prawda?

– No to idź sobie popatrzeć na te bohomazy, tylko mnie nie wiń, jak ci się nie spodobają.

Stały oparte o ścianę w szopie. Były ogromne. Ponieważ nie było tu ani okien, ani prądu, otworzyła szeroko drzwi, żeby wpuścić trochę światła. Podejrzewała, że Rory zgodził się, żeby je obejrzała, bo wiedział, że niewiele zdoła zobaczyć.

Jednakże kiedy snop srebrzystego słonecznego światła padł na pierwszy obraz, Thea postanowiła wyciągnąć wszystkie na zewnątrz, żeby się im lepiej przyjrzeć. Były zaskakująco piękne. Przyroda, morze, wyspy, góry. Niesamowite było ich światło; skrzyło się, sprawiając, że ktoś, kto na nie patrzył, miał wrażenie, że wchodzi w głąb obrazu, że czuje ciepło słońca i chłód wiatru. Rory potrafił namalować to, czego jej nigdy nie udało się w pełni uchwycić aparatem fotograficznym.

Były tam również martwe natury i akty, staroświeckie i dyskretne. Thea przyglądała się twarzom kobiet, żeby sprawdzić, czy nie ma wśród nich Susan, ale szybko pojęła, że są to dojrzałe kobiety, a Susan jest jeszcze dziewczyną.

To były dzieła mistrza, prawie bez widocznych pociągnięć pędzla, o tak intensywnych kolorach, że aż wydawały się płynne: miała niemal pewność, że gdyby zanurzyła w nich rękę, zmoczyłaby ją morska woda lub krew.

Stała oczarowana. Od lat nie widziała czegoś, co poruszyłoby ją równie głęboko. Miała wrażenie, że patrzy na prace nowego Graneta. Nie żadnego impresjonisty czy konceptualisty, tylko prawdziwego malarza, jednego ze starych mistrzów.

Po kolei wynosiła płótna z szopy, by obejrzeć je w świetle dziennym. Było ich w sumie dziesięć, a każde inne, każde tak piękne, że aż zapierało dech w piersiach. Gdyby dostały się we właściwe ręce, przyniosłyby na pewno wiele tysięcy funtów.

– Jest już pierwsza, nie dość się naoglądałaś? – Rory, który stanął nagle za jej plecami, wystraszył ją tak, że aż podskoczyła. Tak się zatraciła w podziwianiu jego prac, że zupełnie o nim zapomniała.

– Chyba nigdy nie będę miała dość oglądania tych obrazów – odparła, wiedząc, że jeśli nie będzie się kontrolować, to się rozpłacze.

Rory wziął ją w ramiona i przytulił mocno. Stali na szczycie omiatanego wiatrem wzgórza nad zatoką Clew, splecieni ramionami, przepełnieni uczuciem, którego żadne z nich nie było w stanie nazwać.

– Myślę, że jesteś geniuszem – szepnęła.

Tym razem pocałował ją naprawdę, namiętnie, głęboko, poruszając wszystkie jej zmysły. W głowie jej zawirowało, a kiedy ułożył ją na wilgotnej trawie, pozwoliła się całować dalej. Dopiero kiedy zaczął rozpinać kołeczki pożyczonego płaszcza, odepchnęła jego rękę i usiadła.

– Rory, jeszcze nie. Musisz zwolnić.

Przesunął dłonią po swych ciemnych włosach i pokręcił głową.

– Nikt od dawna nie oglądał moich prac. Trochę mnie poniosło.

– Mnie również. To cudowne, fantastyczne obrazy. Jesteś niesamowitym malarzem i mógłbyś się stać bardzo bogaty. Gdybyś je wystawił we właściwym miejscu, zrobiłbyś majątek.

– Jesteś pewna? Raz już próbowałem, pamiętaj.

– Drugi raz nie zmarnowałbyś szansy. A poza tym nie, wcale nie jestem pewna. Nie znam się na rynku dzieł sztuki, natomiast na pierwszy rzut oka potrafię rozpoznać naprawdę dobre prace. Musisz je wystawić, Rory. Nie możesz ich dalej trzymać w szopie.

Oboje czuli się jak pijani, ogłuszeni tym odkryciem. Siedzieli na wzgórzu w milczeniu; on ciągle kręcił głową, ona patrzyła przed siebie, rozpoznając widok utrwalony na jednym z obrazów. Wiedziała, że musi go namówić na wystawienie prac, nawet jeśli miałoby to być jej jedyne osiągnięcie w życiu.

– Naprawdę uważasz, że są takie dobre?

– Musisz przecież sam o tym wiedzieć. Jesteś, na litość boską, wykształconym malarzem!

– Ale nikt nigdy nie próbował zamówić u mnie nic oprócz tych cholernych koni.

– Bo nikt nie wie, że umiesz malować coś jeszcze.

– Cóż, na razie podobają się tylko tobie. Możesz się mylić. Może po prostu zakochałaś się we mnie i w konsekwencji również w moich obrazach?

– Rory, nie zakochałam się w tobie, jeszcze nie. Natomiast naprawdę zakochałam się w twoich obrazach. Pozwól mi o nich z kimś porozmawiać. Pozwól mi zrobić zdjęcia i wysłać do kogoś.

– Do kogo?

– Nie wiem. Znam parę osób z branży w Cheltenham, oni mi powiedzą, komu je dać do oceny. To ważne. Jeśli ich nie wystawisz, umrzesz, nie sprzedawszy ani jednego obrazu, jak van Gogh.

Rory wyprostował się z godnością.

– Zapominasz o moich obrazach ze zwierzętami, kobieto. Sporo ich sprzedałem.

Znów go przytuliła.

– Wracam do domu. Mogę skorzystać z twojego telefonu? A w ogóle masz telefon?

Rozdział piąty

Thei było nieco wstyd, że po tych wszystkich dumnych przechwałkach na temat znajomości z właściwymi ludźmi może zadzwonić właściwie tylko do Molly. To ona naprawdę znała ludzi, którzy albo wiedzieli, z kim się powinna skontaktować albo znali ludzi, którzy to wiedzieli. Ale rozstały się w dość dziwnej sytuacji: Molly zepchnięta do defensywy – zapewne z powodu Geralda – a Thea... hm, Thea po prostu uciekła. Gdyby obrazy Rory'ego nie poruszyły jej tak bardzo, nigdy by się nie odważyła na ten telefon.

– Molly? Mówi Thea.

– Thea! Czy wszystko w porządku? Ten człowiek nic ci nie zrobił?

W głosie Molly wyczuła nadzieję, że Rory rozkochał ją w sobie i porzucił (choć miał na to raczej niewiele czasu). Jej przyjaciółka lubiła, kiedy ludzie dostawali to, na co sobie zasłużyli, a nie czekoladowy tort wtedy, kiedy należała im się tylko zimna owsianka.

– Nie, wszystko w porządku. A jak u ciebie? – wolałaby nie zadawać tego pytania, ale gdyby od razu przeszła do rzeczy i poprosiła o pomoc, Molly na pewno podejrzewałaby najgorsze.

Trzymając słuchawkę z dala od ucha, wysłuchała w milczeniu szczegółowej relacji na temat stanu, do jakiego lokatorzy doprowadzili jej dom, przebiegu naprawy pralki i o tysiącu innych utrapień, za które powinna była wziąć odpowiedzialność. Kiedy oskarżenia zaczęły nieco przycichać, odważyła się jej przerwać.

– Molly, kochanie, wiem, że źle zrobiłam, ale na razie wszystko jest w porządku i jestem pewna, że lokatorom nic się nie stanie. Petal sobie z nimi poradzi.

– Petal? Nawet mi o niej nie wspominaj!

Ponieważ był to ostatni temat, na jaki Thea miałaby ochotę rozmawiać, bez żalu z niego zrezygnowała.

– W porządku. Słuchaj, potrzebuję twojej pomocy. Naprawdę nie wiem, do kogo jeszcze mogłabym się z tym zwrócić. – Molly uwielbiała pomagać, a trochę pochlebstwa nikomu jeszcze nie zaszkodziło.

– Tak?

– Sądzę, że Rory to prawdziwy geniusz. Potrzebuję kogoś, kto mógłby ocenić jego prace, ale nie znam nikogo odpowiedniego. Jeśli zrobię kilka slajdów, to pomyślisz, do kogo należałoby je wysłać?

Molly milczała przez chwilę, co było u niej niezwykłe. Normalnie Thea przyjęłaby to z ulgą, ale dzisiaj natychmiast się zdenerwowała.

– Oddzwonię do ciebie – oznajmiła w końcu Molly. – Masz tam telefon? A adres? Zadzwonię. Zrób dobre zdjęcia. Masz odpowiedni aparat?

Wprawdzie spędziła parę dni z Theą i jej Leicą M4 w Prowansji, ale ponieważ był to aparat bez fajerwerków, goniątek i fallicznych obiektywów wysuwających się lubieżnie przy każdym włączeniu, niezbyt go ceniła.

– Tak. Moja Leica wystarczy. Muszę tylko kupić odpowiedni film, ale pewnie dostanę go na miejscu.

– Zadzwonię do Davida Knoxa. No wiesz, dziekana wydziału sztuk pięknych. On mi wskaże właściwą osobę.

– Cudownie. Bardzo ci dziękuję, Molly. Wiedziałam, że mogę na tobie polegać.

– Poleganie poleganiem, Thea, ale nie możesz tak po prostu uciekać…

– Molly, ja przecież już uciekłam. Czy byłabyś taka kochana i zebrała za mnie czynsz od lokatorów? I wpłaciła go do banku, tego na rogu? Konto jest na moje nazwisko. Jesteś słodka. – Odwiesiła słuchawkę, dziękując w myślach Petal za wszystkie nieświadomie udzielane jej lekcje manipulowania ludźmi.

Susan weszła do pokoju w chwili, gdy Thea odwieszała słuchawkę. Miała około dwudziestu lat, czystą, piegowatą cerę i podwinięte rzęsy, a jej włosy tworzyły nad wysokim czołem małe, zwarte loczki. Zdaniem Thei byłaby prześliczna, gdyby nie patrzyła na nią tak podejrzliwie.

– Mam nadzieję, że nie masz mi za złe pobytu tutaj? – spróbowała zmiękczyć pancerz Susan. – Postaram się nie wchodzić ci w drogę.

– Martwię się o Rory'ego. Zwykle nie przerywa pracy, żeby jechać po kogoś na lotnisko – odparła Susan, odrzucając dumnie głowę. – Ani nie zaprasza ludzi do domu. Lubi pracować w spokoju. Zazwyczaj.

Takie zakłócenie rutyny ewidentnie wynikło z winy Thei, która w związku z tym spróbowała wyglądać jak ktoś, kto w życiu nie przeszkodziłby Rory'emu, nawet gdyby nagle wybuchł tu pożar.

– To jak się nazywasz? – spytała Susan. Pytanie: „I po co tu przyjechałaś" nie zostało wypowiedziane, ale zawisło między nimi w powietrzu.

– Thea. Przyjechałam do Rory'ego wczoraj, zupełnie nagle. Nie miał pojęcia, że przyjeżdżam. A ja nie miałam pojęcia, że jest spóźniony z zamówioną pracą, bo wtedy nigdy bym nie przyjechała – Thea wcale nie była taka pewna, czy to prawda. – Sama się sobą zajmę. Wcale nie oczekuję, żeby mnie zabierał na wycieczki czy coś w tym rodzaju. I postaram się nie przysporzyć ci pracy.

– Praca mi nie przeszkadza – Susan specjalnie położyła akcent na słowie praca, by podkreślić, że przeszkadza jej Thea, a nie kilka brudnych naczyń więcej.

– Pozmywałam po kolacji – powiedziała Thea zupełnie jak Petal, gdy próbowała ją udobruchać.

– Widziałam. I pewnie ją przygotowałaś? – Rzuciła Thei spojrzenie tak niechętne, na jakie tylko mogła sobie pozwolić, nie chcąc równocześnie być otwarcie niegrzeczna. – Zwykle ja gotuję coś i zostawiam Rory'emu do podgrzania. Ale wczoraj miałam wolne.

– Och, mówił mi, że zamierza zjeść w pubie, ale ponieważ byłam zmęczona, wolałam zrobić kolację na miejscu. Wiesz, jak to jest, czasem łatwiej jest obrać kilka ziemniaków, niż umalować się do wyjścia.

– Ja się nie maluję – ucięła Susan.

Thea nie wiedziała, czy ma się śmiać, czy raczej wzruszyć ramionami. Poszła do swojej sypialni, czując się trochę jak kokota, która odrywa Rory'ego od jego twórczej pracy. Być może gdyby włożyła na siebie wszystkie swoje rzeczy, przez chwilę byłoby jej ciepło. Zamiast tego przytuliła się do Lary, która wylizała ją miłośnie.

Żeby sfotografować obrazy, musiała kupić film, co oznaczało, że albo przeszkadzi Rory'emu w pracy, czego jej Susan nie wybaczy do końca życia, albo podejmie zmagania z land-roverem.

Na widok wchodzącej do kuchni Thei, Susan, która właśnie wycierała umyte naczynia z kolacji, zacisnęła mocno kształtne usta.

– Jadę do miasta kupić film do aparatu. Rory powiedział, że mogę pożyczyć samochód. Przywieźć ci coś?

– Zamierzasz jechać land-roverem?

– Tak. To takie trudne?

Przez chwilę Susan wahała się, czy lepiej puścić Theę na żywioł, czy też dać jej kilka wskazówek.

– Potrafi być wredny – przyznała w końcu.

Thea przygryzła wargę.

– Naprawdę potrzebny mi ten film. Chcę zrobić slajdy obrazów Rory'ego. Myślę, że jest naprawdę, naprawdę dobry – uśmiechnęła się przymilnie. – A jeśli mam rację, to może już nigdy nie będzie musiał malować koni.

– Tak? A ty się znasz na sztuce? – nie było to szyderstwo, tylko prawdziwe pytanie.

– Nie mam formalnego wykształcenia w tym kierunku, ale sądzę, że mam dobre oko. Uważam, że Rory to geniusz.

– I mówisz, że mógłby rzucić malowanie koni i psów?

– Jeśli moje slajdy obejrzą właściwe osoby.

Susan kiwnęła głową.

– Ja też muszę jechać po zakupy. Mogę cię zabrać swoim samochodem. Kiedy chcesz jechać?

– Kiedy ci będzie pasować. Zdjęcia chcę zrobić przy dziennym świetle, oczywiście jeśli nie będzie padać.

– Kończę tu o drugiej. Potem możemy pojechać.

Miasteczko było niewielkie, ale bardzo ładne, jego środkiem płynęła rzeczka o brzegach porośniętych drzewami. Tętniło życiem, a jego centrum handlowe stanowiło rozsądne połączenie sklepów z pamiątkami dla turystów ze zwykłymi sklepami dla miejscowej ludności, gdzie można było dostać artykuły żelazne, pasmanterię i sprzęt do połowów. W jednym z nich znalazł się również film, jakiego Thea potrzebowała.

Nie udało jej się poznać bliżej Susan podczas tej wyprawy, ale czuła, że jej wrogość nieco osłabła. Uśmiechała się do siebie cierpko, wyglądając przez okno w czasie drogi powrotnej. To tyle, jeśli chodzi o ucieczkę od lokatorów i gorący romans – teraz będzie musiała wstawać o świcie, zmieniać pościel i chować bieliznę, żeby nie obrazić Susan. Studenci przynajmniej trzymali się z dala od jej sypialni, natomiast krzątająca się z odkurzaczem dziewczyna natychmiast odkryje wszystko, co zajdzie między nią a Rorym. Jeśli coś zajdzie.

Chmury mknęły po niebie, przytłumiając światło i raczej wykluczając możliwość zrobienia dobrych zdjęć. Thea postanowiła więc, że wstanie jutro wcześnie – wcześniej niż Rory – i spróbuje rano. Poranne światło będzie nawet lepsze do tego typu zdjęć.

– No i jak ci poszło? – spytał Rory, kiedy wrócił z pracowni, pochlapany farbą, ale zadowolony.

– Mam film, ale zdjęcia zacznę robić dopiero jutro. Światło nie jest teraz odpowiednie. Jeśli zacznę z samego rana, powinnam skończyć po południu. A ty? Skończyłeś swojego konia?

Skrzywił się.

– Powiem ci jedno: sama myśl o tym, że być może już nigdy więcej nie będę musiał namalować kolejnego, uskrzydliła mój pędzel. Whisky?

– Tak, poproszę. – Patrzyła, jak nalewa drinki. – Zmarzłam.

Podał jej szklankę, marszcząc brwi.

– Mówiłem ci, żebyś sobie pożyczyła coś mojego. Nie poprosiłaś Susan, żeby ci znalazła jakiś sweter?

– Nie. Ale za to zabrała mnie do miasta.

– Cieszę się. Może się wydawać trochę ostra, ale zrobi dla ciebie wszystko.

– Myślę, że raczej dla ciebie.

– Naprawdę? Dlaczego?

– Nie, nic. – Skoro Rory nie wiedział, jakim uczuciem darzy go Susan, nie byłoby fair mu o tym mówić. – Kupiłam w mieście kilka steków. Wolisz frytki czy pieczone ziemniaki? Powiedziałam Susan... Powiedziałam Susan, że ja będę gotować, kiedy już tu jestem. Byłoby krępujące, gdybyśmy obie kręciły się po kuchni.

– Mnie wszystko jedno. Czy ktoś ci kiedyś mówił, że jesteś śliczna?

Nie mogła nie zareagować na ten jego figlarny błysk w oczach, ale za wszelką cenę starała się to ukryć.

– Czy to znaczy, że wolisz frytki?

– Znaczy to, co tylko zechcesz. Za twoje piękne oczy.

Thea opanowała lekki dreszcz podniecenia i zabrała drinka do kuchni.

– Zacznę przygotowywać obiad.

Rory podążył za nią leniwie.

– Znajdę jakieś dobre czerwone wino, a potem napalę w kominku. Włączyć muzykę czy wolisz porozmawiać?

– Wszystko mi jedno. A ty co wolisz?

– Po całym dniu we własnym towarzystwie miło jest móc z kimś porozmawiać. A połączenie salonu z kuchnią ma tę zaletę, że kucharz nie traci nic z ubawu.

– Ubawu?

– Tutaj to oznacza pogaduszki, ploteczki, a nawet filozoficzne rozważania.

Zachichotała i zaczęła się rozglądać za nożem, żeby posiekać cebulę.

– Cóż, jako kucharz muszę stwierdzić, że niechętnie straciłabym coś z dyskusji o Nietzschem.

Rory przeciągnął się i zajął kominkiem. Lara zaskomlała i zaczęła łazić po pokoju, usiłując znaleźć sobie wygodne miejsce.

– Biedna staruszka. – Thea popatrzyła na nią z kuchni. – Myślisz, że to już jej czas?

– Problem w tym, że nie mamy pojęcia, kiedy powinien być jej czas. Nie było mnie wtedy i Larą opiekowała się Susan. Uprzedzałem, że suka się „rozgląda", jak to określamy tu w Irlandii, ale i tak nie udało jej się dopilnować.

– Przywiozłam od rzeźnika ładną kość. Możesz jej dać?

– Zatem, kochana pani, czy to dziś jest ta noc, kiedy będziemy się namiętnie kochać pod kołdrą z gęsiego puchu?

Steki zostały już zjedzone, resztki wrzucone do miski Lary, a talerze odsunięte na środek stołu. Rory obierał i kroił jabłka, podając kawałki Thei, a ona zjadała je z dodatkiem bardzo dobrego niebieskiego irlandzkiego sera, który kupiła w mieście. Pytanie padło akurat przy ostatniej cząstce jabłka.

Przyjęła ją jak Ewa i jak Ewa poczuła pokusę. Prawie wszystko wyglądało doskonale. Lubiła Rory'ego, podziwiała jego prace i uważała, że jest niezwykle seksy. Być może to perspektywa kochania się z całkowicie obcym człowiekiem, kiedy się ciut za dużo zjadło, spowodowała jej wahanie. Nagle uświadomiła sobie, że gdyby naprawdę jej się podobał, to raczej nie krępowałaby się przy nim rozebrać, mimo że go dobrze nie zna. A teraz już sama myśl o własnej nagości w zestawieniu z jego atletycznym ciałem zmuszała ją do wciągania brzucha i rozważania sposobów ukrycia pewnych wypukłości, jakich raczej nie widuje się u modelek. Z pewnym żalem położyła rękę na nadgarstku Rory'ego.

– Czy będziesz mnie uważał za okropną flirciarę, która potrafi zepsuć każdą zabawę, jeśli powiem, że dla mnie nadal jest za wcześnie?

Rory klepnął się w czoło.

– Cholera! Wiedziałem, że to ja powinienem gotować dla ciebie. Kobiety to lubią.

Thea roześmiała się.

– To prawda, ale nie sądzę, żeby w tym przypadku miało to jakieś znaczenie. Po prostu nie znamy się wystarczająco dobrze. Jestem chyba nieco staroświecka.

Rory wlał jej do kieliszka resztkę wina.

– To twoja ostateczna odpowiedź?

Uśmiechając się, lekko kiwnęła głową.

– Cóż, to wielki cios dla mnie. Ale sądzę, że zdołam go przyjąć po męsku. – Pomimo tych grzecznych słów Rory patrzył na nią z niebezpiecznym błyskiem w oku. – Być może muszę cię po prostu trochę bardziej upić.

Thea zaczęła zbierać talerze.

– O nie! Wypiliśmy we dwoje całą butelkę wina, że nie wspomnę o whisky. Jeśli nie wypiję teraz przynajmniej pół litra wody, rano będę się czuła strasznie.

Zaniosła naczynia do kuchni.

– Wiesz, co mówi alkoholik do człowieka, który nie miewa kaca? – spytał Rory. – „Chcesz powiedzieć, że wstajesz rano i później wcale nie zaczynasz się czuć lepiej?".

Thea dała Larze obierzynę z jabłka, którą suka przyjęła z wdzięcznością i położyła na podłodze.

– Nie. Z patelni. – Thea była oszczędną gospodynią. Oczy Toby'ego rozszerzyły się z niedowierzaniem. – To bardzo proste, naprawdę – wyjaśniła. – Robi się ciasto jak na babeczki, wałkuje na placek i smaży z obu stron na oliwie. Nie jest takie dobre jak ciasto drożdżowe, ale za to szybko się je robi – urwała, uświadomiwszy sobie, że przepisy kulinarne raczej nie są zbyt interesujące dla siedmiolatka, i postanowiła jak najszybciej przejść do czynów. – To co? Robimy takie pizze? Na wierzch możesz sobie położyć, co zechcesz, oczywiście pod warunkiem, że mam to w domu.

Toby bawił się doskonale. Thea domyśliła się, że chyba nigdy niczego nie gotował, choć zwierzył się jej, że umie korzystać z kuchenki mikrofalowej.

– Mikrofalówki pozwalają dzieciom na bezpieczne odgrzewanie, ale czasami fajnie jest samemu coś ugotować – stwierdziła.

Sprzątnęła ze stołu, owinęła siebie i Toby'ego fartuchami i wysypała mąkę. Bardzo szybko cienka biała warstwa pokryła i kucharzy, i blat stołu, i podłogę.

– Jeśli dodasz do ciasta jajko, będzie lepsze. – Podała Toby'emu jedno jajko.

– Nigdy tego nie robiłem – powiedział niepewnie.

– Nie? To łatwe. Masz, wbij je do tej miseczki, będzie ci łatwiej. Ups, trochę nie wcelowałeś. – Zebrała jajko z blatu z powrotem do miseczki. – Spróbuj jeszcze raz. Dobrze, a teraz dodaj oliwy. – Podała Toby'emu butelkę.

– Ile mam wlać? – Toby był już nieco odprężony.

– Kilka kropel. O, wystarczy!

Dobrze się składało, że Toby lubił nie tylko gotować, ale także i zmywać. Thea zostawiła go przy tym zajęciu, a sama zaczęła czyścić stół.

– Usmażymy pizze, jak zrobimy trochę miejsca, więc umyj tę miskę.

– Ale zabawa! – stwierdził Toby, wychlapując wodę na podłogę prawie równie szybko, jak Thea ją ścierała.

– Nigdy nie gotujesz z mamą? – Thea niewiele wiedziała o macierzyństwie, ale sama zawsze gotowała z mamą, jak była mała.

– Nie, ona nie lubi bałaganu.

– Nikt nie lubi bałaganu, on się po prostu sam robi. – Thea podrapała się w nos umączonym palcem. – Twój tata chyba też go nie lubi?

Toby wzruszył ramionami.

– Chyba mu nie przeszkadza, ale my nie mamy dużo rodzinnego czasu.

– Rodzinnego czasu? Och, rozumiem.

Podłoga wokół Toby'ego, zmoczona wodą ze zmywania, zaczynała się kleić.

– Dlatego będziemy się ograniczać.

– Ograniczać? To ciekawe.

– Taaa. Dlatego chce mieć tę pracę w Bristolu. Będzie mógł wracać do domu dużo wcześniej i pozbędziemy się Margaret. Mojej niani. – To słowo ewidentnie go peszyło. – Znajdziemy jakąś ładną wioskę, gdzie będę chodził do miejscowej szkoły zamiast prywatnie.

Thea domyśliła się, że chodziło mu o szkołę prywatną.

– Rozumiem.

– I Veronica chyba wyjdzie za mąż, więc nie będzie jej musiał dawać tyle pieniędzy.

– Veronica?

– Moja mama. Ona nie lubi etykietek. – Toby zmarszczył brwi. – Ja bym wolał mamę.

– To znaczy wolałbyś nazywać swoją… to znaczy Veronicę… mamą? Ale to nie ma przecież znaczenia, jak się kogoś nazywa, prawda? Jeśli to twoja mama, to nią jest, niezależnie od tego, jak się do niej zwracasz.

Okazało się jednak, że zupełnie nie zrozumiała, o co chodziło.

– Nie, wolałbym mamę taką, jak ma Edward, mój kolega. Ona pracuje tylko na pół etatu i zawsze jest w domu po szkole. Pewnie

– Kac zawsze sprawia, że mam ochotę się zastrzelić. Powinnam dzisiaj położyć się wcześniej, jeśli od rana chcę robić zdjęcia – powiedziała, podnosząc z podłogi obierzynę. – Zrobić ci herbaty albo kawy?

Rory pokręcił głową.

– Zabieram do łóżka tylko swoje rozczarowanie i złamane serce.

– Wcale nie masz złamanego serca, a cierpliwych ludzi spotykają potem same dobre rzeczy.

– To brzmi jak obietnica.

Thea przygryzła wargę. Rzeczywiście tak to zabrzmiało.

– Przecież nie wiesz, czy jestem dobra w łóżku.

– Kobieto, to prawie wyzwanie! Może jednak powinienem siłą zaciągnąć cię do sypialni i zniewolić?

Thea roześmiała się. Miłe w Rorym było to, że potrafił być seksy i równocześnie nie wywoływać w kobiecie poczucia zagrożenia.

– „Och, czemu tak cenię twe puchowe łoże..." – zanuciła wesoło.

– Wkrótce się przekonasz.

– Czekam na to z niecierpliwością, ale najpierw muszę się poczuć gotowa.

– W porządku. Nie jestem prymitywem, który nie potrafi kontrolować swoich namiętności.

– Precz z tobą i twymi namiętnościami! Zobaczymy się rano.

Fotografowanie poszło jej dobrze. Pogoda dopisała, a Rory zrobił sobie wolne i pomógł jej wyciągać obrazy z szopy.

– Mam kupę rysunków na strychu. Chcesz je obejrzeć? – zapytał, kiedy te najważniejsze prace zostały już sfotografowane.

– Bardzo bym chciała, ale skończył mi się film.

– Nie trzeba ich fotografować. Jeśli ktoś będzie zainteresowany, to przyjedzie i sam je obejrzy.

Thea wyczuła w jego głosie pesymizm. Rory nie był pierwszym znanym jej artystą, który na przemian albo był arogancko w sobie zadufany, albo wycofywał się i przepraszał, że żyje.

– Wiem, że już raz się rozczarowałeś, i nie chcę niczego ci obiecywać, ale naprawdę wierzę, że tym razem się uda.

– Boże, mam nadzieję, że masz rację. A co byś powiedziała na trochę zalotów na kanapie w pracowni? Piec działa od rana i jest tam już całkiem ciepło. Susan nigdy się o niczym nie dowie.

A czemu ty się o to martwisz, Rory?, pomyślała Thea. Uśmiechnęła się i odepchnęła go lekko.

– Kupiłam wczoraj wspaniałe kotlety jagnięce. A na deser może zrobię czekoladowy biszkopt. Co o tym sądzisz?

– Twarda z ciebie kobieta, ale poczekam jeszcze trochę, jeśli nadal będziesz mi gotowała.

Thea zmarszczyła brwi w udawanej dezaprobacie.

– Padło tu tyle politycznie niepoprawnych stwierdzeń naraz, że sama nie wiem, z której strony powinnam rozpocząć twoją reedukację. Zatem zignoruję twoje słowa i pójdę do domu wziąć szybki prysznic, nim zacznę gotować. A ty wracaj kończyć konia.

Czekoladowy biszkopt siedział w piekarniku, kuchnia pełna była ciepłego, apetycznego zapachu, Thea zaś brała prysznic. Żałowała trochę, że nie podróżuje z taką ilością kosmetyków jak Molly. Przydałoby jej się jakieś nawilżające mleczko do ciała, a także krem do depilacji i nieco większa butelka perfum niż ta próbka, którą zabrała na wycieczkę. W zasadzie nie było jej celem przygotowanie się na zaplanowany seks, niemniej zastanawiała się szczerze, czy zdobędzie się dziś na odwagę i pozwoli Rory'emu, żeby szeptał jej irlandzkie czułostki, póki nie wylądują razem w łóżku.

Obierała właśnie ziemniaki, kiedy wszedł do kuchni i oczywiście przyniósł jej szklankę whisky. Spojrzała na nią z wahaniem.

– A nie mogłabym dostać kieliszka wina? Z wielkim trudem uniknęłam dziś kaca. Nie chcę się znowu upić.

– Możesz dostać wszystko, czego sobie zażyczysz. Dziwię się tylko, że cierpisz już po połowie butelki wina. Dopiero cała miała-

by prawo spowodować ból głowy – wydawał się szczerze zaskoczony.

– Ale wcześniej piliśmy też whisky, pamiętasz?

– Cóż, teraz też zamierzam się napić whisky. – Znalazł szklankę,
napełnił ją i uniósł w jej kierunku. – Twoje zdrowie, Thea! Dzięki,
że przyjechałaś.

– Dzięki, że mnie wziąłeś i zaprosi...

– Nie wziąłem cię... – słowo „jeszcze" zawisło między nimi w powietrzu.

A zatem nadeszła chwila, której tak się obawiała. Pomyślała, że
musi chyba najpierw wyjaśnić kilka kwestii.

– Trochę mnie krępuje to, że jesteś ode mnie tyle młodszy.

– Zawsze wolałem starsze kobiety. Kocham ich mądrość, ich ludz-
ką życzliwość...

– I cellulitis?

Roześmiał się.

– Nikt, kto czytuje porady w miesięcznikach dla kobiet, nie może
się poważnie przejmować cellulitisem. Ciało kobiety jest dużo bardziej zmysłowe niż mężczyzny.

– A myślałam, że wolisz męskie ciała, z ich wyraźniejszą mus-
kulaturą.

– Lubię rysować mężczyzn, a nie sypiać z nimi.

Thea wzięła głęboki wdech i wreszcie podjęła decyzję. Ale właśnie
gdy miała ją oznajmić, Lara wydała dziwny, wysoki skowyt.

– Co się dzieje? – spytała Thea, a serce zaczęło jej mocno bić ze
strachu.

– O mój Boże, chyba zaczyna rodzić! – stwierdził Rory.

Podeszli szybko do Lary, która patrzyła na nich zdezorientowana
i przygnębiona, zupełnie jakby pytała, co się z nią dzieje.

– Wszystko w porządku, kochana – powiedział Rory miękko. – To
tylko szczeniaczki.

– Całkowicie naturalny proces – zawtórowała mu Thea. – Wszystkie suki rodzą.

Ale Lara nie wydawała się uspokojona, podobnie zresztą jak Thea.

– Miałeś już z tym do czynienia? – zapytała Rory'ego. – Odbierałeś poród jakiejś suki? Być może będzie potrzebować pomocy.

Na jego pięknej twarzy pojawił się wyraz przerażenia.

– Nie. Lara jest pierwsza. Nie mam pojęcia, co robić – powiedział i cofnął się zupełnie jak zagubiony przyszły ojciec na sali porodowej, który stanowczo wolałby w takiej chwili siedzieć w pubie.

– Gdzie ma się oszczenić? – spytała. – Bo chyba nie na kanapie? Jest wprawdzie bardzo wygodna, ale potem tygodniami nie będzie można na niej siadać, a zresztą szczeniaki mogą się pogubić wśród poduszek.

– Och, gdziekolwiek. Trzeba chyba znaleźć jakieś pudło. Niewykluczone, że jest w szopie, chociaż niech skonam, jeśli kiedykolwiek dostałem pocztą coś tak dużego, żeby w pudle po tym zmieściła się Lara ze szczeniakami. Ktoś musiałby chyba przesłać mi słonia.

– Jest już trochę za późno czekać na słonia. Chodź, odsuniemy kanapę od kominka i przykryjemy póki co podłogę gazetami. Później pomyślimy, gdzie umieścić szczeniaki – postanowiła.

– Pewnie, w końcu to tylko pies, nie musimy się aż tak przejmować.

Nie wiedziała, co ją bardziej dotknęło w tej uwadze, brak szacunku dla kobiet czy dla zwierząt.

– Ale ma chyba prawo do opieki z naszej strony, nie uważasz?

– No pewnie. Tylko nie musimy od razu popadać w przesadę. W końcu może się przecież oszczenić w szopie, a wtedy szczeniaki nie będą nikomu przeszkadzać.

Thea zdążyła tylko rzucić mu pełne wyrzutu spojrzenie, ponieważ w tej właśnie chwili ktoś zapukał do drzwi.

– Kogo tu diabli niosą? – zdenerwował się Rory.

Ponieważ Thea miała bliżej, poszła otworzyć. Jeśli to nie weterynarz albo Susan z dużym pudłem, to gość raczej nie zostanie przyjęty z otwartymi ramionami.

Rozdział szósty

Przez chwilę Thea miała wrażenie, że cierpi na jakiś dziwny rodzaj halucynacji: na progu stała Molly, a zaraz za nią Petal. Dalej dostrzegła sylwetki wysokiego, ciemnego mężczyzny i małego chłopca. Poczuła się dokładnie jak we śnie, w którym spotykają się nagle ludzie, którzy nigdy nie zetknęli się na jawie.

– Nareszcie trafiliśmy! – wykrzyknęła Molly i odsunąwszy bezceremonialnie z drogi osłupiałą Theę, weszła do środka.

– Dzięki Bogu, umierałam już z głodu. – Petal ruszyła w ślady Molly. – A poza tym nie pozwolili mi słuchać w samochodzie mojej muzyki. Są z u p e ł n i e okropni.

– A kim wy, ludzie, u licha, jesteście? – zapytał Rory, kiedy do środka wszedł również mężczyzna, wyglądający dla Thei dziwnie znajomo, wraz z chłopcem, który, sądząc z podobieństwa, musiał być jego synem.

– Nazywam się Ben Jonson – przedstawił się mężczyzna, wyciągając do Rory'ego rękę. – Przepraszam za to najście. Chciałem tu przyjechać sam – rzucił pełne rozpaczy spojrzenie na Molly i Petal. – Od lat próbuję pana odnaleźć.

Lara, która uspokoiła się na chwilę, wydała kolejny skowyt i zaczęła krążyć po pokoju tak szybko, jak tylko pozwalał jej na to wielki brzuch.

Thea zeszła jej z drogi i odciągnęła Molly na bok.

– Molly, co ty tu, u diabła, robisz? – spytała. – I po co przywiozłaś Petal? Prosiłam cię, żebyś mi znalazła odpowiedni kontakt, a nie osobiście przyprowadziła tu z odsieczą oddział kawalerii!

– Przyjechałam pilnować Toby'ego – oznajmiła nieco wyzywająco Petal. Thea zauważyła, że dziewczyna nie jest umalowana i brakuje jej zwykłej pewności siebie.

– Tak się o ciebie martwiliśmy – wyjaśniła Molly. – Teraz widzę, że to wygląda trochę dziwacznie, ale po prostu czułam, że muszę przyjechać i sama sprawdzić, jak się miewasz. Kiedy Ben mi powiedział, że słyszał o twoim artyście, uznałam to za swój obowiązek – wyraz twarzy Thei zmusił ją jednak do dodania: – Och, no dobrze, już dobrze, poza tym u m i e r a ł a m też z ciekawości – powiedziała to takim tonem, jakby rzeczywiście chodziło o jakąś śmiertelną chorobę. – M u s i a ł a m się z nim zabrać i zobaczyć na własne oczy, jak sobie radzisz.

– A Toby ma fioła na punkcie irlandzkich mitów i legend i trzeba go było zabrać. Przeczytał na ten temat jakąś książkę – wtrąciła Petal; ten fakt najwyraźniej budził w niej równocześnie zdumienie i podziw.

Thea westchnęła głęboko i odwróciła się do chłopca. Jedno było pewne: z całą pewnością nie on odpowiadał za ten najazd.

– Ty musisz być Toby – uśmiechnęła się do niego.

Skinął głową. Wydawał się bardzo zmęczony i speszony.

– Jesteś głodny? – Thea nie miała żadnych doświadczeń w postępowaniu z małymi chłopcami, wiedziała jednak, że każda osoba poniżej siedemnastego roku życia prawie bez przerwy potrzebuje jeść. Nie była tylko pewna, czy stosuje się to również do siedmiolatków, ale postanowiła spróbować. Czekoladowy biszkopt właśnie skończył się piec.

Toby rozglądał się w zamyśleniu.

– Niespecjalnie.

– Ja jestem głodna. Po prostu umieram z głodu – przypomniała o sobie Petal. – Masz może herbatnika? W domu był po prostu k o s z m a r. Wezwaliśmy ludzi do sprzątnięcia rzygowin, ale pralka nadal nie działa, chociaż przyszedł fachowiec i wyciągnął z filtra jednopensówkę. Wziął za to dziewięćdziesiąt funtów, które nam wisisz, bo powiedział, że nie wyjdzie, póki mu nie zapłacimy. To jest coś do jedzenia czy nie?

Wszelkie myśli o poczęstowaniu Petal czekoladowym biszkoptem natychmiast wywietrzały Thei z głowy.

– Nie mam pojęcia, to nie mój dom. Musisz poprosić Rory'ego. Rory, to jest Petal.

Zauważyła, że na widok Rory'ego Petal wyraźnie pożałowała, że nie zrobiła sobie makijażu.

– Nie mam herbatników, ale może chcesz drinka? – zaproponował Rory. – Irlandzka whisky postawi na nogi nawet umarłego.

– To nie jest dobry pomysł na pusty żołądek – ostrzegła Thea.

Petal, ogrzawszy się przez chwilę w cieple uroku Rory'ego, wyciągnęła komórkę, prawdopodobnie, żeby podzielić się z kimś tym doznaniem, ale w połowie gestu przypomniała sobie, że telefon nie działa.

– A może pójdziemy wszyscy do pubu? – zaproponował Rory, który, rozbawiony zachowaniem Petal i zaciekawiony słowami Bena, stawał się coraz bardziej gościnny. Molly też zapewne oczarowałby w kilka sekund, gdyby tylko dać mu na to szansę.

– Nie możesz teraz wyjść. Twoja suka zaraz będzie rodzić! – zaprotestowała Thea. – Nie możesz mnie zostawić samej ze szczeniącą się Larą!

– Szczeniaki? – podchwyciła radośnie Petal, ale po chwili dotarł do niej sens wypowiedzi Thei. – Chcesz powiedzieć, że zaraz będą się rodzić? Och, fuj! – Popatrzyła ostro na Molly, gotowa zrzucić na nią winę za podróż przez pół Irlandii, której finałem miał być obrzydliwy psi poród, ale nagle dotarło do niej, że nie ma do czynienia z Theą czy własną matką i lepiej nie zachowywać się arogancko.

– Masz za niski poziom cukru we krwi, mówili o czymś takim w telewizji. Chodź, poszukamy ci czegoś do zjedzenia – Thea wolała się wycofać. Nawet w dobrym humorze jej lokatorka była wystarczająco nieznośna.

– To takie niesprawiedliwe! – poskarżyła się Petal natychmiast, gdy znalazły się w kuchni. – Musiałam tu przyjechać, bo w domu jest w tej chwili okropny bałagan i nikt się o nas nie troszczy, a Piers mnie rzucił – urwała gwałtownie i Thea zrozumiała, że po raz pierwszy przytrafiło się jej coś takiego. – Nie mogłam nigdzie wychodzić, jak zostałam sama, bo wszyscy by się zaraz dowiedzieli...

Thea poczuła, że mięknie jej serce. Ukroiła jej kawałek biszkopta.

– Przecież musisz gdzieś wychodzić, bo inaczej nie znajdziesz sobie nowego chłopaka!

– Och, wiem – odparła Petal z pełnymi ustami. – Ale mogli mnie przynajmniej uprzedzić, że moja komórka nie będzie działać w Irlandii!

– Nie sądzę, żeby Molly znała się na telefonach. Inaczej zadzwoniliby do mnie, żeby uprzedzić o przyjeździe – Thea ze zdziwieniem uświadomiła sobie, że bierze stronę Petal.

– Próbowali dzwonić, ale mieli zły kod czy coś tam i nie mogli się połączyć.

Stłumione przekleństwo Rory'ego uświadomiło Thei, że w salonie coś się dzieje. Zostawiła Petal w kuchni z biszkoptem i poszła sprawdzić.

Na twarzy Molly malowało się równocześnie zmęczenie i przerażenie, Rory był raczej zniecierpliwiony, natomiast Ben Jonson spokojnie przykucnął przy Larze. Toby stał mu nad głową.

– Jak z nią? – spytała Thea.

– W porządku. Pierwszy szczeniak urodzi się lada moment.

– Skąd wiesz? Odbierałeś kiedyś psi poród?

Ben skrzywił się lekko.

– W pewnym sensie. Widziałem to kilka razy.

Opieka nad szczeniącą się suką z Molly i Petal na głowie to nie był już dziwaczny sen, tylko prawdziwy koszmar. Thea wiedziała dobrze, że obie są nadzwyczaj wrażliwe i zapewne będą piszczeć głośniej niż Lara, jak tylko coś się zacznie dziać. Uchwyciła spojrzenie Rory'ego i dała mu znak, że musi coś zrobić.

Nie zareagował. Albo bawiła go myśl o Molly i Petal z wrzaskiem wskakujących na krzesła, albo nie zrozumiał jej znaków.

Jej niemą panikę zauważył natomiast Ben.

– Muszę cię ostrzec, Molly, że szczeniące się suki powodują okropny bałagan – powiedział spokojnie. – Na pewno ci się to nie spodoba. Poza tym Lara byłaby pewnie wdzięczna za chwilę spokoju.

– Jaki bałagan? – spytała Petal z wręcz chorobliwym zainteresowaniem.

– Krew, wody płodowe i czarno-zielony śluz. Łatwo się przy tym umazać – wyjaśnił Ben. – O popatrz, właśnie ma skurcze.

Rory, najwyraźniej rozbawiony widocznymi oznakami przerażenia kobiet, w końcu pojął aluzję.

– To może jednak zabiorę wszystkich do pubu? Zjemy tam coś, a Lara oszczeni się tu sama w spokoju.

– Nie możesz przecież tak jej zostawić – zaprotestowała Thea.

– Boże, kobieto, zdecyduj się na coś – jęknął Rory. – Najpierw mówisz, że Lara potrzebuje spokoju, a zaraz potem że towarzystwa.

– Pub to bardzo dobry pomysł – stwierdził Ben. – Rory, zabierz tam kobiety, a ja z Tobym będziemy doglądać Lary.

– Tak, to dobry pomysł – przytaknęła Thea. – Pojedziecie land-roverem? – Podeszła do Rory'ego i szepnęła mu do ucha: – Sprawdź przy okazji, czy wynajmują tam pokoje. Wszystkich tu nie pomieścimy.

Kiedy Rory poszedł po płaszcz, Molly zaciągnęła Theę w kąt pokoju.

– Kochanie, muszę z tobą zamienić kilka słów w cztery oczy.

Zdaniem Thei w pokoju pełnym ludzi oczu było znacznie więcej, ale zaniepokoił ją poważny, prawie zmartwiony wyraz twarzy przyjaciółki.

– Co się stało? Chyba w domu nie zaszło nic naprawdę złego? – zapytała.

– Och, nie, nie wiem. Chciałam powiedzieć, że... to znaczy... nie widzę powodu, żebyś... nie wspomnisz chyba Derekowi o moim małym flircie z Geraldem, prawda?

Thea na serio zaczęła się zastanawiać, czy nie śni – wszystko było takie dziwaczne.

– Molly, tkwimy w samym środku Irlandii – to jest bliżej brzegu – i Aix wydaje mi się teraz bardzo odległą przeszłością. – Nagle przyszła jej do głowy straszna myśl: – Tylko mi nie mów, że uciekłaś od Dereka, a Gerald czeka w samochodzie!

– Cóż za nonsens! Oczywiście, że nie. Dlaczego miałabym uciekać od Dereka? A w Aix byłyśmy zaledwie tydzień temu!

– Jakoś zupełnie o tym zapomniałam. Ale to nie ma znaczenia, i tak nie zamierzałam mówić Derekowi o czymś, co, jak rozumiem, było zupełnie niewinne.

– Ależ naturalnie, zupełnie niewinne. Tylko myślałam... zastanawiałam się, czy przypadkiem źle tego nie zrozumiałaś.

Właśnie w chwili, gdy do Thei dotarło, że Molly najprawdopodobniej przejechała taki kawał drogi tylko po to, by jej wyjaśnić, że między nią a Geraldem nic nie zaszło, rozległ się wrzask Petal.

– No właśnie – stwierdził Ben kwaśno. – Rory, Molly, zabierzcie stąd Petal, niech ten nieszczęsny pies ma choć trochę spokoju.

Właściwie nie podniósł głosu, ale Molly natychmiast chwyciła torebkę i kluczyki do samochodu.

– Zatem do pubu. Nic jeszcze nie piłam, więc będę prowadzić. Chodź, Petal. Przynajmniej będzie tam porządna łazienka. Rory, usiądziesz z przodu i będziesz mi pokazywał drogę. Toby, pewnie chcesz zostać z tatą? Jedziesz, Thea? Petal, pospiesz się, proszę.

Rozglądająca się nerwowo Petal z ulgą ruszyła w stronę drzwi. Jak dla niej, dom Rory'ego był zanadto prymitywny i leżał zbyt daleko od cywilizacji.

– Ja nie jadę – stwierdziła Thea stanowczo. Choć była wdzięczna Benowi za zdecydowane działanie, nie życzyła sobie, żeby zachowywał się tak władczo również wobec niej. – Pomogę przy szczeniętach. W końcu Lara mnie zna.

– Będzie tu straszny bałagan – uprzedził Ben. – Nasza ostatnia szczeniąca się suka pobrudziła wodami płodowymi wszystkie meble na parterze. Wszędzie było pełno czarno-zielonego śluzu, a sprzątanie zajęło nam całe wieki.

– Bałagan mnie nie przeraża – zapewniła go Thea.

Ben nagle leciutko się uśmiechnął.

– A tak. Zapomniałem.

– Ale mnie owszem. – Molly wzdrygnęła się. – Chodźmy!

Kilka chwil później dom niemal opustoszał i wreszcie zapadła błoga cisza. Ben, Toby i Thea zostali sami.

Przez kilka chwil w milczeniu obserwowali Larę, która chodziła w kółko, próbując uciec od tego, co działo się w jej wnętrzu.

– Będziemy potrzebować starych gazet i prześcieradeł – stwierdził Ben. – I to raczej szybko.

Thea, która nie bardzo wiedziała, gdzie szukać takich rzeczy, poszła do suszarni i wróciła akurat w chwili, gdy Toby zawołał:

– Tato, tam wychodzi coś czarnego i oślizłego! To jest obrzydliwe!

Thea i Ben szybko spojrzeli na zad Lary, z którego istotnie wystawał czarny worek, zapewne ze szczeniakiem w środku. Ben ujął go w rękę i delikatnie położył na podłodze. Lara natychmiast położyła się obok i zaczęła lizać i gryźć worek. Jej zęby zgrzytnęły na łożysku.

Thea nagle poczuła, że chce jej się płakać. Tak strasznie się wzruszyła, patrząc, jak pod językiem Lary ta dziwna, bezkształtna masa upodabnia się coraz bardziej do wiercącego się szczeniaka, który w końcu otworzył mordkę i zapiszczał. Ben uniósł go delikatnie i położył przy boku Lary, a szczenię natychmiast zaczęło ssać. Było ciemnobrązowe z kilkoma białymi łatkami.

– O rany! – wykrzyknął Toby z podziwem.

Ben uśmiechnął się.

– Całkiem spory.

– Pozostałe też zaraz wyjdą?

Ben pokręcił głową.

– To może potrwać jeszcze bardzo długo. – Popatrzył na syna. – Może poproś Theę, żeby przygotowała ci jakąś kanapkę.

Thea otarła samotną łzę.

– Obaj zasługujecie na porządny posiłek. Zrobię te kotlety jagnięce, które mieliśmy zjeść z Rorym. Już dawno wstawiłam do pieca dwa ziemniaki. Są całkiem spore, więc się jakoś podzielimy. Jest też wino, a na deser będzie czekoladowy biszkopt, jeśli Petal wszystkiego nie zjadła.

– Toby jest wegetarianinem. – Ben nieco się skrzywił, słuchając opisu tej kameralnej kolacji.

– No to dołożę ci do ziemniaka trochę tartego sera, chcesz, Toby? Chłopiec skinął głową.

– To bardzo uprzejmie z pani strony.

– Ty też jesteś wegetarianinem? – spytała Bena, w myślach przeglądając zawartość lodówki. Kupiła wczoraj jajka, więc może usmażyć mu omlet.

– Nie, ja jadam wszystko. – Uśmiechnął się do niej, czym ją zaskoczył. Uważała go za bardzo skrytą osobę, a tu nagle przez chwilę mogła zobaczyć, co się z nim dzieje w środku. – To miłe, że tak się o nas troszczysz.

– Nie ma sprawy, przywykłam do troszczenia się o ludzi. A skoro ty troszczysz się o Larę, to jest to sprawiedliwy układ.

– No właśnie, znalazłaś może coś, co się nadaje na szmaty? Podała mu znalezione w suszarni żółte prześcieradło.

– Jest zupełnie w porządku, jeśli nie liczyć tego okropnego koloru i kilku plamek. W razie czego kupię Rory'emu nowe.

Ben wyciągnął scyzoryk, naciął brzeg prześcieradła i rozerwał je na dwie części.

– Jak myślisz, kto był ojcem? – spytała, kiedy starannie okrywał prześcieradłem kanapę.

– Trudno to stwierdzić na podstawie wyglądu szczeniaka, ale ponieważ jesteśmy na wsi, zapewne jakiś collie. – Spojrzał na nią i zawiesił głos. – Możesz sobie wyobrazić stworzenie wielkości Lary z inteligencją i energią owczarka collie?

Thea otworzyła szeroko oczy.

– Wolałabym nie: rozpędzone słoniątko...

– Chociaż, z drugiej strony, szczeniaki mogą odziedziczyć charakter po matce. Pastuch będzie wołał: „Do nogi, migiem!", a taki szczeniak podejdzie dostojnie, mówiąc: „No dobra, już dobra, przecież się nie pali. Chyba nie chcesz, żebym biegał?".

Toby wybuchnął głośnym śmiechem, ale zaraz go stłumił ze względu na Larę. Thea także zachichotała; nie sądziła, że Ben potrafi tak żartować.

– A jeszcze zanim spytasz, od razu ci odpowiem, że nie. Nie weźmiemy sobie żadnego z tych szczeniąt – powiedział Ben do syna.

– Oj, tato! – zabrzmiało to jak standardowy protest na rodzicielską odmowę.

Ben się roześmiał.

– Nie „ojtatuj", nie „ojtatuj". Wiesz doskonale, że nie możemy trzymać w Londynie takiego dużego psa. – Poklepał syna po ramieniu. – A ponieważ nie wiadomo, kiedy urodzi się następny, to my napijemy się teraz herbaty, a ty zjesz ziemniaka.

– Już robię. – Thea poderwała się, widząc, że Ben zamierza wstać i sam się tym zająć. Nie chciała przejmować od niego roli akuszerki. – Chyba powinnam przygotować herbatę również Larze. Właśnie urodziła dziecko i ani razu nie zaklęła.

– A kobiety klną, kiedy rodzą dzieci? – zapytał Toby.

Thea skinęła głową przytakująco.

– Wprawdzie nie jestem ekspertem, bo nigdy nie rodziłam dziecka, ale wiem, choćby z telewizji, że niektóre kobiety w czasie porodu okropnie przeklinają – wyjaśniła mu, po czym, czując, że powiedziała chyba coś niestosownego, uciekła szybko do kuchni, gdzie przynajmniej czuła się na miejscu.

– Nie musisz biegać. Toby jeszcze nie umiera z głodu, prawda?

Toby roześmiał się, a potem ziewnął.

– Wolisz herbatę czy coś mocniejszego, Ben? – zawołała Thea z kuchni.

– Lepiej pozostańmy przy herbacie. Larze pewnie nic nie będzie, ale gdybyśmy musieli szukać w środku nocy weterynarza, wolałbym być trzeźwy.

Thei udzielił się spokój Bena. Zaimponował jej swoim rozsądnym podejściem do spraw związanych z alkoholem. Pod tym względem Rory był raczej nieodpowiedzialny.

Toby skończył jeść kolację, ale nadal nie było oznak rychłego pojawienia się kolejnych szczeniąt.

– A może byś wolał wskoczyć do łóżka? – zaproponowała Thea. – Mogę ci przygotować termofor, widziałam jakiś w łazience. Zawołalibyśmy cię, jak Lara znów zacznie rodzić.

Ben otworzył usta w proteście i Thea uświadomiła sobie, że popełniła zapewne okropne *faux pas*.

– Oczywiście jeśli twój tata uzna to za właściwe – zakończyła niezręcznie.

– Nie, w porządku – uspokoił ją Ben. – Toby, czy chcesz, żeby cię obudzić, jak drugi szczeniak zacznie się rodzić, czy wolisz rano obejrzeć wszystkie naraz?

– Nie wiem, czy zasnę. Jeśli nie, to wolę patrzeć, jak się rodzą, ale jak zasnę, to wolę zobaczyć je wszystkie rano.

– No to przygotuję ci termofor i pokażę łóżko. To tutaj obok, więc niczego nie przegapisz – powiedziała Thea.

– Oczywiście jak najpierw wyczyścisz zęby – dodał Ben, rzuciwszy jej spojrzenie, w którym chyba krył się jakiś wyrzut.

Kiedy już ułożyli Toby'ego do snu, wrócili do Lary.

– Zupełnie się nie znam na wychowywaniu dzieci. Przepraszam, jeśli powiedziałam coś nie tak – usprawiedliwiała się Thea.

– Cóż, Toby chyba cię lubi. – Ben rzucił jej spojrzenie wskazujące, że raczej nie podziela tych uczuć syna.

– No to pójdę przygotować kolację dla nas.

Ben ruszył za nią do kuchni.

– Przepraszam, jeśli nasz przyjazd popsuł ci *tête-à-tête* z Rorym. Miałaś już wszystko przygotowane na romantyczny wieczór.

– Rzeczywiście. – Thea wyciągnęła z kredensu talerze. – Zamierzaliśmy patrzeć sobie głęboko w oczy, kiedy Lara będzie wokół nas rodzić kolejne szczenięta. – Chciała jeszcze dodać, że zamierzali też kochać się namiętnie na podłodze, ale zrezygnowała. Rzuciła mu za to gniewne spojrzenie. – Zamierzam napić się wina. Czuję, że jest mi to potrzebne.

Brwi Bena powędrowały w górę, jakby w pytaniu, cóż takiego zrobiła, żeby zasłużyć sobie na wino.

– Lara chyba śpi, nie widzę teraz żadnych skurczów.

Kiedy wstawiła wodę na mrożony groszek, a kotlety piekły się już na niezbyt wydajnym ruszcie, Thea wzięła swoje wino i wróciła do salonu. Miała do Bena kilka pytań.

– Dobrze zrozumiałam, że słyszałeś już o Rorym i znasz jego obrazy? Mówił mi, że nic nie wystawiał od czasu katastrofy zaraz po dyplomie.

– Widziałem tę wystawę. Była wstrząsająca, choć jego zachowanie chyba jeszcze bardziej, i to bynajmniej nie w pozytywnym tego słowa znaczeniu. Nie słyszałem o nim od tamtej pory.

– A czym się dokładnie zajmujesz?

– Chcesz pełny życiorys czy krótkie streszczenie?

Zastanawiała się, czemu był w takim złym humorze. Nagle przypomniała sobie, że przecież cały dzień spędził w samochodzie z Molly i Petal, a zaraz po przyjeździe zmuszono go do odbierania szczeniąt i poziom cukru w jego krwi zapewne spadł już do zera. Mogła mu wybaczyć.

– Wystarczy streszczenie.

– Teraz jestem kierownikiem artystycznym w agencji reklamowej. A przedtem byłem dziekanem wydziału plastycznego na uczelni.

– A dlaczego zmieniłeś zawód? Te dwa zajęcia raczej nie są do siebie podobne.

Ben wzruszył ramionami.

– Bo zmieniło się moje życie. Ożeniłem się, na świat przyszedł Toby. Moja żona wymagała więcej, niż mogłem jej zapewnić, pracując na uczelni, więc zmieniłem pracę.

– Jesteś… hm…

– Nadal żonaty? Nie. Ale rozwód jest jeszcze bardziej kosztowny. Dwa domy, niania na stałe, mały spór prawny…

W tym stwierdzeniu Thea wyczuła wiele goryczy.

– Więc uważasz, że prace Rory'ego są dobre?

– Mogą być. Chociaż równie dobrze mogą się okazać nic niewartą kupą śmiecia.

– Sądzę, że nie, inaczej nie zadzwoniłabym do Molly. Miałam nadzieję, że może zna kogoś, komu mogłabym posłać slajdy.

– I nie spodziewałaś się, że ten ktoś zjawi się tu we własnej osobie razem z liczną grupą wsparcia? – kiedy to mówił, na jego twarzy pojawił się cień uśmiechu.

– Zupełnie. Nie było powodu, skoro zrobiłam masę slajdów i niedługo je odbiorę z wywołania. – Zmrużyła oczy. – Zapewne po tym, co ci powiedziała Molly, z góry założyłeś, że są do niczego?

Miał na tyle przyzwoitości, żeby się zawstydzić.

– I tak planowaliśmy z Tobym wyjazd do Irlandii. On ma fioła na punkcie irlandzkich mitów i legend i podejrzewam, że w głębi ducha ma nadzieję zobaczyć krasnala, chociaż za nic się do tego nie przyzna. Ja też nigdy nie byłem w Mayo, więc po prostu zamiast na południe pojechaliśmy na północ. I na zachód.

Thea roześmiała się.

– Ale nigdy nie zabrałbym Molly i Petal, gdyby się tak nie uparły. Molly twierdziła, że koniecznie musi z tobą porozmawiać w jakiejś sprawie, ale osobiście sądzę, że raczej chciała cię przyłapać na gorącym uczynku.

– Ha!

– Była dla mnie bardzo dobra, kiedy przeżywałem trudny okres, a Toby bardzo ją lubi, więc pozwoliłem jej i Petal zabrać się z nami. Gdyby wiedziała, jaką masz w Larze przyzwoitkę, jestem pewien, że zrezygnowałaby z przyjazdu – dodał wyjaśniająco. – Nic natomiast nie wiedziałem o slajdach, więc pewnie i tak przyjechałbym tu z Tobym.

– Toby spędza z tobą wakacje?

Przez chwilę milczał, wyraźnie zirytowany.

– Toby ze mną mieszka. Matka zabiera go czasami na weekendy, jeśli znajdzie opiekunkę.

– Och! – Thea miała ochotę przeprosić za to, że z góry założyła, iż to matka Toby'ego jest głównym opiekunem dziecka, ale nie wiedziała jak. Poza tym Ben wyglądał na człowieka zdolnego do wyciągania samodzielnych wniosków.

– To dość niezwykłe, nawet w dzisiejszych czasach – stwierdził nieco mniej sztywno.

Przytaknęła.

– Jednak mogliście zadzwonić i mnie uprzedzić.

– Próbowaliśmy na każdym postoju, ale nikt nie odbierał. Molly oczywiście przyjęła najgorszą wersję wydarzeń i postanowiła, że przyjedziemy bez zapowiedzi, aby cię uchronić od popełnienia okropnej pomyłki.

– Na litość boską! Jestem samodzielna, niezależna i dawno skończyłam już dwadzieścia jeden lat!

Ben wzruszył ramionami, co miało oznaczać, że nie czuje się odpowiedzialny za ten najazd.

Zapadłą nagle ciszę przerwało skomlenie Lary. Ben i Thea patrzyli, jak przez jej ciało przechodzi skurcz.

– Myślisz, że powinniśmy jej podać tlen i środki znieczulające? – zażartowała Thea, trochę żeby poprawić nastrój, a trochę ponieważ potrzebowała zapewnienia, że wszystko idzie dobrze.

– Myślę, że nieźle sobie radzi. Z pewnością była na wszystkich lekcjach w szkole rodzenia.

– Hmmm... – Thea nie miała własnych dzieci, ale za to kilka przyjaciółek, które najpierw chciały rodzić w sposób naturalny, a potem błagały o znieczulenie, kiedy było już za późno.

Ben spojrzał na nią uważnie.

– Nie sądzę, żeby u psów poród był równie bolesny jak u ludzi, chyba że jakiś szczeniak jest źle ułożony. Matka Toby'ego wybrała cesarskie cięcie.

Thea skrzywiła się.

– To jeszcze bardziej przerażające. Ale martwi mnie, że nie mamy ani telefonu do weterynarza, ani nie wiemy, gdzie go szukać.

– No to powinniśmy się dowiedzieć – urwał i pociągnął badawczo nosem.

– O mój Boże! Kotlety!

Thea popędziła do kuchni, odwróciła kotlety i zalała groszek wrzątkiem.

– Rzecz w tym, że nie mam pojęcia, gdzie szukać – wyznała po powrocie do salonu. – Nie mam kogo zapytać, chyba że Susan – ona tu sprząta. Ale nie wiem, gdzie mieszka.

– Może pomoc nie będzie potrzebna. O, właśnie. Już za chwilę!

– Zawołać Toby'ego?

– Mam nadzieję, że już zasnął. Miał męczący dzień.

– Tylko sprawdzę. Czułabym się podle, gdyby jeszcze nie spał, a my byśmy go nie zawołali.

Ale Toby spał mocno w jej łóżku, więc przykryła go tylko starannie i wróciła do salonu akurat w chwili, gdy pojawił się kolejny czarny worek.

– Toby śpi – wyjaśniła, patrząc, jak suka wylizuje szczeniaka wielkim, szorstkim ozorem. – To zadziwiające, jak ten szczeniak nabiera kształtu pod językiem Lary. Zupełnie jakby go rzeźbiła w glinie.

– Możemy teraz zjeść kolację, jeśli jest już gotowa. Będzie chyba na to dość czasu.

Kiedy mył ręce, Thea uprzątnęła część stołu, tak żeby zmieściły się na nim dwa talerze i dwie szklanki. Podała kolację w kuchni, dodając duży kawałek masła do ich wspólnego ziemniaka.

– Ciekawe czy znaleźli jakiś nocleg i miłe miejsce na kolację – powiedziała, ponownie napełniając swój kieliszek i pytająco wyciągając butelkę w stronę Bena.

Poprosił, żeby mu nalała.

– Nie sądzę, żeby Molly odpowiadały takie warunki. Ani Petal.

– Cóż, mam tylko nadzieję, że po tym wszystkim spodobają ci się obrazy.

– Ja również.

– I co chcesz zrobić dalej? Kupić je wszystkie? Siadaj i jedz. Możemy nie mieć zbyt wiele czasu.

– Sądzę, że czasu mamy aż nadto. Nie przypuszczam, by mnie było stać choć na jeden jego obraz, nie mówiąc już o wszystkich. Nie, spróbuję raczej namówić jakąś galerię w Londynie, żeby mu zorganizowała wystawę. Oczywiście mają terminy zarezerwowane na całe lata naprzód, więc będzie musiał trochę poczekać.

Thea podejrzewała, że choć Rory był gotów poczekać kilka dni, nim zaciągnie ją do łóżka, niekoniecznie musi się równie łatwo zgodzić na kilkuletnie czekanie na wystawę, i to akurat w chwili, kiedy przełamał swoją artystyczną izolację.

– Przepraszam, kotlety są troszkę przypalone.

– Wcale nie. Często takie jadam. Zawsze, kiedy coś gotuję, dzwoni telefon.

– To zabawne, prawda? Ci sprzedawcy, którzy przez telefon oferują meble kuchenne na zamówienie, powinni zrozumieć, że ludzie, którzy w pośpiechu starają się przygotować posiłek we własnej, źle urządzonej kuchni, nie najlepiej zareagują na ich propozycje.

– A ty nadal używasz sztuczki ze świecą i alarmem przeciwpożarowym?

Speszyła się nieco.

– Skąd wiesz? Och, prawda, przecież sam widziałeś – uśmiechnęła się. – Nie, odkryłam, że o wiele lepsza metoda to powiedzieć stanowczo: „Nie, dziękuję" i odłożyć słuchawkę.

– Gotujesz dla swoich lokatorów, prawda?

– To moja pokuta za grzechy, ale robię to tylko wieczorem i tylko jeśli nie wychodzą na miasto. Zupełnie jak w rodzinie, w której jest zbyt dużo nastolatków.

– Musi ci być ciężko wynajmować pokoje nastolatkom, skoro nie masz własnych dzieci.

Wzruszyła ramionami. To, że nie miała dzieci, czasami istotnie ją smuciło. Kiedy była młodsza, uważała, że nie da się połączyć pracy fotoreportera i związanych z nią ciągłych wyjazdów z wychowywaniem dziecka, chyba że ma się odpowiedniego partnera. A żaden z mężczyzn, z którymi się wtedy spotykała, nie był dobrym materiałem na ojca. Początkowo sądziła, że Conrad jest wyjątkiem, ale przekonała się, i to jeszcze przed tą okropną historią, że nie jest do tego stworzony. Natomiast teraz, kiedy wycofała się z branży, zaczynała się poważnie martwić, że jest już za stara na dzieci i że w ogóle nie ma partnera, obojętnie, odpowiedniego czy nie.

– Te noże są okropne – stwierdziła, kiedy udało jej się strzelić groszkiem w talerz Bena. – Pójdę poszukać w kuchni czegoś ostrzejszego.

Kiedy wstawała, Ben położył dłoń na jej nadgarstku.

– Nie zawracaj sobie tym głowy. Na pewno nie znajdziesz nic lepszego, a poza tym możemy przecież jeść rękami.

Usiadła na powrót, nagle czując ogromne zmęczenie.

– Dobrze. Musisz być wykończony. Prowadziłeś przez całą drogę?

Ben, który właśnie zabierał się do kotleta, pokręcił głową.

– Molly też trochę prowadziła. Na szczęście jest dobrym kierowcą.

– Dlaczego nie przylecieliście ze Stansted na lotnisko w Knock, tak jak ja? Mogliście tam wynająć samochód.

– Nie wiedzieliśmy o lotnisku w Knock. A poza tym, przy tylu osobach wypadłoby to znacznie drożej.

– Nie sądzę, żeby Molly musiała się martwić o wydatki.

– Ona nie, ale ja tak.

Thea poczuła wyrzuty sumienia, że nie jest lojalna wobec Molly, mimo że przyjaciółka zapłaciła za jej wakacje.

– Mam nadzieję, że się dobrze bawi w tym pubie. Nie powinnam była… tak uciekać.

– Nie ma co się martwić o Molly, na pewno świetnie się tu czuje. Zostało jeszcze trochę wina?

– Nie, ale mogę poszukać drugiej butelki, jeśli chcesz.

– Nie, uważam, że jedna już nam wystarczy.

Thea skrzywiła się.

– Co zrobimy z weterynarzem?

– Będziemy trzymać kciuki, żeby nie okazał się potrzebny. Ben wstał i zaczął zbierać talerze.

– Och, ja to zrobię! – zawołała Thea. – Lara w każdej chwili może cię potrzebować.

Rozdział siódmy

Spojrzał na nią tak, jak położne zwykle patrzą na ojców, którzy mają zamiar zaraz zemdleć.

– Możesz iść do łóżka, jeśli chcesz. Na pewno sobie poradzę.

– Nawet o tym nie myśl! Nie mogłabym teraz zostawić Lary samej. – Nie dodała, że w jej łóżku śpi już Toby.

– Sądzę, że Lara już mnie zaakceptowała – stwierdził poważnie; nie zorientował się, że Thea żartuje.

Thea pokręciła głową.

– Myślę, że woli jednak mieć przy sobie w tej trudnej chwili jakąś kobietę.

Brwi Bena powędrowały wysoko w górę.

– To w takim razie zrób nam kawę.

– I malinową herbatkę dla Lary?

Zmarszczył brwi.

– Nigdy nie bierzesz niczego poważnie?

– Nie, jeśli robi to za mnie ktoś inny.

– Molly mi nie mówiła, że jesteś właśnie taka.

Z całą pewnością chciał powiedzieć „nie ostrzegała", pomyślała Thea.

– Och, bo przy Molly zawsze zachowuję się poprawnie. Tak jak i Petal. – Thea westchnęła. – Lepiej pójdę wstawić wodę.

Pozmywała naczynia, wróciła do pokoju z dwoma kubkami i postawiła je na gzymsie kominka. Nie było żadnych oznak, że za chwilę pojawią się kolejne szczenięta, a Lara wyglądała, jakby miała już dość.

– Biedna Lara, nie znam jej zbyt długo, ale bardzo ją polubiłam.

– Jak i jej właściciela.

Było to stwierdzenie, nie pytanie, i nie bardzo wiedziała, jak je rozumieć. Czy to była krytyka? Czy był, podobnie jak Molly, pełen moralnego oburzenia? Cóż, jeśli tak, to trudno. Nie zamierzała mu wyjaśniać, że jak dotąd nie spała z Rorym. Żeby przypadkiem nie zwrócił uwagi na to „jak dotąd".

– Być może.

Lara, odznaczająca się silnym instynktem stadnym, postanowiła rozładować atmosferę kolejnym skurczem.

– Wspaniale. Oddychaj głęboko – poradziła jej Thea, po czym szybciutko zwróciła się do Bena: – Przepraszam. Już milczę.

Poród ciągnął się dalej, a Rory i spółka nie dawali znaku życia. Ben i Thea byli zgodni co do tego, że nieobecność Molly i Petal jest dużym plusem, natomiast Rory by się przydał – wiedziałby, gdzie szukać weterynarza, gdyby zaszła taka potrzeba.

Lara wydała już na świat troje szczeniąt, a Thea trzykrotnie zaparzyła herbatę, kiedy problem stał się palący. Przez jakiś czas suka napinała się bez widocznych efektów. Nagle z zaskakującą energią wskoczyła na kanapę i wypłynęło z niej na poduszki mnóstwo ciemnego płynu.

– Och! – przestraszyła się Thea.

– Wszystko w porządku. Po prostu worek płodowy pękł w środku. To będzie suchy poród, a szczeniak zapewne jest ułożony pośladkowo.

– Wcale to nie brzmi uspokajająco, a my nie mamy kontaktu z weterynarzem!

– Znajdź jakiegoś w książce telefonicznej.

– Nie wiem, gdzie jest. Nawet nie wiem, czy w ogóle znają coś takiego w Irlandii. Zwykle nie szukam w cudzych domach książek telefonicznych natychmiast po przyjeździe, nim jeszcze zdążę zdjąć płaszcz! A teraz okazuje się, że to poważny błąd.

– Nie ma powodów do paniki.

– Wcale nie panikuję – zaprzeczyła na przekór oczywistej prawdzie. – Po prostu się rozglądam.

– Jeśli będziemy musieli sobie poradzić bez weterynarza, to sobie poradzimy. O, widzę już szczeniaka! To łapka. Dwie łapki.

– Czy to oznacza poród pośladkowy?

– Aha.

Lara zaskowyczała, a Thea poczuła, że serce jej się kraje. W następnej chwili Lara wpadła w panikę. Zeskoczyła z kanapy i zaczęła biegać po pokoju, skomląc i usiłując uciec od bólu.

Ben próbował ją złapać, a Thea zgarnęła już urodzone szczenięta i umieściła je bezpiecznie przy kominku, w miejscu, gdzie nikt, łącznie z matką, nie powinien ich nadepnąć, po czym ruszyła na pomoc.

– Przytrzymaj ją i spróbuj uspokoić, a ja postaram się wyciągnąć tego malucha.

Thea złapała Larę za łeb wielkości wiadra, mając nadzieję, że suka nie zacznie nagle gryźć z bólu. Wiele kobiet podczas porodu chętnie pogryzłoby męża lub położną, gdyby tylko zdołały ich dosięgnąć. Można tak sądzić choćby z tego, co pokazywali w telewizji.

Patrzyła z podziwem, jak Ben delikatnie wyciąga szczeniaka z otworu, który wydawał się na to zdecydowanie za mały. Mruczał coś łagodnie do Lary, która, choć nadal co chwila skomlała, wydawała się spokojniejsza. Thea miała właśnie powiedzieć, że suka na pewno wie, iż Ben stara się jej pomóc, ale doszła do wniosku, że zabrzmiałoby to okropnie sentymentalnie. Właściwie to chciało jej się płakać.

– No, już.

Szczeniak wylądował na kolanach Bena i otworzył mordkę, by zaskomleć. Lara padła tam, gdzie stała, za stołem jadalnym.

Patrząc, jak Ben podaje Larze szczeniaka do wylizania, Thea odniosła dziwne wrażenie, że ten moment jest wyjątkowy, że dowie-

102

działa się o czymś bardzo ważnym, ale natychmiast zapomniała, o co chodziło. Pokręciła głową i pomyślała, że na pewno miało to związek ze szczeniętami. Współczuła Larze i dlatego burzyły się jej hormony.

Lara jednakże wydawała się w dobrej kondycji. Tym razem już nie musiała przegryzać worka płodowego. Ostatni szczeniak był większy niż pozostałe. Gdy tylko Ben przystawił go do sutka, natychmiast zaczął ssać.

– Zdecydowanie chłopak – stwierdził.

Thea otrząsnęła się z zadumy.

– Chyba powinniśmy się jeszcze napić herbaty. Czy pozostałe szczenięta poradzą sobie przez chwilę bez Lary?

– O tak. Póki jest im ciepło.

Na wszelki wypadek podłożyła im jeden ze swetrów Rory'ego, żeby miały wygodnie.

Wyławiając z kubków torebki herbaty, myślała o Benie, o tym, jak ratował tego ostatniego szczeniaka. Był taki silny, a równocześnie taki delikatny. Wiele kobiet durzyło się w weterynarzach i nareszcie mogła zrozumieć dlaczego. Jeśli ktoś przywrócił do życia twego ukochanego kota, możesz go za to pokochać na zawsze.

Kiedy przyniosła herbatę do salonu, Ben nakłaniał właśnie Larę do powrotu na miejsce przy kominku.

– Jeśli dasz mi jakieś gałgany, zacznę sprzątać ten bałagan.

Spojrzał na nią i wtedy zauważyła, że ma ciemne oczy i że czai się w nich odrobina smutku, tak jak u Toby'ego. Pomyślała, że to na pewno z powodu Lary i szczeniąt ma taką dziwną ochotę go objąć. Była właśnie świadkiem cudu narodzin i chyba dlatego chciała kogoś uścisnąć, a nie mogła się przecież teraz przytulać do Lary.

Napiła się herbaty. Była zmęczona i zdenerwowana – te dziwaczne uczucia z całą pewnością przejdą jej do rana.

Ziewnęła tak szeroko, że aż Ben popatrzył na nią ze zdziwieniem. Uśmiechnął się. Thea również. Jego uśmiech był taki cudowny, tak rzadki u niego i wyjątkowy, że musiało się na niego odpowiedzieć bez względu na zmęczenie.

– Myślisz, że ile ich jeszcze urodzi? – zapytała.

Przesunął ręką po bokach Lary.

– Sądzę, że jest tam co najmniej jeszcze jeden, ale nie mam zbyt dużego doświadczenia w tych sprawach.

Ponieważ na razie był spokój, spróbowali usunąć najgorsze ślady czarno-zielonego śluzu z kanapy.

– Będzie ją trzeba uprać na sucho – stwierdził Ben. – Przynajmniej do takiego wniosku doszłaby Molly.

– Molly raczej kupiłaby nowy komplet mebli, gdyby jakaś suka śmiała się oszczenić na jej kanapie. Mam nadzieję, że Rory jej nie wyrzuci. Gdzie on, swoją drogą, jest?

Ben rzucił jej spojrzenie, które, choć enigmatyczne, niemniej wskazywało, co myśli o Rorym.

– Doskonale dajemy sobie radę bez niego.

– Masz rację. Pewnie by nam tylko przeszkadzał.

– Naprawdę poznałaś go na wakacjach, jak utrzymuje Molly? Czy też znaliście się już wcześniej? – zapytał.

Zabrzmiało to okropnie.

– Na wakacjach. Zwykle jestem ostrożna i rozsądna – spojrzała na niego uważnie, by sprawdzić, czy uwierzył – ale kiedy się dowiedziałam, że pod moją nieobecność lokatorzy urządzili sobie okropną popijawę i zrobili straszną demolkę, doszłam do wniosku, że tydzień wakacji to stanowczo zbyt krótko, i postanowiłam je sobie trochę przedłużyć. Sądząc z opowiadań, dom musiał wyglądać jak na reklamach firm sprzątających, zamieszczanych w książkach telefonicznych – urwała, żałując, że znów wspomniała o tej nieszczęsnej książce. – Teraz to się wydaje okropnie nierozsądne.

– Och, nie wiem. Gdybyś po prostu wróciła do domu i posprzątała, nie dowiedziałbym się, gdzie jest Rory.

– Tak sądzę. To szczęśliwy traf, że Molly zwróciła się do ciebie.

– To żaden przypadek. Molly na własne potrzeby podzieliła rodzinę tematycznie, na osoby, które należy pytać o określone rzeczy. Mnie pyta o sprawy związane ze sztuką, bo byłem dziekanem w wyższej szkole plastycznej. A skoro o Rorym nie słyszał obecny dziekan tego wydziału, ja byłem następny w kolejce. Szczęśliwy traf polega jedynie na tym, że go pamiętałem. Uważam, że nie jest w porządku dyskwalifikować dzieł z powodu zachowania ich twórcy, choćby było nie wiem jak okropne. Od lat próbowałem odnaleźć Rory'ego.

– Też uważam, że jest naprawdę dobry.

Ben spojrzał na nią tak, jakby wspólna opinia była tylko dziwnym zbiegiem okoliczności.

– Myślę, że Lara znowu będzie rodzić.

– Już za chwilkę, prawda, Lara? Wstawić wodę?

– Nie, mam już dość herbaty. No proszę, następna dziewczynka. Gdyby były rasowe, byłyby warte sporo pieniędzy.

– Może powinniśmy zarejestrować nową rasę? Jak by ją nazwać? – Przez chwilę próbowała wymyślić jakieś sensowne połączenie słów mastiff i collie, ale nic jej z tego nie wyszło. – Może coś zupełnie nowego, na przykład „psy pasterskie ogromniaste", albo jakoś tak? Bo Lara jest ogromna, prawda?

– Na pewno nie będzie łatwo znaleźć dom dla mieszańców tej wielkości.

– Pewnie wezmę jednego do siebie.

– A masz pojęcie o obowiązkach, jakie się wiążą z posiadaniem psa? To nie zabawka, wiesz.

– Nie wiem, ale pracuję tylko na pół etatu, a właściwie to pewnie już wcale nie pracuję, skoro przedłużyłam sobie wakacje bez uprzedzenia. Miałabym czas opiekować się psem. – Uśpiony instynkt macierzyński Thei przebudził się nagle z energią wybuchającego wulkanu.

Irytacja Bena nieco wzrosła.

– A co z pozostałymi?

– Może uda się przekonać Molly, żeby je wzięła? Będzie mogła wmawiać znajomym, że to jakaś egzotyczna, rzadka i bardzo cenna rasa.

Wzruszył ramionami.

– Zdarzały się już dziwniejsze rzeczy. – Ponownie skierował swoją uwagę na Larę. – Chodź, staruszko, wszyscy jesteśmy zmęczeni. – Spojrzał na zegarek. – Jest prawie trzecia.

– Rory pewnie też został na noc w pubie. Musiał za dużo wypić.

Może to nawet lepiej. Będzie mogła się przespać w jego łóżku, a Bena umieści w swoim pokoju razem z Tobym. Ta osławiona kołdra z gęsiego puchu będzie dla niej wspaniałą nagrodą za ciężką noc.

Boki Lary zaczęły się nagle szybko unosić i oboje przykucnęli przy niej akurat w chwili, gdy urodził się kolejny szczeniak. Był dużo mniejszy niż pozostałe, nie ruszał się i nie piszczał.

– Nie żyje?

Ben podniósł go i zaczął mocno wycierać ręcznikiem Thei, który przyniosła tu wcześniej.

– Może nie, ale jest najsłabszy z miotu. No już, kolego, oddychaj!

Szczeniak posłuchał i wydał pisk tak cichy, że nie usłyszeliby go, gdyby to nie był środek nocy.

– Wezmę właśnie tego – powiedziała Thea łamiącym się głosem.

– Jest najsłabszy i może nie przeżyć. Nie przywiązuj się do niego na razie.

– Za późno. – Thea ze zdziwieniem uświadomiła sobie, że płacze. Ben położył jej dłoń na ramieniu.

– Poczekajmy do jutra i zobaczmy, jak będzie sobie radził. Może nie przeżyć do rana.

Thea czuła się wewnętrznie rozbita, trzęsła się jak galareta. Była zmęczona, wyczerpana nerwowo i bardzo chciała się przytulić do Bena, znaleźć się w jego ramionach. Przez chwilę patrzył na nią tak, jakby zamierzał ją objąć, ale właśnie w tym momencie usłyszeli na zewnątrz straszny hamider. Drzwi się otworzyły i do salonu wszedł Rory, a za nim Molly i Petal.

– Nie wynajmują pokoi w pubie, a hotel jest zamknięty – oznajmił Rory nieco bełkotliwie – więc przywiozłem je z powrotem. Opijaliśmy pępkowe. – Chwiejnie podszedł do Lary obejrzeć szczeniaki. – Widzisz? Mówiłem, że nic jej nie będzie.

Thea nie miała czasu go kopnąć, ponieważ musiała skupić całą uwagę na Molly, która na pewno się wściekała.

Ale Molly też okazała się raczej wesolutka.

– Musieliśmy wrócić taksówką – powiedziała radośnie. – Wszyscy za bardzo się upiliśmy, żeby prowadzić.

– Ja nie, ale ja nie mam prawa jazdy – wyjaśniła naburmuszona Petal. – Mogę wreszcie iść do łóżka? Nie znoszę tych irlandzkich piosenek ludowych, a w pubie było pełno staruszków, którzy tańczyli i śpiewali. Obrzydliwość!

Thea uświadomiła sobie, że jeśli nie znajdzie wszystkim miejsca do spania, nikt tego za nią nie zrobi. To ją wyrwało ze stanu otępienia. Wstała.

– Lepiej przygotuję wam łóżka. Masz jakąś zapasową pościel, Rory? Czy może właśnie zużyłam ją na... – zawahała się. Jeśli im powie, że Lara oszczeniła się na jedynej pościeli na zmianę, Molly i Petal na pewno wpadną w szał.

– Nie wiem. Sprawdź w szafie – wskazał tę w kącie salonu, ostatnie miejsce, w jakim spodziewać by się można zapasowych koców. – Idę teraz do łóżka. J e s t p o d w ó j n e – zaznaczył. Otworzył drzwi i zniknął za nimi.

Thea wcieliła się na powrót w rolę właścicielki pokojów do wynajęcia.

– Zapewne nikt z was nie przywiózł śpiwora?

Molly spojrzała na nią jak ktoś, kto nawet jeśli wie, co to jest śpiwór, to z pewnością go nie posiada.

Petal natomiast, która miała bardzo drogi śpiwór dający gwarancję przetrwania nawet arktycznej burzy, ale nie zabrała go ze sobą, warknęła krótko:

– Nie!

– Mam śpiwór dla Toby'ego – oświadczył Ben. – Ale tylko on się w nim zmieści, nam się nie przyda.

– Owszem, przyda się jako dodatkowa kołdra. Poszukam prześcieradeł. Szkoda, że wcześniej nie wiedziałam o tej szafie – mruknęła pod nosem, przeglądając starą pościel i koce zmarłego wuja Rory'ego. Nic tutaj nie było w bardzo dobrym stanie, większość zaś nadawała się właściwie tylko dla Lary. Zaczęła żałować żółtego prześcieradła, które poświęciła wcześniej. Petal na pewno by wydziwiała, ale przynajmniej byłoby czym pościelić jej łóżko. A teraz leżało na nim sześcioro ssących matkę szczeniąt.

– Och, jakie słodkie – zawołała Petal, odkrywszy szczenięta. – Czyż one nie są wspaniałe?

Lara równocześnie warknęła i pomachała ogonem. Była bardzo dumna ze swoich dzieci, ale gotowa w każdej chwili ich bronić.

Molly zajrzała za oparcie kanapy. Jej wesołość przygasała, dopadało ją zmęczenie i alkohol.

– Przypominają trochę szczury i jest ich okropnie dużo – stwierdziła.

– Tylko sześć – odparł Ben. – To wcale nie tak wiele jak na duże psy. Taka suka może urodzić nawet tuzin – tak mi się przynajmniej wydaje.

Molly jęknęła.

– Boli mnie głowa. Chyba za dużo wypiłam.

Thea cichutko zabrała termofor z łóżka Toby'ego i włożyła go do łóżka Molly. Udało jej się znaleźć dość w miarę porządnych prześcieradeł i koców na oba łóżka w tylnej sypialni. Ignorując protesty, zapędziła tam Molly i Petal i nim zamknęła drzwi, oświadczyła stanowczo, że umyją się rano, bo nie ma gorącej wody. Tak naprawdę wcale nie była tego pewna, ale czuła, że o tej porze nie zniesie widoku Molly i Petal walczących o lustro w łazience. Poza tym nikt inny nie miałby najmniejszej szansy dostać się tam przed Gwiazdką.

Został już tylko Ben. Kiedy Thea przeglądała zniszczone koce i prześcieradła, uporządkował salon i dołożył do ognia, żeby paliło się w kominku do rana. Potulnie zgodził się zająć drugie łóżko w pokoju, gdzie spał Toby. Thea teraz dopiero zauważyła, jaki był zmęczony; długa podróż, szczeniaki Lary plus, jak podejrzewała, całe tony bagażu – wszystko to było wyrysowane wokół jego oczu. Nawet włosy wydawały się zmęczone i opadały mu na czoło, jakby nie miały siły pozostać zaczesane do tyłu.

Kiedy wreszcie została sama, musiała spojrzeć w oczy smutnej prawdzie, którą właściwie znała od początku: jeśli chce spędzić noc w łóżku, musi skorzystać z oferty Rory'ego. Nawet kanapa została pozbawiona wszystkich poduszek.

– Zostaje mi wanna – powiedziała do Lary, która i tak jej nie słuchała. – Ale na pewno nie bez pościeli, którą muszę jakoś wyszabrować.

Najpierw na palcach zakradła się do pokoju Rory'ego, żeby sprawdzić, czy da się stamtąd coś wynieść. Podwójne łóżko, duże i wygodne, wyglądało bardzo kusząco, ale niestety leżał w nim właściciel. Ze smutkiem pomyślała, że Ben na pewno potrafiłby dzielić łóżko z kobietą i nawet jej nie tknąć, natomiast Rory rzuciłby się na nią w tym samym momencie, gdy jej głowa dotknęłaby poduszki. Pod stosem ubrań na krześle znalazła starą końską derkę. Wyciągnęła ją delikatnie. Potem odważnie ukradła Rory'emu spod głowy poduszkę i wyszła z pokoju.

W suszarni wyszperała jeszcze dwie stare aksamitne zasłony, które również mogły się przydać. Wprawdzie pachniały naftaliną i kurzem, ale były dość grube. Znalazła też podwójne prześcieradło, prawie nowe i porządnie wyprane, a wyprasowane zapewne czule przez Susan. Dobry stary Rory na pewno z radością użyczy jej tego prześcieradła w słusznej sprawie.

Kompletnie wyczerpana, dorzuciła jeszcze starą, podartą kołdrę w tureckie wzory i wszystko zaniosła do łazienki.

Nie było to miłe miejsce. Ściany pomalowano tu na bladożółty kolor, a w wannie pod jednym z kranów widoczny był zaciek rdzy. Dosłownie trzęsąc się ze zmęczenia, trzepała właśnie zasłony przed ułożeniem ich w wannie, kiedy zauważyła czerwone światełko nad włącznikiem bojlera. A więc grzałka była włączona! Od razu poczuła się lepiej. Mogła się wykąpać, a potem kiedy i ona, i łazienka będą jeszcze rozgrzane gorącą kąpielą, wymościć sobie posłanie.

Ani Ben, ani Toby nawet nie drgnęli, gdy weszła do ich pokoju, mokra i w przykusym ręczniku, żeby zabrać nocną koszulę i kosmetyczkę. Pozwoliła sobie zaledwie na jeden rzut oka w ich kierunku, bo przeczytała gdzieś, że jeśli się patrzy na śpiącą osobę, ta na pewno się obudzi.

Szybko, żeby nie tracić cennego ciepła, ułożyła zasłony w wannie, zawinęła się w prześcieradło i narzuciła na siebie kołdrę. Poduszka była cudowna, a reszta całkiem znośna. Zasnęła.

– Och! Nie wiedziałem, że ktoś tu jest!

Ubrany w piżamę Toby stanowił naprawdę ujmujący widok, choć sytuacja była nieco krępująca. Thea wcale nie chciała, żeby ktoś wiedział, iż śpi w wannie. Na dworze było już widno i gdy spojrzała na zegarek, okazało się, że jest dziewiąta. Ponieważ położyła się nie wcześniej niż o szóstej, miała ochotę jeszcze trochę pospać.

– Cześć, Toby! Zaraz wstanę i zostawię cię samego. Ben się już obudził?

– Nie, tylko ja, bo chciałem do łazienki. Zaraz wracam do łóżka.

Thea spojrzała na niego znad brzegu wanny.

– Toby, jeśli nie spodoba ci się mój pomysł, to mi powiedz, dobrze? Czy mogłabym się po prostu odwrócić i zamknąć oczy? Czy to by cię bardzo krępowało?

Toby przygryzł wargę i pomyślał przez chwilę.

– Może być.

Thea zakopała się na powrót w zatęchły stos pościeli i zasnęła.

Kiedy obudziła się ponownie, odkryła, że Susan weszła już do domu tylnym wejściem. Dochodziła jedenasta i nic nie wskazywało, że obudził się ktoś jeszcze. Wyszła z wanny, zastanawiając się, w jaki sposób ukryć przed dziewczyną, że tu spała. Po namyśle postanowiła schować pościel w kącie i zanieść ją do suszarni, kiedy Susan będzie zajęta w kuchni. Poszła się przywitać.

– Cześć! Lara oszczeniła się w nocy.

Susan uśmiechnęła się szeroko.

– Naprawdę? Cudownie. Gdzie są szczenięta?

– Przy kominku w jadalni. To niezbyt dobry pomysł, ale nie wiedzieliśmy, gdzie je ułożyć.

Lara waliła ogonem o podłogę, zadowolona, że ktoś podziwia jej dzieci.

– Mówiłam Rory'emu, że musi się wcześniej zdecydować, gdzie będzie je trzymać – powiedziała Susan. – Są takie malutkie, prawda? Ich ojciec nie był chyba duży.

– Ale jeden i tak się zakleszczył – zaczęła Thea i właśnie zamierzała opowiedzieć Susan, jak Ben wspaniale się spisał jako akuszerka, kiedy uświadomiła sobie, że ona jeszcze nie wie o gościach.

– Spójrz na tego maleńkiego – Susan wskazała na ostatnie szczenię. – Ten chyba długo nie pożyje.

Thea natychmiast poczuła łzy w oczach. Była niewyspana i nie miała chęci na realistyczne ocenianie szans przeżycia szczeniaka. Beznadziejnie sentymentalnie chciała, żeby właśnie ten piesek przeżył i urósł bardziej niż inne.

– Jesteś pewna? – spytała. Susan była wiejską dziewczyną i musiała mieć doświadczenie w takich błahych sprawach dotyczących życia czy śmierci zwierząt.

– Nie. Ale jest taki mały i pewnie należałoby...

– Obawiam się, że Lara trochę nabrudziła – przerwała Thea, nim Susan zdążyła powiedzieć, że szczenię najpewniej należałoby uśpić. – A ten największy szczeniak, ten ubarwiony jak orka, był ułożony pośladkowo. Ben musiał go wyciągnąć.

Susan oderwała wzrok od małych baloników ułożonych przy boku Lary.

– Ben? Kto to jest Ben?

Być może nadeszła odpowiednia chwila, żeby poinformować ją o gościach.

– Ben... Ben przyjechał wczoraj razem z kilkoma osobami.

Susan popatrzyła na Theę tak, jakby dostała właśnie jakiegoś ataku.

– Chodź, zrobimy herbatę i wszystko ci wyjaśnię.

– Dobrze – Susan wstała i poszła za nią do kuchni. – Ale chyba już nie ma herbaty.

– Ben jest jakimś krewnym Molly. Molly to moja przyjaciółka i ciotka Petal. A Toby to syn Bena.

– Czyli Ben to ten, który był dziekanem wydziału plastycznego na jakiejś uczelni i któremu podobają się obrazy Rory'ego?

– Mniej więcej. Chociaż nie musieli fatygować się tu osobiście, a przynajmniej nie wszyscy. Całe wieki zajęło mi robienie slajdów – nie chciała, żeby Susan doszła do wniosku, że cieszy się z tego najazdu.

– I oni wszyscy jeszcze śpią? Tutaj?

Thea skinęła głową.

– Matko Boska, jakim cudem znalazłaś dla nich miejsce?

Rozdział ósmy

Toby wszedł do salonu, kiedy Susan sprzątała w kuchni. Był uroczo rozczochrany i rozbrajająco podobny do ojca.

– Cześć, Toby! Dobrze spałeś? – Thea postanowiła nie wracać do ich wcześniejszego spotkania.

– Cześć! Cieszę się, że wreszcie ktoś wstał. Całe wieki już leżałem w łóżku i czytałem.

– To pewnie dlatego, że położyłeś się spać dużo wcześniej niż inni. Chodź zobaczyć szczenięta.

Toby z szacunkiem ukląkł koło Lary.

– Popatrz na tego maleńkiego – powiedział.

Thea przełknęła ślinę.

– Może długo nie pożyć. Ale to mój ulubieniec.

– Mój też – stwierdził Toby.

Do pokoju wszedł Ben, już ubrany, ale tylko na wpół przebudzony. Na widok jego potarganych włosów Thea odruchowo sięgnęła ręką do swoich. Odkryła, że na karku, tam gdzie zmoczyła je wczoraj w kąpieli, skręciły się w loczki i bardzo potrzebowały szczotki. Przeczesała je palcami.

– Witaj, Thea! Cześć, Toby! Oglądacie szczenięta? Widzę, że ten maleńki nadal jest z nami?

– To mój i Thei ulubieniec – rzekł Toby stanowczo.

Ben rzucił Thei ostrzegawcze spojrzenie, żeby nie kłamała dzieciom na temat szans przeżycia małych piesków. Odpowiedziała spojrzeniem, które miało mu dać do zrozumienia, że wcale nie kłamała.

– Lara była już na dworze? – zapytał po zakończeniu tej niemej sprzeczki.

– Jeszcze się nie ruszała – odparła Thea.

– Musi wyjść się załatwić, a potem trzeba jej dać śniadanie.

Thea otworzyła frontowe drzwi i zawołała Larę, która pomachała ogonem, ale nie ruszyła się z miejsca.

– Musisz ją czymś przekupić – poradził Ben.

– Chodź, zobaczmy, czy w kuchni zostało coś odpowiedniego, a przy okazji poznasz Susan. Susan, to jest Ben, a to Toby. To jest Susan. Prowadzi Rory'emu dom.

– Witam panów. – Uśmiech Susan był niejednoznaczny, ani pełen entuzjazmu, ani wrogi.

– Potrzebujemy czegoś do jedzenia, aby wyciągnąć Larę na dwór. Czy coś zostało? – spytała Thea.

– Bardzo niewiele. – Susan zajrzała do lodówki. – Szczególnie na śniadanie dla was.

– Musi się znaleźć coś, co Lara lubi. Może kawałek sera? – Thea sama kupowała ten ser i wiedziała, że trochę musiało jeszcze zostać.

– Jest pół plasterka bekonu. Może go zjeść, bo i tak nie wystarczy nawet dla jednej osoby. – Susan podała bekon Benowi.

Ben podszedł do Lary, przy której zamiast sześciu małych kiełbasek leżało teraz pięć baloników i jedna kiełbaska. Najmniejszy szczeniaczek, choć nadal żył, nie zdołał się w nocy najeść tak, jak jego rodzeństwo.

– Ale to dobry znak, że jeszcze żyje, prawda? – spytała Thea.

Ben spojrzał na nią, ale nie odpowiedział. Thea wyobraziła sobie dokładnie, jak musiał się czuć Toby, kiedy ojciec miał mu coś złego do zakomunikowania.

– Wiem, że to naturalna kolej rzeczy i że jeśli umrze, to widocznie tak miało być.

Powiedziała to tonem ostrym z wysiłku, który był potrzebny, żeby powstrzymać łzy. Była niewyspana i zdenerwowana i zastanawiała się, czy przypadkiem nie cierpi na jakąś formę współdepresji poporodowej, ale postanowiła o tym nie wspominać, żeby nie uznali jej za wariatkę.

– Chodź, Lara, zobacz, co dla ciebie mam! – Ben pomachał suce przed nosem bekonem. Lara wstała, by go obwąchać, a Ben, trzymając bekon poza jej zasięgiem, wywabił ją do drzwi frontowych, a następnie na zewnątrz i dopiero tam dał jej przysmak. Widząc, że Lara zamierza natychmiast wrócić do domu, Thea zatrzasnęła drzwi.

Przez okno obserwowała, jak suka przykuca, węszy chwilę wokoło, a potem rzuca się na drzwi, żądając, by ją wpuszczono z powrotem.

– Jej jedzenie jest w tamtym worku – powiedziała Susan.

Ben obejrzał worek z dezaprobatą, z jaką rodzice oglądają zwykle opakowania reklamowanych w telewizji płatków śniadaniowych z zabawką w środku.

– Teraz, kiedy karmi szczenięta, będzie potrzebowała czegoś o dużo większej zawartości białka – stwierdził.

– Wszyscy będziecie potrzebowali czegoś o większej zawartości białka, jeśli chcecie zjeść porządne śniadanie – odparła Susan, której podejście do zwierząt było dużo bardziej pragmatyczne niż Thei i Bena.

– Czy inni już wstali? – spytał Ben, nakarmiwszy Larę.

– Nie, i nie zapowiada się, żeby to miało szybko nastąpić. – Thea przyłożyła ucho do drzwi i usłyszała znajome dźwięki wydawane przez Molly. Petal nie chrapała.

– Macie dwa jajka, półtora pomidora i pół bochenka chleba – nie ustępowała Susan, chcąc zmusić Theę do podjęcia obowiązków pani domu.

Thea nagle zapragnęła wrócić do wanny.

– Nie sądzę, żeby Molly miała ochotę na gorące śniadanie... – zaczęła niepewnie.

– Ale Rory na pewno – ucięła Susan.

– Potrafisz prowadzić tego land-rovera? – spytał Theę Ben.

– Chyba tak – odparła bez zapału. Nie wahałaby się, gdyby to była kwestia życia lub śmierci, ale tu chodziło przecież wyłącznie o jajka i płatki śniadaniowe. No i o świeżo wyciśnięty sok pomarańczowy dla Petal.

– No dobrze – powiedział Ben na widok jej miny. – To pójdziemy do pubu po samochód Molly. Potem pojedziesz z nami i pokażesz, gdzie są sklepy.

Thea poczuła jakiś niedorzeczny entuzjazm na myśl o porzuceniu zaspanych nieproszonych gości. Być może ucieczki weszły jej już w nawyk.

– Susan, wyjaśnij wszystkim, że pojechaliśmy kupić coś na śniadanie, dobrze? – poprosiła wesoło.

– Raczej na lunch – odparła Susan. – Jest już prawie pierwsza.

Powietrze było wilgotne i zimne, równocześnie orzeźwiające i odświeżające. Cudownie było wyjść z domu na słońce i wiatr. Tarcza słoneczna wyglądała za chmurami jak srebrny dysk i odbijała się srebrem w morzu. Zupełnie jak księżyc, tyle że było dużo widniej. Wysepki wynurzały się z morza na podobieństwo wygrzewających się na słońcu, łagodnych morskich potworów.

Kiedy Ben szukał kluczyków, a następnie sadowił Toby'ego na tylnym siedzeniu samochodu, Thea podziwiała rozciągający się wokół krajobraz.

– To prześliczna okolica – stwierdziła radośnie, kiedy Ben odsuwał fotel kierowcy, żeby zrobić miejsce na swoje długie nogi.

– Rzeczywiście.

– Bardzo inspirująca dla malarza, nie sądzisz?

Ben wzruszył ramionami.

– Jeszcze nie widziałem prac tego malarza, więc nie mogę wyrokować o źródłach jego inspiracji.

116

Thea zapragnęła wyszczerzyć zęby i wywracając oczami, zawołać „O la di da!", jak Petal i jej kumple w takiej sytuacji. Być może Ben po prostu nie należał do rannych ptaszków.

Toby siedział cichutko z tyłu. Nawet Thei, która nie miała żadnego doświadczenia z dziećmi, wydawał się wyjątkowo cichy i zamyślony jak na swój wiek. Odwróciła się i spojrzała na niego badawczo, ale wyglądał na całkiem zadowolonego. Patrzył przez okno.

Nie tylko Toby milczał w czasie jazdy do miasta. Również Thea chciała się nacieszyć tą chwilą spokoju, wiedząc, że po powrocie do domu już go raczej nie zazna. Ben zaś był najprawdopodobniej po prostu zmęczony. Musiał się chyba martwić, czy nie przyjechał tu przypadkiem na próżno. Przecież całkowicie zmienił swoje wakacyjne plany i gdyby Rory nie spełnił jego oczekiwań, cała wyprawa okazałaby się dla niego tylko ogromną stratą czasu spędzanego wspólnie z Tobym.

Ku zaskoczeniu Thei Toby okazał się ogromnie pomocny przy zakupach w supermarkecie. Wiedział, co on i jego ojciec lubią, i potrafił odszukać takie rzeczy jak sok pomarańczowy i grecki jogurt dla Molly i Petal, a także croissanty dla Thei, która je uwielbiała.

– Twój syn doskonale sobie radzi na zakupach – powiedziała do Bena, kiedy Toby pobiegł szukać alejki z jedzeniem dla psów.

– Żaden z nas za nimi nie przepada, więc nauczyliśmy się robić je szybko.

Ona sama również nie przepadała za robieniem zakupów, ale dziś cieszyła się wędrówką po nieznanym sklepie i oglądaniem towarów, jakie można kupić w Irlandii.

– Och, zobacz! – zawołała, choć jej entuzjazm znacznie ostygł po słowach Bena. – Pieczone kurczęta! Kupię jedno na lunch.

Psie jedzenie dostępne w supermarkecie Ben uznał za nieodpowiednie, znaleźli więc sklep, gdzie sprzedawano wszystko dla rolników, od wideł po wózki widłowe. Były tam także duże worki jedzenia dla psów, w tym również przeznaczonego „dla karmiących suk".

117

Toby i Thea znaleźli suszone świńskie uszy, niepokojąco podobne do uszu żywych świń. Przypomniawszy sobie nagle, że Toby jest wegetarianinem, Thea pożałowała, że zwróciła na nie jego uwagę.

– Przepraszam, Toby. Zapomniałam, że nie jadasz mięsa. Pewnie myślisz, że to obrzydliwe.

– Nie, w porządku. Nie jadam mięsa, ale tata mi wyjaśnił, że gdyby nikt go nie jadł, to nie byłoby zwierząt na polach i tak dalej.

– Racja. Kupimy takie ucho dla Lary?

– Pewnie. Zasługuje na nagrodę. Ale co będzie, jak nie lubi świńskich uszu?

– Myślę, że lubi – pocieszył go Ben. – Idziemy? Kończy nam się bilet parkingowy.

– A oni wszyscy pewnie już wstali i umierają z głodu – dodała Thea.

– I Lara też – przypomniał im Toby.

Przez moment Thea żałowała, że tamci wszyscy, łącznie z Larą, nie mogą po prostu nagle zniknąć. Przespacerowaliby się wtedy w trójkę bez pośpiechu po tym położonym nad rzeką miasteczku. Tyle że Benowi pewnie by to wcale nie odpowiadało.

Posprzeczali się lekko przy kasie. Ben wyciągnął portfel, żeby zapłacić, ale Thea była szybsza. Wyjaśniła mu, że przyjechali tu przecież jedynie z jej powodu, więc przynajmniej zafunduje im śniadanie. Ben popatrzył na nią tak, jakby była przedstawicielką bardzo rzadkiego gatunku istot, o którego istnieniu wprawdzie słyszał, ale nigdy się nie spodziewał zobaczyć go w naturze. Najpierw przyjęła to jako komplement, ale po chwili doszła do wniosku, że pewnie uznał ją po prostu za wojującą feministkę i że skóra mu cierpnie za każdym razem, gdy na nią patrzy.

Kiedy wrócili, Rory właśnie wychodził z sypialni. Nie miał na sobie koszuli, a jego smukły, muskularny tors przechodził harmonijnie w wąską talię i płaski brzuch. Smuga ciemnych włosów prowadziła w dół od jego piersi i znikała pod paskiem dżinsów. Miał mocno opalone ramiona, zaś włoski na przedramionach wypłowiały mu od słońca. Ziewnął i przeciągnął się, wyciągając ręce nad głową. Thea zauważyła, że Petal obserwuje go bacznie z drugiego końca pokoju. Wymieniły znaczące spojrzenia i obie pomyślały to samo: „mniam, mniam".

– Witam wszystkich. Jezu, ależ mnie głowa boli! – jęknął Rory.

– Mnie też – powiedziała Petal płaczliwie. – Czy ktoś ma paracetamol?

– Dlaczego w dżungli nie ma aspiryny? – zapytał sam siebie Toby. – Ponieważ całą zjadły papugi.

Thea oderwała się od Petal i Rory'ego i popatrzyła na chłopca.

– To fajne – stwierdziła.

– Ale nie ja to wymyśliłem. Usłyszałem w szkole.

Thea pokiwała głową.

– Pewnie Molly będzie miała coś na ból. My kupiliśmy na kaca sok pomarańczowy, a poza tym masę innych rzeczy.

Z łazienki wyłoniła się Molly, starannie umalowana i uczesana, przygotowana już na wszystko, co może jej przynieść dzień. Thea doszła do wniosku, że aby tak wyglądać, musiała zająć łazienkę natychmiast po ich wyjściu.

– Dzień dobry wszystkim. – Molly odwróciła skromnie oczy od ponętnego torsu Rory'ego. Taki widok to było dla niej za wiele jak na porę przed śniadaniem.

– Cześć, Molly! – Thea przemknęła w jej kierunku, omijając ludzi i meble. Poczuła nagły przypływ ciepłych uczuć do niej za to, że wygląda tak doskonale i nie narzeka. – Dobrze spałaś?

– Tak, kochanie. Oczywiście, że tak. Przywiozłam sobie własną poduszkę. Toby, czy pokażesz mi te szczenięta, które wczoraj narobiły tyle zamieszania?

Wydawało się, że Toby się cofnął, mimo że tak naprawdę nie ruszył się z miejsca.

– Są tam – wskazał na Larę, która leżała ze szczeniakami przy kominku.

Być może miał już dość kuzynki.

– Chyba nie należy im teraz przeszkadzać, nie sądzisz, Rory? – Dopiero poniewczasie Thea doszła do wniosku, że oboje z Benem przypisują sobie zbyt wiele praw do Lary i szczeniąt, które przecież stanowiły własność Rory'ego.

– Nie mam pojęcia. Ale wiem za to, że jeśli nie dostanę zaraz filiżanki kawy, będę nie do życia.

– Ja przygotuję – zgłosiła się Petal na ochotnika.

Susan, która obserwowała z kuchni przebieg wydarzeń zupełnie jak statysta w teatrze, postanowiła się teraz oddalić.

– Posprzątam w łazience, jeśli wszyscy już się umyliście – oznajmiła, rzucając Molly spojrzenie pełne dezaprobaty. Istotnie musiała zajmować łazienkę całe wieki.

– A ja przygotuję śniadanie – zdecydowała Thea. – Kto chce jajka na bekonie?

– Ja – odparł Rory. – I kiełbaskę, i pomidory, i grzanki – rzucił jej takie spojrzenie, że zaczęła się dziwić, czemu nie chciała wskoczyć do jego łóżka. Był przecież taki słodki i pogodny. W odróżnieniu od Bena, który najwyraźniej miał duże kłopoty z mimiką.

Przynajmniej w kuchni robię coś pożytecznego, pomyślała, zastanawiając się, czy usunąć skórkę z bekonu. W salonie zrobiło się zdecydowanie za ciasno, szczególnie że większość miejsca zajmowała Lara. Petal bawiła się czymś na parapecie okna, popatrując na Rory'ego, który, nadal niekompletnie ubrany, przeglądał pocztę i drapał się po brzuchu. Molly próbowała uporządkować różne przedmioty, które wcale tego nie wymagały, ewidentnie pragnąc wprowadzić ład tam, gdzie nie było to możliwe.

Ben i Toby poszli na spacer, obiecując, że zaraz wrócą.

W końcu wszyscy zebrali się przy stole, zależnie od upodobań albo pijąc sok i jedząc jogurt z płatkami śniadaniowymi, albo spożywając przyczyniającą się do zawałów serca smażeninę. Thea właśnie zaczynała się odprężać, jedząc tost z marmoladą, kiedy Toby zapytał:

– Dlaczego spałaś dziś w nocy w wannie?

Nie zadał tego pytania szczególnie głośno – nie należał do hałaśliwych dzieci – ale akurat w tym momencie wszyscy przestali chrupać i popatrzyli na Theę pytająco.

– Spałaś w wannie? – pierwsza odzyskała głos Molly. – Dlaczego?

– Jezu, i zmarnowało się pół wygodnego łóżka! – stwierdził Rory. – Czy byłem aż tak pijany, że nie dało się ze mną spać?

– Gdybyś powiedziała choć słowo, spałbym na kanapie. – Ben wyglądał na rozgniewanego.

– Nie wierzę, że zrobiłaś coś takiego! – zawołała Petal.

– Widzisz, Toby nie było już wolnych łóżek – wyjaśniła Thea.

Czuła, że się czerwieni. Jestem już za stara na rumieniec i za młoda na uderzenia gorąca. Co się ze mną dzieje? – pomyślała, starając się ukryć swoje zakłopotanie. Ostrożnie posmarowała marmoladą ostatni kawałek tostu i wzięła go do ust. Czuła, że Ben na nią patrzy, ale musiałaby się do niego odwrócić, żeby stwierdzić, co wyraża to spojrzenie. Kochany Toby, pomyślała z goryczą, lepiej by było dla mnie, gdybyś się zmoczył w łóżko.

– Petal, pomożesz mi posprzątać ze stołu? – spytała i dopiero w tej chwili zorientowała się, że śniadanie jeszcze trwa, więc szybko dodała: – To znaczy jak już wszyscy zjedzą.

– Chciałbym obejrzeć twoje obrazy, jeśli można – zwrócił się do Rory'ego Ben.

– Oczywiście, chętnie ci je pokażę. Całe lata nie pokazywałem ich nikomu, aż do przyjazdu Thei, ale skoro jej się spodobały na tyle, żeby ci o nich powiedzieć, mam do tego teraz inny stosunek.

– No to po śniadaniu.

Cholera! Będę tkwić w kuchni z Petal akurat wtedy, kiedy Ben zobaczy obrazy Rory'ego! – pomyślała Thea.

– Dorobię kawy – powiedziała, wstając. – Ktoś się jeszcze napije?

Było dostatecznie dużo zamówień na kawę i herbatę, żeby usprawiedliwić jej wyjście do kuchni z górą brudnych naczyń. Jeśli będą się guzdrać przy kawie, a Rory zapali papierosa, zdążę to wszystko umyć i pójdę z nimi do pracowni, pocieszała się w myślach. Petal może sama powycierać.

– Molly, a ty co zamierzasz robić, kiedy Ben będzie oglądał obrazy? – zapytała, zmywając.

– Och, Molly! – Rory wyciągnął do niej rękę nad stołem. – Nie chcesz obejrzeć moich obrazów?

– Szczerze mówiąc, Rory, jeśli nie przedstawiają czegoś, co się daje rozpoznać, to ich i tak nie zrozumiem. Raczej podzwonię i poszukam hotelu, skoro nie ma tu dość miejsca dla nas wszystkich. W domu mamy remont i Derek woli, żeby mnie przy tym nie było. – Molly uśmiechnęła się do Rory'ego w sposób, który świadczył, że wczoraj, przy porterze lub irlandzkiej whisky, zdążyli się ze sobą zaprzyjaźnić.

– A ja mogę iść? – spytała Petal nieśmiało.

– Pewnie. Wszyscy mogą pójść – powiedział Rory wesoło.

– No to wytrzemy naczynia później – zadecydowała Thea.

Podążając za Rorym, Ben, Toby, Petal i Thea wdrapali się na wzgórze i stanęli przed pracownią. Rory otworzył szopę i razem z Benem zaczęli wyciągać płótna na zewnątrz. Thea milczała. Ponownie odczuła siłę ich wyrazu. Zapierały dech w piersiach, ich kolory były tak głębokie, tak czyste, że wraz ze zmianą oświetlenia przechodziły w czerń lub mieniły się feerią barw. A poza tym były tak wielkie, że nie zmieściłyby się w drzwiach normalnego mieszkania. Rory powiedział jej kiedyś, że prowadzi życie z dnia na dzień głównie z powodu cen farby.

Kiedy wszystkie obrazy znalazły się na zewnątrz, oparte o kamienie niczym ogromni, podziwiający widoki turyści, Thea zeszła ze wzgórza, żeby popatrzeć na nie z daleka. Nie miała ochoty słuchać opinii Bena czy Petal ani wyjaśnień Rory'ego. Chciała po prostu na nie patrzeć, dopóki mogła.

Wkrótce Petal zbiegła do niej na dół.

– Benowi bardzo się podobają, ale mówi, że przez parę lat trudno będzie znaleźć kogoś, kto je wystawi. Głównie ze względu na ich ogromne rozmiary. A Rory powiedział, że już się dość naczekał i że wyśle je w takim razie do Ameryki, gdzie na pewno poznają się na takich „wielkich" dziełach.

W Thei natychmiast z całą siłą odezwał się instynkt posiadania. To są angielskie obrazy, czy raczej irlandzkie. Nie powinno się ich wystawiać w Ameryce.

– Rory mówi, że ma też kupę rysunków i kilka akwarel. Głównie szkice. Ben myśli o tym, żeby je oprawić, bo skoro nie mają dziesięciu stóp kwadratowych, łatwiej będzie je sprzedać.

– Sama zawsze lubiłam rysunki. – Thea marzyła skrycie o jednym z obrazów Rory'ego, tym przedstawiającym ścianę kolorowego światła, ale nie miałaby go w domu gdzie powiesić. – A co ty o nich sądzisz, Petal?

– Niesamowite. Tak jakby wybuchały kolorami i światłem, prawda? – Petal potarła ramiona, było jej zimno w polarowym bezrękawniku. – Zmarzłam. Idę do domu.

– Możesz przy okazji wytrzeć naczynia? – Thea, ubrana w ciepły płaszcz Rory'ego, chciała jeszcze zostać i dalej patrzeć na obrazy.

Petal skrzywiła się.

– No, zrób to – nalegała Thea. – Zajmie ci to tylko minutkę i...

– ... będzie dobrze wyglądać w moim cv, bo chyba to chciałaś powiedzieć.

Thea zwykle zachęcała swoich lokatorów do podejmowania dorywczych prac, nawet jeśli rodzice dawali im duże kieszonkowe, twierdząc, że „to będzie dobrze wyglądać w twoim życiorysie".

– Miałam zamiar powiedzieć, że zarobisz sobie punkty u Molly i Bena.

– Ben jest fajny, prawda? Przedtem właściwie go nie znałam. Było mi głupio, kiedy mama powiedziała, że zaofiarował się przewieźć do domu moje prace.

– Więc tego „wujka" jednak wymyśliłaś?

– Tak. Powiedział, że nie jest moim wujkiem i woli, żebym się zwracała do niego po imieniu. Molly była tym trochę zaszokowana.

– Ale do Molly raczej nie zwracasz się po imieniu?

Petal pokręciła głową.

– Nie. Molly jest psychiczna – westchnęła. – Dobrze, to już pójdę i powycieram.

– Dziękuję. Jesteś kochana.

Thea, rozgrzana bardziej pięknem obrazów niż słabym słońcem, nagle doszła do wniosku, że bardzo lubi Petal.

Przestała wreszcie patrzeć na obrazy i położyła się na trawie z zamkniętymi oczami. Słońce wynurzyło się zza chmur i ogrzewało jej twarz. Już prawie zasypiała, kiedy podszedł do niej Ben. Usiadła i spróbowała przybrać inteligentny wyraz twarzy.

– Te obrazy są dobre, to pewne – stwierdził.

– Nie sądzisz, że należy je wystawić?

– Tak, tylko gdzie? Mam swoje kontakty w londyńskich galeriach, ale wiem, że są zarezerwowane na parę lat naprzód. A on mówi, że nie będzie czekał, tylko zawiezie wszystko do Ameryki. Ten człowiek, który wystawił jego prace na Cork Street, ma też galerię w Nowym Jorku i być może zechce mu znowu urządzić wystawę, szczególnie że Rory trochę wydoroślał.

– Ale skąd Rory weźmie na to pieniądze? Mówił mi, że z trudem zarabia na farby. Musiałby całe lata malować psy i konie, żeby uzbierać na wyjazd do Ameryki.

– Nie, jeśli wyśle slajdy do odpowiednich osób. Ktoś może opłacić mu podróż.

Uczucie szczęścia zaczęło ją nagle opuszczać. Chciała, żeby Benowi spodobały się prace Rory'ego, chciała, żeby obrazy okazały się takie dobre, za jakie je uważała, ale nie chciała, żeby przepadły w Ameryce.

– To są moje slajdy. Czy raczej będą, kiedy je odbiorę. Po prostu mu ich nie dam.

Ben westchnął bezradnie.

– Na litość boską, przecież zawsze może sobie zrobić własne!

– To nie zależy ci, żeby te obrazy zostały w Anglii? Albo w Irlandii?

– Rory mi powiedział, że tak naprawdę wcale nie jest Irlandczykiem. Zachowuje się jak Irlandczyk, ponieważ tutaj mieszka, ale urodził się w Liverpoolu.

– Och, nieważne. Co to ma do rzeczy?

– Nic, tylko może wolałby jednak galerię w Anglii, a to by ułatwiło sprawę, bo mam pewne kontakty w Londynie.

– Ale te kontakty to za mało na szybkie zorganizowanie wystawy?

Ben wzruszył ramionami.

– Mogę popytać, ale to mało prawdopodobne. Od czasu otwarcia Galerii Malarstwa Współczesnego w Tate ogromnie wzrosło zainteresowanie sztuką i galerie mają teraz bez porównania więcej rezerwacji.

– A nie możesz znaleźć jakiejś nowej galerii? Takiej, która ma jeszcze wolne terminy?

Ben spojrzał na nią z wyrzutem.

– Nie. Mam pracę, a także dziecko i niańkę na utrzymaniu.

– Och, przepraszam. – Thea uświadomiła sobie, że chyba jednak trochę przesadziła. Westchnęła i zamknęła oczy. – Wiesz, co ci powiem? Będę chyba musiała sama otworzyć galerię.

Ben zaśmiał się, sądząc, że żartuje.

– Chyba nawet ty nie byłabyś na to dość szalona.

– Nie, mówię serio. Otworzę galerię sztuki i pokażę prace Rory'ego. – Nagle wydało jej się to tak oczywiste, aż sama się zdziwiła, że nie wpadła wcześniej na ten pomysł.

– Naprawdę zwariowałaś. Byłem pewien, że żartujesz. Masz pojęcie, jaki czynsz płaci się za wynajęcie biura w Londynie?

– Oczywiście. Weź pod uwagę, że wyjechałam z Londynu zaledwie dwa lata temu. Poza tym kto powiedział, że galeria musi być w Londynie? Jeśli nie ma tam miejsca dla Mahometa, góra będzie się musiała przenieść gdzie indziej.

– O czym ty mówisz?

– Otworzę galerię albo w Cheltenham, albo w okolicy. Zmusimy tych sztukożerców, czy jak ich tam zwał, żeby przyjechali na prowincję!

Rozdział dziewiąty

Ben patrzył na nią z taką miną, jakby uważał, że jej kompletnie odbiło, ale przestało ją to peszyć – zaczynała się przyzwyczajać.

– Znajdę lokal gdzieś niedaleko domu i otworzę galerię, w której wystawię prace Rory'ego. A jeśli zdołam ją rozkręcić i spodoba mi się nowe zajęcie, to jej nie zamknę, tylko zacznę wystawiać prace innych artystów.

Im dłużej o tym myślała, tym bardziej była przekonana, że to doskonały pomysł. Przez ostatnie dwa lata po prostu żyła; natomiast galeria to było coś, czemu się mogła poświęcić.

– Czy zdajesz sobie sprawę, że masz niewielkie szanse zarobienia pieniędzy na tym interesie? – zapytał wreszcie, odczekawszy chwilę zapewne po to, by sprawdzić, czy Thea nie zacznie przypadkiem jeść trawy albo drzeć na sobie ubrania.

– Pieniądze to nie wszystko. – Spojrzała na niego z wyrzutem. Sam powinien o tym wiedzieć najlepiej.

– Łatwo powiedzieć, jeśli się ma jakieś oszczędności. Natomiast bez nich życie może przyprawić o rozpacz. Otwarcie galerii to świetny pomysł, ale nie stać cię będzie na porzucenie stałej pracy na dłużej.

Thea zapragnęła położyć dłoń na jego dłoni, która, zaciśnięta w pięść, spoczywała na krótkiej błyszczącej darni, ale wyczuła, że nie zrozumiałby tego gestu.

– Wiem, ale mam przecież lokatorów, dzięki którym wystarcza na utrzymanie domu. Fotograf i tak niewiele mi płaci. Gdybym w ciągu dnia zajmowała się galerią, a w nocy pracowała w jakimś barze, w sumie zarobiłabym znacznie więcej.

Zmarszczył brwi.

– A kiedy byś spała?

Thea wzruszyła ramionami.

– Po południu w galerii, do której przecież i tak nikt nie będzie zaglądał?

Wreszcie się uśmiechnął.

– A czy przynajmniej byłaś choć raz w takiej małej galerii?

– Tak. I zapewniam cię, że nim się w to zaangażuję, odwiedzę jeszcze kilka, porozmawiam z ludźmi i dowiem się dokładnie, w co się pakuję.

Jego uśmiech stał się nieco szerszy i nagle zauważyła, że w policzkach ma małe wgłębienia, które u kobiety czy dziecka, a nawet u innego mężczyzny, można by określić mianem dołeczków.

– A wszystko to z miłości do Rory'ego?

– Interesują mnie raczej jego prace. Chcę, żeby zostały w tym kraju... lub przynajmniej na tym kontynencie. Jeśli wywiezie je do Stanów, na zawsze przepadną dla Anglii. Następny zmarnowany geniusz. I jakoś tak głupio czuję, że to ja go odkryłam. Może chcę sobie przywłaszczyć trochę jego przyszłej sławy?

– Ale jak zamierzasz go przekonać, żeby zrezygnował ze Stanów? Dlaczego miałby czekać, aż otworzysz galerię w jakimś Long Shuffle-bottom, gdzie pewnie nikt nawet nie zajrzy, skoro może mieć wielką wystawę na Manhattanie, i to nie za kilka lat, tylko za kilka miesięcy? Jeśli zgodzi się czekać, aż ty otworzysz galerię, to równie dobrze może poczekać na wolny termin w Londynie.

Thea poczuła, że jej entuzjazm nieco przygasa. Równocześnie przeniknął ją chłodny powiew wiatru.

– Bez powodu. Po prostu go przekonam, że musi poczekać. Wiem, że to tylko marzenie, ale muszę spróbować, bo inaczej do końca życia będę żałować, że tego nie zrobiłam.

Ben wstał i wyciągnął rękę, by pomóc jej wstać.

128

– Chyba masz rację.

Kiedy stanęła u jego boku, poczuła się dużo raźniej. Miała przy sobie pomocną dłoń, i to w dosłownym znaczeniu tych słów. To musiał być dobry znak.

Molly wdrapała się w końcu na wzgórze, żeby obejrzeć obrazy, które wciąż jeszcze nie zostały przeniesione do szopy. Thea poszła z nią, ponieważ podejrzewała, że może jej się przydać bogaty sponsor.

– Są bardzo dobre, prawda? – zapytała, gdy Molly skończyła je oglądać. – Nie masz ochoty któregoś kupić?

– Mogę stwierdzić, że istotnie są dobrze namalowane, ten tydzień w Aix wiele mnie nauczył. Ale ten rozmiar! A poza tym słyszałam, że krajobrazy wyszły z mody. Teraz na fali jest chyba sztuka figuratywna, no wiesz, obrazy przedstawiające rzeczy, które można rozpoznać na pierwszy rzut oka.

Thea wiedziała wprawdzie, co oznacza termin „figuratywny", ale nie nadążała za najnowszymi trendami w sztuce współczesnej. A przecież zamierzała poświęcić jej swoje dalsze życie!

– Mam tylko trochę wolnego miejsca w hallu – ciągnęła Molly, nie zauważywszy ataku paniki, jaki przeżywała właśnie Thea – tam, gdzie kończą się nasze sztychy myśliwskie. I jeszcze ciut na dole koło łazienki. Ale chciałabym jakoś pomóc Rory'emu.

– Cieszę się, że ci się podobają, nawet jeśli nie możesz żadnego z nich kupić – powiedziała Thea. Swoje plany postanowiła zdradzić Molly później, jak już porozmawia z Rorym.

Trudno było go teraz złapać na osobności. Uszczęśliwiony pochlebnymi opiniami o swoich dziełach, otworzył nową butelkę whisky. Wprawdzie towarzyszyła mu przy niej tylko Petal, ale i tak raczej wykluczało to poważną rozmowę.

Molly znalazła w pobliżu pokoje do wynajęcia i oznajmiła, że przenosi się tam razem z Petal.

– Dzięki czemu Thea nie będzie już musiała spać w wannie – zakończyła, rzucając przyjaciółce ambiwalentne spojrzenie. – To są pokoje z łazienką. A ty, Ben? Chcesz tu zostać z Tobym? – Nie powiedziała wprost, że widzi go w roli przyzwoitki Thei, ale jej intencja była aż nadto oczywista.

Ben spojrzał pytająco na Toby'ego, który stwierdził stanowczo:

– Chcę być blisko szczeniaczków.

– No to myślę, że jeśli Rory się zgodzi, zostaniemy tutaj. W końcu to tylko kilka dni. Potem zamierzamy pojechać do Burren.

Rory, który ostatnimi czasy prowadził życie pustelnika, nagle stał się bardzo gościnny. Przyzwalająco machnął ręką.

– Możecie zostać. I tak chciałem z tobą porozmawiać o moich obrazach.

Ponieważ przez całe lata nikomu ich nie pokazywał, teraz, jak już się na to w końcu zdobył, chciał o nich rozmawiać bez końca.

– Będziecie jadać w hotelu? – spytała Thea. Troska o sprawy aprowizacyjne wybiła się ponad wybuch radości, że Ben i Toby zostają, połączony z uczuciem smutku, że będą tu tylko kilka dni. – Czy może kolację będziecie jadły tutaj, z nami?

– Nie podają tam wieczornego posiłku – odparła Molly. – Ale dziś chciałam was wszystkich zaprosić do pubu, żebyś nie musiała gotować. – Być może Molly po prostu zajrzała do lodówki i znalazła mielone mięso, które Thea planowała dodać do spaghetti. Molly nie przepadała za studenckimi posiłkami.

Thea przyjęła zaproszenie z wdzięcznością. Wprawdzie udało jej się uciec od lokatorów, ale góry brudnych naczyń najwyraźniej zamierzały towarzyszyć jej wszędzie.

– Ktoś ma ochotę popływać łódką? – spytał Rory, najwyraźniej nadal w towarzyskim nastroju.

– Ja! – zgłosiła się Thea. Chciała z nim porozmawiać na osobności, na co domek był zdecydowanie za mały.

Molly i Petal wzdrygnęły się równocześnie. Toby popatrzył pytająco na ojca, ale ten mruknął coś na temat kamizelek ratunkowych.

– Dziś zostaniemy, żeby zaopiekować się szczeniętami, a jutro może uda nam się je gdzieś pożyczyć – zdecydował.

Toby westchnął z rezygnacją.

– Jak sobie chcecie – stwierdził Rory. – Pokażę Thei foki.

Rory był doświadczonym żeglarzem i już wkrótce niewielka łódka chyżo mknęła w stronę wysepek, pomrukując motorkiem. Thea nie pogardziłaby kamizelką ratunkową, ale wiedziała, że Rory uznałby to za oznakę słabości.

– Na tej wyspie zawsze są foki. – Rory wskazał kawałek lądu, zupełnie nagi oprócz kilku skał. – Widzisz te ciemne kształty?

Kiedy zbliżyli się do wysepki, foki, jedna po drugiej, zsunęły się do morza i zaczęły płynąć w ich kierunku, tak jakby chciały ich odgonić. Thea patrzyła na nie zafascynowana. Wszystkie miały na futerku charakterystyczne łaty, a ich wielkie, wilgotne oczy wyglądały dziwnie wytwornie przy okrągłych pyszczkach i bezkształtnych ciałach. Tylko stary samiec, którego chropowatą skórę pokrywały liczne blizny, nie ruszył się ze swego skrawka plaży. Ludzie w łodziach nie stanowili dla niego zagrożenia, szczególnie skoro nie byli rybakami.

Obserwowali foki, póki te nie znudziły się ich towarzystwem i nie odpłynęły.

– Możemy wyłączyć na chwilę silnik? – poprosiła Thea. – Chciałabym z tobą porozmawiać, a w domu jest tyle ludzi, że możemy nie mieć następnej okazji.

Rory wyłączył silnik.

– Mów. I wyjaśnij mi, dlaczego w nocy ukradłaś mi poduszkę, zamiast położyć się przy mnie. Wanna! Zachowujesz się jak studentka!

– Wiem, ale nie o tym chcę z tobą pomówić. To poważna sprawa, Rory. Chodzi o twoje prace.

– O? – Rory natychmiast przeszedł do defensywy, jakby oczekiwał krytyki z jej strony.

131

– Wiesz doskonale, że moim zdaniem są cudowne. Myślę, że Ben powiedział ci o nich to samo. Powiedział ci też zapewne, że musiałbyś czekać przynajmniej dwa lata na wystawę w Londynie.

– Taa… Dlatego chcę posłać slajdy do Stanów. Odszukam tego faceta, który już raz zorganizował mi wystawę, i nie będę musiał tyle czekać, a poza tym nie dam brytyjskim krytykom kolejnej szansy utarcia mi nosa.

– To było wiele lat temu i nawet ty sam przyznajesz, że zachowałeś się wtedy okropnie. Teraz nie ma żadnego powodu, żebyś nie mógł wystawić swoich prac tutaj, szczególnie że jesteś naprawdę dobry. Niech się wszyscy przekonają, w jakim byli błędzie.

Rory wyciągnął spod dziobu wiosła.

– Sięgnij pod swoje siedzenie i wyciągnij dulki – polecił.

Thea sięgnęła posłusznie, pełna obaw, że stracił już zainteresowanie tematem. Po chwili natrafiła na jakiś metalowy przedmiot.

– To dulka?

– Tak. Bez nich nie da się wiosłować.

– Nie zamierzasz chyba wiosłować przez całą drogę powrotną? – spytała, przyglądając się, jak mocuje dulki na burtach łodzi.

– Będziemy wiosłować, póki mi nie powiesz, co ci leży na sercu – tu wymownie popatrzył na jej piersi i chociaż niewiele mógł zobaczyć pod pożyczoną od Molly puchową kurtką, poczuła się zażenowana.

– Trochę trudno mi zacząć. Chciałabym, żebyś zaczekał, aż otworzę galerię sztuki gdzieś na prowincji, bo nie stać mnie na czynsz w Londynie – i pozwolił mi wystawić swoje prace. Wszystkie razem, w jednym miejscu. Łącznie ze szkicami i rysunkami.

– To świetny pomysł, tylko jak myślisz, ile czasu ci to zajmie? Rok? Dwa? Równie dobrze mogę poczekać, aż zwolni się miejsce na Cork Street.

– Uważasz, że jakaś ekskluzywna galeria na Cork Street będzie chciała wystawić wszystkie twoje obrazy? Na pewno nie starczy im miejsca. Natomiast ja mogę poszukać lokalu, który będzie miał odpowiednią powierzchnię na ekspozycję.

132

– Jasne, tylko kiedy? Jak już zdecydowałem się pokazać wam swoje prace, to chciałbym, żeby zobaczył je cały świat.

Thea zauważyła, że wrzuca ją teraz do jednego worka z Benem, Molly, Petal i Tobym, choć przedtem rozmowa dotyczyła tylko ich dwojga. Maleńka jej cząstka poczuła smutek, słodki romans z zachwycającym irlandzkim artystą mógł być przecież taki czarujący, przynajmniej teoretycznie.

– I świat je na pewno zobaczy. Przy kontaktach Bena – Thea tak naprawdę nie miała pojęcia, co to za kontakty, ale zupełnie jej to nie przeszkadzało – zmusimy świat artystyczny do przyjazdu do... do... no tam, gdzie otworzę galerię. Mahomet przyjdzie do góry. Czy może to było odwrotnie?

Rory roześmiał się. Jego białe zęby pięknie kontrastowały z opaloną twarzą. Był to zniewalający uśmiech, zdolny poruszyć serce każdej dziewczyny.

– Dobrze, kochana. Sprzedałaś mi już pomysł, no to teraz określ ramy czasowe.

Thea patrzyła, jak wiosłuje, podziwiając grację jego ruchów.

– A ile czasu mi dajesz?

– Trzy miesiące, albo jadę do Ameryki. Mam tam już kontakt. – Potrząsnął głową, jakby chciał się pozbyć wody z uszu. – Chyba oszalałem! Trzymam w garści rasowego gołębia i wypuszczam go, żeby gonić za nieopierzonym wróblem kryjącym się po krzakach. – Zmrużył oczy i popatrzył na nią. – To chyba miłość.

Thea przełknęła ślinę. Doskonale wiedziała, że Rory jej nie kocha, ale jej pragnie i może oczekiwać, niezupełnie bezpodstawnie, czegoś w zamian za swą wyrozumiałość.

– Trzy miesiące to niedużo czasu na sfinalizowanie takiego przedsięwzięcia, kiedy zaczyna się wszystko od zera...

– Wiesz co? To może pojedź ze mną na moją pierwszą amerykańską wystawę, a ja opowiem wszystkim, że to ty mnie odkryłaś.

– ... Ale jestem pewna, że mi się uda. Musimy tylko oprawić szkice i rysunki. Znasz kogoś, kto mógłby to zrobić?

– A znasz kogoś, kto pożyczy nam dość pieniędzy, żeby za to zapłacić? Już wiszę temu facetowi kupę kasy.

– Jakoś to załatwię – odparła Thea, wiedząc, że wygrała. A jeśli będzie miała szczęście, naciągnie Molly na „małą pożyczkę".

– Dobrze – powiedział Rory, składając wiosła. – A teraz pocałujmy się, żeby przypieczętować interes.

Pozwoliła, żeby wziął ją w ramiona. Były takie silne, a jego usta takie zimne i twarde. Naprawdę bardzo przyjemne.

– Więc zamierzasz tu zostać sama z Rorym? – Molly wycierała kieliszki, owijając je w kawałki materiału, choć lepiej by wyschły bez tego. Thea, która zamierzała z nią porozmawiać, postanowiła nie odrywać jej od tego zajęcia. Przyjaciółka od pewnego czasu zachowywała się wobec niej podejrzliwie, chociaż od kiedy powiedziała jej o swoich planach otworzenia galerii, stała się jej pełnym entuzjazmu poplecznikiem. – Ale czy to nie strata czasu?

– Chcę zostać, póki szczeniaki są takie małe i póki nie załatwię oprawy jego rysunków. W Anglii to na pewno będzie kosztować dużo drożej, a nie można ufać Rory'emu, że sam się tym zajmie. Może po prostu zapomnieć, a trzeba je koniecznie wystawić, musimy mieć w galerii także jego tańsze prace. Poza tym nic mnie teraz nie ciągnie do domu, a jestem pewna, że w pracy znaleźli już za mnie zastępstwo.

Thea nie dodała, że musi też przypilnować, by Rory był ciągle czymś zajęty i nie miał czasu pomyśleć o wysłaniu jej slajdów do Ameryki. Nie całkiem wiedziała, jak to osiągnie.

– Trzy miesiące to naprawdę za krótko – stwierdziła Molly, która optowała za sześcioma, ale Rory się na to nie zgodził. – Więcej czasu zajmuje remont łazienki.

– Wiem, dlatego chcę cię poprosić, żebyś skontaktowała się z agencjami nieruchomości w sprawie wynajęcia odpowiedniego lokalu. Informacje możesz przesyłać mi tutaj albo może sprawdzisz je sama na miejscu, dobrze? – Byłoby to nieco ryzykowne: jeśli da Molly zbyt wiele swobody, ta gotowa przejąć cały jej projekt. – Wiem, że to trochę bezczelne z mojej strony prosić cię o coś takiego, ale nie znam nikogo, komu mogłabym zaufać w tej kwestii. – Czyli nikogo, kto byłby na miejscu i miał dość czasu, dodała w myślach.

– Och, dobrze. – Molly pilnie zajęła się składaniem ścierki, by ukryć zadowolenie. – A gdzie jest Petal? Miałyśmy iść na spacer.

Thea uniosła brwi. Petal na ogół nie „spacerowała", chyba że w galerii handlowej. Kiedy Molly wyszła, rozłożyła na powrót ścierkę, żeby wyschła.

Thea ze smutkiem obserwowała wyjazd gości. Nie zapraszała ich tu, ale teraz wolałaby, żeby nie wyjeżdżali. Częściowo dlatego, że nie chciała znowu zostać sama z Rorym, ale przede wszystkim dlatego, że czuła się sfrustrowana. Kiedy już postanowiła otworzyć galerię, chciała jak najszybciej porzucić irlandzką idyllę i wziąć się do dzieła, szczególnie że miała na to tak niewiele czasu.

Rory stał obok niej, kiedy samochód z gośćmi odjeżdżał.

– No więc? – Obrócił ją ku siebie i położył ręce na jej ramionach.

To była właśnie ta krytyczna chwila.

– Rory, jesteś naprawdę jednym z najbardziej atrakcyjnych mężczyzn, jakich spotkałam w życiu, i chyba musiałam oszaleć, skoro nie kocham się z tobą tu i teraz, nawet przy szczeniakach – zaczęła.

– Czuję, że teraz będzie jakieś „ale".

– Ale istotnie oszalałam. Nie chcę się z tobą kochać ani nie chcę żebyś ty kochał się ze mną.

Zniósł to dobrze. Wprawdzie uniósł brwi, ale nie wydawał się szczególnie zaskoczony.

– To znaczy, że przyjechałaś do Irlandii, do mojego domu, wcale nie zamierzając dać mi tego, czego oboje pragnęliśmy? Bo oboje tego pragnęliśmy, prawda?

Thea długo się zastanawiała nad odpowiedzią. Musiała powiedzieć mu prawdę i zarazem nie dawać żadnych fałszywych nadziei.

– Przyjeżdżając do Irlandii, myślałam, że chcę uciec od monotonii życia. Pochlebiało mi twoje zainteresowanie – moje ego będzie puchło z tego powodu jeszcze przez całe lata. Ale kiedy zobaczyłam twoje prace, twoje obrazy, uświadomiłam sobie, że istnieje coś ważniejszego niż wspaniały seks.

– Uwierz mi, nie istnieje nic ważniejszego niż wspaniały seks.

– A właśnie, że nie. Istnieje cudowna sztuka. I trwa dużo dłużej, choć przyznaję, że jest też znacznie droższa. To, czego naprawdę potrzebowałam i co znalazłam dzięki tobie, to misja, projekt do realizacji. Chcę cię uczynić sławnym. Chcę, żeby twoje prace znalazły się we wszystkich ważniejszych muzeach. Chcę, żeby dzięki mnie poznał cię cały świat.

– Niepotrzebnie. W Ameryce jest facet, który na pewno zrobi dla mnie to wszystko. Jeśli go tylko odnajdę.

– Nie, nie rozumiesz mnie. To j a muszę to zrobić. Ponieważ chcę, żeby Anglia, kraj, który tobą wzgardził – wzgarda może była tu zbyt mocnym słowem, ale wiedziała, że Irlandczycy kochają poetyckie wyrażenia – uznała cię za wielkiego artystę. Na pewno też tego pragniesz. Zjechali twoje prace tylko dlatego, że się upiłeś. Musisz chcieć, żeby uznali twój talent.

Stał, patrząc na nią, przygryzając policzki i przekrzywiając głowę raz na jedną, raz na drugą stronę.

– Pewnie tak – westchnął w końcu. – A teraz, kiedy już wygłosiłaś swoją wielką mowę, może przygotowałabyś mi lunch?

Parę minut później, krojąc w kuchni warzywa na zupę, zmówiła w duchu dziękczynną modlitwę do morza, wysepek i gór za to, że zdołała przekonać Rory'ego do swoich argumentów i że udało jej się dokonać tego bezboleśnie. Wiedziała, że wiele kobiet, nawet takich, które lubiła i szanowała, radośnie wskoczyłoby mu do łóżka dla sprawienia sobie czysto zwierzęcej przyjemności przeżycia chwili szczęścia bez żadnego poczucia winy za wykorzystanie drugiego człowieka. Ale ona tak nie mogła. Czy dlatego, że zakłóciłoby to relacje między nimi, gdyż tak naprawdę interesowały ją jego prace, a nie on sam? Było to całkiem rozsądne wyjaśnienie, tyle że niezupełnie prawdziwe. Zabawna z ciebie kobieta, powiedziała sama do siebie.

Przez kilka następnych dni Thea była bardzo zajęta. Przysłano jej slajdy, które starannie ukryła z głębokim poczuciem winy. Wyszły wspaniale i gdyby Rory je zobaczył, na pewno od razu chciałby je wysłać do Ameryki. Opiekowała się też szczeniętami, szczególnie tym najmniejszym, który wprawdzie był dość ruchliwy i miał dobry apetyt, ale nie rósł tak szybko jak pozostałe. A poza tym porządkowała życie Rory'ego.

Najpierw odwiedzili jego kolegę, który zajmował się oprawą obrazów. Zgodził się oprawić wielki rulon szkiców i rysunków Rory'ego, ale zażądał zaliczki.

– Przykro mi, ale ten facet, choć jest śliczny, wisi mi już mnóstwo forsy – wyjaśnił jej jakby lekko zasmucony.

Zaciskając usta, Thea wyraziła podziw dla jego obrazowego języka i wypisała czek na dużą sumę. Po raz pierwszy pożałowała, że wszystkie pieniądze zainwestowała w dom, zamiast zaciągnąć kredyt na hipotekę. Ale może uda jej się przekonać Molly, żeby przeznaczyła trochę środków na wsparcie tego wspaniałego artysty, bo inaczej będzie musiała podnieść lokatorom czynsz i wynająć nawet swoją ciemnię.

Kiedy zdobyła pewność, że łatwiejsze do sprzedania prace Rory'ego zostaną oprawione i że sam artysta zaczął malować nowy obraz, który ma szansę pochłonąć całą jego uwagę i nie zostawić mu czasu na szukanie wiadomego Amerykanina (dzięki Bogu, w domu nie było komputera, a Rory ledwie słyszał o Internecie), i kiedy Susan przyjęła do wiadomości, że Lara potrzebuje cztery razy więcej jedzenia niż przedtem, uznała, że czas wracać do domu.

Po raz ostatni popłynęła z Rorym oglądać foki, po raz ostatni weszła na wzgórze za domem i po raz ostatni upewniła się, że w lodówce jest zapas pożywnego jedzenia. Wyjeżdżała stąd z żalem. Czuła się tu dobrze, ale jej miejsce było teraz gdzie indziej.

Dała Rory'emu kupioną wcześniej książkę na temat chowu szczeniąt.

– Możesz w niej sprawdzić, kiedy należy je przestawić na stałe jedzenie. Właściwie to jest w niej wszystko na temat szczeniąt. Za osiem tygodni, czyli na miesiąc przed otwarciem galerii – musiała to powiedzieć, żeby podkreślić, jak niewiele dał jej czasu – przyjadę po mojego szczeniaka. Tego najmniejszego.

– Ale on pewnie zdechnie.

– Jeśli zdechnie, to ja... po prostu nie pozwól, żeby zdechł.

Poprosiła Susan, żeby zawiozła ją na lotnisko, i zapłaciła jej za to, chociaż nie musiała. Podczas drogi wyglądała przez okno, trochę podniecona, ale przede wszystkim przerażona.

To moje ostatnie chwile jako beztroskiej, żyjącej z dnia na dzień i wypłacalnej kobiety, pomyślała. Kiedy wrócę do domu, będę musiała zmierzyć się z prawdziwym światem, zaciągnąć kredyty, znaleźć lokal i robić rzeczy, jakie robią inni dorośli ludzie. Westchnęła tak głęboko, że aż Susan popatrzyła na nią uważnie. Thea uśmiechnęła się.

– Późno wczoraj poszłam spać.

– Doprawdy?

– Susan, w zasadzie nie powinno cię to obchodzić, ale ci wyjaśnię. Nie spałam z Rorym. Interesują mnie tylko jego prace.

– Nie widziałaś wcześniej jego prac, a i tak przyjechałaś.

– Wiem. Padłam ofiarą urojeń. Myślałam, że chcę zaszaleć z pięknym, młodym mężczyzną, a tak naprawdę to szukałam po prostu właściwej pracy.

Rozdział dziesiąty

Kiedy Thea otwierała frontowe drzwi własnego domu, przygotowana była na katastrofę, jednakże przedpokój wyglądał jak zwykle – zakurzony, z obrazami wiszącymi nieco krzywo na ścianach tam, gdzie potrącali je przechodzący ludzie – z tą różnicą, że wejścia nie blokowały torby ze śmieciami. Choć poczuła ulgę, wiedziała, że może być przedwczesna. To, czego się obawiała, mogło kryć się w kuchni.

Ale się nie kryło. W kuchni wszystko aż błyszczało i było niesamowicie pusto. Albo panował tu wyjątkowy porządek, albo włamali się jacyś złoczyńcy, którzy ukradli wszystko, łącznie z płynem do mycia naczyń.

Jednak nie. Na stole leżała kartka. *Kochana Theo, zmusiłam ich, żeby posprzątali. Mam nadzieję, że dobrze się bawiłaś. Jak szczeniaki?*

Nagle stwierdziła, że naprawdę lubi Petal. Nie miała pojęcia, jakim cudem zdołała zmusić studentów do takich porządków, ale najwidoczniej udało jej się tego dokonać, choć dla lokatorów na pewno nie było to przyjemne. Natomiast dla powracającej z długiej podróży Thei stanowiło czyste błogosławieństwo, przynajmniej do czasu, kiedy będzie muciała coś znaleźć.

Czajnik wtłoczony został do kredensu razem z innymi garnkami i jego odszukanie nie przedstawiało większych trudności. Thea nalała do niego wody.

139

W tym momencie zadzwonił telefon. Natychmiast zaczęło jej głośno walić serce. Podczas podróży dużo myślała o szczeniakach. Choć Lara była dobrą matką, najmniejszy, nazwany Maleństwem, potrzebował znacznie częstszego karmienia. Susan obiecała tego przypilnować, ale Rory raczej nie będzie pamiętał, choć przed wyjazdem nalepiła mu dużą kartkę na ścianie nad legowiskiem Lary. Bardzo się bała, że może otrzymać złe wiadomości.

Włączyła się automatyczna sekretarka:

„Tu Molly. Obejrzałam masę lokali, ale żaden się nie nadaje. Chcesz to sama robić po powrocie czy mam kontynuować? Zadzwoń. A przy okazji: Derek jest zachwycony, że mam nowe zajęcie".

Thea piła herbatę zatopiona w myślach i szczęśliwa, że nie był to telefon od Susan. Pomoc ze strony Molly nie była wyłącznie błogosławieństwem. Przyjaciółka miała mnóstwo energii, entuzjazmu i pomysłów, ale równocześnie zachowywała się tak władczo i była taka pewna swoich racji, że z łatwością mogła przejąć kierowanie całością pracy. Czy powinna zatem grzecznie, ale stanowczo odebrać jej listę lokali, jakie pozostały do obejrzenia, i oświadczyć, że poradzi sobie sama?

Przy drugim łyku herbaty doszła do wniosku, że nie jest to możliwe. Po pierwsze nigdy nie zdobędzie się na odwagę, by powiedzieć Molly, że da sobie radę bez niej, a po drugie najprawdopodobniej nie da sobie bez niej rady. Ale i tak miała przeświadczenie, że porywa się z motyką na słońce.

Kiedy telefon zadzwonił ponownie, poszła go odebrać, wziąwszy ze sobą kubek z herbatą. I tak na pewno dzwonił ktoś do Petal.

– O, cześć! – Głęboki, męski głos. Wyczuła w nim zaskoczenie. – Myślałem, że włączy się sekretarka. Mówi Ben Jonson.

– Witaj!

Poczuła, jak kurczy się jej żołądek, zupełnie tak samo jak w szkolnych czasach.

– Będę w pobliżu ciebie u klienta. Czy mógłbym wpaść i porozmawiać? W przyszłym tygodniu?

140

Popadła w rozterkę. Wiedziała, że w przyszłym tygodniu będzie strasznie zajęta, a z drugiej strony sama była zaskoczona tym, jak bardzo chce go zobaczyć.

– Ależ oczywiście. A nie moglibyśmy porozmawiać teraz? – Była z siebie dumna. Taka rozsądna odpowiedź.

Chwila milczenia.

– Myślę, że tak. Znalazłem dla Rory'ego galerię.

– Och! – To była dobra wiadomość. Przecież chciała, żeby obrazy Rory'ego zostały wystawione. Dlaczego zatem poczuła się zawiedziona? – To świetnie!

– Tak. – Ben wydawał się bardzo zadowolony. – Mieliśmy dużo szczęścia. To dobra galeria, w której jest masa przestrzeni. Nagle wycofał im się artysta. Dowiedziałem się o tym przypadkiem i zdążyłem przed innymi.

– Cudownie! – Tak naprawdę, to Thea miała ochotę powiedzieć „och, fuj", jak Petal albo tupnąć nogą. Co za szkoda, że była dorosła. – Ty zawiadomisz Rory'ego czy ja mam to zrobić?

Znów cisza.

– Jeśli dasz mi numer, sam zadzwonię.

Poszperawszy w torbie, wyciągnęła odpowiednią karteczkę.

– I przypomnij mu, żeby karmił Maleństwo jak najczęściej. Nawet, jeśli śpi.

– Maleństwo? Urocze imię. Powiem Toby'emu. I przypomnę Rory'emu o karmieniu.

– Mam nadzieję, że będzie dość czasu na oprawę rysunków. – Nie mogła się powstrzymać od marudzenia. Tak się napracowała przy załatwianiu oprawy i sama za nią zapłaciła, a teraz jakaś elegancka galeria w Londynie zbierze całe należne jej uznanie.

– O, tak, spokojnie. Miejsce zwolni się dopiero na początku przyszłego roku.

– Przyszłego roku? – Thea uśmiechnęła się. Nie była do końca pewna, czy Rory uzna, że to dla niego zbyt odległy termin, ale przynajmniej miała jakąś szansę. – Mnie dał zaledwie trzy miesiące.

– Tak, ale nie obraź się, jest pewna różnica pomiędzy znaną galerią w Londynie...

– A małą prowincjonalną, która nawet nie ma jeszcze lokalu? – Na chwilę zamilkła. – Cóż, daj mi znać, jak ci poszło.

Skończyła rozmowę, zadowolona z siebie. Czuła, że dobrze się spisała. Czy w *Zasadach savoir-vivre'u* nie czytała przypadkiem o tym, jak się kończy rozmowy telefoniczne? Chociaż może dotyczyło to tylko mężczyzn, z którymi chodzi się na randki? Powinna poszukać swojego egzemplarza i sprawdzić. Z jakichś powodów czuła, że się rumieni. Czemu myślała o Benie w kategoriach randek?

Postanowiła oddzwonić do Molly jeszcze przed kąpielą. Zapewne będzie równie rozczarowana jak Thea, a złe wieści lepiej przekazywać w ubraniu.

Molly istotnie odpowiednio się rozzłościła.

– Po tych wszystkich zachodach! Po obejrzeniu tylu ponurych budynków! I wszystko na próżno, mimo że tak się przy tym wybrudziłam.

– Ale to miała być dobra wiadomość! Przecież chcemy, żeby obrazy Rory'ego pokazano w Londynie...

Molly wydała lekceważące prychnięcie.

– Mówiąc całkiem szczerze, zupełnie mnie nie obchodzi, czy jego prace zostaną wystawione, czy do końca świata będą tkwić w tej jego szopie. Ja chciałam otworzyć galerię! – Króciutka przerwa. – To znaczy pomóc ci otworzyć galerię.

Thea westchnęła.

– Ja też. Ale musimy się cieszyć, że Rory'emu się udało.

– Tak sądzę. Cholera! A tak się cieszyłam, że znów będę pracować!

– Wiesz, muszę iść się wykąpać, nim zaczną wracać lokatorzy, bo potem nie dostanę się do łazienki.

Thea stanowczo odłożyła słuchawkę, zadowolona, że jej kontakty z wielką sztuką, choć przelotne, przynajmniej nauczyły ją kończyć rozmowy telefoniczne bez uciekania się do sztuczek ze świecą i alarmem pożarowym.

Kiedy telefon zadzwonił raz jeszcze, Thea właśnie zanurzała się w wodzie o idealnej temperaturze, wzbogaconej bardzo drogim olejkiem do kąpieli, który dostała na Gwiazdkę, a w radiowej czwórce zaczynał się naprawdę ciekawy program. Zamierzała w ogóle nie odbierać, ale ponieważ znów zaczął dzwonić zaraz po wyłączeniu się sekretarki, najwyraźniej stało się coś ważnego.

To był Ben.

– Cholerny Rory! Uparł się, że nie będzie czekał cały rok.

– Zatem wracamy do planu A?

Thea dołożyła wszelkich starań, by jej uśmiech nie znalazł odbicia w tonie głosu. Czuła się niezmiernie zadowolona, nawet taka naga i ociekająca wodą.

– Tak! Albo wystawi obrazy u ciebie, albo wyśle je do Nowego Jorku. Powiedział, że nie zamierza dawać Cork Street drugiej szansy po tym, jak go kiedyś potraktowali...

– I dobrze! Wiedziałam, że to dobry chłopak.

Chrząknięcie Bena było nawet bardziej wymowne niż Molly. Musiała to być chyba cecha rodzinna, ta umiejętność okazania lekceważenia bez uciekania się do słów.

– Ale twój pomysł otworzenia galerii bez absolutnie żadnego doświadczenia w branży jest zupełnie pozbawiony sensu, jeśli mam być szczery.

– Mów sobie, co chcesz. Słowa nic nie kosztują.

– Jak on może odrzucać taką życiową szansę tylko z powodu... – wziął głęboki, zapewne uspokajający oddech. – Przyjadę w środę. Jedenasta ci odpowiada? Mam spotkanie z klientem o wpół do dziewiątej, powinno się skończyć do tego czasu.

– Och! – Thea poczuła się nieco speszona. – Byłam pewna, że chcesz przyjechać tylko po to, żeby mi powiedzieć o tej galerii w Londynie. Ale po pierwsze już o niej wiem, a po drugie i tak sprawa jest już nieaktualna. Więc właściwie dlaczego chcesz się ze mną widzieć?

Ben westchnął.

– Podejrzewałem, że Rory odrzuci Cork Street, to kretyn. Mówiłem ci, że wcale nie jest Irlandczykiem? I że ta jego stylizacja na irlandzkość to czysta kpina?

– Coś wspominałeś.

– Przyjdę, żeby ci wyperswadować te idiotyczne plany.

Thea nagle poczuła się beztroska. Roześmiała się.

– Cóż, zawsze możesz spróbować.

– No to przyjdę.

– Świetnie. Przygotuję lunch.

– Nie, nie rób sobie kłopotu. – Wyraźnie go ten pomysł przeraził. Zapewne zabrzmiał zbyt rodzinnie. – Pójdziemy gdzieś. To do środy.

Wprawdzie potrafił zakończyć rozmowę jeszcze szybciej niż ona, niemniej w kącikach jej ust czaił się uśmiech. Nadal czuła się zmuszona otworzyć galerię, a Ben przyjeżdżał, żeby się z nią zobaczyć.

Zadzwoniła do Molly.

– Ja króciutko, bo stoję tu goła i mokra i kąpiel mi stygnie. Rory nie chce tak długo czekać na wystawę w Londynie. Czyli nadal mamy pracę.

– To świetnie – stwierdził Derek. – Powiem Molly. Na pewno się ucieszy.

– Dziękuję. – Zawstydzona odłożyła słuchawkę i uciekła do łazienki, bo właśnie trzasnęły frontowe drzwi.

Kiedy w następną środę otwierała drzwi Benowi, który okazał się przerażająco punktualny, nie bardzo wiedziała, co ma powiedzieć. W zasadzie wypadało od razu poinformować go, że tylko traci czas, bo z całą pewnością nic nie zdoła jej odwieść od tego projektu. Postanowiła jednak pozostać przy zdawkowym:

– Wejdziesz?

Pokręcił głową.

– Byłem u Molly, prosiła, bym ci to oddał. – Potrząsnął szyderczo plikiem papierów. – Zapewne to twoje przyszłe galerie sztuki.

– Och! Czekałam na to.

Cofnął rękę razem z papierami.

– Postanowiłem, że obejrzymy lokale razem, żebyś się na własne oczy przekonała, jak bardzo bezsensowny jest ten pomysł.

Powinna go zapytać, czemu jej pomaga, skoro sukces czy porażka jej galerii zupełnie go nie obchodzi. Ale nie zapytała. Nie chciała, żeby przyznał jej rację, odwrócił się i pojechał do domu. Wyobraziła sobie, jak złapie się za głowę, odkrywszy swój błąd, i uśmiechnęła się.

Ben popatrzył na nią z niedowierzaniem, najwyraźniej zastanawiając się, czemu ona się uśmiecha, a nie chcąc zapytać wprost.

– Możemy zjeść lunch, jak już skończymy.

Bezsprzecznie nie mogła narzekać na brak wrażeń. Wprawdzie dwa pierwsze lokale były zbyt małe, żeby wystawiać tam cokolwiek oprócz niewielkich akwareli, ale trzeci zapowiadał się obiecująco – przynajmniej na papierze.

Zgodnie z adresem udali się do małego miasteczka leżącego jakieś dwanaście mil od Cheltenham, w okolicy, gdzie na pewno brakowało galerii sztuki. Kiedy szukali miejsca do zaparkowania, dostrzegli sporo opustoszałych sklepów, co jest typowe dla tak małych miasteczek. Thea sprawdziła dane otrzymane z agencji nieruchomości, które wykradła Benowi.

– Do wynajęcia jest tutaj tylko jeden lokal, choć jeśli okaże się nieodpowiedni, to bez problemu znajdziemy inny. Ciekawe, czemu tu wcześniej nie przyjechałam? Mogę się założyć, że nieruchomości są tutaj tanie.

– Niewątpliwie, tylko zastanów się, jak ściągniesz tu ludzi. To miasteczko na pewno nie jest artystyczną mekką.

Była oburzona.

– Aż się zdziwisz. Wokoło jest pełno prześlicznych wiosek – ludzie mediów i artyści mieszkają na wsi, a nie w mieście. Na pewno się ucieszą, kiedy w pobliżu pojawi się galeria sztuki.

Spojrzał na nią i westchnął. Nie powiedział, że jego zdaniem jest skazana na rozczarowanie. Znał ją już na tyle dobrze, by wiedzieć, że i tak go nie posłucha.

Zeszli ze wzgórza i przecięli niewielką aleję.

– Takie strome alejki nazywa się tu laggar – wyjaśniła Thea, chcąc podtrzymać rozmowę. – Dowiedziałam się o tym na kursie historii regionu, kiedy tu przyjechałam.

– Tak? Tam, skąd pochodzę, nazywa się je zwykle „pochylniami". To jedno z tych określeń, których używa się tylko lokalnie.

– A skąd pochodzisz?

– Z Wimbledonu. Ostatnio zrobiło się tam elegancko.

W końcu znaleźli właściwy adres. Budynek stał na rogu ulicy, zaraz koło stacji. Do niedawna mieściło się w nim towarzystwo budowlane, a przedtem sklep z odzieżą, najlepszy w mieście i dlatego miał z dwóch stron ogromne wystawowe okna.

– Jest cudowny. I taki duży – stwierdziła Thea.

– Może wejdziemy do środka, nim za bardzo damy się ponieść emocjom?

Kiedy Ben walczył z kluczem, Thea zastanawiała się, czy użył liczby mnogiej bezwiednie, zwracając się do niej protekcjonalnie jak do dziecka, czy też istotnie miał na myśli ich oboje. A ponieważ z natury była optymistką, przyjęła tę drugą wersję.

Entuzjazm Thei wewnątrz budynku bynajmniej nie zmalał. Tyle tam było światła i przestrzeni, że to miejsce aż się prosiło, by stworzyć tu coś bardziej ekscytującego niż kolejna instytucja finansowa.

Ben wszedł za nią do największego pomieszczenia, słuchając, jak wychwala zalety lokalu, i powstrzymał się od uwag na temat okropnej wykładziny, ciemnobeżowych ścian czy wszechobecnego brudu.

– To wspaniałe miejsce, musisz to przyznać – powiedziała w końcu.

Skinął lekko głową, jak ktoś biorący udział w licytacji.

– Szkoda tylko, że nie ma tu jednak dość miejsca na ścianach
– ciągnęła.

Wziął głęboki oddech.

– Jeśli zajdzie taka potrzeba, możesz zasłonić jedno okno płytą
pilśniową. Robi się po prostu ramę i przybija do niej płytę.

– Doskonały pomysł, dzięki! A co jest dalej?

Weszli do kolejnych dwóch pomieszczeń o równie dużych oknach.
Thea nie miała już wątpliwości, że szukała właśnie czegoś takiego.

– Zejdźmy na dół – zaproponowała. W wyobraźni zdążyła już
rozwiesić mniej więcej połowę wielkich obrazów Rory'ego.

Zajrzeli do sutereny. Nie było tu okien ani naturalnego światła,
wokoło zaś unosił się podejrzany zapach wilgoci.

– To ta wykładzina – wyjaśnił Ben. – Jak ją stąd usuniesz i całość
dobrze wywietrzysz, będzie w porządku.

– I nie ma tu okien! Będzie można zawiesić obrazy na wszystkich
czterech ścianach, a w korytarzu rysunki. Potrzebne jest tylko dobre
oświetlenie. A tam co jest?

„Tam" była niewielka kuchnia, a dalej jeszcze jedno pomieszczenie bez okien.

– Odpowiednie na instalacje artystyczne – stwierdziła. – Zresztą
kuchnia też ma wielki potencjał.

– Jako kuchnia – powiedział Ben z naciskiem.

– Nie tylko. Mogę tam wstawić biurko.

Stali właśnie w obskurnym przejściu. Patrzył na nią i chociaż nie
widziała wyrazu jego twarzy, czuła, że chce z nią porozmawiać i zrobi to w taki sam sposób, jak kierowniczka szkoły, do której chodziła.
Czyli że nie usłyszy nic pocieszającego.

– Thea… – zaczął, dotknąwszy jej ramienia.

– Ben – przerwała mu stanowczo, usuwając jego rękę. – Myślę,
że wiem, co chcesz mi powiedzieć, i chyba lepiej będzie, jak mi to
powiesz gdzie indziej. Na przykład w pubie. Jeden jest zaraz za
rogiem, zauważyłam, kiedy tu szliśmy.

– Więc – zaczęła, wypiwszy łyk piwa, nadal nastawiona zdecydowanie optymistycznie – zamierzasz mi zapewne powiedzieć, że jestem szalona, że nie mogę otworzyć galerii, nie mając innego źródła dochodów, i że powinnam pozwolić Rory'emu wysłać obrazy do Stanów, co może zrobić bez problemu – wystarczy, żeby odszukał tego faceta przez Internet – a dla siebie znaleźć jakieś pożyteczne hobby. Ale pozwól, że ci oszczędzę fatygi: wiem o tym wszystkim doskonale. Mimo to zamierzam zaciągnąć kredyt na hipotekę domu, przyjąć jeszcze jednego lokatora, żeby mieć na bieżące wydatki i zrobić dla tej galerii wszystko, na co mnie tylko będzie stać. Dam sobie dwa lata. Jeśli w tym czasie nic na niej nie zarobię, pogodzę się z porażką. Może być?

Napił się piwa.

– Cóż, istotnie zamierzałem ci powiedzieć coś takiego i istotnie przyjechałem tu, żeby cię zniechęcić do całego pomysłu, ale chyba z góry wiedziałem, że to nie ma sensu.

Thea spodziewała się raczej gwałtownej i gorącej sprzeczki.

– Miałeś rację – odparła spokojnie.

– I dlatego, chociaż nadal myślę, że oszalałaś, i chociaż nadal uważam, że jesteś skazana na klęskę, pomogę ci, jak tylko będę potrafił, chociażby wykorzystując moje kontakty.

Usta Thei zadrżały w powstrzymywanym uśmiechu.

– Ale nie przy malowaniu i sprzątaniu?

Usta Bena również zadrżały, ale szybko się opanował.

– Nie mam zbyt wiele czasu, ale pewnie przyłożę do tego rękę, jeśli będę musiał.

Thea uśmiechnęła się szeroko i wyciągnęła do niego rękę.

– Nie musisz. To bardzo miłe, że w ogóle chcesz pomóc. A twoje kontakty mogą się okazać naprawdę pomocne – w końcu każdy głupi potrafi położyć parę warstw farby.

– Co, jak się wkrótce przekonasz, jest dużym plusem.

– Z pewnością zdołam namówić Petal i spółkę, żeby mi pomogli.

– Doprawdy? Miałem wrażenie, że Petal nie należy do osób rwących się do pomocy.

– Ależ tak. Zmusiła lokatorów, żeby pięknie posprzątali dom przed moim przyjazdem. Nie twierdzę, że osobiście zabrała się do porządków, ale potrafiła zmusić innych.

– To dobrze. Być może zaczyna dorastać.

– Myślę, że odziedziczyła to po Molly.

– Zapewne.

– A Molly też jest pełna zapału do tego projektu.

– Nie wiem, na ile dobrze znasz Molly. Bardzo ją lubię, ale trudno ukryć, że jest...

– Energiczna? Apodyktyczna? Tak, wiem, ale potrzebuję właśnie kogoś takiego. Jest taka konkretna. Sądzę, że zdołam jakoś utrzymać ją w ryzach – stwierdziła z uśmiechem. – Ben, jestem ci taka wdzięczna za pomoc. I jestem pewna, że Rory też na pewno będzie ci wdzięczny.

– Nie robię tego dla Rory'ego! – rzucił ze złością. – Owszem, podziwiam jego prace i jestem pewien, że odniesie sukces, szczególnie teraz, kiedy tak się zapalił do wystaw, ale...

– Ale? – odważyła się zapytać, kiedy zamilkł na dłuższą chwilę.

– Robię to – a raczej zrobię – ponieważ podziwiam cię za to, że stać cię na realizowanie swoich marzeń.

Thea przełknęła ślinę. Nie bardzo wiedziała, co ma odpowiedzieć. Podziw Bena, nawet jeśli tylko za szaleństwo, był czymś cudownym. Nagle uświadomiła sobie, że sam Ben też jest cudowny. To było zupełnie jak z ostatnim hasłem w krzyżówce, które wydaje się takie oczywiste, kiedy zna się całe rozwiązanie. No bo dlaczego nie mogła się kochać z Rorym? Dlaczego serce zabiło jej mocniej, kiedy usłyszała głos Bena w słuchawce, i dlaczego chciała, żeby był przy niej, mimo że ciągle krytykował jej projekt? Ponieważ albo już go kochała, albo była w ostatnim stadium zadurzenia. Jednakże tak czy inaczej musiała szybko znaleźć jakąś odpowiedź, inaczej gotów się zorientować w jej uczuciach.

– Myślałam, że uważasz mnie za szaloną – wybąkała. – W zasadzie tyle razy mi to powiedziałeś prosto w oczy...

– To prawda, jesteś szalona, ale za to właśnie cię podziwiam.

– Och.

– A ten projekt zaabsorbuje Molly na dłuższy czas.

Poczuła, że odzyskuje równowagę, i równocześnie stwierdziła, że Ben ma naprawdę piękne oczy.

– Zatem reszta rodziny przyzna mi za to medal?

– Z całą pewnością.

Thea uśmiechnęła się. Miała nadzieję, że ten uśmiech wydał mu się całkiem niefrasobliwy. Nie było nigdzie lustra, więc nie mogła sprawdzić, czy wygląda dostatecznie zwyczajnie.

Poźniej, po wizycie w agencji nieruchomości, gdzie Thea zgłosiła swoje zainteresowanie wynajęciem lokalu i umówiła się na spotkanie z radcą prawnym właściciela, Ben odwiózł ją do domu.

– Masz czas wstąpić na herbatę czy musisz od razu wracać? – spytała, gdy dojechali na miejsce.

Ben westchnął głęboko i popatrzył prosto przed siebie przez przednią szybę.

– Posłuchaj Thea, myślę, że pewne rzeczy lepiej będzie wyjaśnić od razu. Chociaż bardzo mi się podobasz – czemu nie zamierzam zaprzeczać – nie jestem zainteresowany stałym związkiem. Nie wiem, co – jeśli coś w ogóle – powiedziała ci o mnie Molly, ale jestem zdania, że przez życie Toby'ego przewinęło się już dostatecznie dużo kobiet i nie zamierzam do tego dokładać jeszcze swoich przyjaciółek. Przykro mi, ale tak to właśnie wygląda.

Przez chwilę w ogóle nie rozumiała, o czym mówi, a kiedy już zrozumiała, nadal nie mogła w to uwierzyć.

– Słucham?

– Powiedziałem, że nie interesują mnie stałe związki.

Fala niepohamowanego gniewu zaczęła się podnosić od jej żołądka do twarzy. Wiedziała, że robi się szkarłatna i że za wszelką cenę musi nad sobą zapanować. Jeśli zdradzi się z jakimikolwiek uczuciami, prawdopodobnie będzie musiała go zabić.

Molly nic jej nie powiedziała o życiu Bena. Było to bardzo dziwne, że nigdy nawet nie wspomniała o Benie, szczególnie że zwykle spod ziemi wyciągała dla Thei wolnych facetów. Czyżby wiedziała, że nie jest zainteresowany żadnym stałym związkiem? A jeśli nawet, to jakoś trudno było uwierzyć, że coś takiego powstrzymałoby Molly od działania. Bardziej prawdopodobne wydawało się to, że nie chciała go drażnić, narzucając mu kobietę, której nie chciał.

– Jeśli nie chcesz się napić herbaty – powiedziała wręcz sztywna z wysiłku, żeby nad sobą zapanować – wystarczy, że mi powiesz. Nie musisz przy okazji udzielać mnóstwa informacji, które zupełnie mnie nie interesują – tu opanowanie ją zawiodło i zapytała:
– Dlaczego, u licha, uważasz, że obchodzą mnie twoje związki z kobietami?

Wydawał się zaskoczony tym pytaniem, więc pogrążała się dalej.

– No ale skoro już o tym wiem, nie omieszkam przechować tego w pamięci razem z masą innych bezużytecznych informacji. I niewątpliwie jeśli kiedykolwiek będę miała okazję, przekażę tę informację kobiecie dość szalonej, żeby chcieć się z tobą umówić.

Udzielił mu się jej gniew, ale, w przeciwieństwie do niej, doskonale nad sobą panował.

– Przepraszam. Zapewne powiedziałem za dużo.

– Rzeczywiście. Dużo za dużo. Ale mniejsza z tym. Ja marzę o herbacie, więc lepiej już pójdę.

Wysiadła z samochodu i wbiegła na schody, ale nagle uświadomiła sobie, że nie podziękowała mu za przyjazd tutaj aż z Londynu.

Wróciła do samochodu. Otworzył drzwi od strony pasażera.

– Dziękuję ci bardzo za dzisiejszą pomoc. Ale nie czuj się w obowiązku pomagać mi w przyszłości.

Znalazła klucz, otworzyła drzwi i weszła do domu, jeszcze zanim Ben zdążył odjechać. Kiedy znalazła się w kuchni, przez długą chwilę patrzyła na butelkę whisky, nim postanowiła jednak zaparzyć herbatę. Ale pięć minut później ucieszyła się z tej decyzji, ponieważ ktoś zapukał do drzwi. Ben.

– Zmieniłem zdanie. Chętnie napiję się herbaty.

– Wejdź, proszę. – Miała już mnóstwo czasu, żeby pożałować swojego wybuchu. Ruszyła za Benem po schodach na dół, do kuchni. – Woda się właśnie zagotowała, to potrwa minutkę.

Ben zatrzymał się przy stole kuchennym i odwrócił, żeby na nią spojrzeć.

– Właściwie to nie chcę herbaty. Wróciłem, ponieważ nie mogę znieść myśli, że otworzysz galerię, nie mając żadnego doświadczenia, bez kontaktów, w ogóle bez niczego. Nieważne, co o mnie myślisz, ale musisz pozwolić sobie pomóc, na ile zdołam.

Choć w tej chwili miała ochotę rozszarpać go na kawałki, w niczym to nie zmieniło jej uczuć do niego. Wzruszyła ramionami.

– Dziękuję. Będę ci bardzo wdzięczna.

Skrzywił się.

– Wcale nie musisz być wdzięczna – powiedział ze złością i wyszedł z kuchni. Słyszała, jak wbiegał po schodach, przeskakując po trzy stopnie naraz.

Spotkanie z radcą prawnym, wcale nie było tak prostą formalnością, jak sobie wyobrażała. Wyglądało na to, że właściciel lokalu został już kilkakrotnie oszukany w tych sprawach i dlatego chciał, żeby Thea nie tylko podpisała umowę zobowiązującą ją do płacenia czynszu przez dwa lata, niezależnie od tego, czy otworzy galerię, czy nie, ale również żeby wpłaciła równowartość trzymiesięcznego czynszu jako depozyt. Czyli jakieś sześć tysięcy funtów, które musiała zdobyć jeszcze przed podpisaniem umowy i rozpoczęciem remontu.

Thea była pewna, że zdoła zarobić nawet więcej, podnosząc czynsz lokatorom, ale na to potrzebowała czasu. Kiedy jechała do domu, zastanawiała się nad swoją sytuacją. Mogła się zwrócić do firm, które pożyczają pieniędze, i na pewno otrzymałaby je bez problemu, i to w używanych banknotach, ale na taki procent, że aby je spłacić, musiałaby sprzedać dom. Mogła pożyczyć pieniądze od

Molly, która zapewne dałaby jej tę sumę natychmiast i cierpliwie poczekałaby na zwrot długu, aż Thea zaciągnie pożyczkę na hipotekę, ale poczułaby się wtedy udziałowcem w całym przedsięwzięciu, co mogłoby się okazać okropnie uciążliwe. Mogła się wreszcie zwrócić do matki, która chętnie by jej pomogła, ale ponieważ żyła z niewielkiej emerytury, Thea nie mogła się na to zdobyć.

Muszę się z tym przespać, zdecydowała. Pomyślę jutro.

Wchodząc następnego dnia do siedziby towarzystwa budowlanego, Thea czuła się dość pewnie. W końcu posiadała nieruchomość i zamierzała pożyczyć pieniądze pod jej zastaw. Kobieta, z którą rozmawiała, była młoda, ładna i kompetentna. Oraz bardzo stanowcza. Wyjaśniła, że Thea nie może uzyskać pożyczki, czy, jak się wyraziła, „indywidualnego finansowania", pod zastaw hipoteki, niezależnie od kwoty, póki nie wykaże stałych przychodów. I choć nie miała stuprocentowej pewności, przypuszczała, że wynajem pokoi raczej się nie liczy.

– Jak już dostanie pani pożyczkę, oczywiście od pani będzie zależeć, w jaki sposób ją pani spłaci. Ale wcześniej będą nam potrzebne zaświadczenia o dochodach z miejsca pracy albo wyciągi bankowe, żebyśmy wiedzieli, że pani w ogóle zarabia – następnie, widząc rozpacz Thei, dodała: – Mogę panią skierować do mojego przełożonego. Być może on znajdzie lepsze rozwiązanie.

Thea westchnęła.

– Jeśli istotnie muszę się z nim zobaczyć, przyjdę jeszcze raz.

Kobieta uśmiechnęła się.

– Warto byłoby się wcześniej umówić.

Kiedy Thea wróciła do domu, przeprowadziła z zaskoczenia nalot na pokoje swoich lokatorów w poszukiwaniu brudnych kubków i szklanek. Znowu znalazła korkociąg w pokoju Petal i postanowiła kupić jej w prezencie drugi. Następnie uświadomiła sobie, że nie ma żadnej szansy na otworzenie galerii, ponieważ u fotografa płacili jej gotówką do ręki.

Zastanawiała się przez chwilę, czy nie pójść tam i nie poprosić o zaświadczenie o zarobkach, z którym mogłaby się udać do innego towarzystwa budowlanego, ale po namyśle zrezygnowała. O tym, że odchodzi z pracy, powiedziała dopiero po powrocie z Irlandii, kiedy miała już wiele nieusprawiedliwionych nieobecności.

Nalała wody do czajnika i czekała, aż się zagotuje. Coś jej musi przyjść do głowy. Jakiś pomysł na szybkie zebranie dużej sumy pieniędzy. I to natychmiast, bo inaczej trzeba będzie zadzwonić do Rory'ego i powiedzieć mu, żeby zabrał swoje obrazy do Ameryki. I poszukać sobie nowej, tym razem dobrze płatnej pracy.

Rozdział jedenasty

Piła jeszcze herbatę, teraz już zupełnie zimną, kiedy zadzwoniła Molly. Zdecydowanie nie miała ochoty mówić jej o swoich problemach, póki nie znajdzie jakiegoś rozwiązania, ale kiedy przyjaciółka zapytała, jak jej idzie, tradycyjne „dobrze" wypadło niezbyt przekonująco.

– To świetnie – stwierdziła Molly, która najwyraźniej nie zwróciła na to uwagi – ponieważ chciałam cię prosić o przysługę.

Thea miała ochotę odpowiedzieć, że przysługi właśnie jej się skończyły i że jest teraz zbyt zajęta. Ale nawet gdyby to była prawda, nie zdołałaby tego wykrztusić. Mrucząc słowa zachęty, zaczęła dla odmiany rozważać, czy nie powinna się zapisać na kurs pod nazwą „Jak odmawiać władczym ludziom".

– Ben zostawia dziś u nas Toby'ego, bo jedzie do Bristolu na spotkanie w sprawie pracy, a ja całkiem zapomniałam, że wieczorem musimy wyjść. Zastanawiałam się, czy...

Nawet Molly musiała czasami zaczerpnąć powietrza.

– Czy mogłabym wpaść i z nim posiedzieć? – spytała Thea, zastanawiając się, dlaczego Ben jej nie powiedział, że chce zmienić pracę.

– Och nie, nie śmiałabym cię o to prosić. Musisz być teraz zbyt zajęta galerią. Pewnie właśnie siedzisz i zastanawiasz się, który obraz powiesić na której ścianie.

Było to tak dalekie od prawdy, że Thea aż westchnęła głęboko.

– Niestety, nie.

To niezwykłe przygnębienie przyjaciółki zdołało się przedrzeć nawet przez bieżące troski Molly.

– A co, w takim razie, robisz?

– Zastanawiam się, jak sfinansować galerię, czyli w jaki sposób szybko zdobyć pieniądze. Nawet już coś wymyśliłam: sprzedam dom, kupię coś mniejszego w Stroud i za resztę otworzę galerię. Ale nie zdążę w te trzy miesiące, które dał mi Rory. – Znów westchnęła. – Myślisz, że gdybym zaoferowała mu swoje ciało, zgodziłby się na cztery?

– Och, Thea!

Zrozumiawszy, że powiedziała trochę za dużo, Thea zaczęła się wycofywać.

– Ale to tylko chwilowy problem. Po prostu muszę wymyślić sposób, jak szybko zebrać gotówkę. Będzie dobrze. A jeśli chcesz, żebym przyszła i zajęła się Tobym, to zgoda. Dziś nie gotuję dla mojej hordy – wszyscy wieczorem wychodzą.

– Dziękuję, ale już powiedziałam Toby'emu, że pójdzie do ciebie. Myślałam, że nie będziesz mogła przyjść, wiesz.

– Nie ma sprawy. Chętnie zajmę się Tobym, ale co z Benem? Przecież przyjdzie do was wieczorem po syna?

– Nie, zostaje w Bristolu na weekend. To jakieś integracyjne warsztaty. Chociaż jeszcze nie dostał definitywnie tej pracy, chcą, żeby w nich uczestniczył, żeby sprawdzić, czy do nich pasuje.

– Przerażające.

– Prawda? Biedny Ben. W ogóle się do tego nie nadaje. Ale za to jest bardzo dobry w tych rzeczach związanych z przetrwaniem, wiesz, więc jakoś sobie poradzi.

– A o której możecie Toby'ego odebrać? Czy to dla niego nie będzie zbyt późno?

– Owszem, dlatego chciałam cię prosić, żebyś go przenocowała.

– No wiesz, nie to, że nie chcę, ale gdzie ja go położę? Wszystkie pokoje są zajęte, nawet moja ciemnia.

bym u nich został na weekend, ale pojechali odwiedzić babcię. Ona piecze ciasta – dodał.

Thea miała ochotę trochę go podpytać i dowiedzieć się, jakie zdanie na ten temat ma Ben, ale uznała, że nie byłoby to na miejscu. Toby udzielił jej już zresztą wielu informacji, bez przepytywania. Zasługiwał na jakąś nagrodę.

– Jeśli starczy nam mąki, my też możemy upiec ciasto.

– Naprawdę? Super!

Trochę później, kiedy ciasto już siedziało w piekarniku, Toby oglądał *Simpsonów* – zapewne niedozwolonych dla dzieci w wieku lat siedmiu – wylizując resztki surowego ciasta z miski, a Thea zaczęła sprzątać kuchnię.

– Musimy poczekać, aż ostygnie. Dopiero wtedy nałożymy lukier, bo inaczej cały spłynie – wyjaśniła. – Zdarzyło mi się to milion razy.

– Tu jest za dużo lukru, prawda?

Toby był trochę zażenowany. Jak to się często zdarza, lukier najpierw zrobił się zbyt płynny i nim uzyskali odpowiednią konsystencję, zrobiło się go tyle, że można by nim pokryć niewielki tort weselny.

– Nie martw się. Zamrozimy resztę i albo zużyję ją do następnego ciasta, albo zjem na zimno, kiedy bardzo zachce mi się czekolady, a nie będzie w domu nic innego.

– Aha. No to w porządku. Myślisz, że już dość wystygło?

– Niezupełnie, ale co tam, nakładaj. Dość czekania. Ty lukrujesz, a ja robię herbatę. Do czekoladowego ciasta potrzebna jest herbata, nie uważasz?

Toby, który nie miał zdania na ten temat, wziął łopatkę i zaczął nakładać lukier.

Później, umywszy zapewne tylko zęby, wpełzł do śpiwora Petal i położył się na kanapie w sypialni Thei.

– Dlaczego tu jest tyle czarnych worków? – zapytał.

– Bo jestem w trakcie porządkowania ubrań i wyrzucania tych, które już na mnie nie pasują. Zaczęłam przed Gwiazdką.

161

– A Veronica porządkuje swoje ubrania dwa razy w roku, na wiosnę i jesienią. Gdzieś je wysyła i dostaje za to pieniądze.

– Ach tak?

Thea oddawała swoje na wyprzedaże rzeczy używanych, a jeśli były w miarę porządne, to do sklepu z tanimi ubraniami. Na cele dobroczynne oczywiście.

– Mówi, że jest sens zatrzymywać tylko naprawdę klasyczne ubrania, takie, które nigdy nie wychodzą z mody.

– Dużo wiesz na ten temat. Więcej niż ja.

Toby westchnął.

– Ale to nie jest zbyt interesujące, prawda?

– No cóż, różnych ludzi interesują różne rzeczy. Zostaniesz tu sam na górze? Powinnam jeszcze zejść do kuchni i posprzątać. Molly przyjedzie z samego rana, a wiesz, jaki u niej w domu porządek.

– Yhm. Nasz dom też jest dość porządny.

Nastrój Thei nagle się pogorszył. Szczerze cieszyła się z towarzystwa Toby'ego, dzięki niemu zapomniała o finansowych kłopotach, ale niestety musiała myśleć i o jego ojcu. Byli do siebie tacy podobni. Gdyby tylko z Benem szło jej tak dobrze jak z Tobym!

Chociaż czuła wdzięczność do Bena, że nie dopuścił, by odrzuciła jego pomoc, nadal była na niego wściekła, że tak dobitnie jej wyjaśnił, co myśli o stałym związku z kobietą. Zupełnie jakby chciał ją odstraszyć. Czuła się przez to jak jakaś głupia gęś.

– Taak – powiedziała. – Lepiej zejdę na dół, bo inaczej ciasto z podłogi trzeba będzie zeskrobywać dłutem.

– Dobrze, że masz książki o Harrym Potterze. Veronica nie czyta książek dla dzieci.

– Uważam, że nie ma znaczenia, czy książka jest dla dzieci czy dla dorosłych, jeśli się ją dobrze czyta. Włączyć ci radio?

– Nie masz telewizora?

– Nie w sypialni. W radiu pewnie teraz nadają wiadomości, ale pomoże ci to zasnąć. Mnie zawsze pomaga.

W końcu Thea uwolniła się od Toby'ego, który, chociaż śpiący, nie za bardzo chciał zostać sam. Gdyby kuchnia nie wyglądała jak po przyjęciu dla szympansów, poszukałaby sobie jakiegoś zajęcia na górze, ale skoro Molly miała przyjść rano, wolała posprzątać. Poza tym Petal okropnie by się oburzyła, gdyby znalazła resztki pizzy przylepione do blatu stołu.

Toby obudził się w nocy, akurat kiedy Thea zapadła w głęboki sen. Z trudem usiadła, żeby sprawdzić, czy chłopiec znajdzie łazienkę.

– W porządku? – spytała, otworzywszy tylko jedno oko.

– Trochę mi zimno.

– Och! – Pomyślała o przyniesieniu termoforu i dodatkowego koca i wzdrygnęła się. – Toby, jestem strasznie, ale to strasznie śpiąca. Może po prostu przyjdziesz do mnie do łóżka? Jest podwójne, a ja się przesunę – zrobiła mu miejsce, rozbudzając się trochę bardziej, kiedy znalazła się na niewygrzanej połowie.

– Dobrze. – Toby cichutko wślizgnął się na miejsce, które mu zrobiła. – Fajnie i ciepło – stwierdził i natychmiast zasnął.

Thea była pewna, że rano zostanie oskarżona o molestowanie dzieci, ale postanowiła nie martwić się tym na zapas i zasnęła.

Molly przyjechała punktualnie o dziesiątej, tak jak się umawiały. Zobaczywszy, że Toby siedzi w kuchni i je naleśniki, zmierzyła Theę surowym wzrokiem.

– Mam nadzieję, że go bardzo nie psułaś.

– Nie. Oboje lubimy gotować, to wszystko. A poza tym uważam, że mężczyźni powinni umieć to samo co kobiety.

Ponieważ Molly nigdy nie zdarzało się ugotować nic prócz półproduktów zakupionych w Marks and Spencer, straciła zainteresowanie dla tematu.

– Może przejdziemy do pokoju? Muszę ci coś powiedzieć.

163

Zawsze mam pecha, pomyślała Thea. Zwykle gości trzeba było wyciągać z kuchni za uszy. No a właśnie kiedy kuchnia została starannie posprzątana, Molly chce pójść tam, gdzie oczywiście jest bałagan!

Ponieważ Molly odmówiła również wypicia kawy, Thea z ponurą miną ruszyła przodem.

– Kochanie, wiem, że ci się to nie spodoba, ale wpadłam na pewien pomysł.

Thea skuliła się w swoim ulubionym fotelu, aż bojąc się pomyśleć, co przyszło do głowy jej przyjaciółce.

– Chcę zainwestować w galerię. Do czasu, aż staniesz na nogi. Potem, jeśli będziesz chciała, możesz mnie spłacić. A jeśli nie, to potraktuję to jako inwestycję.

To było dokładnie to, czego Thea się obawiała, i teraz nie bardzo wiedziała, co ma odpowiedzieć. Szczerze lubiła Molly, ale czy naprawdę chciała mieć wobec niej zobowiązania finansowe, skoro z trudem wytrzymały razem na wycieczce trwającej niecały tydzień?

– Derek mnie uprzedził, że będziesz miała opory, ale kazał mi również dodać, że... – Molly urwała na chwilę – ... że masz mu zaraz powiedzieć, jak się zrobię zbyt apodyktyczna... – znów urwała. – Wiem, że czasem to mi się zdarza.

Theę ogarnęła nagle fala ciepłych uczuć wobec Molly. Podeszła do niej i usiadła na kanapie.

– Och, Molly, to takie miłe z twojej strony! Po prostu nie wiem, co powiedzieć.

– Chcę to zrobić częściowo z tego powodu... – Molly odchrząknęła – że postanowiłam nie jeździć więcej na wycieczki z Tiger Tours. Ta sprawa z Geraldem... po prostu nudziłam się, naprawdę. Uświadomiłam to sobie, kiedy ty i Rory... To znaczy... Przecież nie miałaś z Rorym romansu, prawda? Bo wiedziałaś, że jest ci potrzebny jakiś cel w życiu, a nie romans. Podziwiam cię za to. Bo Rory jest fantastyczny! Odrzucić kogoś takiego dlatego, że istnieje coś ważniejszego... to mi uświadomiło...

164

– Och, Molly...

– To mi uświadomiło, że też tego potrzebuję, to znaczy ja też potrzebuję jakiegoś celu...

– A co z Derekiem?

– Derek powiedział, żebym spróbowała. W końcu ty potrzebujesz pieniędzy, a ja je mam i trzymam na koncie, gdzie wcale nie są wysoko oprocentowane. A potem stwierdził, że to mnie powstrzyma od robienia głupstw, i przestraszyłam się, że się dowiedział o Geraldzie.

– Jestem pewna, że nie. W końcu nie bardzo było o czym się dowiadywać, prawda?

– Tak, ale mogłam wyjść na okropną idiotkę. – Molly lekko pokręciła głową. – Przyrzekam, że nie będę się wtrącać.

Thea nie zapytała Molly, w jaki sposób ta inwestycja ma ją powstrzymać od robienia głupstw, skoro nie zamierza się wtrącać, ponieważ wiedziała doskonale, że dla jej przyjaciółki życie bez wtrącania się jest równie niemożliwe, jak dla innych ludzi życie bez tlenu. Niemniej nadal nie wiedziała ani co ma powiedzieć, ani co o tym myśleć. Do pewnego stopnia było to oczekiwane rozwiązanie jej kłopotów: będzie mogła natychmiast wynająć galerię i rozpocząć remont. Ale Molly? To nie była idealna partnerka w interesach, szczególnie dla kogoś, komu trudno przychodzi powiedzieć „nie".

– Pozwól mi chwilę nad tym pomyśleć.

– Możesz myśleć nawet dłużej. Nie musisz mi odpowiadać już zaraz.

– Owszem, muszę, jeśli chcę otworzyć galerię. Daj mi kilka sekund. Pójdę wstawić wodę na kawę.

Czekając na wodę, Thea wymieniała z Tobym poglądy na temat tego, jak należy smażyć naleśniki, żeby nie były zbyt grube, a następnie zaparzyła kawę. Podjęła decyzję.

Zaniosła tacę do pokoju i przesunąwszy na bok stos czasopism muzycznych, postawiła ją na stoliku.

– Przyjmuję twoją propozycję, Molly. To wspaniałe, że mi to proponujesz. Jestem ci za to bardzo wdzięczna...

– Ale? Doskonale wiem, że jest jakieś „ale", więc możesz mi to od razu powiedzieć.

– Ale zamierzam być wobec ciebie stanowcza. Zamierzam się ćwiczyć w stanowczości. W końcu to dlatego, że byłam zbyt ufna i naiwna, zostałam... – Thea urwała – ... zdecydowałam, że zrezygnuję z pracy jako fotoreporter. Musisz wiedzieć, że zamierzam mówić ci wprost, co myślę, i odmawiać, jeśli uznam, że nie masz racji.

– Ależ oczywiście. – Twarz Molly zaróżowiła się. – Naprawdę nie przypuszczałam, że się zgodzisz. Z tego powodu, że za bardzo się rządzę. Derek mówi, że powinnam iść na kursy deasertywności.

Thea nagle zrozumiała, na czym opiera się małżeństwo Molly. Derek zapewne pozwala jej robić, co zechce, ale to właśnie do niego zwraca się zawsze, kiedy potrzebuje pomocy. Podała przyjaciółce filiżankę z kawą.

– Ja zamierzałam się zapisać na kurs „Jak powiedzieć nie", ale nie sądzę, żeby któraś z nas znalazła teraz czas na takie rzeczy.

– To znaczy, że pozwolisz mi...

– Ależ oczywiście! Potrzebuję twojej pomocy, Molly, o ile będziesz robić to, co ja zechcę. Ja jestem szefem.

Thea piła kawę, usiłując ukryć rozbawienie, które ją ogarnęło na samą myśl o takim układzie. Wiedziała, że dokładnie tak samo nie potrafiłaby rządzić Molly, jak Molly nie potrafiłaby pójść spać, nie wyczyściwszy zębów nitką i nie nałożywszy na szyję drogiego kremu za pomocą lekkich ruchów wstępujących.

Stanowiły zgrany zespół. Thea podpisywała papiery, a Molly czeki, obie zaś nie na żarty wystraszyły wszystkie instytucje, z którymi musiały mieć do czynienia, nim wreszcie otrzymały klucze do tego, co w przyszłości miało się stać galerią. Jeden komplet kluczy Thea wręczyła Molly, kiedy czciły sukces filiżanką kawy i kawałkiem czekoladowego ciasta, choć jadła je tylko Thea.

– Przydadzą ci się. Do posprzątania i odnowienia lokalu zamierzam namówić swoich lokatorów. Będę im musiała oczywiście zapłacić. Nie wiem tylko, czy weźmie w tym udział Petal. W przeciwieństwie do pozostałych, nie potrzebuje pieniędzy.

– To każ jej organizować ich pracę. Sposobem na zbyt apodyktycznych ludzi jest ukierunkowanie ich apodyktyczności – stwierdziła Molly, patrząc Thei prosto w oczy, ale nie zmieniając wyrazu twarzy. – Derek mi tak powiedział.

Thea tak naprawdę nigdy nie poznała Dereka, zazwyczaj go unikała. Jednak im więcej teraz się o nim dowiadywała, tym bardziej go lubiła, a w myślach zarezerwowała dla niego rolę doradcy.

Nieco później zadzwoniła do Rory'ego i przekazała mu dobre wieści. Zareagował niepokojąco ambiwalentnie.

– Rory, chyba nie muszę się obawiać, że ja zaangażuję się w tę galerię i zapożyczę na setki, nie, tysiące funtów, a ty potem i tak wyślesz obrazy do Stanów?

– No coś ty, jak mógłbym ci coś takiego zrobić?

Ten urzekający głos. Ten wdzięk, któremu nadal nie mogła się oprzeć.

– Właśnie mam taką nadzieję, że nie mógłbyś, bo inaczej musiałabym ci podpalić pracownię albo zrobić coś równie drastycznego – powiedziała Thea łagodnie. – Nikomu nie zależy na twoich obrazach tak jak mnie, może z wyjątkiem Bena. Dosłownie wypruwam tu z siebie żyły żeby przygotować wspaniałe miejsce na twoją wystawę. Teraz nie możesz się już wycofać.

– Tylko się nie posikaj ze zdenerwowania. – Thea, słysząc to okropne wyrażenie, skrzywiła się z niesmakiem. – Pozwolę ci zorganizować wystawę moich dzieł pod warunkiem, że w galerii będzie dość miejsca, żeby wystawić je wszystkie.

Poczuła cień niepokoju, ale postanowiła to zlekceważyć. Kiedy Rory zobaczy galerię, nie będzie chciał wystawiać swoich prac nigdzie indziej.

Molly miała rację co do Petal. Kiedy jej siostrzenica nabrała pewności, że całe przedsięwzięcie jest cool (a na jej decyzję wpłynął znacznie nowy chłopak, który, co było u niej niezwykłe, bynajmniej nie był bogaty), wspaniale się spisała, zmuszając tych, którzy nie pracowali w sobotę, do poświęcenia wolnego dnia Thei.

Molly, która jeszcze nie całkiem porzuciła dotychczasowe życie kobiety z towarzystwa, miała tylko zawieźć do galerii ekipę remontową złożoną z czterech studentów. Do samochodu Thei został zapakowany olbrzymi zestaw grający, niezbędny, zdaniem Petal, jeśli praca miała zostać porządnie wykonana, a także odpowiednia ilość starych ubrań mających im służyć za stroje robocze, kubki, kawa, wielki czekoladowy placek, upieczony przez Theę podczas bezsennej nocy, oraz kontenerek piwa, który zamierzała ukryć do czasu zakończenia prac. Samochód musiał jeszcze pomieścić odkurzacz, a także Petal.

– Każ im się przebrać, a ja spróbuję się zaprzyjaźnić ze sprzedawcami ze sklepu chemicznego za rogiem i kupię farbę, drabinę i tak dalej. Otworzyłam tam sobie rachunek, żeby nie płacić za każdy drobiazg. Musimy ściśle kontrolować przerwy na kawę i pozwalać na nie tylko wtedy, kiedy prace rzeczywiście się posuną.

Petal rzuciła jej spojrzenie typu „spoko, maleńka" i zaczęła przewracać oczami, a wyraz jej twarzy mówił wyraźnie: Jakby kiedykolwiek było inaczej! Thea zmarszczyła brwi i zaczęła się zastanawiać, czy w ogóle przyjęto by ją na kurs asertywności. Wyrzuciła na chodnik Petal i resztę zawartości samochodu, a odjeżdżając, zobaczyła we wstecznym lusterku, jak ta sprawnie organizuje łańcuch rąk do przeniesienia rzeczy do galerii.

Potem w sklepie chemicznym kupiła farbę w pojemnikach przemysłowych rozmiarów, mydło alkaliczne, miękkie i twarde pędzle, gumowe rękawiczki i tysiąc innych rzeczy, zdaniem sprzedawcy, niezbędnych. Przez cały czas, kiedy lista wydłużała się o nowe pozycje albo kiedy trzeba było zanieść do kasy kolejny kwit, Thea, zmartwiona, że traci tyle czasu, pocieszała się myślą, że Petal na pewno zorganizowała już ekipę do pracy. Nie mogli zrobić zbyt wiele, ale mogli na przykład zdjąć wykładzinę, pomyślała. Narzędzia mieli, bo Derek włożył je do samochodu Molly.

Jednakże zapomniała, że byli to głównie przyszli artyści. Najpierw świetnie się bawili, przebierając się w stare ubrania Thei, a potem puścili muzykę tak głośno, że szyby drżały w oknach, i skakali radośnie po cudownej przestrzeni galerii. Znaleźli również czekoladowe ciasto, ale na szczęście nie odkryli piwa.

Thea wyłączyła muzykę. Doszła do wniosku, że Petal ją zawiodła, a może po prostu odziedziczyła po przodkach nie dość tych samych genów co Molly.

– Dobra, kochani! – wykrzyknęła asertywnie. – Płacić wam będę dopiero od momentu, kiedy zaczniecie pracę. Musimy pozbyć się tej wykładziny. A jeśli do piątej po południu nie zostanie zdjęta, a ściany i podłoga w tym pomieszczeniu nie umyte, nie zapłacę wam ani grosza i nikt nie zostanie odwieziony do domu. Petal?

Miała nadzieję, że nie zauważyli błagalnego tonu w jej głosie, który dla niej samej był aż nadto oczywisty.

Rozdział dwunasty

O wpół do piątej przyjechała Molly, jak zwykle elegancka, żeby sprawdzić, czy może w czymś pomóc.

Thea chętnie rzuciłaby się jej z wdzięczności na szyję, gdyby nie była taka brudna.

– Zabierz stąd tę „bandę" – poprosiła cicho, żeby „banda" nie usłyszała. – Są cudowni, ale ciągle się kłócą, jaką muzykę puścić, i nie potrafią robić nic poza malowaniem, a ja nie chcę, żeby tu malowali. To są studenci malarstwa!

Do kombi Molly udało się zapakować Petal, sprzęt grający oraz czterech pasażerów, którzy nim wcześniej przyjechali. Thea z westchnieniem ulgi obserwowała przez okno, jak odjeżdżają, machając do niej jak szaleni. To były miłe dzieciaki. Dwoje z nich mieszkało u niej, a poza nimi do ekipy należał chłopak Petal oraz dziewczyna jednego z lokatorów. Jednakże Thea miała serdecznie dość ich towarzystwa. Chciała przez chwilę pobyć sama i w spokoju ocenić, ile mniej więcej czasu zajmie remont. A absolutnie nie była w stanie tego zrobić przy akompaniamencie drum'n'bassu puszczonego na cały regulator. Tę muzykę znosiła tylko i wyłącznie, kiedy od jej źródła oddzielało ją kilkoro drzwi. Wtedy można było przeżyć.

Wykładzina została zdjęta, podłoga pod nią umyta, ale niewiele to dało. Trzeba będzie wezwać cykliniarza, żeby usunął pokłady brudu, a następnie kilka razy ją polakierować. Będzie musiała poszukać lakieru, który schnie dostatecznie szybko.

Okazało się, że w pokoju na dole wykładzina była przyklejona do podłogi. Thea nie pozwoliła oderwać jej do końca, póki nie sprawdzi, czy klej da się łatwo usunąć, w końcu nie chciała przecież, żeby klienci galerii przylepiali się do podłoża. Próby, jakie poczynili w kącie, wykazały, że klej można usunąć tylko za pomocą żmudnego skrobania malarską szpachelką. Mając w perspektywie lakierowanie wszystkich podłóg na górze, do podłóg na dole postanowiła zastosować plan B.

Teraz, kiedy została sama, krążyła po galerii, badając swoje królestwo. Było to dobre miejsce. Przestronne i widne, nawet bardziej widne teraz, kiedy zdjęto wykładzinę. Ku własnemu zdumieniu odkryła, że już czuje się tu jak u siebie, i była szczęśliwa, że jest teraz sama.

Zeszła na dół do kuchni zrobić sobie herbatę. Czajnik kupiła Molly. Czekając, aż woda się zagotuje, badała szafki i odnalazła drzwi, których wcześniej nie zauważyła. Był to pokoik za kuchnią, wprawdzie z oknem, ale zbyt mały, żeby wystawiać w nim dzieła sztuki. Po chwili zauważyła w rogu umywalkę i uświadomiła sobie, że zapewne kiedyś była tu sypialnia. Po co ją urządzono, nie miała pojęcia, ale się ucieszyła – gdyby doszło do najgorszego, zawsze mogłaby się tu przenieść.

Wróciwszy do kuchni, gdzie stało już biurko, otworzyła kopertę, w której otrzymała plany lokalu, pokazujące dokładnie, co wynajęła za taką kupę pieniędzy. Był na nich wyrysowany ten pokoik za kuchnią. Thea postanowiła następnym razem przywieźć tu śpiwór i poduszkę. Cheltenham może się okazać bardzo odległe po długim dniu pracy, a pewnie będzie bardzo wiele takich długich dni, chociaż dziś, nawet gdyby miała ze sobą pościel, potrzeba kąpieli i tak wywabiłaby ją z powrotem do domu.

A w domu rozzłościł ją – choć wcale nie zdziwił – fakt, że w bojlerze nie było już ciepłej wody. Z łazienki wychodziła właśnie Petal, zaróżowiona, pachnąca i irytująco czysta.

– Po prostu nie mogę uwierzyć, że udało się wam zużyć całą ciepłą wodę – warknęła Thea.

Zwykle wykazywała bardziej filozoficzny stosunek do takich małych niedogodności i Petal poczuła się urażona.

– Och, przepraszam. Zapomnieliśmy o tobie. Byliśmy zmęczeni i chcieliśmy się wykąpać.

– Ja również!

Było to tak niepodobne do wyrozumiałej zwykle Thei, że Petal spróbowała ją udobruchać.

– Pożyczyliśmy sobie od ciebie butelkę czerwonego wina. Chcesz się też napić?

Thea westchnęła. Właściwie to marzyła o szklaneczce nierozcieńczonej whisky, jaką częstował ją Rory, ale jeszcze bardziej marzyła o kąpieli.

– Może później. Wypuściłaś wodę z wanny?

– Eee… nie. Właśnie miałam to zrobić.

Tak, już ci wierzę, pomyślała Thea. Petal ubrana była w bardzo skąpy podkoszulek i czarne, obcisłe legginsy, a w objęciach trzymała stos brudnej bielizny. Nie wyglądała na kogoś, kto właśnie zamierzał się zająć czyszczeniem wanny. Poza tym miała mokre włosy, a dla Petal istniały pewne niepodważalne priorytety.

– No to wykąpię się w twojej wodzie.

Petal wzdrygnęła się na samą myśl o czymś takim. Thea westchnęła i spróbowała trochę ją uspokoić.

– Dziękuję, że zagoniłaś dziś tak wszystkich do pracy. Świetnie się spisaliście.

Petal uśmiechnęła się.

– Chcemy zamówić pizzę. Zamówić i dla ciebie?

Thea skinęła głową.

– Byłoby świetnie.

Parę chwil później leżała w letniej zupie sporządzonej z pomarańczowych kulek do kąpieli, dziecięcej oliwki i kilku innych dziwnych smarowideł, którymi Petal lubiła namaszczać ciało. Dalekie to było od ideału, ale przynajmniej było ciepło i powinno wystarczyć, póki nie zdoła się wykąpać porządnie.

Akurat kiedy kończyła spłukiwać siebie i wannę czystą wodą, zadzwonił telefon.

– Może by tak po prostu pozbyć się telefonu? – spytała samą siebie retorycznie. – Czy świat by się wtedy zawalił?

Nikt jej nie odpowiedział, więc drżąc z zimna, czekała, aż ktoś odbierze. W końcu doszła do wniosku, że pewnie tamci nic nie słyszą z powodu głośnej muzyki. Modląc się, żeby to nie była Molly, gotowa do dyskusji nad planem działań, albo inny gaduła, owinęła się ręcznikiem i poszła do sypialni.

Dzwonił Rory.

– Jestem jakieś dziesięć mil od twojego domu. Dzwonię z budki.

– Och!

– Można ci złożyć wizytę?

– Oczywiście.

Komu innemu na pewno by odmówiła, ale nie Rory'emu. Poza tym, w tych okolicznościach nie mogła go nie zaprosić.

Szybko spłukała głowę, żeby pozbyć się oliwki, ubrała się i zbiegła na dół, przeczesując palcami mokre włosy zamiast wysuszyć je suszarką.

– Hej, Petal! Zaraz tu będzie Rory. Chodź, pomóż mi posprzątać – wskazała na stół zastawiony kieliszkami i puszkami po piwie.

– Rory! Super! Szkoda, że zaraz wychodzę. Powinnaś nałożyć na włosy piankę albo coś, bo będą śmiesznie wyglądać. Och, a przy okazji, suszarka nie działa. Jest u mnie w pokoju.

Thea przez chwilę patrzyła na drzwi, za którymi zniknęła Petal. Rory'emu chyba nie będzie przeszkadzał bałagan, a zresztą, ponieważ na pewno zabłądzi parę razy, będzie miała masę czasu na porządki. Tyle że włosy będą się musiały zająć sobą same.

– Thea! Pachniesz jak rajski ogród, a wyglądasz jeszcze bardziej apetycznie.

173

Objęła Rory'ego i uściskała. Jej uczucia do niego uległy znacznemu wzmocnieniu po wypitym na pusty żołądek czerwonym winie. Pachniał ogniskiem i tytoniem Sweet Afton. Przypomniał jej przejrzyste powietrze i srebrne morze.

– Zgubiłeś się.

– No pewnie. Twoje wskazówki były do niczego.

– Nieprawda! Chodź, dam ci drinka i trochę pizzy. Kupna, ale całkiem jadalna. Chcesz u mnie przenocować?

Niezupełnie wiedziała, gdzie go położy, ponieważ kanapa w sypialni z całą pewnością by go nie zadowoliła, ale coś na pewno wymyśli. Aż nagle zauważyła, że Rory wcale nie wchodzi za nią do domu.

– Mam w samochodzie coś, co chciałem ci pokazać. A właściwie coś, co ci przywiozłem.

– Obrazy?

Teraz wprawdzie miała je gdzie przechować, ale nie była pewna, czy zdoła je przewieźć do galerii swoim maleńkim samochodem.

– Nie. Obrazy wysłałem frachtem. Będą tu za dzień czy dwa.

Rory podszedł do bagażnika samochodu. W środku siedziała Lara, przed którą stało pudło ze szczeniakami.

– Rory! Są jeszcze maleńkie, chociaż rosną jak szalone. Ile teraz mają?

– Nie pamiętasz? Byłaś przy ich urodzeniu.

Thei wydawało się, że było to wieki temu.

– Mają chyba niewiele ponad miesiąc, a może mniej. – Serce zabiło jej mocniej, kiedy zobaczyła, że nadal jest ich sześć. Maleństwo przeżyło, przynajmniej do tej pory. – Po co ciągnąłeś je ze sobą taki kawał drogi? Wnieś je do domu, nim zamarzną.

Lara wyskoczyła z samochodu, podreptała kawałek, po czym przykucnęła i zrobiła kałużę wielkości oczka wodnego w ogrodzie. Rory nie zwrócił na to uwagi.

– Jest maj, a nie środek zimy, nie zauważyłaś? – Wyjął pudło ze szczeniakami. – Jadę jutro do Londynu. Mam nadzieję, że się nimi chwilowo zaopiekujesz.

Z pudła wysunęły się małe, czarne i białe pyszczki, spoglądając żałośnie na Theę, która wpatrywała się w Rory'ego zaskoczona i zakłopotana. W końcu zdołała zamknąć usta i zapędziła ich wszystkich do środka. Ulica nie jest miejscem na sprzeczki.

– Zanieś je do kuchni. Tam przynajmniej będziemy mogli porozmawiać.

Lara weszła pierwsza i usadowiła się koło olejowego pieca, który z powodu dużego zapotrzebowania na gorącą wodę działał w tym domu non stop, i w zimie, i w lecie. Popatrzyła radośnie na Theę, nieświadoma tego, jak bardzo niepożądanym jest tu gościem.

– Położę szczeniaki przy Larze.

– Rory, nie mogę się teraz nimi opiekować. Właśnie zaczęłam odnawiać galerię. A poza tym są za małe na podróżowanie.

– Wiem, ale Susan gdzieś pojechała, a nie mogłem ich zostawić z nikim innym. Muszę być jutro w Londynie. Pewnie byś nie chciała, żebym je zostawił same i skazał na śmierć głodową?

Thea zacisnęła usta i nalała mu kieliszek wina.

– Chyba nie powinnam ci tego dawać. Lepiej zrobię kawy.
Wziął wino.

– No, nie bądź zła. – Uśmiechał się, co ją zirytowało. – Chociaż ślicznie wyglądasz, kiedy się złościsz.

– Rory! Nie wiesz, że za takie słowa można dostać w głowę czymś łatwo się tłukącym?

– Pomyślałem, że z tobą mogę sobie na to pozwolić.
Thea nie miała siły dalej się złościć. Była zbyt zmęczona.

– Nakarmmy lepiej Larę, potem pomyślimy, co zrobić ze szczeniakami. Czy jedzą już stały pokarm?

Rory pokręcił głową.

– Nie mam pojęcia. Susan się nimi zajmowała. – Przyciągnął sobie krzesło i usiadł. – Masz jeszcze wino?

– Kiedy jedziesz do Londynu? – spytała Thea, wyciągając butelkę ukrytą za wybielaczem.

– W nocy. W dzień nie poradzę sobie w londyńskim ruchu.

To przynajmniej rozwiązywało sprawę noclegu.

– No to już nie pij więcej, jeśli chcesz dojechać w jednym kawałku.

– Thea, przestań się awanturować, usiądź i pozwól mi na siebie popatrzeć.

Kiedy Lara radośnie pałaszowała kolację – z miski służącej zwykle do zmywania naczyń – Thea usiadła i nalała sobie kieliszek wina.

– Po co jedziesz do Londynu? Myślałam, że nie znosisz tego miejsca.

Rory nie odpowiedział, tylko dolał sobie wina.

– Nie chcę się zachowywać jak twoja matka, ale wiesz chyba, że istnieją przepisy dotyczące jazdy po alkoholu.

Jeśli zaraz nie przestanie pić, będzie musiała zaoferować mu nocleg, co znowu spowoduje liczne komplikacje.

– Zapewniam cię, że alkohol zupełnie nie wpływa na moją jazdę.

– To znaczy, że zawsze jeździsz zygzakami?

– Nie, i wiesz o tym doskonale.

– No więc po co jedziesz do Londynu, Rory?

Jego nerwowe ruchy kazały jej się zastanowić, czy przypadkiem czegoś przed nią nie ukrywa.

– Odwiedzić rodzinę. Mam całe mnóstwo ciotek i kuzynów, których nie widziałem od lat. Chcę to teraz nadrobić.

Na pozór jego wyjaśnienie wydawało się wiarygodne. Nie było przecież powodów, by podejrzewać go o cokolwiek. Sama też miała w rodzinie parę osób, których nie widziała od lat. Więc czemu jej to nie przekonało?

– Powiedz mi lepiej, jak ci idzie z galerią – zmienił temat. – Jakie są szanse, że to wypali? Jak sześć do czterech? Czy tylko pół na pół?

– Rory, jak możesz! – śmiała się, ale była naprawdę rozłoszczona jego brakiem zaufania. – Oczywiście, że wypali. Miałam tylko kłopoty ze znalezieniem lokalu, to wszystko. I musiałam pożyczyć pieniądze od… kogoś.

Uświadomiła sobie w ostatniej chwili, że jeśli wspomni o Molly, Rory uzna, że spłata długu nie jest zbyt pilna, ponieważ Molly jest bogata.

– Dziś przez cały dzień usuwałam wykładzinę, myłam podłogi i w ogóle robiłam wszystko, żeby była to najwspanialsza galeria sztuki na południowym zachodzie Anglii, a ty mi sugerujesz, że to się może nie udać!

Rory westchnął.

– Jezu, Thea, ty to potrafisz dowalić facetowi.

– Nie dowalam ci, tylko mówię, jak jest. I mam nadzieję, że nawet przez myśl ci nie przeszło, żeby nie dotrzymać naszej umowy. – Przybrała swój najbardziej wyniosły wyraz twarzy, a potem uśmiechnęła się. – To twoje prace dały mi natchnienie. One sprawiły, że się tym zajęłam.

Rory wstał z krzesła, podszedł do Thei i ją objął. Po uścisku nastąpił wkrótce pocałunek, najpierw niewinny, ale potem wargami rozsunął jej wargi i pocałował ją już naprawdę

Thea poczuła, że mu się poddaje. Całował wspaniale, miał mocne ramiona, które dawały poczucie bezpieczeństwa, a ona była zmęczona, troszkę pijana i ciągle wściekła. Miło być przytulaną i całowaną, nawet jeśli robił to ktoś, kto był przyczyną jej gniewu.

Wsunął jej rękę pod bluzkę, pieszcząc skórę na biodrach i plecach.

– Chodź ze mną do łóżka.

Thea wróciła do rzeczywistości.

– Nie. Jesteś malarzem. Cholernie dobrym malarzem, ale nie chcę z tobą iść do łóżka. – Próbowała się wyrwać, ale jej nie puścił. – Nie masz żadnych zasad?

– Zostawiłem w drugiej marynarce. Thea, jesteś taka śliczna i tak bardzo cię pragnę. Jeśli dasz mi spędzić jedną noc w twoich ramionach, zabiorę szczeniaki z powrotem do Irlandii, a moja rodzina niech się powiesi. – Stawał się coraz bardziej natarczywy, jego ręce wędrowały po jej ciele, a palce wsuwały się pod pasek dżinsów.

Thea znowu próbowała się wyrwać, tym razem bardziej zdecydowanie.

– Rory! Siadaj!

Lara, która z zainteresowaniem obserwowała błazeństwa swego pana, posłusznie usiadła. Rory natomiast wyglądał tak, jakby nie miał zamiaru posłuchać.

– Ostrzegam cię!

Westchnął i osunął się z powrotem na krzesło.

– Daj spokój, to dobry interes. Powiedziałaś, że nie masz czasu zająć się szczeniakami. Prześpij się ze mną, a zabiorę je z powrotem.

Thea popatrzyła na niego uważnie. Coś było nie tak. Nie miała do niego za grosz zaufania – prawie na pewno przespałby się z nią, być może nawet kilka razy, a potem i tak wsiadłby w samochód i pojechał do Londynu, zostawiając u niej Larę i szczeniaki. Nie, nie niepokoiło jej to, że chciał z nią iść do łóżka. To z tą wyprawą do Londynu było coś nie tak.

Uśmiechnęła się do niego przyjaźnie.

– Jedziesz do Londynu spotkać się z bogatymi ciotkami, które mogą zostawić ci spadek? Ale nie myśl, że do końca świata będę się opiekowała twoimi psami. Chcę, żebyś wrócił na grubo przed wernisażem.

Zmarszczył brwi.

– Jasne. Ale nie ma ze mnie pożytku na wernisażach. Pamiętaj, co się zdarzyło poprzednim razem. Krytycy znowu zmieszają mnie z błotem.

– Nieprawda.

– Niby skąd wiesz?

– Nie wiem, ale wierzę, że tym razem tak nie będzie. Jesteś najlepszym, najbardziej ekscytującym artystą, jakiego spotkałam od lat. Ben też tak sądzi – dodała szybko, by nie zdążył sobie uświadomić, że najpewniej nie oglądała ostatnio zbyt wielu dzieł nowoczesnej sztuki. – Uważa, że jesteś wyjątkowy, na tyle wyjątkowy, żeby warto było dla ciebie zaciągnąć kredyt hipoteczny na sfinansowanie galerii.

– O czym ty mówisz? Jezu, chyba tego nie zrobiłaś?

Thea nie chciała go oszukiwać, a jej podejrzenia, że dzieje się coś niedobrego, mogły być bezpodstawne, ale czuła, że musi mu uzmysłowić, jak bardzo się dla niego poświęca i że jego prace są tego warte. To, że nie zaciągnęła jeszcze kredytu, było jedynie kwestią czasu.

– Poświęciłam wszystko, całe swoje życie wywróciłam do góry nogami, żeby stworzyć galerię, gdzie można by wystawić twoje prace, a Ben uważa, że są tego warte. I mogę cię zapewnić, że jego zdanie bardzo się liczy w kręgach artystycznych.

Rory jakby poczuł się trochę nieswojo, choć mogło tu zawinić niewygodne kuchenne krzesło, na którym siedział.

– Jesteś wspaniałą kobietą i jestem ci wdzięczny za wszystko, co dla mnie robisz.

Dla Thei zabrzmiało to tak, jakby już została spisana na straty, ale uśmiechnęła się odpowiednio skromnie.

– To ty jesteś artystą.

Skinął głową.

– Nie masz przypadkiem tych slajdów, które u mnie robiłaś?

Pokręciła głową, triumfując w duchu.

– Bardzo mi przykro, ale Molly wysłała je do drukarni, żeby zrobili z nich pocztówki. Rozumiesz, to bardzo długo trwa – kłamstwa sypały się z jej ust jak korale z zerwanego sznura; no może pół-kłamstwa: istotnie zamierzały zrobić pocztówki i na pewno produkcja będzie trwać bardzo długo. W zasadzie powinna to wpisać na listę rzeczy do załatwienia.

– Och, wielka szkoda.

– Czemu? Chciałeś pokazać swoje prace ciotkom? Trzeba mi było powiedzieć, załatwiłabym ci drugi komplet.

– A ile czasu by to zajęło?

Thea wzruszyła ramionami.

– Trudno powiedzieć. A jak długo będziesz w Londynie?

– Zamierzałem zostać tam miesiąc.

– Miesiąc? To niewiele krócej, niż dałeś mi na stworzenie galerii! A za długo jak na wakacje. Możesz tam zostać najwyżej dwa tygodnie, albo – uniosła śpiącą kulkę biało-czarnego futerka – szczeniak pożałuje.

Roześmiał się.

– Jesteś trudną kobietą. Mówiłem ci to już?

Lara nadal leżała koło pieca, zajmując prawie całą szerokość kuchni. Patrzyła z rezygnacją w kierunku zlewu, podczas gdy szczeniaki ssały ją radośnie. Maleństwo było nadal dużo mniejsze niż jego bracia i siostry, ale teraz ssało i wierciło się równie mocno, jak pozostałe szczeniaki.

Thea czuła się taka zmęczona, że z chęcią położyłaby się na podłodze koło Lary i zasnęła. Uznała, że szczeniakom na razie wystarczy matka. Jeśli nawet jadały już stały pokarm, i tak mogły poczekać do rana. Koło Lary stało wiaderko z wodą, a za posłanie służyła jej teraz stara kołdra, a nie kamienne płyty. Wydawała się dość zadowolona, pomimo że jej pan ją porzucił. Zachowywała się jak dziecko, które przywykło, że zostawia się je w dziwnych miejscach. Po prostu godziła się z tym, zupełnie jak Toby.

Idąc w stronę drzwi, Thea pomyślała, że wypadałoby zostawić lokatorom kartkę, inaczej mogą dziwnie zareagować na widok Lary i szczeniąt. Z całą pewnością narobią dość hałasu, żeby wszystkich pobudzić. Napisawszy wiadomość, mozolnie wspięła się na schody, myśląc o Benie. Gdyby to on czynił jej takie ekstrawaganckie obietnice w zamian za noc w jej ramionach… jak by zareagowała? Trochę smutne było to, że wcale nie musiałby jej nic obiecywać, wystarczyłaby sama noc. A poza tym nie znała go tak dobrze jak Rory'ego.

Tuż przed zaśnięciem Thea uświadomiła sobie nagle, że Rory nie zostawił jej do siebie kontaktu w Londynie.

– Jestem pewna, że wszystko będzie dobrze – wymruczała w poduszkę. – Może naprawdę odwiedza ciotki.

Następnego ranka Thea wstała bardzo wcześnie. Szczeniaki kręciły jej się pod nogami, kiedy pokazywała Larze mały ogródek, do którego prowadziło kilka wąskich, kamiennych stopni. Lara pokonała je z łatwością, kucnęła i sprawiła, że Thea znowu zezłościła się na Rory'ego. Jak mógł ją zostawić z Larą i szczeniakami, skoro ten pies robił takie kupy, że nie powstydziłby się ich słoń? Na litość boską, przecież ona mieszka w mieście! Pogrzebała w ogrodowej szopie i znalazła łopatę. Zakopała odchody i poważnie zaczęła rozważać, czy nie zadzwonić do Królewskiego Towarzystwa Opieki nad Zwierzętami. Lara i szczenięta pięknie by wypadły w programie *Na ratunek*. Ale kiedy umyła ręce i wróciła do kuchni, żeby nakarmić sukę, zmieniła zdanie. Szczeniaki niepewnie łaziły po podłodze, zupełnie jak nadmuchiwane figurki zawodników sumo.

Sklep dla zwierząt otwierali wcześnie. Kupiła odpowiednią książkę i odkryła, że będzie się musiała zająć szczeniakami osobiście, nawet jeśli miało to oznaczać wożenie ich tam i z powrotem do galerii.

Z książki dowiedziała się, że stałe jedzenie szczenięta powinny zacząć dostawać w wieku trzech tygodni. Cóż, na to było już raczej za późno. Ponadto powinny jeść z osobnych misek, żeby było wiadomo, ile który zjadł, a karmić należało je przynajmniej trzy razy dziennie. A także pomagać im przy jedzeniu. Thea już sobie wyobraziła, jak karmi łyżeczką wszystkie sześcioro szczeniąt, powtarzając co chwila „a teraz za mamusię" i bawiąc się w samolot. Na pewno potrwałoby to parę godzin, a i bez tego była już przecież zajęta przez cały dzień. Wstawiała do mikrofalówki dzbanek ze zwykłym mlekiem, ponieważ nie kupiła specjalnego mleka dla szczeniąt, mając nadzieję, że nie rozchorują się natychmiast na biegunkę.

– Gdybym chciała zostać hodowcą psów – warczała pod nosem do nieobecnego Rory'ego, podgrzewając płatki kukurydziane do właściwej temperatury (poszedł na to cały zapas, jaki miała w kredensie) – nie zaczynałabym akurat wtedy, kiedy jestem zajęta galerią sztuki. Musiałabym nie mieć absolutnie nic innego do roboty oprócz leżenia na brzuchu i wsadzania palców do ciepłej zupy mlecznej!

181

Ten sarkazm oraz liczne przekleństwa kierowała w myślach do Rory'ego od rana. Bo klęła, kupując odżywki i puszki z jedzeniem dla szczeniąt, odpowiednią miskę na wodę i komplet miseczek śniadaniowych. I dosłownie w ostatniej chwili zdecydowała, że nowe miski pójdą dla lokatorów, a stare pójdą dla psów.

Lokatorzy w większości byli zachwyceni pieskami i Larą, choć Thea jako jedyna sprzątała po niej w ogrodzie. Natomiast Molly miała w tej sprawie nieco mieszane uczucia. Kiedy Thea powiedziała, że będzie musiała zabierać Larę i szczeniaki do galerii, jeśli w domu nie znajdzie się nikt, kto by je karmił, przygryzła wargi.

– Nie chodzi o to, że nie lubię Lary – poklepała z pewnym niesmakiem wielki łeb suki – ale galeria sztuki nie jest miejscem odpowiednim dla zwierząt.

– Powiedz mi coś, o czym sama nie wiem – warknęła Thea, a potem uśmiechnęła się, żeby ukryć irytację. – Co innego mogę zrobić? Poza tym, jeśli kiedyś zdecyduję się nocować w galerii, Lara dotrzyma mi towarzystwa.

Molly nie pochwalała pomysłu spania w galerii, a jak dotąd urok ciepłej kąpieli zawsze powstrzymywał przed tym Theę. Ale nawet Molly była w stanie zrozumieć, że powrót do domu po całym dniu pracy potrafił być okropnie uciążliwy, szczególnie jeśli się miało tak mały samochód.

– Tak sądzę. Szczenięta są milutkie. – Jedno z nich właśnie obgryzało czubek buta Molly.

Ciekawe, czy tak samo będzie uważać, jak ich zęby staną się wystarczająco duże, żeby zniszczyć te markowe buty? – zastanawiała się Thea.

– Lokatorzy lubią zabierać Larę na spacery do parku – stwierdziła. – Szczególnie Pete. A ponieważ oczywiście nie mogę od nich wymagać, żeby po niej sprzątali, więc muszę z nią najpierw sama wyjść na chwilę.

– Sprzątać po…? O Boże!

– Zostawię je tu jutro, bo chcę wycyklinować podłogę w galerii i będzie straszny hałas. Pete zostanie w domu i je nakarmi.

182

Molly, która utraciła kontrolę nad rozmową, kiedy ta zeszła na szczeniaki i psie kupy, przełączyła się z powrotem na kierowniczy tryb pracy.

– Thea, nie możesz wszystkiego robić sama. Ktoś musi się tym zająć za ciebie. Takie rzeczy zabierają ci masę czasu. Nalegam!

– Ale ja już zamówiłam cykliniarkę.

Thei wcale się nie uśmiechało chodzenie przez cały dzień za hałasującą maszyną, ale zamierzała zakończyć remont jak najtaniej, czyli samodzielnie.

– Więc zostaw to mnie. Kogoś wynajmę.

– Ale przecież trzeba mu będzie zapłacić, a ja to zrobię za darmo!

– Thea, już ci mówiłam, że z radością sfinansuję galerię. Derek też jest z tego zadowolony. Razem przeznaczyliśmy na nią sumę, a ty nie wykorzystałaś jeszcze nawet jednej trzeciej. Oszczędzaj swój talent i energię na rzeczy, które tylko ty potrafisz zrobić. A przy okazji, odnalazłam przewoźnika. Obrazy dotrą tu pojutrze. Musisz wymyślić, gdzie je przechowamy.

Thea westchnęła głębiej niż zwykle. Czasem się opłaca zostać sterroryzowanym.

– Większość zmieści się w tej małej sypialni w galerii na dole, a reszta w przejściu.

– To dobrze – stwierdziła Molly. – Przynajmniej nie będziesz mogła tam nocować.

Rozdział trzynasty

Podłoga została wycyklinowana, a obrazy przybyły na miejsce (po co najmniej tuzinie telefonicznych interwencji), ale nadal pozostawała kwestia lakierowania. Thea postanowiła, że zrobi to sama. Nie była zadowolona z pracy sprowadzonego przez Molly fachowca od cyklinowania.

– Niech mnie diabli wezmą – powiedziała do przyjaciółki – jeśli jeszcze raz zapłacę komuś za spartaczenie roboty, skoro sama mogę ją spartaczyć za darmo.

Znalazła szybko schnący lakier wodny, którego opary nie powinny jej otruć. Zamierzała pracować przez cały wieczór, a może nawet i noc, gdyby zaszła taka potrzeba, i położyć tyle warstw, żeby podłoga wytrzymała nie tylko zdzieranie przez tysiące butów, ale nawet działanie diamentowej szlifierki.

Wzięła ze sobą Larę i szczeniaki, ponieważ tego dnia nikt nie mógł się nimi zająć. Zdarzyło się to po raz pierwszy, bo do tej pory zawsze znalazł się jakiś lokator, który mógł je nakarmić i zmienić im gazety.

Zabrała również śpiwór i poduszkę, na wypadek gdyby poczuła się zbyt zmęczona, żeby wracać do domu. Mając w charakterze obrońców Larę i szczeniaki, do towarzystwa radio, a na pociechę kilka smakołyków, czuła się dobrze przygotowana do tego maratonu lakierowania podłóg.

Molly proponowała jej pomoc, twierdząc, że nie boi się pobrudzić rąk. Ale ponieważ Thea doskonale wiedziała, że to nieprawda i że propozycja wynika jedynie z poczucia obowiązku, a nie z nieodpartego pragnienia doznania trwałego urazu na skutek stresu, odmówiła. Molly okazała się prawdziwym skarbem. Jej apodyktyczny charakter – czy raczej „zdolności kierownicze", jak to teraz określała Thea – bardzo się przydawał, kiedy trzeba było przekonać redakcje czasopism, żeby przyjęły ich reklamę po terminie, wyłudzić ważne nazwiska i adresy od ludzi, którzy z reguły nie dawali się do tego namówić, albo zrobić awanturę elektrykowi, którego Thea potraktowała stanowczo zbyt łagodnie. Molly była zupełnie bezwstydna, kiedy musiała się kontaktować z ludźmi w sprawach reklamy, i przekonała kilka dużych firm, aby sfinansowały katalog wystawy w zamian za maleńką wzmiankę na ostatniej stronie. Jak dotąd jeszcze się nie pokłóciły i to Molly spytała Theę, co zamierza wystawić „po Rorym", a nie odwrotnie.

Jak dotąd Thea nie myślała jeszcze, co będzie „po Rorym". Skoncentrowała się na razie na tworzeniu galerii i wystawieniu jego prac. Ale Molly miała rację. Rory to tylko początek, tym bardziej, że nadal miała pewne wątpliwości co do jego prawdziwych zamiarów. Zadzwonił do niej kiedyś z pubu, późno w nocy, i podał coś w rodzaju adresu, ale nie wyglądało na to, żeby planował szybki powrót.

– Potrzebujesz tematu przewodniego, kochanie – stwierdziła Molly, z wahaniem głaszcząc Larę, która przyszła na górę do pokoju Thei, żeby na chwilę odpocząć od swojego potomstwa. – Na przykład „Morze i zachody słońca", coś w tym rodzaju.

Thei na samą myśl o czymś takim zrobiło się niedobrze, ale pojęła, w czym rzecz.

– Potem ogłaszasz, że szukasz takich obrazów, a ludzie przysyłają ci slajdy. Ci z redakcji miesięcznika okazali się bardzo pomocni, kiedy wyjaśniłam, że planuję... to jest planujemy otwarcie galerii. Mówili, że studenci za wszelką cenę chcą wystawiać swoje prace, ale musimy uważać na ich jakość i nie przyjmować rzeczy zbyt dziwacznych, bo się nie sprzedadzą. Myślę, że najlepsze byłyby spokojne akwarele. Ludzie to lubią.

Thea zdrapała ze spodni plamę białej farby. To był krytyczny moment. Musiała teraz wyjaśnić Molly, że ma całkiem inną wizję galerii niż ona.

– Kiedy widzisz, ja chcę wystawiać dziwaczne rzeczy, nawet jeśli nie będą się sprzedawały.

– Ależ, Thea! To jakim cudem chcesz zarobić jakieś pieniądze, jeśli nie będziemy nic sprzedawać?

– Będziemy pobierać opłaty za zwiedzanie. To nam pozwoli wystawiać to, co nam się spodoba. Co mnie się spodoba. Bo inaczej to będzie tylko kolejna galeria sprzedająca widoczki z Cotswold, a tego bym chciała uniknąć.

– Ale...

– Molly, wiem, że bardzo uprzejmie pożyczyłaś mi pieniądze na galerię, i mam nadzieję, że obrazy Rory'ego będą się sprzedawać na tyle dobrze i po takich cenach, że zarobimy naprawdę dużą prowizję. Jeśli tak się stanie, zwrócę ci, ile zdołam. Jeśli nie, spłacę cię, kiedy załatwię kredyt – powinna raczej powiedzieć „jeśli zdołam kogoś przekonać, żeby mi udzielił kredytu". – Byłaś naprawdę cudowna i świetnie mi się z tobą pracowało. Ale skoro chcemy wystawiać w galerii diametralnie różne rzeczy, musimy się rozstać.

Molly wysłuchała jej w spokoju.

Świetnie się czuła w tej pracy. Nim wyszła za mąż, pracowała jako sekretarka w pewnej dość poważnej firmie, chociaż tak naprawdę powinna była otworzyć własną. Porzuciła pracę po ślubie i od tamtej pory pole działania dla jej zdolności organizacyjnych zostało ograniczone do męża i różnych komitetów, a pragnienie przygód do wycieczek z Tiger Tours. Od chwili kiedy włączyła się w organizowanie galerii, po raz pierwszy w życiu czuła się spełniona. A teraz jej problemem mogły stać się koszmarki, które Thea uznawała za „Sztukę".

– W porządku – powiedziała po chwili milczenia. – Ostatecznie to twoja galeria. Możesz w niej pokazywać, co zechcesz, ale pod warunkiem, że ludzie, którzy będą chcieli tu wystawiać swoje prace, odpowiednio za to zapłacą, a my oprócz tego pobierzemy prowizję od sprzedaży. Inaczej nigdy nie zarobisz więcej niż na podstawowe koszty. Zrobiłam kalkulację.

Thea roześmiała się.

– Tak się cieszę, że cię mam, Molly. Bez ciebie byłabym do niczego.

Ostatnio zdobyła sporą wiedzę o tym, jak manipulować ludźmi.

Zabrała ze sobą na górę szklankę wody i pijąc, oceniała zadanie, jakie przed nią stało. Było niemożliwie gorąco. Czerwiec już w pierwszym tygodniu postanowił udowodnić, że jest „rozpalony", a cały żar uwolnił akurat tego popołudnia, kiedy Thea zamierzała ciężko pracować. Otworzyła jedyne uchylne okno i zganiła się za zwlekanie z uruchomieniem wentylacji. Musiało ją teraz zadowolić otwarcie drzwi wejściowych. Dobrze, że przynajmniej lakier nie był toksyczny.

Kiedy już nakarmiła psy i zaprowadziła Larę na pusty plac, gdzie mogła sobie powęszyć, rozebrała się, pozostając jedynie w bieliźnie i starej koszulce, ledwie zakrywającej majtki, po czym zabrała się do pracy.

Puściła głośno Van Morrisona i właśnie złapała rytm zarówno muzyki, jak i pracy, kiedy, rozprostowując plecy, zauważyła, że przy malowaniu pominięto część sufitu.

Przez kilka sekund klęła pod nosem, a następnie zdecydowała, że lepiej pomalować to teraz, bo później się zapomni. Nie miała ochoty odkryć ponownie tej niedoróbki podczas wieszania obrazów, tym bardziej że gdyby podłoga nie wyschła dokładnie, drabina okropnie porysowałaby lakier. Ze względu na wielkość obrazów Rory'ego raczej nie mogła liczyć na to, że nikt tam nigdy nie spojrzy.

Ktoś doradził Molly kupno skomplikowanej drabiny, która niespecjalnie podobała się Thei. Według znajomego Molly była to wyjątkowo uniwersalna rzecz, można ją było dowolnie wydłużać i skracać, miała wysuwany podest i w zasadzie mogła robić wszystko prócz samego malowania. Thea rozstawiła ją teraz ostrożnie, zgadując, do czego służą poszczególne zaczepy. Rozkładanie trwało tak długo, że zatęskniła za zwyczajną drabiną. Kiedy w końcu wszystko zaskoczyło jak należy, ostrożnie wspięła się na górę z wiaderkiem farby przewieszonym przez ramię i pędzlem wetkniętym za dekolt. Jeśli miała się bać wejść na drabinę, to chyba nie powinna otwierać galerii sztuki. Musiała wziąć się w garść.

Niestety, okazało się, że nieszczęsna drabina stoi odrobinę za daleko od niepomalowanego miejsca. Thei nie podobało się, że nie ma żadnego oparcia od kolan w górę, ale gdyby zeszła teraz na dół, przesunęła drabinę i weszła na nią z powrotem, cały ten makabryczny proces trwałby zdecydowanie zbyt długo. Wiedziała, że robi głupio, niemniej postanowiła zaryzykować – nabrać farby i wychylić się do przodu. Jeśli dobrze wyciągnie rękę, może dosięgnie niepomalowanego kawałka.

Zanurzyła pędzel w farbie o prawie stałej konsystencji i zawiesiła ciężkie wiaderko na drabinie. Potem, bardzo ostrożnie, trzymając się mocno jedną ręką, pochyliła się do przodu, celując pędzlem w niepomalowany kawałek sufitu i modląc się, żeby zdołała go dosięgnąć.

Prawie jej się udało. Nie był to sufit pomalowany najdoskonalej na świecie, ale nikt raczej nie zauważy śladów pędzla tak wysoko w górze. Potrzebowała dosłownie jeszcze odrobiny farby, żeby skończyć. Zanurzała w niej właśnie pędzel z miłym mlaśnięciem, kiedy usłyszała za sobą jakiś hałas. Zaskoczona odwróciła się gwałtownie i w tej samej chwili, gdy zobaczyła wchodzącego Bena, poczuła, że drabina zaczyna się pod nią przewracać.

Nie trwało to na tyle długo, żeby całe życie przeleciało jej przed oczami, niemniej zdążyła rozważyć, czy zdoła zeskoczyć z przewracającej się drabiny, zdziwić się, co u licha robi tu Ben, oraz zastanowić, w jaki sposób pozbyć się potem farby z podłogi. Jedna jej stopa uderzyła w ziemię, powodując gwałtowny ból w kostce, a potem Ben ją złapał, jednak spadała nadal. Jej ciężar wytrącił go z równowagi, więc razem upadli na podłogę – ona wylądowała na jego ramieniu, a on w zasadzie na niej.

Przez chwilę żadne z nich nie poruszyło się ani nie powiedziało ani słowa.

– Już w porządku. Nie próbuj wstawać; leż spokojnie i spróbuj odzyskać oddech. Dzięki Bogu, zdążyłem cię złapać.

Thea leżała na plecach. Czuła się dziwnie spokojna, biorąc pod uwagę, że przed chwilą groziło jej połamanie kończyn albo coś znacznie gorszego. Czuła, że ręce i nogi ma sztywne, ciężkie i bez-władne, jakby obudziła się z bardzo głębokiego snu. Nawet ból kost-ki uspokoił się już i przeszedł w tępe pulsowanie. Potem dotarło do niej, że koszulkę ma podciągniętą do połowy pleców i że Ben nieco się od niej odsuwa. Oraz że jego ręka spoczywa na jej nagich plecach.

Przez głowę przemykały jej pytania bez związku. Kiedy ostatni raz depilowała sobie nogi? Czy farba zalała całą podłogę? Jakie majtki włożyła dziś rano? Mając nadzieję, że nie te najstarsze, zaczęła się zastanawiać, czemu Ben nie wstaje. Czy istnieją jakieś medyczne powody, dla których powinien też leżeć na ziemi? Choć musiała przyznać sama przed sobą, że wcale nie chce, żeby wstawał. Wola-ła tak leżeć pod nim, półnaga, z tym dziwnym uczuciem senności, przez które nie mogła się ruszyć. Normalnie już dawno byłaby na nogach, rozpaczliwie usprawiedliwiając się i wycierając farbę z podłogi.

– Muszę cię okropnie przygniatać – stwierdził Ben, ale nie ruszył się z miejsca.

Mózg Thei nadal pracował z oszałamiającą szybkością. Miała czas uświadomić sobie, że jeśli wstanie, może już nigdy nie znajdzie się tak blisko niego. Z drugiej strony bolała ją kostka i powinna chyba sprawdzić, czy czegoś sobie nie złamała, nim zacznie rozważać, jak najlepiej wykorzystać tę sytuację.

– Niespecjalnie. Zastanawiam się tylko, czy mógłbyś obejrzeć moją kostkę, zabolała mnie przy upadku. Pewnie to nic takiego, ale jestem okropnym tchórzem i wolałabym, żebyś sprawdził, czy nie jest złamana, nim sama ją obejrzę. Bo jak zobaczę, że jest dziwacznie wykręcona, mogę zwymiotować, a podłoga dzisiaj już przeszła swoje.

Teraz widziała już farbę o konsystencji jogurtu, rozpryśniętą na świeżo wycyklinowanej podłodze. Miała okropne uczucie, że leży z głową w jej kałuży.

– Podniosę cię i obejrzę.

– Po prostu zrób małe rozpoznanie. Niestety, należę do tych ludzi, którzy najpierw nalepiają plaster, a potem dopiero oglądają ranę.

Zbadał dłonią jej nogę i kostkę, ale nie natrafił na złamanie. W zasadzie Thea mogła stwierdzić, że nie stało się nic wielkiego, skoro tak swobodnie przesuwał rękę w górę i w dół. Jednakże dotyk jego ciepłej dłoni był bardzo, bardzo przyjemnym doznaniem.

Najwidoczniej na nim nie zrobiło to podobnego wrażenia. Oto leżała pod nim, praktycznie naga, i nawet dała mu pretekst do przesunięcia dłonią po jej udzie, a on z tego nie skorzystał. Czego można oczekiwać po takim facecie? No, ale na szczęście nie spadała z tej drabiny i nie uszkadzała sobie kostki celowo, po to by znaleźć się w takiej sytuacji.

– Nie sądzę, żeby była złamana, zapewne tylko ją skręciłaś – stwierdził. – Wstanę i cię podniosę.

Wyrwał się jej cichy jęk.

– Co się stało? Uraziłem cię?

– Nie – westchnęła, patrząc mu w oczy i zastanawiając się, czy zrozumie i w końcu ją pocałuje. Wielu facetów na jego miejscu dawno paliłoby już papierosa po stosunku. Musiał zdawać sobie sprawę, że ona pod nim leży, a przecież nadal się nie podniósł, zatem dlaczego nie zrobił nic ponadto?

Westchnął głęboko i kąciki jego ust uniosły się lekko w zaczątku uśmiechu. Thea zamknęła oczy, czekając – mając nadzieję – aż poczuje jego wargi na swoich, bo przecież umrze ze wstydu, jeśli jej teraz nie pocałuje. Właściwie właśnie poprosiła go o to.

Jego usta musnęły jej wargi tak delikatnie, jakby się z nią droczył. Potem przycisnął je do jej ust na tyle mocno, żeby można to było uznać za pocałunek, ale nic ponadto. Thei zaświtało w głowie, że

190

całuje ją z czystej uprzejmości, żeby oszczędzić jej wstydu, że leży tak pod nim niechciana. Cofnął wargi stanowczo zbyt szybko.

Mógł sobie oszczędzić fatygi. Wątpiła, czy poczułaby się bardziej dotknięta i niechciana, gdyby po prostu powiedział: „Nie, dziękuję, ale nie skorzystam" i na tym poprzestał. Lezała nieruchomo, z zamkniętymi oczami, i miała nadzieję, że się nie rozpłacze.

– Myślę, że powinniśmy wstać. Farba zalała całą podłogę. Masz ją na włosach.

W tej chwili nie obchodziła jej farba, podłoga ani nawet galeria, ponieważ właśnie zrozumiała, że zakochała się w Benie – i równocześnie odkryła, że on jej nie chce, co dał aż nazbyt wyraźnie do zrozumienia. Choć leżał właściwie w jej ramionach, zdołała zaledwie sprawić, żeby ją pocałował z uprzejmości. To było strasznie upokarzające i nader bolesne. Jakim cudem zdoła ponownie spojrzeć mu w oczy? Mogła się założyć, że Petal nigdy nie miewa takich problemów – zapewne jej problemy były akurat odwrotne.

Pozwoliła, żeby pomógł jej wstać, ale nie patrzyła na niego, nie otworzyła oczu. Kiedy stanęła na nogach, poczuła, że kostka naprawdę ją boli. Mocniej zacisnęła powieki. Ból usprawiedliwiłby wylanie kilku łez, ale nie mogła sobie teraz na to pozwolić. Ostrożnie postawiła stopę na ziemi, nadal trzymając się Bena. Przygryzła wargę i gwałtownie wciągnęła powietrze.

– Och!

Miała ochotę powiedzieć dużo więcej i dużo głośniej.

– Możesz na niej stanąć?

– Chyba tak. – Spróbowała ostrożnie ją obciążyć. To była męka, zwykłe „och" już nie wystarczało. Wziąwszy kilka głębokich oddechów, wykrztusiła: – Boli jak diabli!

– Chcesz, żebyśmy pojechali do szpitala?

– Nie! – Przerażenie sprawiło, że łatwiej jej było na niego spojrzeć. – Muszę dziś polakierować podłogę, że nie wspomnę o usunięciu farby. Nie mam czasu siedzieć godzinami w poczekalni i czytać starych numerów „Timesa". To nic takiego. Do wesela się zagoi. Potrzebny jest tylko bandaż i zimny kompres.

– Bandaż zapewne masz w apteczce?

– Nie musisz być taki sarkastyczny, możemy zrobić bandaż z jakichś szmat. Nie masz w sobie za grosz pomysłowości? – Ben przyjął jej gniew z irytującym spokojem, jakby znał jego prawdziwy powód. – Przy drzwiach leży prześcieradło.

Skinął głową. A potem pochylił się i wziął ją na ręce.

Poczuła podziw. Była zdrową i zapewne ciężką kobietą, a on nie tylko ją podniósł, ale jeszcze zaniósł do drugiego pokoju, gdzie posadził ją ostrożnie na krześle. Następnie oddarł kawałek prześcieradła, którym Thea przykryła podłogę, i poszedł go zmoczyć.

Wrócił i uniósł jej nogę. Był przy tym bardzo delikatny, a jej od razu przypomniało się, jak brał w ręce szczeniaki zaraz po narodzinach. Zapewne traktował ją tak samo: jak coś, co wymagało opieki, ale nic poza tym.

– Szkoda, że nie przykryłam podłogi w tamtym pokoju – stwierdziła, żeby uzasadnić swoje westchnienie i żeby nie myśleć o dotyku jego palców. Miała bardzo wrażliwe stopy i chociaż kostka bolała ją wściekle, nawet ból odczuwała jako dziwne doznanie erotyczne. Niedobrze było czuć coś takiego przy mężczyźnie, który cię nie chciał. Nie zdołała powstrzymać łzy, która spłynęła po jej policzku.

Poczuła, że Ben sztywnieje, otworzyła oczy i stwierdziła, że teraz i on jest zły.

– Dlaczego nie przesunęłaś tej drabiny? Jak można być na tyle głupim, żeby się w ten sposób wychylać? To okropnie niebezpieczne. Powinnaś była uważać. Mogłaś się zabić, gdybym cię nie złapał. A teraz pewnie masz poważnie nadwerężoną kostkę!

Zachowywał się okropnie po ojcowsku, a ona, choć wiedziała, iż wynikało to zapewne z jego charakteru, nie była przygotowana na to, że będzie ją traktował jak niegrzeczne dziecko mężczyzna, który właśnie zadał jej ból dużo większy niż ból skręconej kostki.

– Łatwo jest być mądrym po fakcie, a poza tym nie masz prawa tak do mnie mówić.

– Skoro uważam, że zachowałaś się niezwykle głupio i nierozsądnie, nie zamierzam tego ukrywać. Czy ty jesteś zupełnie wyprana z rozsądku? Nie wiesz, że można się zabić, spadając z drabiny? Siedzisz tu sama i na dodatek ryzykujesz życie. Mogłaś tam leżeć kilka godzin, nie mogąc wezwać pomocy. Bo telefon chyba nie jest podłączony, prawda?

Nie był, a komórka została na dole w torebce.

– Wal się! – krzyknęła, mając nadzieję, że go obrazi. – I przestań histeryzować. Pewnie bym wcale nie spadła z tej cholernej drabiny, gdybyś mnie nie przestraszył.

– Nie zrzucaj winy na mnie. Ona musiała się zacząć przewracać, nim wszedłem, bo inaczej zdążyłbym cię złapać. Boże! A ja tak długo szukałem miejsca do zaparkowania!

Do Thei nagle dotarło, że nikt nie złości się na człowieka, który go nie obchodzi. Więc nawet jeśli mu się nie podoba, przynajmniej dba o jej dobro. Poczuła wstyd. Przecież próbował ją ratować, a teraz tak delikatnie badał jej kostkę. Nie było powodu, żeby na niego krzyczeć. Ale nie mogła mu całkowicie przebaczyć – duma i zranione uczucia bolały bardziej niż ta cholerna noga, a to już o czymś świadczyło. Miała nadzieję, że w piekle jest zarezerwowane specjalne miejsce dla mężczyzn, którzy odrzucają awanse porządnych dziewczyn. Na razie zdołała przybrać pozę chłodnej godności.

– Wolałabym, żeby kompres i bandaż to były dwie oddzielne rzeczy.

– To powinno wystarczyć, dopóki nie przetransportujemy cię do domu i nie przyłożymy torebki mrożonego groszku. Gdzie masz resztę ubrania, bo chciałbym cię teraz odwieźć? – zapytał, skończywszy owijać jej kostkę mokrymi szmatami. – Przez jakiś czas nie będziesz mogła prowadzić.

Zapadła pełna niepokoju cisza. Do Thei zaczynało docierać, że on może mieć niestety rację. A gdyby nie mogła prowadzić i dojeżdżać tu z domu, całe przedsięwzięcie skazane byłoby na niepowodzenie. Z Larą i szczeniętami nie poradzi sobie przecież w pociągu czy autobusie. O Boże, żeby tylko się mylił!

– Nie mam zamiaru jechać teraz do domu. Nie dzisiaj – odparła, próbując opanować panikę. – Chciałam zostać tu na noc i lakierować podłogę. Planowałam spać, kiedy lakier będzie wysychać. Muszę wreszcie to skończyć.

– Skoro zamierzałaś lakierować podłogę, to co w takim razie robiłaś na drabinie z wiaderkiem farby?

– Zauważyłam, że przy malowaniu ominęliśmy kawałek sufitu. Chciałam to poprawić, nim tam dojdę z lakierowaniem. – Skądś zdołała wyciągnąć beztroski uśmiech. – A ta noga chyba mi nie przeszkodzi w pracy – dodała wesoło, choć nieco niepewnie.

Już otworzył usta, zamierzając powiedzieć jej masę mądrych rzeczy, ale na szczęście był na tyle rozsądny, żeby z tego zrezygnować. Powiedział tylko:

– No to lepiej ci pomogę.

Z trudem się powstrzymała od odrzucenia jego oferty w ostrych słowach, ale w ostatniej chwili ugryzła się w język. Gdyby okazała teraz zły humor i zranioną dumę, Ben mógłby odgadnąć, że poczuła się wzgardzona. Choć z drugiej strony mógł po prostu uznać, że jest taka drażliwa z powodu obolałej kostki i farby rozlanej po podłodze.

– Nie musisz. Zapewne jeszcze gdzieś jedziesz.

Pokręcił głową.

– Nie, przyjechałem specjalnie do ciebie. Chciałem zobaczyć, jak ci idzie.

– Chyba nie przyjechałeś z Londynu tylko po to, żeby porozmawiać?

Nie pozwoliła, żeby serce zabiło jej mocniej na tę myśl, choć próbowało.

– Niezupełnie. Byłem w Bristolu na kolejnej rozmowie w sprawie pracy i pomyślałem, że wpadnę do ciebie w drodze powrotnej.

Thea nie była zbyt dobra w geografii, ale podejrzewała, że istnieją krótsze drogi z Bristolu do Londynu niż przez Stroud. Zapewne zamierzał też odwiedzić Molly.

– A gdzie Toby?

– U kolegi. Tego, u którego chciał zostać, kiedy musiałem zostawić go u Molly.

– Aha.

– Dziękuję, że się nim zaopiekowałaś. Opowiedział mi dokładnie, jak piekłaś pizze i robiłaś ciasto.

– Dobrze się razem bawiliśmy. Naprawdę go lubię.

Przez jego twarz przemknęło coś, co mogło być równie dobrze smutkiem, jak i złością.

Thea straciła już cierpliwość. Nie było sposobu, żeby zadowolić tego człowieka. Nie mogła nawet powiedzieć, że lubi jego syna, nie naruszając tym samym jakichś tajemniczych reguł.

– Lepiej zabierzmy się do podłogi – powiedziała. – Zacznę zbierać farbę. Na dole znajdziesz pędzle i inne rzeczy. Chociaż nie musisz mi pomagać, jeśli nie chcesz, poradzę sobie sama.

Leciutko uniósł brwi, wyrażając swe wątpliwości.

– Mówiłaś, że przyda ci się taka pomoc – wtedy, kiedy ci obiecałem, że nie zostawię cię z tym samej.

Thea odwróciła wzrok. Nie chciała myśleć o tamtej rozmowie, nigdy więcej.

– Dokładnie mi wtedy wyjaśniłaś, że w zakres pomocy wchodzą też malowanie i remont – dodał – no to teraz nie możesz odrzucić mojej propozycji.

Zmusiła się do śmiechu, choć ciągle myślała o tym, jak ją potraktował. Obawiała się jednak, że resztę wieczoru, a nawet całą noc mogą spędzić na wzajemnym obrażaniu się, jeśli nie zaczną uważać na słowa.

– No to zabierajmy się do pracy. A przy okazji...

Za późno. Nim zdążyła go ostrzec, zszedł na dół i odkrył Larę i szczeniaki. Sądząc z odgłosów, Lara bardzo się ucieszyła na jego widok.

Wrócił parę minut później, niosąc pędzle.

– Co, u licha, robi tu Lara?

– Rory zostawił ją u mnie. Powiedział, że jedzie do Londynu zobaczyć się z rodziną. – Lekko zmarszczyła brwi, nadal tym zaniepokojona.

Ben popatrzył na nią uważnie.

– Duży nietakt, biorąc pod uwagę wszystko, co dla niego robisz. Molly mi mówiła, że się zastanawiasz… – zamilkł na chwilę – … co wystawić po Rorym. To będzie mniej więcej okres wystaw dyplomowych w szkołach plastycznych. Powinnaś przejść się po uczelniach i poszukać obiecujących młodych talentów. I zrobić wystawę absolwentów.

Zwykle Thei udawało się nie przyjmować do wiadomości faktu, że niewiele wie o sztuce; nie miała w tym zakresie żadnego wykształcenia, oprócz tego, czego się nauczyła jako fotograf, a jej obeznanie ze sztuką współczesną było prawie żadne. A teraz na dodatek bolała ją kostka, była zmęczona, Ben jej nie chciał i chyba nigdy nie uda jej się polakierować tej cholernej podłogi. Cały pomysł z galerią był zupełnie idiotyczny.

– A nie sądzisz, że zdołam rozpoznać obiecujący młody talent dopiero wtedy, kiedy się o niego przewrócę? – Pytanie zabrzmiało okropnie żałośnie, ale nie mogła go już wycofać.

– Poznałaś się przecież na pracach Rory'ego. Poza tym pojadę z tobą. Wybierzesz, co ci się spodoba, a ja to ocenię.

– Nie będziesz miał tyle czasu.

– Będę, jeśli dostanę tę pracę w Bristolu. Będę mógł dużo pracować w domu, więc nie tylko więcej czasu spędzę z Tobym, ale i da mi to większą swobodę.

Thea pozwoliła sobie na westchnienie. Ciągle było okropnie gorąco.

– O co chodzi?

Przygryzła wargę.

– O nic. Mam po prostu dziwne przeczucie co do tej wyprawy Rory'ego do Londynu. Boję się, że on się nagle wycofa. Ponieważ nie oddałam mu slajdów, nie bardzo ma co pokazywać, chyba że swój wdzięk. – Znów westchnęła. – Ale to niemało.

196

Znów ta nieznaczna zmiana wyrazu twarzy; znów coś powiedziała nie tak.

– Chyba mądrze robisz, że mu do końca nie ufasz. Dlatego ważne jest przygotowanie planu B.

– Och, pieprzyć to! – stwierdziła. – Nie mogę teraz o tym wszystkim myśleć. Lepiej zabierzmy się do pracy. Włącz muzykę, a jeśli ci się nie podoba, jedź do domu.

Gęsta farba nie rozlała się zbyt szeroko, ale szybko wsiąkła w świeżo wycyklinowaną podłogę i Thea długo musiała ją szlifować papierem ściernym, a i tak podejrzewała, że pamiątka po jej wypadku pozostanie tu na zawsze.

Szorując posadzkę, miała pełną świadomość, że Ben może swobodnie oglądać jej tyłek. Koszulkę wprawdzie obciągnęła najbardziej, jak się dało, ale mogła się założyć, że każdy może sobie teraz popatrzeć na jej, z pewnością już brudne, majtki oraz uda.

Przez chwilę rozważała, czy nie włożyć dżinsów, ale były trochę ciasne, a w tym upale gołe nogi dawały jej dużo większą swobodę ruchów. Poza tym gdyby teraz włożyła dżinsy, byłoby to w pewnym sensie przyznanie się, że do tej pory nie była przyzwoicie ubrana. To oczywiste, że nie była, ale już za późno, żeby się tym przejmować.

Zaczął lakierowanie. Thea zaniepokoiła się, że pobrudzi sobie ubranie, i zaproponowała mu jeden z kombinezonów roboczych, ale go nie przyjął, twierdząc, że wszystkie są na niego za małe. Kiedy zaczęła protestować, uświadomiła sobie, że nie powinna zachowywać się tak irytująco po matczynemu.

Pomyślała o ojcowskim aspekcie jego złości na nią, kiedy ganił ją za lekkomyślność. Był na nią bardzo zły, dużo bardziej, niż uzasadniała to sytuacja, i ta myśl dała jej ponownie cień nadziei.

Rozdział czternasty

Thea mogła pracować całkiem wydajnie pomimo bolącej nogi, chociaż najwygodniej było jej nakładać lakier na czworakach. Ponieważ trzymała się przeciwległego końca pokoju, przestała się martwić o swój tyłek i uczucia, jakie mógł budzić w Benie. Muzyka dobrze wpływała na ich pracę, zatem dość szybko skończyli nakładanie pierwszej warstwy lakieru.

– Ale nadal widać, gdzie rozlała się farba – stwierdziła ze smutkiem. – Sądzisz, że powinnam jeszcze raz pożyczyć cykliniarkę?

– Nie. Jak się nałoży kilka warstw, wszystko się wyrówna.

– To był jednak głupi pomysł. Wolisz, żebyśmy zamówili coś tutaj, czy chcesz gdzieś pójść? – ciągnęła pogodnie, nie chcąc dopuścić, żeby Ben znów zaczął ją besztać, a także by ukryć zmęczenie i poczucie zawodu. – Napracowałeś się i zasługujesz na kolację. – Zbyt późno zorientowała się, że mówi teraz do Bena jak do swoich lokatorów, czyli nieco protekcjonalnie.

Zmierzył ją przelotnie spojrzeniem, nie zwróciwszy uwagi na jej zachowanie.

– Wolę zamówić, zważywszy, jak jesteś ubrana. Co byś zjadła?

– Wszystko jedno, co ci się uda znaleźć. Ale możesz spokojnie wracać do siebie, mogę skończyć sama.

– A jak się dostaniesz do domu? Bo chyba nie zamierzasz tu zostać na noc?

– Muszę. Muszę skończyć wreszcie tę podłogę, a jak skończę, to zostają jeszcze dwa pokoje do przygotowania, nie licząc tych na dole, gdzie siedzi Lara. Będzie mi potrzebny każdy kawałek miejsca. Mam już obrazy Rory'ego, ale nadal czekam na rysunki i szkice. A do otwarcia zostało niecałe sześć tygodni.

Nigdy wcześniej nie mówiła głośno o swoich obawach. Uśmiechnęła się więc, udając, że tylko żartowała.

– A skoro tu jesteś, to czy mógłbyś wyprowadzić Larę? Koło stacji jest mały skwerek.

Stał i patrzył, jak siada na krześle i ostrożnie układa obolałą stopę. Nie patrzyła na niego, ale wiedziała, co maluje się na jego twarzy: rozdrażnienie, irytacja i ciągle trochę gniewu.

– Dobrze – powiedział w końcu. – Masz smycz?

Skinęła głową.

– I masę papierowych ręczników, na wypadek gdyby coś zrobiła.

Nie tłumacz mu tylko, że trzeba po niej posprzątać, nakazała sobie w myślach. To dorosły facet i ma doświadczenie ze zwierzętami. Będzie sam wiedział, co robić.

– Dobrze. W tym czasie pomyśl, co masz ochotę zjeść, ale nie wstawaj. Bo i jutro nie będziesz mogła prowadzić samochodu.

Thea uśmiechnęła się. Starała się nie martwić, że być może utknęła tutaj na dłużej. Dzięki Bogu, że Molly zmusiła ją do zakupu telefonu komórkowego.

Kiedy wyszedł, pokuśtykała do łazienki i odważnie spojrzała w lustro. Włosy miała okropnie potargane i idiotycznie poskręcane, ale wiedziała z doświadczenia, że jeśli je teraz uczesze, to albo skręcą się zupełnie, albo oklapną. Przeczesała je zatem palcami, umyła twarz zimną wodą, a ponieważ straszliwie ściągnęła jej się skóra, posmarowała się kremem do rąk, który tu zostawiła Molly. Nie wzięła ze sobą żadnych przyborów do makijażu ani perfum, a ubrana była w strój odpowiedni jedynie do malowania.

– Poddaj się, kochana – powiedziała do swojego brudnego odbicia w lustrze. – Nie chciał cię nawet wtedy, kiedy miał cię podaną na talerzu. I teraz też cię na pewno nie zechce.

Pogodziwszy się z tym faktem, pokuśtykała na dół, żeby nakarmić szczeniaki. Ich małe węszące pyszczki i skrobiące o podłogę łapki były przeurocze. Tak miło było poczuć się kochaną, choćby przez takie małe stworzonka, które niewiele jeszcze wiedzą o świecie.

Kiedy rozdrobniła im jedzenie i nakarmiła, usiadła na podłodze i zaczęła je tulić. Po co jej facet, jeśli może mieć szczeniaki? Podniosła Maleństwo i porozmawiała z nim poważnie w cztery oczy. Kiedy ją zapewniło, że nie zamierza umrzeć i że nawet przybrało na wadze, choć nie tak szybko jak reszta rodzeństwa, położyła się na podłodze i pozwoliła szczeniakom wdrapywać się na nią.

Leżała tak nadal, kiedy Ben wrócił ze spaceru z Larą.

– Jak tam sama zeszłaś? Przecież ci chyba mówiłem, żebyś odpoczęła?

Czas spędzony ze szczeniakami sprawił, że schowała kolce i poczuła się odprężona. Uśmiechnęła się do Bena.

– Przecież odpoczywam, tyle że nie sama. Och, nie rób tego, wariacie! – Szczeniak, który do tej pory lekko trącał ją nosem w ucho, nagle postanowił wypróbować na nim zęby. – Musiałam je nakarmić – wyjaśniła Benowi. – Bo inaczej by mnie zjadły.

– Ja je mogłem nakarmić.

– Tak, ale byś mi ich nie przyniósł na górę. Czy Maleństwo nie jest cudowne?

– Cieszę się, że Toby ich nie widzi. Bo na pewno by mi się o nie naprzykrzał.

Thea postanowiła nie podejmować tego tematu, bo znowu wpędziłaby się w kłopoty.

– To co chcesz kupić do jedzenia? Moja torebka leży w kuchni, weź sobie z niej pieniądze.

– Stać mnie jeszcze na rybę z frytkami. Nie musisz mi fundować.

– Och, daj spokój. Pracowałeś dla mnie ciężko cały wieczór, więc to ja powinnam zapłacić za kolację. To będzie wynagrodzenie za twoją pracę.

Spróbowała się podnieść, choć nie bez trudu. Uwolniła się jakoś od szczeniaków i zdołała uklęknąć, ale, niestety, zbyt daleko od ściany, więc musiała się oprzeć na ręce Bena.

– Nie chcę takiej zapłaty.

Thea raczej nie sądziła, żeby przy jej dzisiejszym wyglądzie warto było oferować mu zapłatę w naturze, więc dała spokój.

– Och, dobrze. Zapytaj, czy mają smażone batoniki Mars. Z chęcią zjem coś takiego.

Przyniósł rybę z frytkami i zimne piwo.

– Nie mieli smażonych batoników? – Nigdy czegoś takiego nie jadła, a sama nazwa brzmiała niezbyt zachęcająco, ale nie mogła się powstrzymać, żeby z niego nie zakpić.

– Mieli, ale uznałem, że ci tego nie kupię.

Była oburzona.

– Jak śmiesz decydować za mnie? Nie jestem dzieckiem!

– Kto płaci, ten wymaga – odparł i Thea zrozumiała, że teraz to on z kolei z niej kpi. Uznała za dobry znak, że się z nią droczy. Przytuliła szczeniaka, udając, że się dąsa. – Nici z naszej kolacji, jeśli tu zostaniemy – odsunął pieska, który doszedł do wniosku, że nie może się oprzeć zapachowi soli i octu. – Dasz radę wejść na górę, czy chcesz, żebym cię zaniósł?

– Nie chcę, żebyś mnie pozwał do sądu, jak ci nawali kręgosłup. Nie martw się, zdołam się tam doczołgać.

– Świetnie – stwierdził. – Mogę popatrzeć? Polubiłem widok twojej pupy.

Poczuła, że się rumieni. Ta uwaga zawierała zdecydowanie seksualny podtekst. Zastanawiała się, czy nie powiedzieć, że gdyby był dżenetelmenem, toby nie patrzył na jej pupę, ale ten temat mógł ją zaprowadzić tam, gdzie wcale nie zamierzała się udawać.

– Weź jedzenie i idź pierwszy.

– Na pewno? Jak będę szedł za tobą, to popchnę cię, jeśli zajdzie taka potrzeba.

– To raczej ja cię popchnę, jeśli nie będziesz uważał – mruknęła.

Wdrapywała się na górę z trudem, ale przynajmniej nie szedł za nią. Żałowała, że nie włożyła dżinsów, ale tylko do momentu kiedy znalazła się na górze i poczuła, jak jest gorąco. W suterenie panował przyjemny chłód, natomiast tu uderzył ją upał letniej nocy.

– Boże, jak tu gorąco! – stwierdziła i osunęła się na krzesło.

– Ale i sucho. Lakier szybko wyschnie. Co wolisz, dorsza czy flądrę? Sól i ocet kazałem zapakować oddzielnie, bo nie wiedziałem, z czym wolisz.

– Daj mi zimne piwo i obojętnie którą rybę. – Otworzyła puszkę i pociągnęła duży łyk. – Dobre. Zupełnie jak w reklamie.

– Sprawdziłem podłogę, kiedy wchodziłaś na górę. Jest prawie sucha. Jak zjemy, będzie można położyć kolejną warstwę.

– To dobrze. Planuję docelowo położyć pięć.

Wzięła kawałek ryby i nagle poczuła, że jest głodna.

– I zamierzałaś to zrobić w nocy?

– W takim upale i tak trudno by było spać – powiedziała z pełnymi ustami. – A w śpiworze, na twardej podłodze, tylko bym drzemała, słuchała wiadomości i dłubała w zębach. Dlaczego nie jesz? Powiedziałam coś nie tak?

Uśmiechnął się i pokręcił głową.

– Gorąca.

– Noc czy ryba?

Zignorował jej pytanie.

– Bardzo ci zależy na tej galerii, prawda?

Skinęła głową.

– Po raz pierwszy od lat, jeśli chodzi o pracę, jestem z siebie zadowolona. Wprawdzie uwielbiałam robić artystyczne zdjęcia, ale byłam beznadziejna w roli dziennikarki bez serca. A jeśli udawało mi się dobrze zagrać rolę dziennikarki, to fotografie nie były zbyt artystyczne. Natomiast teraz czuję się na swoim miejscu – westchnęła. – Mam tylko nadzieję, że Rory się nie wycofa.

– Ale to możliwe.

– Wiem, i miałby nawet do tego pełne prawo. W tej chwili tak naprawdę wszystko zależy od tego, do jakiego stopnia Rory nienawidzi londyńskiego środowiska artystycznego, czy aż tak bardzo, żeby trzymać się mnie. – Przygryzła wargę i lekko się uśmiechnęła. – Trzymam za to kciuki.

– A jak się poczujesz, jeśli wystrychnie cię na dudka?

– Okropnie, ale skoro to wyłącznie mój pomysł, nie będę mogła go winić. Dlatego razem z Molly postanowiłyśmy nie stawiać wszystkiego na jedną kartę. – Pociągnęła kolejny łyk piwa. – Z początku chciałam otworzyć galerię wyłącznie dla niego, ale teraz, kiedy zaczęłam ją szykować, uświadomiłam sobie, że to by było straszne marnotrawstwo. Nawet jeśli dochodem ze sprzedaży jego obrazów uda mi się spłacić Molly, nie wolno mi na tym poprzestać.

– Więc jaki jest w końcu udział Molly w tym przedsięwzięciu? – zapytał, marszcząc brwi. Czyżby nie pochwalał faktu, że jego kuzynka drugiego czy któregoś tam stopnia włożyła pieniądze w ten przyprawiający o zawrót głowy projekt?

– Nie zdołałam załatwić na czas kredytu, żeby wpłacić depozyt za lokal, więc pożyczyła mi pieniądze. Ale w pewnym sensie jest moją wspólniczką i zajmuje się sprawami papierkowymi. Jest w tym doskonała.

– Nie sądzisz, że jest nieco zbyt apodyktyczna?

Thea pokręciła głową.

– Derek mi poradził – i to za jej pośrednictwem – żeby starać się ukierunkować jej energię. To świetnie działa. Przez chwilę obawiałam się, że się rozejdziemy, bo miałyśmy różne poglądy co do następnych wystaw. Ona chyba myślała o widoczkach z Cotswold i akwarelach z polnymi kwiatami, ale kiedy jej powiedziałam, że ja chcę czegoś innego i że albo pozostawi mnie decyzje w sprawach artystycznych, albo będzie musiała się wycofać z galerii, poddała się.

– Nie byłoby rozsądnie zadłużać dom dla tak niepewnego projektu.

– Cóż, bardzo ci dziękuję za zaufanie. Myślę, że i tak go sprzedam, jak będę miała czas się tym zająć.

Zasępił się jeszcze mocniej.

– A co z lokatorami? Przynajmniej masz z nich stały dochód.

– Jesteś jednak okropnym pesymistą. Przecież mogę kupić dom tutaj – i to nawet z ogrodem – i dalej wynajmować pokoje. Przynajmniej nie musiałabym codziennie podróżować przez pół kraju. I pewnie zostałyby mi jeszcze pieniądze, bo nieruchomości są tutaj tanie. Mogłabym kupić mały domek z ogródkiem tylko za część kwoty ze sprzedaży domu w Cheltenham. Ale teraz jestem zbyt zajęta, żeby myśleć o przeprowadzce. Zapewne zrobię to dopiero w przyszłym roku, chociaż tak naprawdę powinnam zacząć się rozglądać, jak tylko lokatorzy pojadą na wakacje. Ale wtedy będę musiała przygotowywać kolejną wystawę.

– To jak sobie poradzisz finansowo?

– Jesteś okropnie wścibski.

– Przepraszam. Oczywiście nie musisz odpowiadać.

Odstawiła papierowy talerz.

– Na szczęście wcale nie jestem tajemnicza, dlatego mogę ci spokojnie odpowiedzieć, chociaż jeśli sama zacznę ci stawiać równie osobiste pytania, na pewno zrobisz się strasznie drażliwy.

– Masz rację. No to jak sobie poradzisz bez pieniędzy z czynszu?

– Kiedy pracowałam, żyłam bardzo oszczędnie. Jak ich nie ma w domu, można mnóstwo zaoszczędzić na rachunkach.

– Tyle że teraz nie masz pracy.

Uśmiechnęła się i zatoczyła wokół ręką.

– Mam.

– Ale poważnie…

– Poważnie to nie jest twoja sprawa i nie musisz się tym martwić.

– Martwię się, że Rory cię zawiedzie. A na nikim innym nie masz szansy równie szybko zarobić.

– Ale jeśli sprzedam dom, będę mogła spłacić Molly.

– Wtedy i tak będziesz musiała kupić inny dom, natomiast nie będziesz miała dochodów.

– Och, przestań! Zobaczysz, że odniesiemy wielki sukces. Ludzie będą się wręcz tłoczyć przed wejściem do galerii, klienci będą bez przerwy kupować obrazy, a artyści płacić fortunę za wystawienie tu ich prac. A jeśli uznam, że Rory zamierza wystrychnąć mnie na dudka, pojadę do Kilburn, czy gdzie by tam nie był w Londynie i rozprawię się z nim osobiście.

– Jak?

– Pociągiem, jak sądzę. Albo autobusem.

Chrząknął.

– Wiesz doskonale, że nie o to mi chodziło.

Thea spróbowała przybrać niefrasobliwy wyraz twarzy.

– Mam swoje sposoby. A teraz muszę iść do wuce. Piwo zawsze przeze mnie przelatuje.

Czując, że powiedziała mu nawet więcej, niż chciał wiedzieć, pokuśtykała do łazienki. Kiedy znalazła się sama, zaczęło ją ogarniać przygnębienie. Ben tylko stawiał pytania, które sama sobie zadawała. Ale pracowała przecież nad odpowiedziami, więc czemu była taka zaniepokojona? Uznała, że to pewnie wina łazienki, bo jest obskurna i zimna. Jak stąd wyjdzie, na pewno poczuje się lepiej.

– To, czego potrzebuję – powiedziała trochę później, rozpoczynając lakierowanie – to bogaty mąż. – I natychmiast pożałowała tych słów. Na pewno Ben przyjmie je bardzo źle, niezależnie od tego, co powie dalej. – Taki jak Derek, który pomaga Molly nawet przy najbardziej szalonych pomysłach. – Usiadła i otarła czoło, rozsmarowując na nim kolejną warstwę brudu. Może to powstrzyma Bena przed podejrzeniami, że miała na myśli właśnie jego. – Chyba dam ogłoszenie do prasy. Nada się każdy facet, pod warunkiem że będzie bogaty i tolerancyjny.

– Przykucie się do kogoś tylko dlatego, że jest bogaty, może okazać się nudne.

– Wtedy dla rozrywki wezmę sobie kochanka.

– Na przykład takiego jak Rory?

– O, tak! Rory byłby w tej roli doskonały. – Zamilkła na chwilę, zastanawiając się, jakim cudem rozmowa zeszła na taki temat. – Cholera! Zawsze jakieś dwadzieścia minut po zjedzeniu ryby z frytkami żałuję, że żyję. Nie masz przy sobie jakiegoś proszka na zgagę albo chociaż mięty?

Nieco później napili się herbaty. Thea zaczynała być senna. Marzyła o drzemce w śpiworze, ale co miała zrobić z Benem?

– Na pewno nie chcesz jechać do domu?

– Miałem zamiar zatrzymać się u Molly, ale jest już za późno, żeby do niej jechać. Czemu pytasz? Chcesz się mnie pozbyć?

– Nie, ale chciałam trochę odpocząć. Następną warstwę będzie można położyć najwcześniej za dwie godziny.

– Też jestem zmęczony.

Thea nabrała powietrza i wypuściła je z irytacją.

– Dobrze, zatem podzielimy się śpiworem. Jest w tym małym pokoju na dole, ale będziemy musieli iść na palcach, żeby nie obudzić szczeniąt.

Rozsunęła śpiwór i położyła go w kącie pokoju. Przywiozła ze sobą cienki koc, żeby się nim przykryć, gdyby na śpiwór było za gorąco. Kiedy Ben stanął obok niej, spojrzała na swoje dzieło i pomyślała, że wygląda zupełnie jak łoże kochanków.

– Nie wiem, czy powinienem dzielić z tobą to posłanie – powiedział.

– Dlaczego? Jest trochę twarde, ale dwie godziny da się wytrzymać.

– Nie wiem, jak to ująć…

Nie zamierzała mu pomagać. Chciała, żeby przyznał, że jej pragnie, nawet jeśli nie zamierzał posunąć się ani o krok dalej.

– Nie zawieram przypadkowych związków.

Thea była oburzona.

– A dotąd twierdziłeś, że nie zawierasz stałych? Cóż, ja też nie!

– Nie rozumiesz. Nie mogę leżeć przy tobie i nie mieć ochoty na seks. Chryste, Thea, przez cały wieczór chodzisz praktycznie półnaga! A ja jestem tylko człowiekiem.

– Włożę dżinsy. Tu i tak jest zimno. Czy to ci pomoże?

– Tylko trochę.

– To przecież głupie. Na pewno możemy spać koło siebie i nie... – Jak to ująć, żeby nie zabrzmiało ordynarnie? – ... nie pozwolić, żeby coś zaszło. Petal często sypia z kimś platonicznie.

Nagle poczuła się zbyt zmęczona, żeby ciągnąć tę dyskusję. Jak również żeby iść po dżinsy, które zostały w łazience na górze. Rzuciła się na śpiwór, zajmując miejsce przy ścianie, i przykryła się kocem. – Zresztą rób, co chcesz. Możesz przez całą noc patrzeć, jak schnie lakier, albo położyć się i odpocząć. Natomiast ja idę spać.

Wyglądał na niezdecydowanego.

– Nie rozumiem, dlaczego robisz z tego taką aferę. Toby spał ze mną i nic mu się nie stało.

– Coś ty powiedziała?

– To, co słyszałeś. Kiedy Toby u mnie nocował, zmarzł, poczuł się samotny i przyszedł do mnie do łóżka. Wiem, że możesz mnie uznać za potwora, ale zapewniam cię, że zasnął natychmiast, jak tylko się rozgrzał.

Ben stał i patrzył na nią, jakby rzeczywiście uważał ją za pedofilkę albo uwodzicielkę nieletnich, ale ponieważ najwyraźniej nie mógł się zdecydować, co uznać za gorsze, nie mógł jej też o nic oskarżyć.

– Nic się przecież nie stało. Był w obcym miejscu z kimś, kogo niezbyt dobrze znał...

– Znał cię na tyle dobrze, żeby wejść do twojego łóżka.

– To przecież dziecko! Potrzebował tylko ciepła i towarzystwa. Nie komplikuj wszystkiego tak okropnie, dobrze? A teraz albo się kładź, albo sobie idź, bo ja chcę zasnąć. – Obróciła się na bok i naciągnęła na siebie koc, nagle kompletnie wyczerpana. Jeśli o nią chodzi, Ben mógł teraz nawet biegać przez płotki, byleby tylko nie zawracał jej głowy.

Kiedy się później obudziła, poczuła, że jednak śpi obok niej. Leżała przez chwilę nieruchomo, napawając się jego obecnością i nasłuchując jego oddechu. Doszła do wniosku, że nie spałoby się jej tutaj dobrze, gdyby była sama. To było jednak ogromne pomieszczenie, a w budynku poza nim znajdowały się wyłącznie biura. W ciągu dnia panował tu ruch, ale w nocy było okropnie cicho. Jaka szkoda, że musi teraz iść do łazienki. Postanowiła spróbować wstać, tak żeby go nie obudzić.

Najłatwiej byłoby po prostu przejść nad śpiącym Benem, ale chociaż kostka bolała ją dużo mniej, obawiała się, że jeśli na niej stanie zbyt mocno, przewróci się prosto na niego. Postanowiła zatem najpierw poczołgać się w stronę jego nóg i dopiero później wstać. Jeśli nie śpi zbyt czujnie, może się jej udać.

Musiał wyczuć przez sen jej wahanie, ponieważ nagle odwrócił się i położył rękę na jej biodrze.

Zamarła, nie pozwalając sobie na odprężenie się pod jego dotykiem, chociaż było jej tak miło i bezpiecznie i gdyby tylko troszeczkę się obróciła, znalazłaby się całkowicie w jego ramionach. To takie łatwe i miłe, a potem już jedno po prostu prowadziłoby do drugiego.

Wahała się o moment zbyt długo. Przyciągnął ją bliżej i wtulił nos we włosy na jej karku.

To nie było w porządku. Chciała, żeby się z nią kochał przytomny, żeby to zrobił świadomie, a nie kiedy spał i brał ją za kogoś innego. Tak się nie liczyło. Poza tym jego poczucie winy byłoby potem nie do wytrzymania.

Jego ręce zawędrowały na jej klatkę piersiową i wsunęły się pod koszulę. Podczas drzemki musiała sobie nieświadomie rozpiąć stanik i już za moment Ben dosięgnie jej piersi. A wtedy dla niej nie będzie już odwrotu. Odchrząknęła.

– Ben. To ja, Thea. Lakierowaliśmy tu podłogę, pamiętasz?

Przez chwilę był jeszcze otumaniony snem.

– Thea? Co mówisz? O Boże, czy ja coś zrobiłem?

– Nic, wszystko w porządku. Chcę tylko iść do łazienki.

– Poradzisz sobie?

208

– Oczywiście.

Kiedy wróciła, powiedział:

– Przepraszam. Wziąłem cię za kogoś innego.

– Wiem. Nie martw się, każdy mógł się tak pomylić. – Uśmiechnęła się, żeby ukryć, jak bardzo ją to dotknęło. W ciemności wszystkie koty są czarne, łatwo pomylić przez sen starą dobrą Theę z kimś, kogo się naprawdę pragnie. – Pójdę nałożyć kolejną warstwę – oznajmiła. – Ty zostań. Jeśli nadal jesteś śpiący, to śpij.

– Dobrze.

Wdrapała się na górę. Chciało jej się płakać, czuła się upokorzona, odrzucona i skazana na samotne lakierowanie podłogi. Zajmie jej to całe wieki i wcale nie będzie zabawne.

Właśnie dochodziła do wniosku, że bardzo przypomina tym narzekaniem Petal, kiedy dołączył do niej Ben.

– Już nie mogłem zasnąć. Gdzie mój pędzel?

Nie wrócili już do śpiwora, tylko pracowali dalej. Rano mieli położone cztery warstwy, a Thea czuła się bardziej wyczerpana panującym między nimi skrępowaniem niż pracą i brakiem snu.

– To co? Pakujemy psy? – zapytał. Zdążył już wyprowadzić Larę na spacer, a potem razem przyglądali się, jak szczeniaki jedzą śniadanie.

Było jeszcze bardzo wcześnie. Kostka nadal Theę bolała, ale już nie tak mocno jak wczoraj. Marzyła natomiast o powrocie do domu, ale ponieważ czuła się zmęczona, przygnębiona i zirytowana, nie chciała, żeby Ben ją odwoził. Nie chciała też, żeby czuł się zmuszony pomagać jej przy wchodzeniu po schodach, przy kąpieli czy przy czymkolwiek. To byłoby równocześnie takie intymne i takie bezpłciowe.

– Właściwie to mam jeszcze coś do załatwienia w mieście, więc raczej zostanę. Później zadzwonię do Molly. – Spojrzała na zegarek. Była dopiero siódma. – Na pewno przyjedzie i mi pomoże, gdy uznam, że sama nie mogę prowadzić. Jeśli zaraz wyjedziesz, dotrzesz do Londynu, nim zacznie się największy ruch.

Popatrzył na zegarek.

– Raczej nie. Równie dobrze mogę zostać i sprawdzić, czy sobie poradzisz.

– Poradzę sobie. – Zmusiła się do uśmiechu, żeby uwiarygodnić swe słowa.

– Nie podoba mi się, że cię tutaj zostawię samą.

– Nie musi ci się to podobać, po prostu mnie zostaw. Dam sobie radę. – Tym bardziej, że nikt nie będzie na mnie patrzeć tak, jakbym była psotną uczennicą, dodała w myślach.

Postanowiła wymusić na nim, żeby przestał ją traktować jak dziecko. Niedobrze jest kochać takiego mężczyznę, jeśli się ma zasady. Mogła mu w nocy pozwolić dokończyć to, co zaczął przez sen. Wielu porządnych facetów daje się usidlić o wiele bardziej perfidnymi sposobami. Ale nie potrafiła tego zrobić. Kochać się z nim mogłaby tylko wtedy, kiedy będzie świadomy swoich czynów.

– Dobrze. Ale musisz mi obiecać, że będziesz bardziej uważać. Żadnego wchodzenia na drabiny, jak jesteś sama. Mogłaś się poważnie połamać, a nikt by o tym nawet nie wiedział.

Miała ochotę go uderzyć. Teraz traktował ją jak psotną staruszkę. Przybrała wyraz fałszywej skruchy.

– Dobrze, tatusiu.

W jego czarnych oczach pojawił się błysk, jakiego nie widziała nigdy dotąd. Zbyt późno przypomniała sobie, że on też jest zmęczony i pewnie zirytowany. Chciała się cofnąć, co groziło upadkiem, ale jakoś się powstrzymała.

– Tatusiu? – szepnął niebezpiecznie spokojnie. – Tatusiu, tak? Ja ci pokażę.

Jego pocałunek miał być karą, był więc mocny, intensywny i natarczywy. Thea zamknęła oczy i poddała mu się, mimo że wywołał go gniew. Pocałunek był również bardzo przekonujący. Kiedy w końcu Ben uznał, że ma dość, puścił ją.

– Mmm, to było miłe – powiedziała Thea głupio, po czym cofnęła się jednak. Należało milczeć albo chociaż nie zachowywać się tak nonszalancko.

Zmierzył ją wzrokiem i wyczuła, że ma ochotę albo ją uderzyć, albo wziąć, dziko i namiętnie, a może nawet zrobić obie te rzeczy naraz – jeden fałszywy ruch z jej strony i z pewnością się na nią rzuci. Czuła też, że obwinia ją o wyzwolenie w nim tak prymitywnych instynktów.

Żadne z nich nie miało odwagi się odezwać. Przez chwilę czuła jeszcze jego wściekłość, a potem po prostu odwrócił się i wyszedł. Patrzyła, jak idzie ulicą, trochę żałując, że nie miała odwagi zmusić go, żeby przekroczył granice dobrego wychowania. Zamknęła oczy i przez chwilę snuła fantazje na ten temat, po czym uświadomiła sobie, że przecież kochaliby się, w oknie wystawowym. Chyba że Ben przerzuciłby ją sobie przez ramię i zaniósł do sutereny – gdzie ochoczo przyłączyłaby się do nich Lara i sześcioro szczeniąt.

Oporny uśmiech przedarł się przez jej pełną irytacji namiętność.

– Daj sobie spokój, Thea. Idź lepiej posprzątać brudne gazety, a potem zobaczymy, czy dasz radę sama zanieść na górę szczeniaki.

Rozdział piętnasty

Dwa dni później Ben zadzwonił. Rozmawiał tak, jakby nic nigdy między nimi nie zaszło.

– Jak twoja kostka?

– Dobrze. Udało mi się dojechać do domu, i z dnia na dzień jest coraz lepiej.

– Świetnie. Dzwonię dlatego, że przez parę dni będę teraz jeździł na spotkania z klientami i tak się składa, że w miejsca, gdzie są szkoły plastyczne. Dobrze by było, gdybyś wybrała się ze mną i obejrzała wystawy dyplomowe. W niektórych uczelniach organizują je już teraz.

Och, być mężczyzną i potrafić tak łatwo poszufladkować swoje życie! To, co się prawie zdarzyło w Stroud, należało ewidentnie do działu „chwilowych zaburzeń" i leżało w lewej górnej szufladzie, zaraz obok „niańki" i „rachunków za gaz". Oglądanie z Theą wystaw dyplomowych kwalifikowało się zapewne jako „działalność dobroczynna" i przechowywane było w dolnym rzędzie w szufladzie na rogu. Czyli całkiem osobno.

Postanowiła podejść do sprawy asertywnie. Jeszcze nie doszła w tym do perfekcji, ale miała nadzieję, że przynajmniej przez telefon pójdzie jej dobrze.

– Nie mam niestety czasu włóczyć się teraz po kraju, by oglądać wystawy. Czeka mnie jeszcze praca nad podłogami w suterenie...

Usłyszała w słuchawce coś w rodzaju tłumionego chichotu.

– Raczej nie masz czasu na to, żeby nie jechać. Nie będziesz miała drugiej okazji, żeby w tak krótkim czasie obejrzeć tyle prac. Musisz już zacząć myśleć o kolejnej wystawie.

– Och, dobrze, przypuszczam, że masz rację. Ale nie przewidujesz chyba noclegów? Zresztą i w dzień nie mam co zrobić z Larą i szczeniakami...

– Może Molly zgodzi się nimi zająć?

– Pewnie tak... Zgodzi się, jeśli ty ją o to poprosisz – dodała szeptem, mając nadzieję, że usłyszy. – Chociaż nie przepada za psami. A szczeniaki strasznie rozrabiają.

– Porozmawiam z nią. Jeśli wyjaśnię jej, jakie to dla was ważne, na pewno się zgodzi.

No właśnie. W niektórych sprawach zachowywał się jak nieczuły brutal, a znów w innych był chodzącym ideałem.

Jednakże kiedy Molly zadzwoniła do niej później, aby uzgodnić szczegóły, Thea zaczęła się zastanawiać, co jej takiego, u licha, powiedział.

– Ale między tobą i Benem nic się nie dzieje, prawda? – spytała Molly.

Thei zaczęło się robić na przemian gorąco i zimno, a w końcu zapytała ostrożnie:

– „Nic", czyli...?

– Nie, to nieważne, po prostu kiedy zaczął o tobie mówić, zrobił się trochę... ożywiony.

– Zawsze się przecież tak zachowuje, nieprawda?

Dobrze, że tylko ożywiony. Z tego Molly niewiele mogła wywnioskować.

– Wiesz, nie wiem. Szczerze mówiąc, Thea, powinnaś uważać i starać się go nie drażnić. Naprawdę potrzebujemy jego kontaktów i rad.

– Jestem pewna, że ja nigdy nie...

– Nie twierdzę, że specjalnie. Ale on jest bardzo zorganizowany i opanowany, a ty...

– A ja nie? – pomogła jej Thea.

– Nie, ty jesteś ciepła i spontaniczna, i...

– Piękna? – ponownie podpowiedziała jej Thea.

Molly pominęła tę uwagę milczeniem.

– Ale nie jesteś w jego...

– Typie?

Taki brak pewności siebie był u Molly czymś niezwykłym. Zazwyczaj Thei nie udawało się dojść do słowa, a teraz praktycznie kończyła za nią każde zdanie.

– Hm...

– Rozumiem. Trochę się dziwiłam, dlaczego ładujesz mi na głowę wszystkich samotnych mężczyzn prócz własnego kuzyna.

– Thea! Ja nigdy...

– W porządku, tylko żartowałam.

– No dobrze. Próbowałam ci znaleźć miłego partnera, ale szczerze mówiąc, kiedy tu przyjechałaś, właśnie dobiegała końca sprawa rozwodowa Bena...

– A ja nie jestem w jego typie?

– Niezupełnie. Kiedy mieszkał z żoną, ich dom wyglądał tak, że po każdej wizycie czułam potrzebę natychmiastowego wezwania dobrego projektanta wnętrz.

Thea roześmiała się, odzyskując dobry humor. Molly miewała dokładnie takie same odczucia jak wszyscy, tylko inaczej je wyrażała. Ktoś inny na jej miejscu raczej poczułby się zmuszony kupić sobie wiaderko farby albo wyhaftować nowe poduszki.

– A po tym, jak jego pierwsza dziewczyna zaczęła matkować Toby'emu, co go bardzo zdenerwowało, w ogóle przestał się umawiać z kobietami, które przejawiają jakiekolwiek uczucia macierzyńskie. Albo noszą rozmiar większy niż trzydzieści cztery – dodała.

No, to mnie całkowicie wyklucza, noszę co najmniej czterdziestkę, a uczucia macierzyńskie aż we mnie kipią, chociaż nie mam własnych dzieci.

– Dość czczych pogaduszek – powiedziała do Molly. – Czy dasz radę przyjść i zająć się Larą i szczeniakami w te dni, kiedy będę poza domem?

– Oczywiście. Moja sprzątaczka to załatwi. Ona kocha psy i jest bardzo uczynna, więc na pewno chętnie popracuje kilka godzin ekstra.

Ben przyjechał po nią dwa dni później, o dziesiątej. Lał deszcz.

– Mam listę wystaw dyplomowych. Powinnaś zobaczyć tę w Winchesterze. Muszę tam odwiedzić dwóch klientów, więc podrzucę cię na uczelnię i sama się rozejrzysz.

W ten sposób jej postanowienie, że będzie w stosunku do niego bardzo rzeczowa, zostało złamane już przy powitaniu.

– Ale Ben, ja przecież w ogóle nie znam się na sztuce! Miałeś mi pomóc wybierać. Sam to powiedziałeś!

– Najwidoczniej ostatnio powiedziałem masę rzeczy, których wcale nie miałem zamiaru mówić.

Thea nie miała czasu teraz się zastanawiać nad tymi słowami.

– Na pewno obiecałeś, że mi pomożesz wybierać prace. Nie możesz mnie zawieść. Tu chodzi o galerię.

Ben w skupieniu przejechał przez skrzyżowanie.

– Na pewno nie sprawię ci zawodu, ale musisz się nauczyć wybierać według własnego gustu.

Thea po raz kolejny uświadomiła sobie, jakiego trudnego zadania się podjęła.

– Ale przecież może się zdarzyć, że wybiorę niewłaściwie i nic się nie sprzeda. O Boże! Po co ja wpadłam na ten idiotyczny pomysł otwierania galerii?

– A nie miało to czegoś wspólnego z Rorym? – Rzucił jej wymowne spojrzenie. – No, ale teraz doszłaś do wniosku, że należy ją poprowadzić trochę dłużej, chociażby po to, żeby uszczęśliwić Molly.

To iście męska cecha takie czepianie się słówek. Był przecież nastawiony do prac Rory'ego równie entuzjastycznie jak ona, a teraz sugeruje, że z jej strony było w tym coś osobistego.

– Nie robię tego tylko dla Rory'ego i to nie jest wyłącznie kaprys. Naprawdę chcę, żeby ta galeria się rozwijała, i to nie tylko ze

względu na Molly. – Kipiała w niej uraza za sugestię, że jej galeria
to tylko rozrywka dla niepracujących kobiet. – Ale jeśli kiedykolwiek
uznasz, że pomaganie nam sprawia ci zbyt wiele kłopotu, po prostu
powiedz. Doskonale poradzimy sobie bez ciebie.

Ben zmarszczył brwi.

– Nie zamierzałem dawać ci do zrozumienia, że nie chcę wam
pomagać. Chcę po prostu, żebyś nauczyła się sama oceniać dzieła
sztuki i nie musiała na nikim polegać.

Thea westchnęła.

– Też tego chcę. Tak, masz rację, muszę popełniać błędy i uczyć
się na nich. – I nie będę słuchać Molly, dodała w myślach.

– Wiesz co? Jak już wybierzesz to, co ci się spodoba – chociaż
uprzedzam, że wielu artystów nie zdołasz zainteresować swoją galerią, a inni z kolei nie będą chcieli się zgodzić nawet na minimalne
opłaty za wystawienie swoich prac – obejrzę pocztówki, slajdy czy
co tam zdobędziesz.

– Zamierzam sfotografować wszystko, co mi się spodoba, żeby
się potem nie okazało, że wybieram prace tylko jednego rodzaju.

Popatrzył na nią i uśmiechnął się. To był ten rzadki u niego,
cudowny uśmiech, który zmieniał go w zupełnie inną osobę.

– No to nie jesteś kompletną idiotką, prawda?

Postanowiła puścić tę uwagę mimo uszu. Znów powiedziałaby
coś, czego by potem żałowała.

Ben zostawił Theę na nieznanej ulicy w nieznanym mieście, in-
formując ją tylko, że uczelnia znajduje się zaraz za rogiem. Chciał
gdzieś zaparkować i ją tam zaprowadzić, ale mu nie pozwoliła. Żałowała tego teraz, przedzierając się przez tłum. W końcu znalazła
uczelnię, a dziewczyna w recepcji wręczyła jej mapkę, która miała
pomóc trafić na wystawę.

Trochę czasu zajęło jej pokonanie schodów i korytarza, ale w końcu znalazła się w samym sercu budynku: w wielkiej galerii pełnej
prac dyplomowych.

Nie było tu nikogo oprócz dwojga studentów pilnujących wystawy, którzy popatrzyli przelotnie na Theę, a potem wrócili do dyskusji o tym, czy film, który dostał ostatnio Oscara, jest rzeczywiście taki świetny.

Miło było wędrować po niemal pustej sali, choć w pierwszej chwili uznała, że nic jej się nie podoba. Zaczęła się poważnie martwić, że być może nie potrafi już cieszyć się sztuką, ponieważ teraz musiała ją lubić, gdy nagle, skręciwszy za róg, zobaczyła instalację, na widok której roześmiała się głośno.

To była kuchnia, z lodówką, kuchenką i mikrofalówką, tyle że wszystko zrobione zostało z różowego plastiku ozdobionego cekinami i sztuczną biżuterią. Koronkowe zasłonki zastępowały drzwiczki mikrofalówki, a palniki elektrycznej kuchenki wydawały się wykonane z papierowych serwetek, choć po sprawdzeniu okazało się, że to ceramika. Im dłużej patrzyła, tym więcej rzeczy ją zaskakiwało: czarne aksamitne rękawiczki do zmywania z pierścionkami na palcach, gąbka do zmywania z lureksu, plastikowa złota rybka pływająca w butelce – tylko że zamiast detergentu było w niej mydło glicerynowe w płynie – i kurki kuchenki z lukru. Chichotała sama do siebie, szukając w przewodniku informacji o twórcy tego cudeńka, kiedy pojawiła się przy niej wysoka, elegancka i wyjątkowo ładna dziewczyna.

– Czy to pani praca? – spytała Thea. – Jest fantastyczna! Chciałabym ją pokazać w mojej galerii.

Wysoka, elegancka i piękna dziewczyna rzuciła się jej na szyję.

Uradowana tym Thea obejrzała resztę wystawy, ale teraz zwracała uwagę wyłącznie na prace, które poruszą ją równie mocno, jak ta Kuchnia Barbie. Wszystko w jej galerii musi mieć w sobie pasję. Nawet jeśli dane dzieło nie będzie się jej szczególnie podobać, musi móc je podziwiać i czuć, że jest dobre.

Całą drogę powrotną przespała. W torbie miała pełno pocztówek z reprodukcjami oglądanych dzieł, wizytówek i adresów, a także trzy filmy ze zdjęciami z wystawy. Na tej jednej uczelni znalazła dużo więcej, niż było jej potrzeba, ale chciała mieć od razu szeroki wybór.

217

A spała nie tylko dlatego, że była bardzo zmęczona, ale i dlatego, że nie chciała rozmawiać z Benem o tym, co zobaczyła. Rano nalegała żeby z nią poszedł i wziął na siebie całą odpowiedzialność, a teraz równie mocno zależało jej na tym, żeby nie zdyskredytował jej wyboru. Dopiero jak obejrzy wszystkie wystawy, pokaże mu, co wybrała. A może nie pokaże.

Ben skomentował tę jej powściągliwość dopiero dwa dni później, kiedy pojechali na północ, do Leeds.

– Najpierw prosiłaś, żebym z tobą chodził i trzymał cię za rękę, a teraz nawet nie chcesz mi opowiedzieć, co widziałaś.

– Odkąd zrozumiałam, że masz rację i że powinnam sama podejmować decyzje, nie chcę, żeby czyjakolwiek opinia wpływała na mój osąd. – Przygryzła wargi i odwróciła głowę, żeby nie widział jej uśmiechu. Będzie miał nauczkę na przyszłość.

Na koniec zabrał ją do Kornwalii. Zanocował u Molly i przyjechał po nią bardzo wcześnie rano.

– Nie sądziłem, że będziesz już gotowa – stwierdził, kiedy zastał Theę uczesaną, umalowaną i pełną zapału. – Nie miałem pojęcia, że kobieta potrafi się ubrać w czasie krótszym niż dwie godziny.

Thea rzuciła mu spojrzenie pełne dezaprobaty.

– Nie znasz zbyt wielu prawdziwych kobiet, prawda? Byliśmy przecież razem w Irlandii. Być może zauważyłeś, jak niewiele czasu spędzałam tam w łazience?

– Tak, ale myślałem, że dlatego, by mogły korzystać z niej też Molly i Petal. Przepraszam za moje błędne założenie. – Popatrzył na nią przeciągle. – Dwie godziny czy dziesięć minut... wyglądasz uroczo.

Cóż, tak czy owak był to komplement, choć szkoda, że sprowadzał się tylko do słowa „uroczo". Nie mógł powiedzieć „zachwycająco" albo „olśniewająco" – albo coś bardziej seksownego? Później doszła do wniosku, że powiedział to z czystej uprzejmości i że w jego oczach nie dorasta pewnie nawet do takiego określenia.

Szkoda, że jego przygnębiająca powaga i powściągliwość, które doprowadzały ją do szału, nie czyniły go przy tym ani o włos mniej atrakcyjnym. Przeciwnie – za każdym razem, kiedy pozwoliła sobie na niego zerknąć, wydawał jej się bardziej przystojny.

Uczyniwszy pierwszy krok w świat sztuki, Thea zebrała całą teczkę telefonów, nazwisk i adresów, cudzych slajdów, własnych slajdów, katalogów i pocztówek. Postanowiła, że zacznie je przeglądać od razu po otwarciu wystawy Rory'ego, a może nawet wcześniej. A potem na wybranych autorów napuści Molly, która ich poinformuje, że mają szansę wystawić swoje prace w naprawdę cudownym miejscu, tyle że za drobną opłatą za ten przywilej.

Była bardzo wdzięczna Benowi za to, że zawiózł ją w te wszystkie miejsca.

– Byłoby mi naprawdę trudno dotrzeć tam na własną rękę, szczególnie teraz, kiedy mam tak mało czasu, więc proszę przyjmij to wino jako wyraz podziękowania. – Czując, że przemawia zupełnie jak na zebraniu, dodała: – Wybrał je Derek, więc powinno być dobre.

Ben wziął butelkę do rąk jakby to był odbezpieczony granat. Popatrzył na nią, ale jakby wcale jej nie widział. Milczał na tyle długo, że Thea zaczęła się poważnie zastanawiać, czy nie powinna wysiąść z samochodu i iść do domu. W końcu powiedział „dziękuję", ale zabrzmiało to tak, jakby miał na myśli coś zupełnie innego.

Tego wieczoru, dwa dni po ostatniej wyprawie, Thea postanowiła pójść wcześniej spać. Zaraz po kolacji. Wszyscy studenci wyjechali już na wakacje i na długo miała dom tylko dla siebie, chyba że któryś z nich dojdzie do wniosku, że strasznie tęskni za swoją dziewczyną albo że rodzina jest nie do zniesienia, i wróci wcześniej.

Właśnie zaczęła gotować jajka – była to z góry skazana na niepowodzenie próba przygotowania czegoś w rodzaju „porządnego posiłku" – kiedy zadzwonił telefon. Spojrzała na minutnik, a potem na aparat i cicho zaklęła. Pewnie to nawet nie do niej. Przeczekała kilka dzwonków i złamała się. Podniosła słuchawkę, jeszcze nim włączyła się automatyczna sekretarka. Najwyżej powie, żeby zadzwonili później. A jeśli to Rory? Oprócz tego pokrętnego telefonu z budki telefonicznej nie odezwał się do niej ani razu. Świetny opiekun dla szczeniąt! Nie przysłał im nawet jednej puszki psiego jedzenia! To, że zostawił jej psy na głowie, było wystarczająco paskudne; nie zamierzała przez niego jeść jajek ugotowanych na zbyt twardo.

Ale dzwonił Toby. Choć się przedstawił, przez chwilę nie mogła skojarzyć, do kogo należy ten wysoki i zdyszany głos. A kiedy skojarzyła, wpadła w panikę.

– Toby! Czy coś się stało? Jak się czujesz?

– Dobrze, nic mi nie jest. – Chwila milczenia. – Tata wyszedł. Mam opiekunkę. Oglądaliśmy filmy na wideo. – Kolejna przerwa. – Chciałem tylko porozmawiać.

– Jest dość późno, nie sądzisz?

– Przepraszam.

– Och, i tak dziś jest piątek. Oddzwonię, dobrze? Gotuję właśnie jajka, a nie znoszę, jak są zbyt twarde.

Obrała jajka ze skorupek i położyła je na tostach pokrojonych na małe kawałki, tak żeby móc jeść je jedną ręką. Wybierając numer Bena, czuła się jak konspirator, ponieważ była pewna, że wściekłby się, gdyby się dowiedział, że jego syn do niej zadzwonił. A biorąc pod uwagę to, co usłyszała od Molly o jego stosunku do kobiet usiłujących matkować Toby'emu, podejrzewała, że być może nawet wpadłby w szał. Był taki powściągliwy wobec niej pewnie również dlatego, że ona i Toby świetnie się razem bawili. I rozumieli. W przeciwieństwie do relacji między nią a Benem.

Toby długo nie podchodził do telefonu. Thea zaczęła już podejrzewać, że opiekunce wrócił rozsądek i posłała go do łóżka.

Włączyła się automatyczna sekretarka. Miała właśnie zamiar zostawić krótką wiadomość i rozłączyć się, kiedy Toby podniósł słuchawkę.

– O, cześć! – powiedział.

– To ja, Thea. Co mogę dla ciebie zrobić?

– Nic, chciałem tylko porozmawiać.

– O czym?

– Och... eee... o niczym.

– Nie powinieneś być w łóżku? Jestem pewna, że powinieneś.

– Trudno mi zasnąć, kiedy taty nie ma. Jest z kobietą.

Zabrzmiało to okropnie, zupełnie jakby chodziło o prostytutkę albo coś w tym rodzaju.

– Nie powinieneś mi mówić o takich sprawach, twój tata może nie chciałby, żebym o tym wiedziała. – I pomyślała sobie, że ona sama też nie chce nic wiedzieć o modelkach noszących ubrania numer trzydzieści sześć, z którymi prowadza się po Londynie. Szczególnie po tym, kiedy bez ogródek poinformował ją, że nie pragnie ani stałego związku, ani przelotnej przygody.

– Ale musiałem. Oglądaliśmy właśnie film, gdzie mały chłopiec dzwoni do radia i próbuje znaleźć żonę dla swojego taty.

– Znam go. – Serce Thei zamarło. Jak Ben się o tym dowie, opiekunka niewątpliwie straci pracę.

– I Donna powiedziała, że powinienem do ciebie zadzwonić.

– Nie, nie powinieneś. Możesz oczywiście dzwonić zawsze, kiedy będziesz chciał porozmawiać, ale nie wolno ci swatać taty.

– A co to znaczy?

– Że próbujesz łączyć ze sobą ludzi w pary. Twoja ciocia Molly próbuje mnie swatać, chociaż mnie to bardzo denerwuje. Ludzie sami chcą wybierać sobie przyjaciół. Ty też pewnie nie lubisz, jak ci się mówi: „Idź się pobawić z Tommym, to bardzo miły chłopiec i macie ze sobą dużo wspólnego".

– Nauczyciele ciągle tak mówią.

– Och! A to nie jest irytujące?

– Tak. Ale teraz to ważna sprawa. Bo tata wychodzi z kobietami, które sam wybiera, ale one są do dupy.

– Toby! – Tak, to ta opiekunka. Jak widać jeszcze nie dorosła do tej roli. Jak przez mgłę przypominała sobie opiekunkę w tym filmie, który oglądał Toby.

– Nie wybiera takich kobiet, jakie lubię.

– Dlaczego miałby to robić? Jest przecież panem samego siebie.

– Co?

– To znaczy, że może wychodzić, z kim chce. Ty ich nie musisz lubić.

– Muszę, jeśli któraś ma zostać moją macochą.

– Oczywiście, ale to coś zupełnie innego...

– A te kobiety, które wybiera, byłyby do dupy jako matki.

Thea, niepewna, w jaki sposób powinna zareagować, tylko odchrząknęła.

– Ale ty przecież masz mamę, Toby, i ona jest dla ciebie kimś wyjątkowym. Nikt, z kim chodzi czy nawet ożeni się twój tata, nie będzie dla ciebie taki dobry jak ona. – Thea była z siebie naprawdę dumna. Tych słów nie powstydziłby się redaktor rubryki porad rodzinnych.

– Ale moja mama nie jest dobra jako mama. To znaczy – dodał szybko, nim Thea zdążyła zaprotestować – nie piecze ciasta.

Thea schrupała kawałek tosta, żeby mieć czas przemyśleć odpowiedź.

– Bycie mamą to nie tylko pieczenie ciasta, ale i wiele innych rzeczy. Nawet ja o tym wiem.

– U nas w szkole są aukcje ciast. Chciałbym choć raz przynieść swoje.

– Nic nie stoi na przeszkodzie, żebyś sam je upiekł – powiedziała, zastanawiając się, co by o tym pomyślał Ben. – Mogę ci dać przepis. A jeśli Ben nie lubi bałaganu, możesz je upiec, jak następnym razem zostawi cię z opiekunką, pod warunkiem że ona lubi gotować. – Byłoby to dużo rozsądniejsze niż oglądanie z dzieckiem sentymentalnych filmów i uczenie go brzydkich wyrazów, dodała w myślach.

– Ale nie chodzi tylko o ciasto. Nie ma jej w domu, jak wracam ze szkoły. Mama mojego kolegi zawsze jest w domu, i to jest fajne!

– Na pewno, ale bardzo wiele matek pracuje. Muszą...

– Chcę, żebyś była moją mamą... macochą.

Thea nie mogła się zdecydować, czy powinna być teraz zła, współczująca czy smutna. Spróbowała czegoś pośredniego.

– Toby!

– Kiedy naprawdę jesteś fajna! Chcę mieć mamę, która gotuje.

Bardziej by jej pochlebiało, gdyby Toby stwierdził, że chce mieć mamę, która jest prawdziwym symbolem seksu, ale przypuszczała, że wtedy wszystko by się jeszcze bardziej skomplikowało.

– Ale ja nie zawsze gotuję – wyjaśniła. – Bardzo często tylko jajka. – Sięgnęła po kolejny kawałek tostu. – A każdy chłopiec chciałby mieć piękną matkę, która ma ciekawą pracę i zabiera go w interesujące miejsca... – Ponieważ bardzo niewiele wiedziała o matce Toby'ego, było jej ciężko podkreślać jej zalety, ale starała się, jak mogła.

– Ale ja chcę mieć taką prawdziwą mamę!

W jego głosie można było wyczuć irytację.

– Nie możesz być taki zachłanny. A poza tym, gdybym była twoją macochą, wcale nie polegałoby to tylko na robieniu pizzy i pieczeniu ciasta. Zwykle byłoby to coś w rodzaju „odrób lekcje" i „umyłeś zęby?". Niewiele wiem o wychowaniu dzieci, ale czasami oglądam *Sąsiadów* w telewizji. – Po czym, próbując odwrócić jego uwagę, zapytała: – A co to znaczy, jak mówią „jesteś uziemiony"?

– To znaczy, że nie możesz wyjść.

– No sam widzisz. Byłabym właśnie taką macochą, bo uczyłabym się z australijskich oper mydlanych.

– Dlaczego one się tak nazywają?

– To długa historia. Dawno, dawno temu, w Ameryce...

Ale Toby stracił zainteresowanie tematem. Thea usłyszała w tle stłumioną rozmowę. Pewnie opiekunka wreszcie zajęła się swoimi obowiązkami i zamierzała położyć go do łóżka.

– Donna mówi – powiedział w końcu Toby do słuchawki – że najważniejsze jest, czy ty lubisz mojego tatę.

Thea miała dość. Cały czas starała się, jak mogła, i miała nadzieję, że Toby jej nie rozszyfrował. Westchnęła.

– Tak, Toby. Lubię twojego tatę. To bardzo miły i uprzejmy człowiek, który bardzo mi pomógł. – Z nadzieją, że zabrzmiało to w miarę obojętnie, zamierzała zakończyć rozmowę, ale usłyszała kolejne szepty.

– Ale czy ty go lubisz „w ten sposób"?

– Naprawdę nie wiem, o co ci chodzi. Jest już późno i uważam, że powinieneś iść spać. – Chciała, żeby zabrzmiało to na tyle po macoszemu, żeby Toby zastanowił się, czy naprawdę chce jej w tej roli. – A teraz dobranoc. Och, i…

– Tak?

Był chyba urażony i Thea poczuła się naprawdę okropnie.

– Nie mów tacie o naszej rozmowie. Nie sądzę, żeby był z niej zadowolony.

Nie był. I wcale nie pomógł tu fakt, że całość nagrała się na automatycznej sekretarce. Kiedy zadzwonił do Thei następnego wieczoru, był po prostu wściekły.

– Dlaczego zachęcasz Toby'ego do nonsensownych rozmów o tobie w roli macochy?

– Wybacz, ale wcale go nie zachęcałam. Dałam mu jasno do zrozumienia, że chociaż spędziliśmy razem bardzo miły wieczór, na co dzień wcale by tak nie było.

– A nie przyszło ci do głowy, że w ogóle nie powinnaś z nim o tym rozmawiać?

– Tak. Nie. – Thea gwałtownie zaczerpnęła tchu. – Sam powiedz, co miałam zrobić? Toby chciał ze mną porozmawiać. Na początku nie wiedziałam o czym, a kiedy to odkryłam, próbowałam go zniechęcić, a może wyjaśnić... – urwała, mając świadomość, że on przed chwilą przesłuchał całą rozmowę, której szczegóły jej zdążyły się już zatrzeć w pamięci.

– W ogóle nie powinnaś była dopuścić, by o tym mówił!

Ben był naprawdę wściekły. Thea miała ochotę zwrócić mu uwagę na opiekunkę i film na wideo, ale jeśli przesłuchał całe nagranie, już o tym wiedział. Nie chciała wpędzać dziewczyny w dodatkowe kłopoty. Z drugiej strony za diabła go nie przeprosi – to nie ona zadzwoniła do Toby'ego!

– Robiłam, co mogłam.

– Czyli również namawiałaś mojego syna, żeby mnie oszukał?

– Nigdy nie...

– Oczywiście że tak, mam to wyraźnie na taśmie. „Nie mów tacie o naszej rozmowie. Nie sądzę, żeby był z niej zadowolony".

– No i miałam rację, nieprawdaż?

Rzuciła słuchawkę. Jutro rano musiała być wcześnie w galerii, bo zakładali telefon. Spróbowała poprawić sobie nastrój kieliszkiem wina, uronieniem kilku łez i czekoladowymi herbatnikami, ale wcale jej to nie pomogło.

Kiedy czekała na instalatora, zabrała się do zrywania wykładziny w pokoju na dole, chociaż wcześniej zrezygnowała z tego pomysłu. Obecność szczeniąt nawet wtedy, kiedy ich tu nie było, dawała o sobie znać. Jakoś nie uważała, żeby zapach psiego moczu był czymś odpowiednim dla nowo otwartej galerii.

Zerwała już połowę wykładziny i właśnie zastanawiała się, czy zdoła ją upchnąć w samochodzie, żeby zawieźć na wysypisko, kiedy z góry zawołała do niej Petal.

– Hej, jesteś tam? Przywiozłam Dave'a, żeby się tu rozejrzał. Jest na trzecim roku i chciałby wziąć udział w twojej przyszłorocznej wystawie absolwentów.

Och ci młodzi! Tacy pewni siebie! Thea niczego nie była pewna, jeśli chodzi o przyszły rok, no może oprócz Gwiazdki.

– Jak miło.

– I jest tu też człowiek od telefonu. I przywiozłam ci z domu list. Od Rory'ego.

Thea zostawiła wykładzinę i pobiegła na górę. Wyrwała Petal w przelocie list i przywitała się z instalatorem.

Kiedy już zdobyła dostateczną wiedzę na temat przełącznic i dodatkowych numerów, a Petal zrobiła dla wszystkich herbatę (pewnie wolałaby ją zrobić tylko dla siebie i Dave'a, ale uniemożliwiło jej to dobre wychowanie), Thea otworzyła list. Wypadł z niego czek.

– Kurwa! – zaklęła. – Kurwa! Kurwa! – Och, przepraszam, ale to okropne. Skurwysyn – przepraszam Petal – Rory!

– Co? Co się stało? – Petal zaniepokoiła się nie na żarty, bo Thea prawie nigdy nie przeklinała.

– Po prostu nie mogę uwierzyć! Przeczytam ci!

Kochana Theo!
Przykro mi, jeśli Cię to rozczaruje, ale postanowiłem, że najpierw pokażę swoje prace w Londynie. Znalazłem galerię, która jest poważnie zainteresowana wystawą, i nawet dali mi zaliczkę. Załączam czek i będę ci wdzięczny, jeśli jak najszybciej wyślesz moje obrazy na ten adres.

– To jest adres domowy, więc nawet nie wiem, co to za galeria, jeszcze do tego jak się spieszy! Zapomniał chyba, że jest mi winien pieniądze za oprawę! To nie do przyjęcia!

– Czy to znaczy, że wystawy nie będzie?

– Dokładnie. Ponieważ sku... cholerny Rory postanowił najpierw wystawić obrazy w Londynie, chociaż obiecał mi... – Tu przypomniała sobie, że obietnica została na nim raczej wymuszona i że cały czas się obawiała, że Rory się nagle wycofa. – Chciałabym

226

wiedzieć – ciągnęła nieco spokojniej – jak zdołał sobą zainteresować jakąś galerię, skoro nie miał nawet slajdów.

– Przecież miał! – Petal była zaskoczona. – Sama mu je wysłałam.

– Co zrobiłaś?!

– Zadzwonił kiedyś – nie pamiętam kiedy – i powiedział, że miałaś mu je wysłać, ale nic nie dostał, więc pewnie zapomniałaś.

– Zapomniałam specjalnie! Nie chciałam, żeby je dostał!

– Och, ale ja o tym nie wiedziałam! Myślałam, że wam pomagam, dlatego mu je wysłałam. W końcu były na nich jego obrazy, prawda?

– Ale to były moje slajdy! Bogu dzięki, że mam kopie. Dlaczego mi nic nie powiedziałaś?

– Bo zapomniałam. – Broda Petal zaczęła drżeć niebezpiecznie. – Nie wiedziałam, że źle robię. Myślałam, że to przysługa. Powiedział, że mu obiecałaś.

Thea mgliście przypomniała sobie jakąś rozmowę na temat wysłania slajdów, jak wrócą z drukarni, ale nigdy nie zamierzała tego zrobić naprawdę. Oprócz Lary, na której wyraźnie mu nie zależało, były jej jedynym atutem. A teraz przepadły.

– W porządku, Petal, to nie twoja wina. Powinnam ci była powiedzieć, że nie chcę dawać Rory'emu slajdów.

– Ale czemu? – zdziwił się Dave.

– Ponieważ chciałam tu pokazać jego prace jako pierwsza. Póki nikt w Londynie nie wiedział, jaki jest dobry, bo mógł na to dać wyłącznie swoje słowo, miałam większe szanse na tę wystawę.

– Czyli wszystko odwołujemy? – spytała Petal. – To już koniec z galerią, tak?

Thea z trudem się powstrzymała, żeby w nią czymś nie rzucić.

– Nie, nadal zamierzam ją otworzyć. Nie po to włożyłam w to tyle swojego wysiłku i pieniędzy Molly, żeby teraz zrezygnować. A co więcej, prace Rory'ego zostaną tu wystawione zgodnie z planem.

– Ale skoro zamierza je pokazać w Londynie… – zaczął Dave.

– To, czego on chce, jest mało ważne.

– Jak go zamierzasz powstrzymać?

– Mam jego obrazy. Jeśli chce je z powrotem, musi sam po nie przyjechać.

– Przecież dostałaś pieniądze na przesyłkę? Nie możesz ich zatrzymać tak po prostu!

– Owszem, mogę. – Popatrzyła na czek. – Jest mi winien dużo więcej.

– No to co zamierzasz zrobić? – Petal była wyraźnie zaskoczona.

– Zamierzam pojechać do Londynu i zająć się Rorym osobiście.

Rozdział szesnasty

Petal z lekkim podziwem w głosie powiedziała Molly o tym, że Thea zamierza pojechać do Londynu. Molly popatrzyła na Theę, szukając potwierdzenia tego szaleńczego pomysłu.

– Co masz zamiar zrobić?

– Pojechać do Londynu i odszukać Rory'ego. Nie mogę tu po prostu siedzieć i nawet nie próbować wpłynąć na zmianę jego decyzji.

– Siedzieć? Tutaj? Mało prawdopodobne! Nadal nie wiadomo, co zrobić z podłogą w suterenie, a już teraz widać, że na górze będzie na wystawę za mało miejsca.

– Jeśli nie będziemy mogły wystawić prac Rory'ego, problem podłogi w suterenie przestanie istnieć. A wystawę absolwentów możemy zrobić dopiero w sierpniu.

Cisza, jaka zapadła po tych słowach, uświadomiła Thei, że Molly dopiero teraz pojęła, co oznacza dla nich ucieczka Rory'ego.

– Och, motyla noga – mruknęła wreszcie Molly.

– Dokładnie – przytaknęła Thea, choć jej własne przekleństwa trwały dużo dłużej i z pewnością nie były takie eleganckie.

– Molly, kochanie, będę musiała zostawić ci całą galerię na głowie. Ale tylko na kilka dni. Poradzisz sobie?

– Oczywiście.

Thea zdążyła zauważyć, że Molly bardzo polubiła samodzielność w pracy. Miała nadzieję, że władza nie uderzy jej za bardzo do głowy.

– Pozostaje jedynie problem, co zrobić z Larą i szczeniakami.

Molly i Petal zrobiły krok do tyłu. Petal potrafiła pół dnia bawić się z psami, ale znikała jak sen za każdym razem, kiedy trzeba im było zmienić gazety.

– Ja jadę do domu – powiedziała teraz szybko. – Mama strasznie naciska. Nie rozumie, dlaczego jeszcze nie wróciłam.

– A może mógłby ten... – Thea spróbowała bezskutecznie przypomnieć sobie imię obecnego chłopaka Petal – twój przyjaciel mieć na nie oko? – To był miejscowy chłopak i właśnie dlatego Petal nie wyjechała jeszcze na wakacje.

– Och, nie. Wybiera się ze mną.

Thea przez chwilę zmagała się z zamiarem rozszarpania zdrajcy na kawałki. Podrzucając jej Larę i szczeniaki, Rory nie tylko wywalczył sobie możliwość ucieczki do Londynu, ale również uniemożliwił jej pogoń.

– Ale przecież nie jedziesz na długo, prawda? Jestem pewna, że pani Jones, moja sprzątaczka, nie miałaby nic przeciwko temu, żeby wpaść...

– Ale nie chodzi tylko o karmienie. Potrzebują zabawy i towarzystwa, nie mogą siedzieć w domu same dzień i noc. To by było okrutne. Jak myślicie, czy Towarzystwo Opieki nad Zwierzętami organizuje coś takiego jak opieka na miejscu?

Molly i Petal wyglądały na speszone. Thea zawsze była dla nich do pewnego stopnia zagadką, a teraz już zupełnie nie rozumiały, o czym mówi.

– No wiecie, jak ktoś ma niepełnosprawne dziecko albo opiekuje się starszym krewnym, i musi wyjechać, może załatwić, żeby ktoś zamieszkał u niego w domu na dwa tygodnie. To się nazywa czasowa opieka na miejscu. I coś takiego jest mi teraz potrzebne dla Lary i szczeniąt.

Molly i Petal wymieniły pełne niepokoju spojrzenia. Thea najwyraźniej straciła głowę.

– Zostaw to mnie – odezwała się w końcu Molly. – Coś wymyślę.

– Naprawdę, laleczko? Będę ci strasznie wdzięczna.

– Pod warunkiem że nie będziesz mnie więcej nazywać laleczką. To mi się zawsze kojarzy z dziewczyną gangstera.

Thea była pewna, że Molly kogoś zaszantażuje albo sterroryzuje żeby zaopiekował się Larą i szczeniętami, zadzwoniła zatem do swojej przyjaciółki Magenty, której nie widziała od czasu wyjazdu z Londynu i z którą rozmawiała bardzo rzadko.

Po wielu pytaniach z serii „czemu się nie odzywałaś?" i zwalaniu winy na zajęcia zawodowe Thea przeszła do sedna sprawy.

– Czy mogę przyjechać i pomieszkać u ciebie kilka dni? Zniknął gwiazdor wystawy, którą mu tutaj organizuję, i obawiam się, że jakimś cudem znalazł sobie lepszą galerię.

– Lepszą niż galeria w... w tym zabitym dechami miasteczku, gdzie się ukrywasz? Niemożliwe.

– Magenta, ja przecież wcale nie uciekłam, a moja galeria nie jest w zabitym...

– Dobra, dobra, nie bądź taka drażliwa. Oczywiście że możesz do mnie przyjechać. Obejdziemy razem popularne galerie i dowiemy się wszystkich plotek. Szybko go wytropimy.

– Dzięki. Jesteś wielka! Zadzwonię z pociągu, żebyś wiedziała, o której się mnie spodziewać, i przyjadę z dworca taksówką.

Thea przeszukiwała szafę, próbując wybrać najmniej zniszczone rzeczy, kiedy zadzwoniła Molly z wiadomością, że udało się jej zapewnić szczeniętom doskonałą opiekę.

– No, prawie doskonałą. To dwóch młodych mężczyzn.

– Co?

– Opiekunowie zwierząt – wyjaśniła. – Przyjeżdżają do domu i zajmują się zwierzętami, podlewają kwiatki i tak dalej. Ci dwaj najwyraźniej lubią to robić razem. – Króciutka przerwa. – Nie śmiałam ich zapytać, czy są gejami. To nie byłoby chyba właściwe, prawda?

– Prawda. Ani istotne, ponieważ i tak zatrudnienie ich nie wchodzi w grę. Kosztowałoby fortunę.

– Nie obraź się, ale ja zapłacę. To jedyne rozsądne wyjście. Nie znajdziesz przecież nikogo innego.

Thea westchnęła.

– Wiem, że to niełatwe. Łamałam sobie nad tym głowę i nic nie wymyśliłam.

– No to załatwione. Firma rygorystycznie kontroluje pracę swoich ludzi, więc na pewno psy będą w dobrych rękach.

– Tylko czy ci dwaj wiedzą, czego się podejmują.

– O, tak! Najwyraźniej mają doświadczenie ze szczeniakami i dużymi psami. Właśnie stracili niemieckiego doga i na pewno pokochają Larę. Będzie dobrze. – Molly była z siebie zadowolona jeszcze bardziej niż zwykle.

– Niezupełnie.

– Dlaczego? Twoje psy mają zapewnioną opiekę pierwszej klasy. To w czym jeszcze problem?

– Bo to znaczy, że będę musiała posprzątać w domu. Gdyby w grę wchodził jakiś student, po prostu bym się spakowała i pojechała.

Zapanowała chwila ciszy. Molly uznała zapewne, że to dobra wiadomość, ale miała dość taktu, żeby nie powiedzieć tego głośno.

– Hm… Sama musisz przyznać, że trochę porządków by się w twoim domu przydało.

Thea nic nie powiedziała, ale wewnątrz zagotowała się ze złości. W tym momencie miała ochotę zerwać wszelkie kontakty ze swoją przyjaciółką. Opanowała się z trudem.

– Byłam ostatnio bardzo zajęta. A poza tym czego oczekujesz? Przy całej kupie szczeniąt w domu? I należy to rozumieć dosłownie!

– Ale przecież szczeniaki nie wchodzą do sypialni, prawda?

Thea przez kilka minut wprost trzęsła się ze złości. Tylko Molly mogła ją wpakować w sprzątanie akurat wtedy, kiedy chciała jak najprędzej znaleźć się w Londynie i ratować galerię. Zdecydowała, że na porządki poświęci nie więcej niż godzinę. A tam, gdzie w tym czasie nie zdąży posprzątać, po prostu zostanie bałagan.

Ustawiła sobie minutnik i zaczęła krążyć po domu z odkurzaczem, utykając różne rzeczy pod poduszkami i nakrywając obrusami pudła. Minutnik zadzwonił akurat w chwili, kiedy zapchała odkurzacz, próbując nim wciągnąć skarpetkę.

– No trudno – stwierdziła, wyłączając to cholerne urządzenie i wkopując je do szafy pod schodami. – Jeśli zechcą odkurzać, najpierw będą musieli go przepchać.

Z konieczności pakowała się w pośpiechu, choć zdecydowanie wolałaby być jedną z tych kobiet, które przed podróżą pakują ubrania od Armaniego do walizek od Louisa Vuittona. I choć się spieszyła, i tak miała mnóstwo czasu, żeby pożałować ubrań rozdanych przed wyjazdem z Londynu. Chociażby tych czarnych spodni z dzianiny, które były eleganckie, a równocześnie dawały jej pełną swobodę ruchów.

Uznawszy, że i Petal może się czasami okazać przydatna, zwłaszcza kiedy jej nie ma, weszła do jej pokoju i pogrzebała w reklamówce z ubraniami do wyrzucenia. Znalazła tam parę interesujących sportowych butów. Wygodne buty to podstawa, jeśli zamierzała przez kilka dni włóczyć się po galeriach, a buty Petal, odwrotnie niż jej własne, miały jeszcze i tę zaletę, że nigdy nie były używane do czegoś bardziej wyczerpującego niż zakupy, które ich właścicielka robiła zawsze w wielkim skupieniu i bez pośpiechu. Zresztą sportowe buty były jedyną rzeczą Petal, która nie była na Theę za ciasna.

Kiedy już się spakowała, zaczęła się wahać, czy zabrać ze sobą materiały przygotowane na wystawę absolwentów. Dobrze byłoby podyskutować o nich z Magentą, która miała dobre oko i dużo lepsze rozeznanie, co jest teraz modne czy popularne.

Położywszy teczkę na swoich świeżo wyprasowanych ubraniach, myślała o Benie. Ciekawe, co by sądził o tym filmie, w którym ona sama z miejsca się zakochała.

Film wideo przedstawiał dużą kępkę wierzbówki kiprzycy, której nasiona mają postać jedwabistych kłaczków. Od czasu do czasu wiatr unosił je wysoko w powietrze, gdzie zaczynały wirować, skrząc się w słońcu. Ale zapewne coś takiego było teraz zupełnie nie na czasie.

Molly bardzo kręciła nosem na ten film.

– Kto to kupi? – spytała rozsądnie, kiedy Thea zaniosła jej kasetę i pokazała, co na niej jest.

– Nikt. Ale może ktoś dostrzeże talent któregoś z nich, może któryś dostanie jakąś nagrodę. Ta galeria ma służyć nie tylko do zarabiania pieniędzy, wiesz.

– Czyżby? – mruknęła Molly. Zupełnie jak Petal.

Obaj psi opiekunowie byli czarujący. Wyrazili podziw dla oryginalności wnętrza, nie przeszkadzały im widoczne w całym domu ślady obecności studentów i natychmiast zakochali się w Larze i jej szczeniakach. Wymienili między sobą porozumiewawcze spojrzenia.

– Wiem, że to szalony pomysł, ale może któryś z nich mógłby wypełnić pustkę po naszym Lorenzo? To był nasz dog niemiecki.

– Jest trochę za wcześnie myśleć o przywiązywaniu się do innego psa, ale nigdy nie wiadomo – dodał drugi.

– Cóż, jeśli dogadacie się ze szczeniakami i zdecydujecie, że chcecie któregoś wziąć... – nie dokończyła. – Nie będzie łatwo znaleźć domy dla mieszańców tej wielkości. Tego najmniejszego zamierzam zatrzymać dla siebie.

– Nigdy przedtem nie mieliśmy mieszańca. Hodowaliśmy i wystawialiśmy dogi, ale one tak szybko odchodzą, że serce się kraje.

Thea spojrzała na kuchenny zegar.

– Czy macie jeszcze jakieś pytania? Pralka działa, o ile nie wrzuca się do środka drobnych monet. Poza tym będziecie mieli masę ciepłej wody, a telewizor też działa, tylko nie odbiera Channel 5.

– Nie martw się o Channel 5, kochana. I tak wolimy zapachy od Calvina Kleina.

Po chwili zaskoczenia Thea zaczęła się śmiać.

– I macie tu telefon do Molly, gdyby coś się stało.

– Molly? A, ta czarująca kobieta. Przyszła do nas i przeprowadziła rozmowę kwalifikacyjną. Chociaż chyba nie lubi psów tak jak my. Szalenie elegancka osoba.

Thea zostawiła ich na podłodze w kuchni, gdzie nawiązywali przyjaźń ze szczeniakami, ciesząc się w duchu, że jej podopieczni znaleźli się w tak dobrych rękach, a ponadto zachwycona myślą o Molly w roli idolki gejów.

Już w pociągu, wyzłościwszy się na siebie porządnie za zostawienie komórki w domu, zaczęła czuć podniecenie związane z podróżą do Londynu. Rzadko tam jeździła od czasu przeprowadzki i chociaż była wściekła na Rory'ego za jego zdradę, wiedziała, że nigdy nie pozwoliłaby sobie na wyjazd w takim momencie bez naprawdę ważnego powodu. Myśl o krótkiej ucieczce od stresu związanego z galerią, szczeniakami i komplikacjami uczuciowymi wprawiła ją w iście wakacyjny nastrój, jakiego nie miała już od dawna. Była to również dobra okazja, żeby nadrobić niedostatek snu.

Magenta czekała na nią na peronie.

– Kochana! Nie musiałaś po mnie wychodzić, wzięłabym taksówkę. Albo pojechałabym metrem...

– Serce, od dawna nie byłaś w Londynie, prawda? Zapomniałaś o kłopotach z północną linią metra? A poza tym czemu nie zadzwoniłaś?

Ignorując protesty i obiekcje Thei, Magenta zapakowała ją do taksówki. Obie rozsiadły się wygodnie na skórzanych siedzeniach.

– A teraz zdecyduj, czy wolisz się skupić wyłącznie na odnalezieniu Rory'ego, czy też chcesz obejrzeć również jakieś wystawy – powiedziała Magenta. – Nie miałaś chyba zbyt wiele czasu na przygotowanie koncepcji swojej galerii, prawda? Może powinnaś zobaczyć, co robią inni?

To była kusząca propozycja. Thea musiała koniecznie odnaleźć Rory'ego, ale byłoby głupotą poświęcenie całego pobytu w Londynie wyłącznie na bieganie po najmodniejszych galeriach w poszukiwaniu tego niewdzięcznika. Byłoby miło obejrzeć również parę obrazów.

– Coś ci powiem – powiedziała Magenta, szukając drobnych w torebce. – Nie będziemy się włóczyć po wszystkich londyńskich galeriach, bo to nie miałoby sensu, ale zaprowadzę cię w kilka interesujących miejsc, naprawdę liczących się w świecie artystycznym, choć jest mało prawdopodobne, że akurat tam znajdziesz Rory'ego.

Łatwo było zdać się na Magentę.

Co jest we mnie takiego, zastanawiała się Thea, że ludzie chcą za mnie decydować? Magenta, Molly i Petal...

– W porządku – odparła.

– To dobrze, że się zgadzasz na mój plan. Mam naprawdę wspaniałe pomysły, zobaczysz. Zabrałaś jakieś wygodne buty?

Niewiele czasu zajęło Thei przebranie się w sportowe buty Petal, przeczesanie włosów i pochłonięcie pół litra gazowanej wody, więc zaledwie pół godziny później wsiadły do kolejnej taksówki. Thea zaczęła protestować, wyjaśniając, że żyje teraz głównie na kredyt, ale Magenta zupełnie się tym nie przejęła.

– Ja teraz jestem w pracy. I odliczę sobie taksówki od podatku.

– A co teraz robisz?

– Jak to? Przecież właśnie prowadzę wykład w ramach intensywnego kursu sztuki współczesnej! A myślałaś, że co?

Magenta faktycznie dobrze się orientowała w londyńskim środowisku artystycznym. Wiedziała o wszystkich nowych wystawach i galeriach, a także znała chyba osobiście wszystkich ważnych ludzi.

– Gdybym wiedziała, że jesteś taka oblatana w sztuce, zanudzałabym cię pytaniami już od chwili, kiedy wpadłam na pomysł otworzenia galerii!

– Dopiero teraz się dowiedziałam, że otwierasz galerię. Myślałam, że dalej matkujesz studentom.

– Nadal to robię.

– I jesteś zbyt zajęta, żeby dzwonić do starych przyjaciół. Ale może to i dobrze. Gdybyś zdobyła większą wiedzę na temat tego, co robisz, mogłabyś stchórzyć. I nie byłoby cię stać na własne, oryginalne pomysły. Pewnie nawet bym do ciebie pojechała i sama się wszystkim zajęła.

– Chociaż nienawidzisz prowincji?

– Och, tak, rzeczywiście. Zapomniałam.

Kiedy znów spoważniały, Thea zapytała:

– A jeśli moje pomysły wcale nie są oryginalne? Kiedy zaczynałam, miałam tylko wspaniały lokal i Rory'ego. A teraz nie mam już Rory'ego, tylko masę białych ścian i polakierowaną podłogę.

– Bzdury. Przywiozłaś swoje portfolio?

– Jeśli masz na myśli teczkę z pocztówkami, slajdy obrazów Rory'ego, które ci pokazałam, kilka folderów oraz kontrowersyjny film wideo, to tak. Ale zostawiłam wszystko u ciebie w mieszkaniu.

– Dobrze. Mam przyjaciela, któremu będziesz to mogła jutro pokazać. Jeśli on to uzna za dobre, to znaczy, że jest dobre.

Thea spuściła głowę i zaczęła się przyglądać butom Petal.

– Też myślałam, że mam takiego przyjaciela.

– Ale okazało się, że już nie masz?

Choć Thea rozmyślnie ukryła twarz przed Magentą, musiała się zdradzić tonem głosu.

– Cóż, myślę, że nadal jest moim przyjacielem. Był naprawdę wspaniały. Bardzo pomocny.

– Ale oczekiwałaś czegoś więcej niż przyjaźni, prawda?

– Uhm.

– Opowiedz mi o nim. Mamy chwilę, nim dojedziemy do numeru pięćset sześć. To blisko katedry.

– Nie ma o czym opowiadać. Uważa mnie za idiotkę.

– Gdzie go poznałaś?

Ponieważ nie miała z kim rozmawiać o Benie, dała się naciągnąć Magencie na zwierzenia.

– We własnej kuchni. Stałam wtedy w koszu na śmieci. To chyba nadało kierunek całej naszej znajomości.

– A kiedy się w nim zakochałaś?

– Cóż, wtedy sobie tego jeszcze nie uświadamiałam, ale chyba w chwili, kiedy na moich oczach przyjął psi poród.

– Thea! Nigdy w życiu już cię nie zostawię samej sobie! Coś ty robiła?

– Mniej, niż bym chciała.

– Przykro mi to mówić – Thea zdjęła buty i chłodziła stopy o zimną, kamienną podłogę – ale mam już dość galerii. Ile obejrzałyśmy?

– Tylko sześć i obawiam się, że do dwóch ostatnich będziesz musiała pójść sama. Mam wizytę u fryzjera.

– Szczęściara. Nie mogę iść z tobą? Obejrzałam już tyle dzieł sztuki i tyle galerii, a nigdzie ani śladu Rory'ego. – Thea czuła się bardzo zmęczona. Była na skraju depresji. – Lepiej chyba zapomnieć o nim całkowicie i przygotować raczej wystawę prac absolwentów.

– Nie wolno ci się poddawać! Teraz ciekawi mnie ten facet, jak tyle mi o nim opowiedziałaś. I chociaż tylko zerknęłam na te slajdy, jego obrazy naprawdę zrobiły na mnie wrażenie.

– Hm… A wyobraź je sobie w dwudziestokrotnym powiększeniu. Ale ja mam już dość.

– Wiem. Dla relaksu obejrzymy zbiory Wallace'ów.

Po obejrzeniu tylu współczesnych dzieł sztuki – z których wiele uznała za niezwykle ciekawe, choć przy większości raczej zastanawiała się, co mogą przedstawiać – zbiory Wallace'ów okazały się oazą spokoju. Zdawało się, że czas się tu zatrzymał na wieki, a Thea miała ochotę zostać tu równie długo.

– Zapomniałam, że jest tu tyle obrazów starych mistrzów – wyszeptała do Magenty.

– Są również w Muzeum Narodowym i w Galerii Tate'a, ale tam nie można po prostu wpaść i popatrzeć.

Thea bardzo długo stała przed każdym obrazem, podziwiając futra, w które niemalże można było zanurzyć palce, aksamity tak miękkie

238

i gęste, że aż chciało się nimi owinąć, a także perły bardziej prawdziwe niż te, które kiedykolwiek zdarzyło się jej nosić.

– Czy ludzie nadal potrafią tak malować? – szepnęła do Magenty. – Nic z tego, co oglądałyśmy dzisiaj, na to nie wskazuje. Być może jest to umiejętność, która uległa zatraceniu.

– Ze slajdów wnoszę, że Rory to potrafi.

Thea odwróciła się do przyjaciółki.

– Masz rację. Myślałam, że to jest kwestia tematu, krajobrazy tak jasne i żywe, że wyglądają jak słońce w zimie po całych miesiącach mgły i deszczu. Ale to chyba jego warsztat sprawia, że tak wyglądają.

Wróciła myślą do chwili, kiedy po raz pierwszy wyciągnęła obrazy z szopy na irlandzkim wzgórzu i dokładnie je obejrzała. Wtedy czuła takie same jak dziś dreszczyki podniecenia, które unosiły jej włoski na karku. Nie, nie podda się, to właśnie ona powinna pokazać jego prace światu. Zasłużyła sobie na to.

Rozdział siedemnasty

Thea poczuła ulgę, kiedy Magenta zostawiła ją wreszcie i poszła do fryzjera. Chciała sama, jak zwyczajny zwiedzający, obejrzeć ostatnią galerię zaplanowaną na ten dzień. Później będzie mogła zadawać pytania.

Znalazła galerię stosunkowo łatwo, w bocznej uliczce na tyłach Harrodsa. Z zewnątrz wyglądała na dużo za małą na wystawianie prac Rory'ego, ale Magenta twierdziła, że jej kustosz to nie tylko ważna, ale i dobrze poinformowana osoba.

W środku było dużo przestrzeni i cudownie chłodno po londyńskim kurzu i upale. Robiło się coraz bardziej gorąco i wilgotno – należało chyba spodziewać się burzy. Thea obiecała sobie, że złapie taksówkę, nim jeszcze spadnie deszcz i wszystkie zostaną zajęte.

Słyszała czyjąś rozmowę i zadowolona, że może się prześlizgnąć niezauważona, ruszyła za strzałkami na górę. Później obejrzy wystawę na parterze i porozmawia z właścicielem galerii.

Bardzo szybko uświadomiła sobie, że to pierwsza z oglądanych dziś galerii, która budzi jej zazdrość. Miała niewielkie zaufanie do swych kwalifikacji, ale od razu wiedziała, że właśnie takie zagospodarowanie przestrzeni i sposób wystawiania prac powinny stanowić dla niej inspirację. W pewnym sensie poczuła ulgę. Zaczynała już podejrzewać, że poprzednie galerie budzą w niej po prostu zbyt wielką zazdrość, by mogła je bezstronnie ocenić. A tu od razu miała pewność, że ogląda coś z klasą.

W dodatku podobały jej się wystawione tu prace. Stanowiły eklektyczną mieszankę obrazów, ceramiki i instalacji. Oczywiście nie każda praca jej się podobała, ale wszystkie budziły szacunek. Zawsze uważała, że gdyby zadaniem sztuki było tylko cieszenie oczu, nigdy nie wyszłyby poza gustowne obrazki bawiących się dzieci i szczeniaczków. Ciekawe, pomyślała w tym momencie, jak też radzą sobie jej własne pieski.

W niektórych pracach wręcz się zakochała. Były tu naprawdę cudowne obrazy, namalowane w tak czystych kolorach, że oglądana pod pewnym kątem czerwień wydawała się czarna, gdzieniegdzie rozcięta szpachelką malarską w ten sposób, że widać było zagruntowane tło. Inny obraz był niebiesko-czarny: nocne niebo skondensowane i wtłoczone w przestrzeń o wymiarach zaledwie trzech stóp kwadratowych.

Doszła do wniosku, że powinna dążyć do takiego właśnie standardu i że nigdy nie wystawi w swojej galerii nic gorszego od dzieł, które tu ogląda.

Choć nadal słyszała odgłosy rozmowy, postanowiła zejść na dół. Ciągnęła ją ciekawość, co też tam znajdzie.

Nie widziała rozmówców, ponieważ znajdowali się w innej części galerii, która najwidoczniej obejmowała również przyległy budynek. Z początku zignorowała ich obecność i po prostu oglądała bardzo skomplikowany gobelin, kiedy nagle usłyszała znajomy śmiech i pojęła, że właśnie upolowała swoją zwierzynę. Przez cały dzień tropiły go wraz z Magentą, rozpytując i zbierając plotki i skrawki informacji, a teraz był tutaj we własnej osobie.

Jeśli to właśnie tę galerię wybrał dla siebie Rory, to było coś pocieszającego w fakcie, że zdradził ją dla czegoś tak zachwycającego. Gdyby zwrócił się po prostu do modnej galerii, która nic sobą nie reprezentuje, poczułaby się okropnie dotknięta. Teraz również czuła się dotknięta, żeby nie wspomnieć o furii, która ją wprost rozsadzała, ale przynajmniej została porzucona dla czegoś z klasą.

Musiała starannie rozważyć, jak ma się zachować. Ale co niby miała teraz zrobić? Tupnięcie nogą i poinformowanie właściciela galerii, że Rory nie zachowuje się honorowo, ponieważ obiecał najpierw wystawić swoje obrazy u niej, nie byłoby chyba zbyt dobrym wstępem. Szczególnie gdyby zapytał, gdzie konkretnie znajduje się jej galeria i co w niej do tej pory wystawiała. Zapewne był taki jak Magenta i pogardzał „prowincją".

Podziw dla prac Rory'ego i wspomnienie chwili, gdy zobaczyła je po raz pierwszy, dodały jej odwagi. Do działania dopingował ją również fakt, że poświęciła się temu projektowi tak całkowicie, że zapewne już od dawna robiła z siebie kompletną idiotkę. W tym sensie kompromitacja w galerii, której pewnie i tak nigdy więcej nie odwiedzi, przestała mieć dla niej znaczenie. Tylko co miała do zaoferowania Rory'emu, żeby zmienił zdanie?

Zamierzała już właśnie podejść i stanąć z nim twarzą w twarz, mając nadzieję, że w międzyczasie przyjdzie jej do głowy coś rozsądnego, kiedy do galerii weszła bardzo szczupła elegancka pani. Minęła Theę i poszła prosto tam, gdzie Rory rozmawiał z właścicielem. Cholera! Kompromitacja kompromitacją, ale Thea wolałaby jednak kompromitować się bez dodatkowych świadków.

Kobieta najwyraźniej znała Rory'ego. Nawet z tej odległości Thea wyraźnie słyszała powitalne cmoknięcia. Rory znów się roześmiał. Był to, musiała przyznać, bardzo seksowny śmiech, a sądząc ze śmiechu, jakim odpowiedziała mu jego towarzyszka, nie tylko Thea tak uważała.

Podeszła bliżej. Widać ją było z daleka, więc w gruncie rzeczy nie podsłuchiwała. Nie zauważali jej – była tylko nieco potarganą kobietą po trzydziestce podziwiającą dzieła sztuki, na których kupno i tak na pewno jej nie stać.

– Zatem, Rory, kiedy przekażesz Edwardowi swoje obrazy? Bez nich nie może przecież zaplanować wystawy, prawda, Edwardzie? – spytała nowo przybyła.

Starszy mężczyzna powiedział coś cicho i znów wszyscy się roześmiali.

Thea żałowała, że nie przyjrzała się lepiej tej eleganckiej damie, kiedy tamta ją mijała, i że nie widzi jej dobrze teraz. Ale przynajmniej zdobyła pewność, że chodzi właśnie o tę galerię, i poczuła satysfakcję, że obrazy, na których tamtym tak zależy, znajdują się u niej. W końcu posiadanie to dziewięć dziesiątych prawa własności. Przynajmniej teoretycznie.

– Już wam wyjaśniałem – powiedział Rory przepraszająco. – To trochę trudne. Obiecałem tej kobiecie, że najpierw wystawię je u niej.

– Naprawdę nie musisz się tym martwić. – Ten głos był uspokajający, ale i stanowczy. – Przecież ona jest nikim. Nie można oczekiwać, że dotrzymasz obietnicy złożonej w takich okolicznościach. Mogła na tobie wymusić, żebyś jej pokazał swoje prace, ale to nie daje jej do nich żadnych praw.

– No...

– Przecież nic od ciebie nie kupiła, prawda? – Tym razem w głosie kobiety zaznaczyła się irytacja.

– Zapłaciła za oprawę rysunków i szkiców.

Wielkie dzięki za pamięć, Rory, pomyślała Thea.

– No to musisz tylko zwrócić jej pieniądze. Wystarczy czek. I wreszcie będziesz mógł pokazać światu swoje prace. – Głos kobiety stał się gruchający. Thea mogła się założyć, że trzyma w tej chwili Rory'ego za rękę.

Zaczęła się czuć niezręcznie. Teraz z pewnością już podsłuchuje. Rory mówił o niej, nie wiedząc o jej obecności. Jeśli zaraz się nie ujawni, to zapewne w ogóle nie będzie mogła tego zrobić.

Właśnie kiedy zbierała odwagę, żeby powiedzieć coś naiwnego, na przykład „Och, cześć, Rory, nie wiedziałam, że tu jesteś", ku swemu ogromnemu zaskoczeniu zobaczyła, że do drzwi galerii zbliża się Toby w towarzystwie młodej kobiety. W pewnym sensie był to nawet większy szok niż spotkanie tu Rory'ego. W jednej chwili ukryła się za klimatyzatorem. Co, u diabła, robi tu Toby? Przecież na pewno nie przyszedł z nianią oglądać dzieł sztuki!

Toby podszedł do rozmawiających osób i powiedział grzecznie, ale bez entuzjazmu:

– Dzień dobry, Veronico.

Serce Thei zaczęło walić mocno, zaszumiało jej w uszach, na czole zebrały się kropelki potu. Nagle poczuła się jak ofiara jakiegoś okropnego spisku. Nie panikuj, rozkazała sobie w myślach. Każdy może mieć na imię Veronica. To wcale nie musi być zaraz jego matka. To przecież bardzo popularne imię.

Ale Veronica wyciągnęła rękę i przyciągnęła Toby'ego do siebie.

– Witaj, kochanie! Widzę, że włożyłeś tę nową koszulę ode mnie. Na pewno będzie lepiej wyglądać, jak ją wpuścisz w spodnie.

Teraz nie było już wątpliwości. Tylko matka albo nauczycielka mogły kazać chłopcu włożyć koszulę w spodnie.

Nadeszła zatem właściwa chwila. Thea wyszła zza klimatyzatora i odchrząknęła.

– Dzień dobry! – powiedziała, żałując, że nie potrafi wymyślić nic mniej banalnego.

– Thea! – zawołali równocześnie Toby i Rory.

Obecność Toby'ego podziałała na Theę uspokajająco. Przy nim nie mogła zacząć krzyczeć i rzucać przedmiotami. To nie byłoby właściwe.

– Przepraszam? Czy my się znamy? – spytała Veronica lodowato.

– To jest właśnie Thea, ta moja znajoma, która wyciągnęła z szopy moje prace – wyjaśnił Rory. Wydawał się ogromnie spłoszony i kręcił się jak uczniak, którego przyłapano na przeglądaniu bielizny siostry.

Thea spojrzała na Toby'ego. Po tym radosnym powitaniu unikał teraz patrzenia na nią. Zdobywała coraz większą pewność, że dzieje się tu coś bardzo niedobrego.

– Och, to pani? – stwierdziła Veronica. Podeszła do Thei z wyciągniętą ręką. – Tyle o pani słyszałam!

Thea uścisnęła dłoń, chłodną i mocną, przyglądając się równocześnie uważnie swojej rozmówczyni. Była okropnie chuda, atrakcyjna, choć nieładna, i bardzo zadbana, tak że trudno było określić jej wiek. Zapewne tak samo wyglądała, mając lat osiemnaście, i tak samo będzie wyglądać, kiedy osiągnie pięćdziesiątkę.

– Przepraszam, nie dosłyszałam nazwiska – powiedziała Thea. Chociaż wiem doskonale, kim jesteś, dodała w myślach

– Veronica de Claudio. To ja odkryłam Rory'ego. – Uśmiechnęła się. Pachniała mocno drogimi perfumami, a jej strój był tego rodzaju, że Thea na pewno nie potrafiłaby go nosić, nawet gdyby się w coś takiego w ogóle zmieściła; liczne warstwy jedwabiu, spodnie, żakiet sięgający podłogi i coś w rodzaju haftowanego pasa na wklęśniętym brzuchu, który dodatkowo podkreślał fakt, że jego właścicielka ma w biodrach chyba nie więcej niż sześćdziesiąt centymetrów.

– O, naprawdę? – Thea uprzejmie pochyliła głowę. – A sądziłam, że to ja tego dokonałam.

Oczy Veroniki zwęziły się z rozkoszy. Rzuciła Thei uśmiech, z jakim ludzie przekazują komuś złe wiadomości, które bardzo ich w gruncie rzeczy cieszą.

– Och, mnie się to udało znacznie wcześniej niż pani. Widziałam dyplomową wystawę Rory'ego i potem tę na Cork Street.

– O?

Liczne były konsekwencje tego oświadczenia i Thea poczuła, że żołądek zaczyna jej podchodzić do gardła, ale chciała najpierw usłyszeć opinię Veroniki na temat fatalnej w skutkach wystawy Rory'ego.

– Była wspaniała, naprawdę wspaniała.

Rory odwrócił się i spróbował wciągnąć Toby'ego w rozmowę na temat jednej z rzeźb. Czy był zawstydzony tym, że jego prace nazwano wspaniałymi, czy też tym, co stało się na wystawie, Thea nie potrafiła stwierdzić. Ale to pierwsze wydawało się jej bardzo mało prawdopodobne.

– Myślałam, że krytycy ją zjechali.

– O tak. I słusznie. Prace Rory'ego były zbyt niedojrzałe, a jego zachowanie na wystawie jeszcze bardziej. Powiedziałam Maximowi... zna go pani? Maxim Applozzia? Musiała pani o nim słyszeć – ma trzy galerie w Nowym Jorku, a w przyszłym roku otwiera też galerię tutaj.

Thea kiwnęła głową, mając nadzieję, że jej ignorancja nie jest zbyt oczywista dla rozmówców.

– Powiedziałam wtedy Maximowi, żeby zamknął jego wystawę. Rory nie był do niej gotowy.

Mdłości Thei znacznie się pogłębiły. Wprawdzie zupełnie nie ufała Veronice, ale przynajmniej niektóre fakty, o których mówiła, musiały być prawdziwe – a może nawet wszystkie. Tylko dlaczego, na litość boską, Ben nigdy nie wspomniał o jej udziale w upadku Rory'ego? Gdyby wiedziała, gdzie jest łazienka, natychmiast by się tam udała. Ale nie wiedziała, więc musiała zostać na miejscu i mieć nadzieję, że organizm jej teraz nie zawiedzie.

– O, doprawdy? – spytała. – Rory mi o wszystkim opowiadał, ale nigdy nie wspominał o pani udziale.

– Och, zapewne o nim nie wiedział. – Roześmiała się wesoło. – Biedaczek nie był w stanie niczego zauważyć...

– Oprócz tego, że jego wystawę zamknięto, a krytycy ją fatalnie ocenili?

Veronica postanowiła jednak poświęcić nieco czasu tej kobiecie, która najwyraźniej nie była zbyt bystra. No, ale skoro chcą się jej pozbyć, muszą najpierw wyjaśnić kilka spraw.

– Thea? Jakie interesujące imię. Chyba mnie pani nie zrozumiała. Krytycy mogli bardzo zjechać Rory'ego, ale to nie oznacza, że nie docenili jego twórczości. Po prostu uznali ją za niedojrzałą. A ja wiedziałam, że za kilka lat wspaniale dojrzeje...

– Rory czy jego twórczość?

– I oczywiście jesteśmy pani ogromnie wdzięczni za odnalezienie go dla nas tam w Irlandii. Zrobiła to pani ciut wcześniej niż my. Razem z Edwardem zaczęliśmy właśnie rozpuszczać wici i lada chwila sami byśmy go odnaleźli.

A te wici nazywały się Ben Jonson, bez wątpienia. Zupełnie jak ten poeta. Thea poczuła, że drży, zapewne w wyniku szoku.

– Oczywiście wspomnimy o pani w katalogu, prawda, Edwardzie? – ciągnęła Veronica. – Chcemy być wobec pani w porządku.

246

Thea poczuła, że musi się stąd wynieść jak najszybciej, bo inaczej zwymiotuje prosto na bluzkę od Manolo Blahniksa, którą miała na sobie jej rozmówczyni.

– Sądzę, że o tym muszę porozmawiać z Rorym. Rory, pozwolisz na słówko? Na zewnątrz? – Zęby zaczęły jej szczękać, a klimatyzacja nagle stała się zdecydowanie zbyt wydajna.

Rory, skrępowany, unikając jej wzroku, niechętnie wyszedł za nią na ulicę.

Po mocnym odorze perfum Veroniki słodkawy od kurzu zapach miasta tuż przed deszczem podziałał na Theę odświeżająco. Stała przez kilka sekund, oddychając głęboko i próbując zwalczyć fizyczne objawy szoku, które nie mijały, mimo że jej mózg przyjął już do wiadomości całą sytuację: że została całkowicie i bezwzględnie nabita przez wszystkich w butelkę. W tej chwili o udział w spisku podejrzewała nawet Molly i Petal.

– Dokąd chcesz iść? – zapytał Rory.

– Nigdzie. Chcę tylko, żebyś mi wyjaśnił, dlaczego, skoro nie zamierzałeś skorzystać z mojej galerii, pozwoliłeś mi czynić te wszystkie wysiłki i ponosić niebagatelne wydatki

Spojrzał na nią i położył rękę na jej ramieniu.

– Może chcesz iść do pubu? Gdzieś, gdzie będziemy mogli porozmawiać?

– Nie. Chcę zostać na świeżym powietrzu.

– Skoro nazywasz to świeżym powietrzem…

– Na litość boską! Mnie wystarczy.

– No to chodźmy do jakiegoś parku.

– Boże, Rory! Naprawdę nie możesz mi teraz wprost powiedzieć, że mnie sprzedałeś? Czy może dlatego, że jesteś artystą, potrzebujesz do takich rozmów leśnej scenerii? – wyrzuciła z siebie i ruszyła ulicą tak szybko, że z trudem unikała zderzenia z innymi przechodniami.

Rory pobiegł za nią.

– Dobra, zapomnijmy o parku. Tylko zwolnij trochę, proszę.

Ale Thea nie mogła zwolnić. Musiała się najpierw pozbyć adrenaliny, która krążyła w jej żyłach, wywołując w niej panikę.

W końcu Rory dogonił ją i złapał za ramię, chcąc ją uspokoić. Thea nie odtrąciła jego ręki.

– No więc powiedz mi, czy kiedykolwiek zamierzałeś wystawić u mnie swoje obrazy?

W tym momencie rozległ się ogłuszający grzmot i spadł na nich ciepły, rzęsisty deszcz.

– Jezu, Thea, to śmieszne. Wejdźmy gdzieś.

– Nie! Dlaczego po prostu nie powiesz mi prawdy? W końcu już ją przecież znam! Chcę ją tylko usłyszeć od ciebie, prosto w twarz. Od człowieka, dla którego wywróciłam do góry nogami całe swoje życie!

Bardzo szybko oboje przemokli. Thea miała na sobie tylko długą bawełnianą spódnicę i T-shirt. W kilka sekund nawet jej bielizna stała się mokra i widziała też, jak pod przylepiającą się do ciała, zmoczoną deszczem koszulą Rory'ego coraz wyraźniej rysuje się jego wspaniały tors.

– Więc? – nalegała.

Burza sprawiła, że nie czuła już potrzeby gnania przed siebie na złamanie karku. Stanęła na rogu ulicy, ignorując deszcz i uciekających ludzi.

– To wcale nie było tak! Ja…

– Thea!

Odwracając się, uświadomiła sobie, że już wcześniej nawoływał ją ten płaczliwy głosik.

– Thea! Pobiegłaś tak szybko, że nie mogłem za tobą nadążyć!

– Toby, kochanie! – Był cały przemoczony, włosy przylgnęły mu do czoła i trząsł się okropnie. Instynktownie przykucnęła i objęła go mocno. – Co ty tu robisz?

– Nie chciałem, żebyś uciekła.

Kucając na chodniku i tuląc w ramionach drżące dziecko, miała ochotę się rozpłakać. Była tak pochłonięta swoimi problemami, że nie zauważyła biegnącego za nimi Toby'ego. Cud, że mu się nic nie stało, mógł go przecież ktoś przewrócić, przejechać czy nawet porwać.

– Ja nie uciekałam, chciałam tylko porozmawiać z Rorym, choć pewnie musiało to tak wyglądać. – Ale to rzeczywiście była ucieczka od przesłodzonych perfum Veroniki i jej uroku, z tej eleganckiej galerii, w której zniweczone zostało wszystko, co robiła przez ostatnie dwa miesiące.

– Cieszę się, że cię znalazłem. Tata byłby zły, gdybyś się zgubiła.

Wstała, nadal trzymając Toby'ego za rękę. Nie sądziła, żeby Bena istotnie to obeszło – skoro potrafił ją zdradzić w taki sposób, z pewnością nie zmartwiłby się również, gdyby źle skręciła i znalazła się na końcu świata.

– Ale się nie zgubiłam, więc w porządku. No to teraz powiedzcie, jak wrócić do galerii.

Rory wzruszył ramionami. Deszcz padał nadal i teraz trzęśli się już wszyscy troje.

– Toby? To ty jesteś londyńczykiem – powiedział Rory.

– Ale nie mieszkam w Knightsbridge – odparł Toby.

– Nie mogę uwierzyć. Wyszliśmy stamtąd zaledwie kilka minut temu! Przecież nie mogliśmy odejść na tyle daleko, żeby nie potrafić wrócić!

– Gnałaś przed siebie na złamanie karku.

– Więc się jednak zgubiliśmy? – spytał Toby, kiedy rozglądali się bezradnie po ulicy, usiłując ustalić, gdzie są.

– Na to wygląda, i to wszyscy troje, a nie tylko ja – westchnęła. – Nie szkodzi, weźmiemy taksówkę i podamy adres galerii. To nie problem. Jeśli podejdziemy na skrzyżowanie, łatwiej coś złapiemy.

– Zawsze trudno jest o taksówkę, kiedy pada – powiedział Toby po kilku minutach wypatrywania zapalonego koguta na mijających ich samochodach.

– Podejdźmy do metra – zaproponował Rory. – Przynajmniej wyschniemy, a stacja Knightsbridge jest bardzo blisko galerii. Stamtąd już trafię.

– No to poszukajmy metra.

Droga do stacji South Knightsbridge wydała im się bardzo długa, ale zapewne dlatego, że wiele razy skręcali nie tam, gdzie trzeba. Kiedy Thea mieszkała w Londynie, zawsze nosiła ze sobą plan miasta. Ale do tej pory zupełnie się już rozpadł, a ponieważ wszędzie chodziła z Magentą, która miała doskonałą orientację, nie kupiła sobie nowego. Bez planu czuła się teraz okropnie bezradna.

Kiedy znaleźli się w tłumie czekających na pociąg, Thea nagle złapała się za głowę.

– Chyba powinniśmy zadzwonić do galerii i powiedzieć im, gdzie jest Toby. Jego matka pewnie odchodzi od zmysłów. Masz może komórkę, Rory?

– Nie. A ty?

Przygryzła wargę.

– Nie, została w domu. Spieszyłam się bardzo do Londynu.

– A po co tu przyjechałaś?

– A jak myślisz? – wysyczała, ściskając rękę Toby'ego, jakby to była lina ratunkowa. – Teraz nie mogę o tym mówić.

W końcu nadjechało metro i zdołali wsiąść do wagonu. Poniewczasie Thea uświadomiła sobie, że to godziny szczytu i stąd ten okropny tłok. W dłoni czuła spoconą rączkę Toby'ego, ale nie zamierzała jej puścić. Przecież z jej winy wybiegł z galerii i nie wolno jej było ryzykować, że powtórnie się zgubi.

– Pewnie zaraz zaczniemy parować jak tropikalna puszcza po deszczu – powiedziała.

Wysiedli z metra. Nadal padało i natychmiast zaczęli marznąć.

– Dobra, Rory, teraz jesteśmy w twoich rękach. W którą stronę?

Rory dość szybko doprowadził ich do galerii. Okazało się, że jest zamknięta.

Thea zapukała głośno do drzwi, nie mogąc uwierzyć własnym oczom.

– Nie mogli tak po prostu jej zamknąć. Przecież musieli wiedzieć, że wrócimy tu z Tobym. Veronica pewnie się teraz zamartwia.

250

– Moja niania chyba bardziej. – Toby też już zaczął się denerwować.

– W porządku, Toby, zaraz coś wymyślimy – uspokoiła go Thea. – Gdzie jest teraz Ben? Tu czy w Bristolu?

– Tutaj.

– Miałeś wrócić do domu z Veronicą? – Aż nią zatrzęsło, kiedy pomyślała, że Toby miałby spędzić resztę dnia z tą harpią.

Toby pokręcił głową.

– Nie. Była zbyt zajęta, żeby mnie wziąć na weekend, i dlatego przyszliśmy do niej do galerii.

– Więc dlaczego jej tu nie ma? Musimy pomyśleć, co teraz zrobić.

– Schować się przed deszczem – zaproponował Rory.

– Powinniśmy pojechać do twojego domu czy do Veroniki?

– Do mojego, ale to daleko.

– No to czemu, na litość boską, nie... dlaczego odwiedziliście Veronicę w galerii, skoro to tak daleko?

Toby wzruszył ramionami.

– Chyba myślała, że będzie nas bawić jazda autobusem.

– A pamiętasz, którym jechaliście? – spytał Rory. – Moglibyśmy nim wrócić.

– Musieliśmy się przesiadać. To trwało wieki.

– Mam dość – powiedziała Thea. – Zamierzam położyć się na jezdni przed Harrodsem i leżeć tak, póki nie zatrzyma się jakaś taksówka.

– Ale przecież nie zobaczą cię, jeśli się położysz – protestował Toby, którego ciągnęła za sobą, trzymając za rękę.

– Cóż, trochę mnie dziwi, że tak odepchnęłaś tę staruszkę – stwierdził Rory parę chwil później.

– Po pierwsze jej nie odepchnęłam, a po drugie to wcale nie była staruszka. Nie była mokra, było jej ciepło i właśnie wracała z zakupów. My byliśmy w znacznie gorszej sytuacji.

– Taksówka stąd do naszego domu będzie bardzo drogo kosztować – zauważył Toby, podawszy adres kierowcy.

– Za późno, żeby się tym martwić, kolego.

– A nawet jeśli, to i tak bym nie wsiadła do autobusu – oświadczyła Thea. – Nawet gdybyśmy mieli przejechać tylko jeden przystanek. Na dziś wystarczy mi już jazda metrem.

Toby westchnął.

– Myślisz, że będą wściekli?

– Tak sądzę. Ludzie zawsze się złoszczą, jak się martwią. Ale będzie dobrze. Na pewno bardzo się ucieszą na twój widok. Veronica pewnie kupi ci wspaniały prezent.

– Nie sądzę, żeby na nas czekała. Nigdy do nas nie przychodzi. Nie dogadują się z tatą.

– Pewnie dlatego się rozwiedli – mruknął Rory.

Kiedy taksówka zatrzymała się przed domem Toby'ego, a Thea obliczała w myślach wysokość napiwku, jakiś samochód próbował zaparkować na niewielkiej wolnej przestrzeni naprzeciwko taksówki. Thea, zajęta szukaniem w torebce drobnych, wcale go nie zauważyła, ale Toby powiedział:

– Och, tata! Za wcześnie jak na powrót z pracy.

Wcale nie chciała się teraz widzieć z tatą Toby'ego, chyba że znalazłaby jakieś ciężkie i tępe narzędzie, którym zatłukłaby go na śmierć.

Taksówka odjechała akurat w chwili, gdy Benowi udało się zaparkować samochód. Wysiadł i zatrzasnął drzwiczki, a wyraz jego twarzy odpowiadał dokładnie pogodzie. Nadal grzmiało.

– Tato!

– Toby! – Jednym susem Ben znalazł się po drugiej stronie ulicy. – Bogu dzięki, że nic ci się nie stało! O co tu chodzi, u licha?

Toby wysunął się z objęć ojca, unikając jego wzroku.

– To długa historia – powiedziała Thea obronnie. – I to nie jego wina.

252

Tym razem ulga nie złagodziła wściekłości Bena. Zwrócił ją z całą siłą przeciw Thei.

– Oczywiście, że to nie jego wina!

Rory odchrząknął.

– A może byśmy weszli do domu? Nadal okropnie pada, a Toby jest strasznie przemoczony. Zresztą nie tylko on...

Ben wyjął z kieszeni klucze i podał je Rory'emu.

– Zabierz go do środka i daj mu coś ciepłego do picia, jeśli nie ma niani. A ty – wziął Theę brutalnie za ramię – ty pójdziesz ze mną i wszystko mi wyjaśnisz.

Rozdział osiemnasty

Thea z całych sił próbowała mu się wyrwać, ale udało jej się to dopiero, kiedy Toby i Rory zniknęli we wnętrzu domu, a Ben sam zwolnił uścisk.

– A teraz mi wyjaśnij, dlaczego uciekłaś z moim synem. Co ci takiego zrobiłem, żeby sobie na to zasłużyć? – zapytał.

– Co?! – Była równie wściekła jak on, ale również zdezorientowana. – Jak to „uciekłam"? To nieprawda! To ty mnie bezczelnie zdradziłeś! Boże! Jak mnie to spotkało po raz pierwszy, myślałam, że nie może już być gorzej! Ale teraz... teraz jest jeszcze okropniej!

– Veronica mi powiedziała, że Toby został porwany.

– Porwany... nie wierzę! Chyba zwariowałeś. Jakim cudem wpadła na taki bzdurny pomysł?

– Zatem jak wyjaśnisz mi to, że zabrałaś mojego syna spod opieki matki i niańki i zniknęłaś z nim gdzieś w dzielnicy Knightsbridge? Ćwiczenia rekreacyjne podczas burzy?

Thea potrząsnęła głową, żeby strząsnąć z powiek krople deszczu. Ben był teraz równie mokry jak ona.

– Oszalałeś – stwierdziła. – Jesteś całkiem, kurwa, stuknięty! Niby po co miałam porywać Toby'ego? A skoro już to zrobiłam, to dlaczego odwiozłam go taksówką do domu?

Ben teatralnie wzruszył ramionami.

– Nie wiem. Nigdy nie postępujesz logicznie.

Oczy Thei zabłysły gniewem.

– No to ci wyjaśnię! Odwiozłam go do domu, bo tutaj chciał wrócić. Chociaż to kawał drogi i kosztowało mnie to majątek! Nie uważasz, że powinieneś zająć się teraz synem, a nie wrzeszczeć na mnie, chociaż nie zrobiłam nic takiego, czego musiałabym się wstydzić?

– Nie mów mi, jak mam się opiekować własnym synem!

– Nie mam zamiaru! Tylko jedna dobra rada: na przyszłość powiedz swojej żonie i niańce, że powinno się zostać tam, gdzie się ostatni raz widziało dziecko, a nie znikać gdzieś w Londynie!

Choć Ben już pojął, że Thea nie zrobiła nic złego, jednak nadal był wściekły.

– Przestań krzyczeć i powiedz mi, co się stało.

Thea nie wierzyła własnym uszom.

– Chciałeś chyba powiedzieć: „Przepraszam Thea, nie wiem, jak mogłem tak zgłupieć"! Ale możesz sobie darować przeprosiny, ponieważ to, co mi zrobiłeś, jest dużo gorsze niż idiotyczne posądzenie o porwanie Toby'ego.

To wreszcie do niego dotarło.

– Przepraszam, najwidoczniej wszystko zupełnie źle zrozumiałem. Wyjaśnij mi, co się naprawdę stało.

Już lepiej było porozmawiać o tym, niż wałkować temat jego perfidnych poczynań.

– Wyszłam z Rorym i rozmawiałam z nim – czy raczej próbowałam rozmawiać – w czasie burzy, a Toby za nami pobiegł. Dogonił nas i wszyscy razem się zgubiliśmy. Wieki całe zabrał nam powrót do galerii, a jak dotarliśmy na miejsce, nikogo już tam nie było. Po prostu nie mogę w to uwierzyć! Jak matka mogła sobie pójść jakby nigdy nic, skoro jej syn zginął w środku Londynu?

– Wcale sobie nie poszła. Wróciła do domu na wypadek, gdyby Toby tam poszedł. Zadzwonili do mnie do biura i powiedzieli, że mały zniknął.

– No i naturalnie wszyscy doszliście do wniosku, że go porwałam. I to mnie oskarżasz o brak logiki?

Ben westchnął.

– Nic tu nie jest zbyt logiczne. Chodźmy do domu, wysuszysz się i ogrzejesz.

– Nie! Nie weszłabym do twojego domu, Benie Jonson, nawet gdyby był ostatnim bezpiecznym miejscem na kuli ziemskiej. Idę po taksówkę. – Tu przypomniała sobie, że prawie wszystkie pieniądze wydała na przyjazd tutaj i że będzie miała szczęście, jeśli wystarczy jej na autobus.

Ben znowu złapał ją za ramię, na którym pewnie już miała siniaki.

– Puść mnie, ty brutalu!

– Nie, póki mi nie wyjaśnisz, czemu nie chcesz wejść. Rory i Toby są w środku, więc nie grozi ci, że się na ciebie rzucę, płonąc z pożądania.

To nieszczęsne słowo przypomniało Thei noc, kiedy lakierowali podłogi. Zaczerwieniła się.

– Wątpię, czy w ogóle wiesz, co to słowo znaczy – mruknęła, wspominając swoje upokorzenie.

Zacisnął zęby i wzmocnił uścisk na jej ramieniu.

– Więc o co ci chodzi?

Uniosła w górę podbródek, prostując ramiona i uwalniając się od jego ręki.

– Powinieneś sam się domyślić, ale skoro jesteś taki tępy, to ci wyjaśnię. Pozwoliłeś mi podjąć wszystkie starania i wydać kupę forsy, odwalić całą masę pracy i zamartwiać się, czy zdążę otworzyć galerię na czas, pomimo że od samego początku doskonale wiedziałeś, że twoja żona zamierza złożyć Rory'emu propozycję, której nie będzie mógł się oprzeć, a ja zostanę z pustą galerią i bez szansy na jakikolwiek zarobek.

– Co?! – Zmarszczył brwi zaskoczony.

– Och, daj spokój, nie udawaj, że jesteś nie tylko głupi, ale i głuchy!

Ben najwyraźniej nadal był zły, ale potrafił ukryć to lepiej niż Thea.

– Nie jestem ani głuchy, ani głupi, a ponieważ nie jestem głupi, dokończymy tę rozmowę w domu.

– Nie. Mówiłam, że nie...

Nie spierał się z nią. Po prostu przerzucił ją sobie przez ramię, jak strażak, i zaniósł po schodach do domu. Thea nie zdołała go kopnąć, chociaż próbowała. A walenie pięściami w jego plecy było najwyraźniej bardziej bolesne dla niej niż dla niego. Postawił ją na ziemi dopiero wtedy, kiedy niania otworzyła drzwi.

– Dziękuję – powiedział. – A ty – zwrócił się do Thei – idź na górę i się wykąp.

Thea popadła w rozterkę. Cała przemoczona i zmarznięta nie bardzo mogła zrezygnować z gorącej kąpieli. Ale, z drugiej strony, prędzej umrze, niż posłucha Bena, nawet jeśli chodzi tylko o jej dobro.

– Nie przyjmuję do wiadomości odmowy – zaznaczył. – Możesz skorzystać z mojej łazienki, nikt ci tam nie przeszkodzi. Ale jak wyjdziesz, wyjaśnisz mi dokładnie to, o czym zaczęłaś mówić.

Thea błyskawicznie obmyśliła plan. Uda, że się zgadza, pójdzie na górę i puści wodę do wanny, a potem zejdzie na palcach na dół i ucieknie. Jego zachowanie było potworne, prawie równie potworne, jak jego zdrada. Niech ją diabli, jeśli mu cokolwiek wyjaśni i wysłucha jego spokojnych i logicznych odpowiedzi.

Jednak Thea nie przewidziała, że Ben sam puści wodę do wanny, przygotuje ręczniki i płaszcz kąpielowy, a także każe jej zdjąć mokre ubranie. No, niezupełnie każe, po prostu wystąpi z propozycją, która wydała się jej całkiem rozsądna.

– Jeśli mi dasz swoje mokre rzeczy, wrzucę je do suszarki.

Thea przygryzła wargę.

– Ależ proszę. – Schwyciła gruby płaszcz kąpielowy. Na to chyba mogła się zgodzić, a za nic nie chciała teraz konfliktu. Była zbyt zmęczona i wściekła, by mieć pewność, że nie poniosą ją uczucia. A łzy w tej sytuacji byłyby tylko kolejnym upokorzeniem.

Uznała, że kąpiel to najbliższa niebu rzecz, jakiej można doświadczyć po tej stronie Tęczowego Mostu. Wcale nie seks czy czekolada, tylko gorąca woda po szyję, kiedy człowiek jest zmarznięty i przemoczony. Zanurzyła się głęboko i porzuciła plany szybkiej kąpieli i ucieczki. Spokojnie mogła poleżeć w wannie tak długo, aż wyschną jej ubrania.

Kiedy gorąca woda rozgrzała już wszystkie komórki jej ciała, umyła głowę drogim ziołowym szamponem Bena, który pachniał nieco aptecznie. Potem usiadła na chwilę w wannie i rozejrzała się po łazience Bena – świadomość, że był jeszcze gorszym zdrajcą niż Conrad, nie miała wpływu na jej ciekawość.

To była typowo męska łazienka: czarno-białe kafelki na podłodze, białe, błyszczące wyposażenie, biała boazeria i małe lustro. Panowały w niej czystość i nienaganny porządek. Żadnych zapomnianych butelek z szamponem, odżywką albo płynem pod prysznic na brzegu wanny. Żadnej maszynki do depilacji z resztkami kobiecych włosów, popękanych mydeł czy wyschniętych kulek do kąpieli.

W wyobraźni dwukrotnie powiększyła lustro, umieściła przed nim wielką morską muszlę i dodała kilka prawdziwych gąbek albo dużych kamieni z plaży, coś, co ożywiłoby to wnętrze, nie burząc równocześnie jego surowego wystroju. Przydałyby się również duże, ozdobne butle i słoje.

Westchnęła. Mogła przekonywać sama siebie, i to nawet z pewnym powodzeniem, że jej własna łazienka jest pełna rupieci z powodu Petal i reszty lokatorów, ale w głębi duszy wiedziała, że to nieprawda. Była zwykłą bałaganiarą, która ma tendencje do gromadzenia gratów, a Ben lubił porządek. Nawet gdyby jego zdrada nie bolała jej dużo, dużo bardziej niż to, co zrobił jej Conrad, nawet gdyby rzeczywiście był takim miłym, seksownym mężczyzną, za jakiego go kiedyś uważała, zdecydowanie do siebie nie pasowali. Doprowadziliby się nawzajem do szaleństwa.

Od stóp do głów odziana w materiał frotté, czyli w płaszcz kąpielowy Bena i ręcznik, który jej przyniósł, zeszła na dół i znalazła kuchnię. Wcześniej weszła cichaczem do spartańskiej sypialni Bena, zadzwoniła do Magenty i wyjaśniła jej sytuację, jak sądziła, spokojnie.

Sama bynajmniej nie czuła się spokojna. W łazience Bena nie znalazła żadnego nawilżającego kremu, a skóra na jej twarzy ściągnęła się i zaczęła błyszczeć. Bez makijażu, choćby nawet jego śladu, który nieco złagodziłby ten efekt kąpieli, musiała wyglądać jak ofiara poparzenia słonecznego. Ale jakie to miało znaczenie, że wygląda jak straszydło? Musiała jeszcze tylko znaleźć swoje ubranie.

Toby siedział przy zupełnie pustym sosnowym stole i jadł makaron. Jego niania, której imienia Thea nie mogła sobie w tej chwili przypomnieć, opierała się o równie pusty kuchenny blat, trzymając w ręku kieliszek z winem. Nie było śladu ani Bena, ani Rory'ego.

– O, cześć! – powiedziała Thea.

Toby spojrzał na nią i uśmiechnął się. Niania oderwała się od blatu i zapytała:

– Napije się pani wina? Ben zaraz wróci, ale ja muszę już iść do domu. Może się pani napić, czekając na niego.

– Czy moje ubranie już wyschło? – spytała Thea, przyjmując kieliszek zimnego białego wina.

– Myślę, że prawie. Ale skoro pani tu jest, to ja już pójdę. W porządku, Toby?

– Tak – odparł Toby z pełnymi ustami.

Thea wzięła kieliszek do ręki. Jeśli o nią chodzi, nic nie było w porządku. Jeśli niania wyjdzie, nie będzie mogła się ubrać i wymknąć ukradkiem, jak to planowała. Będzie musiała zostać z Tobym, bo nie mogła go przecież zostawić bez opieki. I co za szkoda, że Rory znowu zniknął. Choć może to i lepiej. Jeśli zdecyduje się go uwieść, żeby wrócił do jej galerii, musi się najpierw stosownie ubrać. W tym płaszczu kąpielowym wyglądała zupełnie jak ludzik z logo opon Michelina.

– A czy przedtem może mi pani pokazać, gdzie jest suszarka? – zapytała, licząc na to, że jeśli opóźni trochę wyjście dziewczyny, do tego czasu Ben wróci, a ona zdoła się ulotnić, kiedy będą sobie przekazywali obowiązki.

259

– O, tutaj, w pomieszczeniu gospodarczym. Zatrzyma się, jak pani otworzy drzwiczki – odparła dziewczyna swobodnie, nieświadoma tego, że Thea pragnie ubrać się jak najszybciej, gotowa włożyć nawet mokre rzeczy. Włożyła rękę do suszarki i dotknęła ubrań.

– Jeszcze z dziesięć minut. Proszę usiąść i wypić wino. Ben i tak za chwilę wróci i poda pani pewnie gin z tonikiem albo innego drinka. Poszedł do sklepu kupić coś na kolację.

Kolacja. Zabrzmiało to bardzo niepokojąco, jakby Ben zamierzał załatwić porachunki przy wędzonym łososiu, kiedy Toby pójdzie już spać. Nie tak dawno temu – chyba nawet wczoraj – byłaby zachwycona, ona i Ben sami, żadnych przeszkód. Natomiast dziś byłaby to tylko wyrafinowana tortura. Ben spokojnie i logicznie wyjaśni, że działał w jej najlepiej pojętym interesie, a ona będzie płakać z rozczarowania i być może rzuci w niego nożem do ryby. Nie, nie może do tego dopuścić.

Rozważała wszystko, wkładając na siebie wilgotne jeszcze rzeczy, po które zakradła się, kiedy niania ścierała zupełnie czysty blat zupełnie czystą ścierką. Bardzo chciała wiedzieć, czy Rory coś powiedział przed wyjściem. Dlatego, choć to na pewno będzie okropne, musiała się spotkać z Benem.

Toby poszedł na górę pograć na komputerze, zapewniwszy wpierw Theę, że wcale jeszcze nie powinien iść do łóżka i że tata nie będzie miał o to pretensji. Thea, ubrana i umalowana kosmetykami niani, usiłowała obmyślić, co powie Benowi.

Spróbowała wyglądać na zaskoczoną, kiedy Ben pojawił się w kuchni, chociaż słyszała, jak wchodzi do domu, rozmawia z Tobym, a potem zbiega na dół.

– Witaj ponownie. Przyniosłem coś na kolację.

– To miło.

Nie bądź niegrzeczna. Jak będziesz niegrzeczna, zorientuje się, że ci na nim zależy. Bądź spokojna, grzeczna i powściągliwa.

– Cieszę się, że się cieszysz.

– To chyba mało prawdopodobne, nie sądzisz? – Porzuciwszy swoje postanowienie, spojrzała na niego wrogo. – Naprawdę sądzisz, że będę siedzieć naprzeciw ciebie i rozmawiać, jakby nic się nie stało? Jakby twoja żona nie namówiła Rory'ego, by mnie zdradził tuż przed moją wystawą? A w ogóle to gdzie on jest? Mówił ci?

– Thea, naprawdę chciałbym, żebyś mi dała szansę wyjaśnić kilka spraw, nim kompletnie sfiksujesz.

– Co na przykład? Że patrzyłeś spokojnie, jak się męczę, a nawet mi pomagałeś przy urządzaniu galerii, chociaż od początku wiedziałeś, że Rory ma inne zamiary? Dlatego tak ci zależało, żebym przygotowała wystawę absolwentów?

– Możemy najpierw coś zjeść? Umieram z głodu i jestem pewien, że ty też.

– Nie, nie możemy. Mów!

Westchnął i włączył piekarnik, a potem odwrócił się, żeby na nią spojrzeć.

– Nie wiedziałem, że Veronica ma jakieś plany w stosunku do Rory'ego.

– Tak, pewnie! I przyjechałeś do Irlandii razem z Tobym tylko dlatego, że Molly cię o to poprosiła! Nieprawda! Zrobiłeś to, żeby odszukać Rory'ego dla Veroniki, żeby mogła mu zorganizować porządną wystawę.

– Veronica nie jest właścicielką galerii. Jest mecenasem sztuki, wyszukuje artystów, ale nie organizuje własnych wystaw.

Thea lekceważąco machnęła ręką.

– Nieważne. Wiedziałeś, że Veronica się nim interesuje, i dlatego przyjechałeś do Irlandii. Nie wiem tylko, dlaczego pozwoliłeś mi się w to wszystko zaangażować!

– Próbowałem cię powstrzymać. Zwracałem ci przecież uwagę na ryzyko związane z uruchomieniem galerii.

– Jesteś żałosny! Wcale nie próbowałeś mnie powstrzymać. Przecież gdybyś mi powiedział, że Rory może w każdej chwili mieć wystawę na Cork Street, czy gdzieś tam, i że moja galeria wcale go nie interesuje, wróciłabym z Irlandii prosto do moich lokatorów i pracy na pół etatu. I znalazła sobie hobby!

– Powtarzam ci: nie wiedziałem, że Veronica ma jakieś plany w stosunku do Rory'ego, i osobiście nie wierzę, żeby istotnie je miała, póki nie usłyszała o twojej galerii. I nim mnie oskarżysz o to, że jej o tym powiedziałem, od razu wyjaśniam, że dowiedziała się od Toby'ego.

– A teraz chowasz się za plecami syna, co? – powiedziała, po czym aż wzdrygnęła się, widząc jego reakcję. Wściekłość wypełniła go nagle, zupełnie jak implozja wybuchowego gazu. Cofnęła się przerażona, gotowa do uniku lub ucieczki, pewna, że zaraz skieruje na nią swój gniew.

Wtedy rozzłościł się jeszcze bardziej, a w jego oczach pojawił się dziwny błysk. Uderzył pięścią w blat, aż zabrzęczały szklanki w szafce powyżej.

Thea postanowiła jednak pozostać na miejscu. Uświadomiła sobie, że jej strach był dla niego jeszcze większą obrazą niż jej słowa, i choć go nienawidziła, żałowała, że nie zdołała go ukryć.

– Nie chowam się za plecami syna – odpowiedział niepokojąco cicho. – Mówię ci prawdę. Jeśli nie chcesz słuchać i wolisz snuć własne scenariusze na temat tego, co się stało, nic na to nie poradzę. Nie zamierzam się dalej tłumaczyć.

– Świetnie. – Głos jej drżał. Nie chciała tego ciągnąć dalej. Nie wierzyła mu nie dlatego, że nie chciała, tylko dlatego, że to, co mówił, nie było wiarygodne. Czemu niby Veronica miała się z powrotem zainteresować Rorym, kiedy usłyszała o galerii Thei?

– Myślę, że powinniśmy coś zjeść – powiedział Ben. Był nadal rozdygotany i Thea zaczęła się zastanawiać, ile brakowało, żeby ją uderzył. – Chcesz się napić?

– Tak, proszę.

Wyciągnął dwie szklanki i butelkę whisky. Nalał jedną dużą porcję i zawahał się.

– Gdzie mieszka przyjaciółka, u której nocujesz?

Thea miała pustkę w głowie. Zapisała adres na małej karteczce, którą wrzuciła do torebki. A torebka pewnie nadal leżała w jego niegdyś nieskazitelnej łazience.

– Nie pamiętam. Kartka z adresem jest na górze.

– Lepiej nie będę pił, jeśli mam cię odwieźć.

– Mogę wrócić taksówką. – Thea powiedziała to takim tonem, jakby w taksówkach spędziła pół życia.

– Przykro mi o tym wspominać, ale Toby mi zdradził, że wszystkie pieniądze wydałaś na przyjazd tutaj.

– Kiedy to go porywałam?

– Za to też cię przepraszam. To Veronica zasugerowała mi, że go porwałaś. Rozumiesz, dla niej tak to wyglądało – powiedział z uśmiechem, który kłócił się z poważnym wyrazem jego oczu. – Spójrz na to z jej punktu widzenia: uciekłaś z jej ulubionej galerii nie tylko z uwielbianym przez nią artystą, ale i z jej synem. To wyglądało zupełnie jak kradzież.

Thea westchnęła. Rozumiała, że z punktu widzenia Bena ta sprawa mogła nawet mieć jakąś zabawną stronę, ale choć może sama kiedyś uzna ten incydent za zabawny, teraz czuła tylko, że jej życie legło w gruzach: jej galeria nie miała już racji bytu.

Powoli piła drinka, którego przyrządził.

– Wolę chyba od razu wracać, bez kolacji. – Uczyniła żałosną próbę, żeby się uśmiechnąć.

– Thea...

– Muszę przemyśleć wiele spraw. – Odstawiła szklankę. – Pójdę na górę po torebkę.

Kiedy wróciła, stał w hallu, ściskając w ręce kluczyki od samochodu.

– Pójdę tylko pożegnać się z Tobym.

Ben kiwnął głową

– Jest tam. Poprosiłem sąsiadkę, żeby wpadła na kilka minut.

– Och, przepraszam, nie pomyślałam. Nie mam doświadczenia w sprawach dotyczących opieki nad dziećmi.

– Ale dobrze sobie radzisz.

To była dziwna chwila, pełna niedomówień i sprzecznych uczuć. Tak jakby powiedzieli sobie równocześnie za dużo i za mało.

– No to pożegnam się z Tobym.

Bez słowa otworzył drzwi do pokoju syna.

– Hej, Toby!

Toby nacisnął coś na klawiaturze i wstał.

– Wychodzę. Ben mnie odwozi do domu. To był dzień, no nie?

Toby podszedł do niej.

– To nie była wina taty.

Thea objęła go.

– Nie, oczywiście, że nie. Po prostu głupia sprawa. Nikt tu nie zawinił.

– Więc nadal będziesz się z nim przyjaźnić?

Thea miała go właśnie zapewnić, że oczywiście, i zapytać, dlaczego sądzi, że mogłoby być inaczej, ale uświadomiła sobie, że musiał słyszeć ich kłótnię.

– Przyjaźń robi się bardzo skomplikowana, jak się jest dorosłym. Ale cokolwiek się stanie, my pozostaniemy przyjaciółmi.

Toby pokręcił głową.

– To będzie trudne.

Przytaknęła mu.

– Ale możemy spróbować. Molly nam pomoże.

Toby nagle się uśmiechnął.

– Tak, ona nam pomoże, prawda?

Thea musiała mocno zagryzać wargi, żeby się nie rozpłakać, kiedy uścisnęła Toby'ego po raz ostatni. Oboje wiedzieli, że w przyszłości raczej nie będą się często widywać, a Thea dodatkowo czuła, że traci kogoś, kogo zdążyła bardzo pokochać.

Magenta dała jej dużą wódkę z sokiem pomarańczowym, a Thea z ulgą opadła na miękką kremową kanapę.

– To był okropnie długi dzień, jestem roztrzęsiona.

– Ale znalazłaś Rory'ego, czyli cel osiągnięty.

– I znowu go zgubiłam, chociaż teraz przynajmniej wiem, gdzie szukać. Ale Mags, ta galeria! Jest wspaniała i ma taki dobry adres! Jak mam go przekonać, żeby tam nie wystawiał?

Magenta uniosła starannie wyskubane brwi.

– Pytasz, jak masz go zatrzymać na wsi, skoro zobaczył Paryż?

Thea musiała się roześmiać i przytaknąć.

– Co byś zjadła? – spytała Magenta w odpowiedzi.

Thea, której słowa przyjaciółki pomogły się odprężyć, zastanawiała się dłuższą chwilę.

– Tost z serem albo spaghetti. Chcę czegoś na pocieszenie.

– No to dostaniesz. A w lodówce mam pudełko czekoladek na wypadek kryzysu.

Thei nie starczało już sił na rozmowę. Kiedy zjadły makaron ze śmietaną i wędzonym łososiem oraz pół pudełka czekoladek, nadawała się tylko do łóżka. Umyła zęby, nasmarowała się drogim kremem Magenty i padła na futon w pokoju gościnnym, modląc się, żeby natychmiast zasnąć i nie musieć myśleć o swojej klęsce.

Rano, wypoczęta i wywabiona ze swej norki zapachem świeżo zaparzonej kawy i hałasem elektrycznej wyciskarki do soku, poczuła się zupełnie innym człowiekiem. Tak, nadal cierpiała z powodu zdrady Bena, gdyż niezależnie od tego, jak bardzo chciała mu uwierzyć, z logicznego punktu widzenia nie było to możliwe. W końcu, pytała samą siebie, komu powinien był pomagać? Byłej żonie i matce ukochanego syna, czy pociesznej przyjaciółce kuzynki drugiego czy trzeciego stopnia?

Ale teraz zamierza walczyć o Rory'ego zębami i pazurami. Tak powiedziała Magencie. I dodała:

– A ponieważ nie zależy mi na paznokciach nawet w jednej dziesiątej tak jak Veronice, muszę wygrać.

265

– Cóż, cieszę się, że czujesz się dziś taka niepokonana – pochwaliła ją Magenta. – Weź witaminy.

– Nie czuję się niepokonana. Czuję się tak, jakbym sama jedna chciała zaprowadzić pokój na świecie, ale jestem zbyt wściekła, żeby nie spróbować powalczyć – powiedziała Thea, po czym napiła się soku pomarańczowego i połknęła tabletkę.

– I nie zapominaj, że to ty masz obrazy Rory'ego, a nie oni.

Łykanie witamin i bojowy nastrój to jedno. Natomiast wejście do galerii w celu zdobycia adresu Rory'ego wymagało pięknej płóciennej spódnicy i zlania się perfumami, które, zdaniem Magenty, powalały mężczyzn na kolana. W końcu silny zapach perfum na pewno nie zaszkodził Veronice.

Tak jak poprzedniego dnia, nie zwracając na siebie uwagi, obeszła cicho całą wystawę. Kiedy zebrała już dość informacji na temat wystawionych prac i mogła uchodzić za inteligentną i dobrze poinformowaną osobę, podeszła do biurka, za którym siedział Edward, kustosz. Miał jakieś sześćdziesiąt lat, był nienagannie ubrany i nadal bardzo przystojny.

– Dzień dobry! – obdarzyła go ciepłym, lekko przepraszającym uśmiechem. – Mam cichą nadzieję, że mnie pan nie pamięta. Byłam tu wczoraj.

Odpowiedział jej uśmiechem.

– Oczywiście, że panią pamiętam. Jak mógłbym zapomnieć? Spowodowała pani takie zamieszanie swoim wyjściem…

– Bardzo przepraszam. Było aż tak okropnie?

– Przez chwilę. Veronica zrzucała winę na nianię, a niania, chociaż starała się to ukryć, na Veronicę. To było straszne. Musiałem je uspokajać za pomocą brandy.

Thea roześmiała się.

– Tak naprawdę to nie była niczyja wina, może jednego Toby'ego. Ale on jeszcze nie jest pełnoletni, więc nikt go nie może za to zaaresztować.

Edward również się roześmiał.

– Co mogę dla pani zrobić?

– Bardzo podoba mi się ta wystawa. To piękne miejsce...

– Dziękuję. Sam wybrałem i rozmieściłem prace i sam stworzyłem tę galerię. Zatem w czym mogę pomóc?

Thea przygryzła wargi. Nastąpił najtrudniejszy moment. Mogła tak cały ranek flirtować z tym atrakcyjnym mężczyzną, ale w ten sposób nie odzyska Rory'ego.

– Chciałabym wiedzieć, gdzie zatrzymał się Rory. Muszę z nim porozmawiać. Nasza wczorajsza rozmowa została przerwana przez Toby'ego i burzę.

– Wytłumacz mi, moja droga, dlaczego miałbym ci dać adres najbardziej obiecującego młodego artysty, jakiego widzę od lat, skoro wiem, że będziesz chciała mi go zabrać?

To było uczciwe pytanie. Wzięła głęboki oddech.

– Ponieważ moje szanse zabrania go panu i wystawienia jego prac u mnie są tak znikome, że nie byłoby uczciwe, gdyby mi pan nie dał okazji spróbować.

Edward potakująco kiwnął głową.

– To prawda, ale jest pani czarującą młodą kobietą. Pani szanse mogą być większe, niż pani przypuszcza. Czy mam podjąć ryzyko?

– Byłam równie czarująca, gdy Rory porzucił mnie dla pana, nieprawdaż? Muszę spróbować po raz ostatni, ponieważ pracowałam zbyt ciężko i wydałam zbyt wiele pieniędzy mojej wspólniczki, żeby się teraz poddać. Ale zapewne poniosę klęskę.

– I co pani zrobi? Porzuci pomysł z galerią?

– Na Boga, nie! Organizuję wystawę absolwentów i już nawet zrezygnowałam z zarobku. Żeby się utrzymać, będę chyba musiała pracować wieczorami w barze, ale warto. To wspaniałe miejsce, wie pan. Myślę, że mogę stworzyć naprawdę dobrą galerię.

Edward zamyślił się.

– Ma pani jakieś zdjęcia?

– Lokalu? – Thea stała się ostrożna. To, że szło jej tak dobrze z Edwardem, nie oznaczało, że przestał być jej wrogiem. – Wszystkie slajdy i materiały do wystawy mam w mieszkaniu koleżanki. Jest tam chyba również kilka zdjęć galerii. Kiedyś byłam fotografem.

– Niech je tu pani przywiozą na rowerze.

– Co?

– Niech pani poprosi przyjaciółkę, żeby zadzwoniła po kuriera i przysłała je tutaj. Chciałbym zobaczyć, co pani znalazła na wystawach dyplomowych, co się pani naprawdę podoba.

Thea nadal się wahała. Kurier na pewno będzie drogo kosztować, a co jej z tego przyjdzie?

– Nie zamierzam pani wykraść młodych talentów – roześmiał się Edward. – Chcę tylko sprawdzić, czy ma pani dobre oko. Być może potrzebuję właśnie kogoś takiego jak pani.

Rozdział dziewiętnasty

Zanim jej materiały dotarły do galerii półtorej godziny później, Thea zdążyła dojść do wniosku, że na świecie jest tylko jeden człowiek, którego zdanie ceni równie wysoko, jak zdanie Edwarda Grampiana. A ponieważ nie zamierzała już nigdy więcej w życiu odezwać się do Bena, głównym przedmiotem jej niepokoju było teraz to, co pomyśli Edward, kiedy otworzy przesyłkę.

Nie miała odwagi towarzyszyć Edwardowi przy przeglądaniu materiałów. Ta wystawa absolwentów będzie najprawdopodobniej jej debiutem w środowisku właścicieli galerii, a jeśli to, co wybrała, nie jest dobre, będzie musiała albo zacząć się bardzo szybko uczyć, albo się poddać. Przez godzinę krążyła po dziale spożywczym Harrodsa, próbując sobie nie wyobrażać, co taki wybitny właściciel galerii może pomyśleć o „Kuchni Barbie" albo o filmie z nasionami wierzbówki tańczącymi na wietrze.

W końcu zmusiła się do powrotu do galerii. Edward siedział przy biurku, a na nosie miał szalenie eleganckie okulary w złotej oprawie. Popatrzył zza nich na nią.

– No więc? – spytała. – Mam sobie dać spokój z galerią i zająć się robieniem na drutach?

– Och nie! Nie sądzę, żebyś odniosła sukces w robótkach na drutach.

– Edwardzie – uważała go już za starego przyjaciela – co o tym myślisz? Nie trzymaj mnie w takim napięciu. Stoję tu jak na szpilkach!

269

– Myślę, że zebrałaś materiały na bardzo dobrą wystawę. Powinnaś dodać tylko coś z głównego nurtu, żeby nie zrazić sobie co bardziej konserwatywnych klientów, ale nie musisz przesadzać. Wystarczy jeden w miarę dobry malarz.

– Niełatwo takiego znaleźć. Szukałam wszędzie, ale teraz to niemodne.

– Stanie się modne po wystawie Rory'ego.

Zapadła cisza. Na chwilę zapomnieli, że rywalizują o tego samego wybitnego młodego artystę. Edward miał Rory'ego, a Thea jego obrazy. Zdaniem Thei Edward znajdował się w lepszej sytuacji, ponieważ wiedziała, że nie będzie mogła zatrzymać obrazów wbrew woli ich autora. Ale Edward mógł nie wiedzieć, że teraz są w jej posiadaniu, co dawało jej leciutką przewagę.

– Edward, co do wystawy Rory'ego...

– Tak, Thea?

– Jeśli mu powiesz, że może liczyć na wystawę u ciebie w przyszłości, być może zachowa się porządnie i zostanie u mnie.

– Być może. A chociaż zapewne zawsze będę gotów wystawiać jego prace, jeśli tylko będę miał na nie miejsce, nie zamierzam mu tego mówić.

– Ale czemu? Wiesz dobrze, jak ciężko na to pracowałam. Wiesz, że ja je odkryłam w tej szopie w Irlandii.

– Zapominasz, że widziałem prace Rory'ego, nim zniknął, i doceniłem ich wartość dużo wcześniej niż ty. Kiedy go odkryłaś, łatwo było wysoko je ocenić. Tworzył już od paru lat i dopracował swój warsztat. Ja natomiast dostrzegłem talent mimo braków warsztatowych.

Thea westchnęła głęboko i spróbowała raz jeszcze.

– Ale twoja galeria ma już uznaną pozycję. Ludzie tu przyjdą i kupią wszystko, co wystawisz. Nie potrzebujesz się wybijać, tak jak ja.

– Muszę utrzymać swoją reputację. Ludzie kupują ode mnie, ponieważ ufają, że wiem, co jest dobre i co nabierze kiedyś wartości.

Nie mogę sobie pozwolić na klapę. Ty tracisz tylko pieniądze, ja mam do stracenia swoją uczciwość zawodową – co, mogę cię zapewnić, jest dużo cenniejsze.

Taki jest właśnie kłopot z bezstronnością, pomyślała Thea. Doskonale rozumiała punkt widzenia Edwarda. Wiedziała, co to znaczy uczciwość zawodowa, jaka jest ważna, jak trudno ją zdobyć i jak łatwo stracić.

Zapewne wyczuwając, że Thea się poddaje, Edward mówił dalej:

– Ale postanowiłem dać ci numer telefonu Rory'ego. Jeśli zdołasz go przekonać, nie wykorzystam tego przeciwko niemu w przyszłości. Ale muszę cię ostrzec, że Veronica ma wielkie wpływy i na pewno nie stanie się twoją sojuszniczką, jeśli Rory stąd zniknie. Veronica to łowca skalpów, a nie będzie się mogła chwalić skalpem Rory'ego, gdy on najpierw wystawi swoje obrazy u ciebie.

To był prawdziwy cios. Do tej pory Thea uważała, że wszystko i tak przemawia przeciw niej: brak środków, czas, wycofanie się artysty, nawet i bez czyichś wrogich działań. A skoro Veronice prawie się udało złamać karierę Rory'ego za pierwszym razem, może to zrobić ponownie, a przy okazji zniszczyć i Theę.

– Równie dobrze mogę się od razu poddać, prawda?

Spotkała się jednak z Rorym w wybranym przez niego pubie, w tej części Londynu, której zupełnie nie znała. Czuła się nieco skrępowana, wchodząc sama do zatłoczonego wnętrza, ponieważ wcale nie ufała punktualności Rory'ego.

Siedział przy barze, zabawiając kilku młodych mężczyzn irlandzkimi dowcipami.

– Hej, Thea! Tutaj! Czego się napijesz?

– Jeśli ty płacisz, to poproszę coś dużego.

– Oczywiście, że ja płacę. Jimmy, dużą whisky dla pani.

Thea chciała poprosić dla siebie tylko wodę mineralną, ale uznała, że trochę alkoholu dla kurażu jej nie zaszkodzi.

271

– Rory – zaczęła stanowczo, podziękowawszy za drinka – muszę z tobą poważnie porozmawiać. Możemy usiąść przy stoliku?

– Oczywiście. Tylko wiedz, że raczej ci się nie spodoba to, co ode mnie usłyszysz.

– Zapewne, ale i tak powiem ci, co myślę. Muszę chociaż spróbować cię zmusić, żebyś postąpił wobec mnie uczciwie. Powiedz, czy ty naprawdę chcesz, żeby Veronica, która przyczyniła się do twojej klęski, mogła się teraz chełpić, że to ona ciebie odkryła?

– Nie, jeśli istotnie to zrobiła. Ale ona twierdzi, że zawsze stawała w mojej obronie. Mówi, że próbowała wszystkich przekonać, żeby dali spokój i zakończyli moją wystawę zgodnie z planem.

– A ty jej wierzysz?

– Muszę jej wierzyć. Załatwiła mi przecież jedną z najlepszych galerii w Londynie. Edward odwołał dla mnie wystawę naprawdę znanego artysty.

Dlaczego Edward jej o tym nie powiedział, kiedy rozważali, kto ma większe prawa do Rory'ego? Nie był z nią szczery czy może to Veronica nakłamała Rory'emu?

– Czyją?

Rory pokręcił głową.

– Zapomniałem. Kogoś bardzo ważnego. Muszę się obryć ze współczesnych artystów. Praktycznie nic o nich nie wiem.

Thea uśmiechnęła się, wcale nie rozbawiona.

– Musisz jak najszybciej podpytać Edwarda. Na wypadek, gdybyś musiał wygłosić o nich odczyt.

– To był chwyt poniżej pasa.

– Ale zasłużyłeś sobie na to. – Tak naprawdę nie był to atak, tylko delikatna aluzja. Jeśli Rory zapyta o to Edwarda, może się przekonać, że nie wszystko, co mu mówi Veronica, jest prawdą. – Więc jak, nie mam szans cię przekonać, żebyś zachował się przyzwoicie?

– Nie, bo to gra o moją przyszłość. Veronica mnie zabije, jeśli się teraz rozmyślę. Dwoiła się i troiła, żeby przedstawić mnie Edwardowi i załatwić wystawę.

– O? Zatem nie martwi cię zupełnie to, że ja też cię mogę zabić? I mniej więcej z tego samego powodu? Tylko że w moim przypadku nie będzie to morderstwo, a uzasadnione zabójstwo! W tę galerię nie tylko wsadziłam pieniądze swoje i Molly, ale włożyłam w nią również kupę pracy. Ładnych parę tygodni naprawdę ciężkiej pracy, że już nie wspomnę o opiece nad twoim psem i twoimi szczeniakami. A ty po prostu pojechałeś sobie do Londynu i zostawiłeś mnie na pastwę losu!

– Nie, nie martwi mnie to – powiedział śmiało, niewzruszony.
– Ty taka nie jesteś. Nie sabotowałabyś złośliwie nawet herbatki na plebanii, nie mówiąc już o czyjejś karierze. Nawet jeśli to jest moja kariera. A Veronica by się nawet nie zawahała.

– Mogę się nauczyć być właśnie taka – mruknęła, żałując, że to nieprawda.

Rory dotknął dłonią jej policzka. Była ciepła i miła i budziła zaufanie, zupełnie odwrotnie niż jej właściciel.

– Nie, nie możesz. I dlatego cię kocham.

Spojrzała na niego zaskoczona.

– Oczywiście w najszerszym znaczeniu tego słowa – wyjaśnił.
– Doszedłem do wniosku, że mogliśmy stworzyć naprawdę wspaniały związek, tylko nie było nam to dane. Ale nie martw się, nie popadłem w czarną rozpacz z tego powodu.

Jej oczy napełniły się łzami. Przygryzła wargi. Była zmęczona i zbyt wiele przeszła w ciągu ostatniej doby. Do tej pory jakoś tłumiła w sobie rozpacz, ale teraz była już u kresu sił. Wypiła duży łyk whisky.

– O Boże! – szepnęła tak cicho, że nie mógł jej usłyszeć. – Szkoda, że nie mogę tego samego powiedzieć o sobie.

Smutno było wracać pociągiem do Cheltenham tylko po to, żeby powiedzieć Molly o porażce. Rory nie obiecał, że zmieni zdanie i wróci do jej galerii. Nie obiecał nawet, że się nad tym zastanowi. Po prostu odmówił. Jedyna dobra wiadomość była taka, że Edward

Grampian poważnie myślał o powierzeniu Thei zadania, które mogłaby wykonywać równocześnie z prowadzeniem galerii. Praca byłaby raczej ciężka, miałaby jeździć po kraju i szukać prac, które w inny sposób nigdy by do niego nie dotarły. Zamierzał nawet proponować wystawy artystom, którzy wcześniej trafią do jej galerii.

Być może to wystarczy, żeby Molly nie poczuła się zbyt przybita. Ale na pewno nie powstrzyma jej od pomstowania na Rory'ego i jego perfidię. W zasadzie ona sama też mogła na niego pomstować, ale uznała, że nie miałoby to sensu. Musiała się skupić na przygotowaniu wystawy absolwentów.

Postanowiła nie mówić Molly o udziale Bena w całej sprawie – wprawdzie jest tylko jej krewnym, ale pewnie źle by się z tym czuła. A co gorsza, próbowałaby występować w jego obronie i tłumaczyć, że jego działania miały na celu „wyłącznie nasze dobro".

Ku jej zaskoczeniu Molly czekała na nią na peronie. Razem z Petal. Zapewne jest ku temu jakiś powód, pomyślała, usiłując przez okno otworzyć drzwi przedziału. Szkoda, że nie mam dla nich dobrych wiadomości.

– Witajcie! – Wyszła na peron, najpierw wypchnąwszy z pociągu torbę. – Jak miło, że po mnie wyszłyście, oszczędzę na taksówce. – Ucałowała Molly i właśnie zamierzała ucałować Petal, kiedy coś ją uderzyło w wyrazie ich twarzy. – O Boże, co się stało? Coś ze szczeniakami? Z Larą? Och, nie, tylko nie to! Nie zniosę tego. Chyba nie Maleństwo? – Dlatego jest tutaj Petal, pomyślała, żebym nie była sama w domu.

– Twoim psom nic nie jest – uspokajała ją Molly. – A przynajmniej nic im nie było, kiedy pół godziny temu odbierałam twoje klucze.

Serce Thei, które zaczęło już walić jak oszalałe, potrzebowało dobrych kilku chwil, by pojąć, że nikomu nie stała się krzywda.

– Zatem coś z galerią? Zalana? Boże, chyba się nie spaliła razem z obrazami Rory'ego?

– Thea! – Molly zaczęła się już irytować. – Co się z tobą dzieje? Dlaczego wyobrażasz sobie same nieszczęścia?

– Ponieważ obie wyglądacie tak, jakbyście mi miały powiedzieć o wybuchu trzeciej wojny światowej. Co się stało?

– Ben zadzwonił i wszystko nam powiedział – wyjaśniła Petal.

– Wszystko to znaczy co?

O czym mógł im powiedzieć Ben?

– Tu nie będziemy o tym rozmawiać – zdecydowała Molly. – Chodźmy do samochodu, pojedziemy do ciebie. Musimy przedyskutować pewne sprawy, choć przyznaję, że jest to dla mnie wielkie rozczarowanie.

– Nie dziwię się – przytaknęła Thea. – Usiądź z tyłu, Petal, mam dużo rzeczy.

– Możesz je włożyć do bagażnika – zaproponowała Petal, która najbardziej lubiła jeździć z przodu.

– Och, wsiadajcie już! – ucięła Molly.

W domu panował znacznie większy porządek, niż kiedy Thea go opuszczała. W przedpokoju unosił się zapach pasty do podłogi i odświeżacza powietrza, a posadzka błyszczała jak nigdy przedtem. Nawet w kuchni panował zaskakujący ład. Rozłożone na podłodze gazety były zabrudzone, ale szczenięta nie zdążyły jeszcze ich poszarpać ani nawet pognieść.

Thea wzięła na ręce Maleństwo, a potem sięgnęła po czajnik.

– Więc co takiego powiedział wam Ben, że wyglądacie obie tak żałośnie? – Zdołała nalać wody do czajnika, równocześnie pieszcząc szczeniaka. Żałowała, że nie może teraz zostać sama, żeby w spokoju napić się herbaty, przywitać z psami i obmyślić plan dalszych działań.

– Powiedział, że Rory na pewno nie będzie miał wystawy u nas, ponieważ Veronica, była żona Bena znalazła mu naprawdę wspaniałą galerię – wyjaśniła Petal.

– To prawda. – Thea postawiła Maleństwo na podłodze, żeby wyjąć z szafki kubki i herbatę.

– Ale chyba nie do końca rozumiesz, co to dla nas oznacza – powiedziała Molly, siadając.

– Bo wtedy nie byłabyś taka spokojna – wpadła jej w słowo Petal. – Dla mnie to tylko straszna strata czasu. Równie dobrze mogę wracać do Surrey.

– Nie ma sensu płakać i załamywać rąk. Rory nie jest jedynym malarzem na świecie.

– Ale to była nasza szansa na wyrobienie galerii renomy – zaprotestowała Molly, tak jakby Thea mogła o tym zapomnieć. – Miałyśmy się rozreklamować i zainteresować sobą cały świat. To dzięki Rory'emu mogłyśmy wyrobić sobie opinię.

– Wiem. Jego obrazy są cudowne, ale mam już prawie zaplanowaną naprawdę dobrą wystawę absolwentów. Poza tym będziemy mieć więcej czasu na jej przygotowanie. Nie zamierzałyśmy przecież organizować w galerii tylko tej jednej wystawy. Odniesiemy sukces i bez Rory'ego.

– Nadal nie sądzę…

– Napijesz się herbaty, Molly?

– Tak, dziękuję. Ale nadal nie rozumiem, dlaczego nie wyrywasz sobie włosów z rozpaczy. Przecież pojechałaś do Londynu specjalnie po to, żeby przekonywać Rory'ego do zmiany decyzji, i to ci się nie udało. Wiemy, bo Ben nam wszystko powiedział.

– Ben nie wie o wszystkim – oświadczyła Thea nonszalancko. – Nie wie na przykład, że pokazałam swoje slajdy i inne materiały właścicielowi galerii, gdzie Rory ma mieć swoją wystawę. Bardzo mu się spodobały. Uważa, że mam dobre oko, i chce, żebym wyszukiwała dla niego talenty. Więc same widzicie! – Mogła powiedzieć dużo więcej, ale wolała zachować dyskrecję.

– Ach tak? I naprawdę temu właścicielowi porządnej galerii spodobała się ta okropna różowa kuchnia? I ten dziwaczny film na wideo? – Molly była zaskoczona i zarazem nastawiona bardzo sceptycznie.

– Tak jest. Sama widzisz, że nie potrzebujemy już Rory'ego.

Petal westchnęła.

– A ja czekałam na jego wystawę. Nie wiem, czy dalej będzie mi się podobał pomysł z galerią.

– No, proszę! – wykrzyknęła Thea. – Nie ma co, prawdziwa z ciebie przyjaciółka! Jak chłopak się zmywa i zostaje ci sama sztuka, od razu tracisz zainteresowanie! Może powinnam ci przypomnieć, że niektórzy absolwenci też są bardzo przystojni?

– Nie o to chodzi – próbowała się tłumaczyć Petal, udowadniając tym samym, że chodzi właśnie o to.

– Napijcie się herbaty, obie. A potem, skoro galeria nie została zalana ani nie spłonęła, pozwolicie, że się rozpakuję i przygotuję rzeczy do prania.

Zrozumiały jej aluzję, wypiły herbatę i poszły.

Resztę dnia Thea spędziła w domu. Jakoś jeszcze nie mogła pojechać do galerii. Choć wszystkie jej optymistyczne oświadczenia na temat przyszłości były prawdziwe, i sama w nie święcie wierzyła, zdrada Rory'ego zraniła ją bardziej, niż chciała pokazać Molly i Petal – może dlatego, że Ben miał w tym swój udział? Gdyby tylko mogła uwierzyć, że nie szukał Rory'ego dla Veroniki! Gdyby tylko się w nim nie zakochała albo gdyby mogła się odkochać teraz, kiedy już wiedziała, że stanowił źródło jej kłopotów! Jaka szkoda, że sercu nie można nic nakazać...

Poszła spać wcześnie i natychmiast zasnęła, wypiwszy przedtem szklankę gorącego mleka z dodatkiem whisky. Spała głęboko, kiedy obudził ją dzwonek telefonu.

Dzwonił Rory. Był pijany.

– To ty, Thea? Mówi Rory. Dzwonię z pubu.

– Domyśliłam się. Czego chcesz?

– Powiedzieć ci, że jednak postanowiłem zrobić wystawę u ciebie.

– Co? – Thea usiadła na łóżku, żeby się upewnić, że na pewno nie śni.

– Powiedziałem, że moje prace wystawię u ciebie. To znaczy, że masz zatrzymać obrazy. Za kilka dni przyjadę ci powiedzieć, jak je rozwiesić.

– Co? Dlaczego? Dlaczego zmieniłeś zdanie?

– Postanowiłem, że żadna suka nie będzie kierować moim życiem. Będę wystawiał, gdzie zechcę, a Veronica niech się powiesi. Niech tylko znowu spróbuje mnie zniszczyć!

– Uspokój się, jestem pewna, że tego nie zrobi.

– Ależ zrobi. Sama mi to powiedziała. Ale nic mnie to nie obchodzi. Rozłączam się. Dobranoc.

Thea siedziała na łóżku, rozważając, czy powinna się już zacząć cieszyć, czy też Rory zapomni do rana o tym wykonanym po pijanemu telefonie.

Na szczęście, ponieważ dość długo nie mogła się obudzić, rozmowa nagrała się na automatyczną sekretarkę. Przemknęła jej nawet przez głowę myśl, że w przypadku sprawy sądowej mogłaby przedstawić to nagranie jako dowód.

Zbyt rozbudzona, żeby znowu zasnąć, leżała przez chwilę w łóżku, w myślach rozwieszając obrazy i zastanawiając się, czy warto budzić szczeniaki, żeby zaparzyć sobie herbatę. Jeśli zejdzie teraz na dół, uznają, że jest już rano. A to oznacza, że będzie musiała zagrzać mleko, dać im płatki i wypuścić do ogrodu. Gdyby była czwarta czy piąta nad ranem, na pewno by to zrobiła i po prostu wcześnie zaczęła dzień. Ale było dopiero wpół do drugiej.

W końcu uznała, że nigdy nie zdoła zasnąć, jeśli będzie tak leżeć i słuchać w radiu wiadomości. Zeszła na dół, stawiła czoło szczeniakom i zabrała herbatę do łóżka. Było już wpół do piątej, kiedy wreszcie zasnęła.

Wywlokła się z łóżka o siódmej. Była półprzytomna z niewyspania, ale wiedziała, że czekają na nią głodne szczeniaki i zasikane gazety pełne kupek. Włożyła szlafrok i ruszyła w kierunku schodów.

Szkoda, że nie włożyła też kapci. Wdepnęła w psią kupę, jak tylko otworzyła drzwi do kuchni. Przez chwilę wahała się, czy lepiej najpierw zebrać gazety i pozbyć się reszty kup, a dopiero potem umyć nogę w zlewie w komórce przy kuchni, czy raczej odwrotnie. Jednakże myśl o skakaniu po kuchni na jednej nodze po tak ciężkiej

278

nocy wytrąciła ją nieco z równowagi. Podobnie ak myśl o chodzeniu z psią kupą na stopie. Utykając, pokuśtykała co komórki.

Umyła stopę, wyrzuciła śmieci z kaloszy i założyła je na gołe nogi. Kiedy wyszorowała już podłogę w kuchni, wypuściła szczeniaki do małego ogródka, żeby trochę sobie pohasały, a potem dała im śniadanie, uświadomiła sobie, że cały czas rośnie w niej bańka szczęścia. Tym razem zamierzała przypilnować, żeby Rory dotrzymał swojej obietnicy, nawet gdyby musiała mu zagrozić, że w przeciwnym razie potnie jego obrazy i będzie mu je wysyłać po kawałku w listach.

– Nie rozumiem! Ben przecież wyraźnie powiedział, że nie możesz liczyć na powrót Rory'ego, bo Veronica użyje wszystkich wpływów, żeby go zniszczyć.

Thea przytrzymała słuchawkę ramieniem i wzięła na ręce szczeniaka.

– Widocznie Rory doszedł do innego wniosku. Może nie boi się Veroniki tak jak Ben.

Molly nie wyczuła sarkazmu w jej wypowiedzi.

– Och, Ben się jej nie boi, ale musi utrzymywać z nią poprawne stosunki ze względu na Toby'ego.

Thea westchnęła; nieprzespana noc sprawiła, że nagle poczuła się bardzo zmęczona.

– W każdym razie Rory wraca do nas, więc musimy się zabrać z powrotem do pracy i zorganizować wszystko do końca – powiedziała.

– Ale nie zmieni znowu zdania, prawda?

– Nie. Zamierzam jak najszybciej poprzyspawać obrazy do ścian, żeby w ogóle nie wchodziło to w grę.

– Ależ Thea! Przecież nie możesz tego zrobić! Nie będziemy mogły ich potem zdjąć i znów trzeba będzie odnawiać całą galerię!

Doprawdy, po tak długim okresie znajomości nie powinna już się tłumaczyć Molly ze swoich żartów! Delikatnie postawiła szczeniaka na podłodze.

– Tylko żartowałam!

– Zadzwonisz do Bena i przekażesz mu dobrą wiadomość?

– Nie – odparła Thea stanowczo. – Jeśli uważasz, że ktoś powinien go o tym poinformować, zadzwoń sama. Osobiście sądzę, że może się tego równie dobrze dowiedzieć dopiero z zaproszenia na wernisaż.

– Thea! Co tak nagle masz coś przeciw Benowi? Myślałam, że go lubisz?

– Naprawdę? No dobrze, powiedz mu, jeśli chcesz, mnie to nie obchodzi. A teraz muszę się zająć milionem pilnych spraw. Spotkamy się w galerii za jakąś godzinę.

Rozdział dwudziesty

Galeria wydała się jej większa i jaśniejsza niż kilka dni temu, zapewne za sprawą słońca zaglądającego przez wielkie okna. Szkoda, że jedno z nich trzeba będzie w najbliższym czasie zasłonić, żeby mieć więcej miejsca na obrazy. Ale dziś Thea mogła się nacieszyć do woli tą pełną światła przestrzenią.

Zeszła na dół, gdzie w korytarzu leżały obrazy Rory'ego, owinięte pęcherzykową folią. Nie chciała ich oglądać wcześniej, kiedy się obawiała, że w każdej chwili mogą jej zostać odebrane. Dziś jednak zaniosła jeden z nich na górę i rozpakowała. Krajobraz.

W myślach natychmiast wróciła do Irlandii. Prawie poczuła zimne powietrze i promienie słońca na twarzy. Wiedziała, jak zimna byłaby morska woda, gdyby zeszła na plażę i zdjęła buty.

Oparła obraz o ścianę i poszła po następny. Zaraz przyjedzie Molly, jak zwykle pełna energii, i zarzuci ją pytaniami na temat wernisażu, na przykład czy powinny podać kanapki, a do nich jakieś wino. Chciała obejrzeć obrazy w spokoju, całkiem sama.

Ale trwało to zdecydowanie za krótko. Przyjechała Molly i tak jak Thea przewidywała, była głównie zajęta listą gości. Na obrazy ledwo spojrzała.

– Uważam, że powinnyśmy też podać coś do jedzenia, inaczej ludzie wstawią się winem.

Cóż, Thea z całą pewnością nie chciała, żeby wstawił się Rory. Być może jedzenie to dobry pomysł.

– Dobrze. A co powinnyśmy twoim zdaniem podać? Kanapki? Krokiety z mięsem? *Quiche*?

Molly była przerażona: czasami praca z Theą stawała się okropnie trudna. Biedna dziewczyna najwyraźniej nie miała pojęcia o wykwintności.

– Myślałam o tartinkach z kawiorem i może sushi. Albo wędzony łosoś, coś w tym rodzaju.

– Coś takiego raczej nie zabezpieczy nam gości przed wstawieniem się, za to na pewno będzie kosztować majątek. A poza tym kto to przyrządzi? Ja i bez tego mam dość roboty. Naprawdę nie uśmiecha mi się nadziewanie przez całą noc koktajlowych pomidorków!

– Zatrudnimy firmę cateringową. Znam dziewczynę, która może nam wszystko przygotować. Zapewnia nawet kelnerki.

– A ile to będzie kosztowało? Na razie galeria nie przynosi żadnego dochodu. Póki nie zaczniemy zarabiać, nie stać nas na takie luksusy.

Molly wysunęła podbródek. Zawsze tak robiła, kiedy Derek mówił, że na coś ich nie stać, i jak dotąd zawsze działało.

– To za drogie – powtórzyła Thea.

– Ja zapłacę – odparła Molly.

Thea również wysunęła podbródek.

– Och, pozwól mi. Tylko tym razem!

Widoczne rozczarowanie Molly przyniosło lepszy skutek niż jej grymasy.

– Jeśli chcemy gdzieś zajść, musimy najpierw ruszyć z miejsca.

– Ben też powiedział…

– Co? – Thea nic jej nie mówiła o ostatnim spotkaniu z Benem, ale jemu musiało się chyba coś wyrwać na ten temat, bo inaczej Molly nie urwałaby tak w pół zdania.

Molly zaczęła zeskrobywać z kontaktu plamę farby.

– Powiedział, że chciałby zaprosić masę ludzi z Londynu. – Spojrzała na Theę. – On naprawdę chce pomóc naszej galerii niezależnie od tego, co myślisz.

– W porządku, Molly. Jeśli Ben chce zaprosić kilku swoich przyjaciół, proszę bardzo. Skoro sądzi, że tu przyjadą...

– O to mi właśnie chodzi! – oświadczyła Molly. – Jeśli przyjadą, to nie chcę, żeby nas uznali za prowincjuszki, które się nie znają na wykwincie.

Thea też tego nie chciała, ale pomysł, by wydać równowartość prowizji ze sprzedaży kilku obrazów tylko po to, żeby kumple Bena nie traktowali ich z góry, wcale jej się nie podobał.

– Proponuję kompromis. Żadnego jedzenia w galerii, za to zarezerwuję stolik w chińskiej restauracji. Przynajmniej nie będziemy musiały płacić za jedzenie, którego nikt nie zje. – Musi też przypilnować, żeby Rory zjadł przed otwarciem kilka dużych kanapek i nie pił na pusty żołądek.

– W chińskiej restauracji! – Molly była tak przerażona, jakby Thea zaproponowała klub ze striptizem.

– „Chiński Smok" jest naprawdę elegancki. Byłaś tam kiedyś? To odpowiednie miejsce na taką imprezę. Byłam tam z przyjaciółmi zaraz po otwarciu. Jest fantastyczny, naprawdę. Zarezerwuję stolik dla jakichś dziesięciu osób i może ktoś z nich sam za siebie zapłaci.

– W porządku, brzmi to całkiem nieźle, ale ja chcę mieć tartinki! – Niemal słychać było tupnięcie.

Thea złamała się. Musiała oszczędzać siły na ważniejsze bitwy.

– Och, dobrze, Molly, ale tylko ten jeden raz, na wystawie Rory'ego. Przy następnych okazjach będzie wyłącznie wino, i tylko jeden kieliszek gratis, a reszta płatna.

Molly zasyczała z oburzenia, jakby Thea zaproponowała jej, żeby pobierała opłaty za cherry, którym częstowała u siebie gości.

– No, nie powiemy im, że mają płacić, bo to byłoby niezgodne z prawem, tylko poprosimy o datki. To jest przyjęte, naprawdę. Spotkałam się z tym w Londynie. – To było kłamstwo, ale skoro Molly wolno było tupać, to ona mogła nieco naginać prawdę.

– Świetnie, jeszcze zobaczymy. Ale chcę, żeby na naszym pierwszym przyjęciu – to znaczy na wystawie – wszystko było jak należy.

Thea wzruszyła ramionami.

– Kto płaci, ten kupuje sushi.

Molly uśmiechnęła się, ale zaraz spoważniała.

– A przy okazji, Ben bardzo się martwi.

– Och, biedaczek!

– Nie, naprawdę, martwi się, że Rory tak nagle zmienił zdanie.

– Raczej wrócił do poprzedniego.

– Naprawdę zaczynam się zastanawiać, czy nie powinnyśmy się jednak wycofać z tej wystawy. Veronica potrafi być mściwa i według Bena pluła jadem, jak się o wszystkim dowiedziała.

Rozmowy z Londynem musiały mknąć po kablach telefonicznych jak głowice atomowe.

– Nie sądzę, żeby teraz ktoś zdołał zaszkodzić Rory'emu. Edward, właściciel tej galerii w Londynie, bardzo go ceni. I chociaż Veronica przypisuje sobie zasługę załatwienia mu tej wystawy, Edward i bez niej by się na to zdecydował. Nie sądzę, żeby zdołała mu zrobić krzywdę.

– Myślę, że Ben bardziej się martwił tym, co Veronica może zrobić nam, a nie Rory'emu.

Thea straciła nieco pewności siebie.

– Dlaczego? Dlaczego miałaby nam coś zrobić? A poza tym co mogłaby zrobić? Wysadzić galerię w powietrze?

– Nie żartuj sobie! To bardzo wpływowa kobieta. Jedno jej złe słowo, a ludzie będą się trzymać od nas z daleka. Nigdy mnie nie lubiła, i…

– I co?

– Ben mówi, że ona uważa, iż chciałaś porwać Toby'ego.

– Cóż, to śmieszne. Chyba nikt nie jest na tyle głupi, żeby w to uwierzyć. Na litość boską! Toby tylko pobiegł za nami. Musiała już to chyba zrozumieć. Gdyby zwracała na niego więcej uwagi, na pewno by nie przeoczyła tego, że wybiegł z galerii

– No, nie wiem, ale Ben tak mówi. I powiedział też, że Veronica jest na ciebie wściekła.

– Ponieważ sądzi, że porwałam Toby'ego?

284

– Och, myślę, że nie tylko za to. Jest chyba zła, bo się dogadałaś z Edwardem Grampianem, który zdaniem Bena jest ważną osobą w świecie artystycznym. I nie podoba jej się, że Ben jest zainteresowany jakąś kobietą. Wprawdzie sama go nie chce, ale nie chce też, żeby kogoś miał.

– O to się nie musi martwić, Ben się wcale mną nie interesuje. Nawet w najmniejszym stopniu. Nie sądzisz, że powinnyśmy przestać plotkować i zabrać się do jakiejś pracy? – Po czym, doszedłszy do wniosku, że nie powinna była krzyczeć na Molly, dodała: – Przepraszam. Jestem tym wszystkim trochę zdenerwowana. A poza tym uważam, że Ben powinien wyjaśnić Veronice, że nawet się nie przyjaźnimy.

– Naprawdę? – Molly, zaskoczona takim zachowaniem łatwej na ogół w obejściu Thei, nie zdołała wymyślić lepszej odpowiedzi. – Wiesz, że wynajął w Bristolu dom, żeby mieć czas na zakup własnego?

– O? Mam nadzieję, że Toby'emu nie będzie przykro porzucić londyńskich kolegów. – Nagle wpadło jej do głowy, że być może Veronica była zazdrosna o jej przyjaźń z Tobym.

– Sądzę, że Ben w końcu się zdecyduje posłać go do prywatnej szkoły. To jest łatwiejsze dla samotnego ojca.

Na myśl o Tobym w szkole z internatem Thei napłynęły do oczu łzy.

– Myślałam, że przeprowadzają się, żeby mógł chodzić do miejscowej szkoły. Po co go narażać na zmianę otoczenia, skoro i tak będzie musiał wyjechać? – Wzięła się w garść. – Zresztą, nie moja sprawa – powiedziała, starając się, żeby zabrzmiało to przekonująco. – Kiedy przychodzi ten twój człowiek zasłonić okno? A może lepiej zróbmy to same?

– Thea! Nawet bym nie wiedziała, od czego zacząć! Wiem, że dobrze jest oszczędzać, ale naprawdę istnieją jakieś granice s a m o - d z i e l n o ś c i – Molly wypowiedziała to słowo tak, jakby to było wyrażenie, którym porządna kobieta nie powinna kalać swych ust.

Thei udało się roześmiać.

– Tylko żartowałam. Jest przecież ten twój Andy-Złota Rączka.

– On wcale nie ma na imię Andy, tylko Bob – sprostowała zmartwiona Molly.

– No to bądź taka kochana i zadzwoń do niego. No, Molly, zadzwoń!

Molly pokręciła głową. Czasami zupełnie nie rozumiała Thei.

Wieki później, po powrocie do domu, Thea przeglądała pocztę, a szczeniaki gryzły ją po kostkach. Prócz reklamówek był tylko jeden list. Otworzyła go. Od Toby'ego, napisany na komputerze.

Kochana Theo!

Piszę, żeby Cię przeprosić za wszystkie kłopoty. Słyszałem, jak tata rozmawiał przez telefon z Veronicą, i wiem, że on wcale nie uważa, że mnie porwałaś. Mam nadzieję, że nadal będziesz się przyjaźnić z tatą. Proszę, napisz mi, że tak będzie.

Uściski
Toby

Ten raczej oficjalny list ozdobiony został gwiazdkami i latającymi spodkami. Przygryzła wargi. Nie miało sensu się rozczulać. Toby chciał, żeby była z Benem, ponieważ chciał mieć prawdziwą mamę. Odkąd osobiście poznała Veronicę, potrafiła go zrozumieć. Choć niewiele wiedziała o wychowaniu dzieci, przynajmniej szczerze się cieszyła z towarzystwa Toby'ego. W przeciwieństwie do jego matki.

Miała nadzieję, że Ben nie wie, co czuje Toby. Byłby wściekły. Partnerskie związki zawsze są trudne same w sobie, nawet wtedy, gdy dziecko nie próbuje się wtrącać w życie uczuciowe rodziców. Instynktownie wyczuwała, że Ben nigdy by się nie ożenił z kimś, kogo Toby by nie polubił. I co najważniejsze potrafiła już teraz uwierzyć, że skoro zapewniał, iż nie szukał Rory'ego dla Veroniki, to najprawdopodobniej tak było. Zaszedł po prostu okropny zbieg okoliczności.

Ale tak naprawdę nic to nie zmieniało. Nawet gdyby wtedy powiedziała: „Tak, wierzę ci", to też nie sprawiłoby, że zapałałby do niej namiętnością. Jedyną namiętnością, jaką pałał do niej Ben, był gniew – a to nie jest uczucie, na którym można budować trwały związek. Niemniej gdyby zdarzyła się taka okazja, chętnie by mu wyjaśniła, że już nie uważa go za zdolnego do popełnienia zdrady. Zresztą może będzie miała szansę porozmawiać z nim na wernisażu.

Jednakże nadal pozostawał problem odpowiedzi na list Toby'ego. Musiała ją wysłać szybko, jeśli miała do niego dotrzeć przed przeprowadzką. Nie chciała prosić Molly o adres Bena w Bristolu – wywołałoby to niepotrzebną burzę dociekliwych pytań, na które sama nie znała odpowiedzi.

Trochę później usiadła nad blokiem listowym przy kuchennym stole, zastanawiając się, co napisać. Odpowiedź, jak ją już wymyśli, zamierzała przepisać na ładną kartkę pocztową. Jednak jak na razie nie wyszła poza *Kochany Toby*.

W końcu, po licznych skreśleniach, rozpoczynaniu od początku i rzucaniu szczeniakom do zabawy kulek z papieru, zdołała napisać, co następuje:

Kochany Toby!
Dorośli nie zawsze postępują logicznie i obawiam się, że Ben i ja chyba nie możemy już być przyjaciółmi. (Słowo „chyba" wzięło się stąd, że nie chciała całkowicie odrzucić takiej możliwości). *Ale to nie znaczy, że my dwoje nie możemy się dalej przyjaźnić. Zawsze możesz do mnie przyjechać, Molly postara się to załatwić* (miała nadzieję, że to zdanie nie zabrzmi zbyt podejrzanie albo jak próba ustanowienia praw do opieki). *Mam nadzieję, że Ty i Ben będziecie szczęśliwi w Bristolu i że nie będziesz za bardzo tęsknił*

za londyńskimi przyjaciółmi. Z Bristolu jest do mnie całkiem blisko, więc będziesz mógł zawsze przyjechać obejrzeć szczenięta albo upiec placek czy pizzę.

Ucałowania
Twoja przyjaciółka Thea

Ozdobiła list rysunkiem Lary oraz szczeniąt, goniących jeden za drugim wokół tekstu i pozostawiających za sobą kałuże. Kiedy skończyła, stwierdziła, że to wszystko razem nie zmieści się na ozdobnej kartce, szczególnie gdyby chciała też nanieść rysunki, złożyła więc po prostu list i postanowiła wysłać to, co napisała na brudno. Toby na pewno nie będzie miał jej za złe, że napisała list na papierze w kratkę, a jeśli nie spodoba się to Benowi – no cóż, on i tak nigdy nie jest z niej zadowolony.

Kiedy wyprowadzała Larę na spacer, chcąc przy okazji wrzucić list do skrzynki, postanowiła przestać myśleć o Benie. Miała tyle roboty przed wystawą, że i tak nie będzie miała na to czasu.

Życie Thei przyspieszyło teraz gwałtownie. Kalosze trzymała przy łóżku i wkładała je natychmiast po pobudce, czyli o szóstej rano. Kiedy już posprzątała kuchnię i nakarmiła psy, zabierała Larę na jak najdłuższy spacer. Potem sprawdzała, czy osoba, która ma przyjść i nakarmić szczeniaki w południe, wie, co ma robić, wsiadała w samochód i jechała do galerii. A tam odkrywała smutną prawdę, że im więcej ludzi jej pomaga, tym dłużej to wszystko trwa.

Wieszanie obrazów zajęło dwa dni, wliczając w to jeden wieczór z nieco zbyt obficie zakrapianą kolacją w domu Thei, gdzie Rory zatrzymał się na noc.

A zajęło to tyle czasu nie dlatego, że Thea i Rory kłócili się, gdzie co ma wisieć – w zasadzie mieli na ten temat zaskakująco podobne zdanie – ale ponieważ trzeba było dokładnie wszystko zaplanować, a potem wymierzyć miejsce na każdą całkiem pracę, a było ich sporo. Przy okazji odkryli, że połowa ścian wcale nie jest z cegły i ma jakieś podejrzane wybrzuszenia.

– To jak z bardzo obcisłą sukienką – stwierdziła Petal, która pomagała im w pracy. – Jak taką włożysz, też wszędzie masz wybrzuszenia.

Thea i Rory popatrzyli na Petal, która nosiła zaledwie rozmiar trzydzieści sześć.

– Ale w twoim przypadku wybrzuszenia znajdują się tylko we właściwych miejscach – powiedział Rory.

Założenie odpowiedniego oświetlenia trwało kolejne dwa dni i kosztowało więcej, niż Thea miała odwagę pomyśleć, ale można je było łatwo przearanżować – jeśli oczywiście miało się dość odwagi, żeby wejść na drabinę – i efekt był doskonały, a obrazy wyglądały po prostu rewelacyjnie.

Coś w tym guście Thea powiedziała do Rory'ego, który poczuł się jej słowami dotknięty.

– Oczywiście, twoje obrazy wyglądają rewelacyjnie, nawet kiedy się je ogląda w garażu przy zamkniętych wrotach. Ale wielu artystów, których prace zamierzam tu wystawiać, będzie potrzebować pomocy światła. To bardzo ważne. Tak samo jak właściwa oprawa stwarza zasadniczą różnicę.

Rory się roześmiał.

– Jasne. Tylko się z tobą drażniłem. Wiem, że to ważne.

Ben, który jak na razie trzymał się z dala od galerii, zajmował myśli Thei tylko wtedy, gdy było to naprawdę uzasadnione, na przykład kiedy się zastanawiała, czy podłoga została polakierowana dostatecznie dokładnie. Albo czy powinna przyczepić maleńkie metki z cenami do obrazów, czy też podać je raczej w cenniku rozdawanym zwiedzającym. Albo czy Maleństwo naprawdę dobrze się rozwija, czy też są to tylko jej pobożne życzenia. W końcu, żachnęła się, myślała o nim tylko jakieś dwadzieścia do trzydziestu razy dziennie. Koniec z tym, powiedziała sobie stanowczo.

Dni mijały szybko i galeria zaczynała stopniowo wyglądać jak galeria. Usunięto drabiny i ochronne prześcieradła. Kurz, który pokrył wszystko po cyklinowaniu, zniknął już nawet z najbardziej nieprawdopodobnych miejsc. Thea zdobyła się też na odnowienie małego pokoju za kuchnią na wypadek, gdyby był jednak potrzebny na ekspozycję. Niestety – pomalowanie ścian nie zmieniło smutnych wspomnień związanych z tym miejscem.

Molly na serio zajęła się promocją i dzwoniła do najrozmaitszych ludzi, opowiadając im o Rorym i jego wystawie. Ale odzew był niewielki. Kiedy ludzie dowiadywali się, że wystawa jest poza Londynem, tracili całe zainteresowanie. Molly zaczynała już nawet rozpaczać.

– Jeśli się bardziej nie postaramy, wystawa będzie atrakcją wyłącznie dla naszych znajomych.

– Ale to chyba dobrze, prawda? Milej jest przyjmować znajomych niż snobów z Londynu, którzy będą tylko zadzierać nosa. – Thea zaczynała właśnie sądzić, że brak publiczności jest lepszy niż jej nadmiar. Jeśli miała ponieść klęskę, wolała, żeby nikt tego nie widział.

– Nie sądzisz, że ma to coś wspólnego z Veronicą? – spytała Molly.

– Nie popadaj w paranoję. Dlaczego miałoby jej zależeć, żeby nas bojkotowano?

Molly zmierzyła Theę wzrokiem, ale przynajmniej tym razem nic nie powiedziała.

A potem, na cztery dni przed pokazem, kiedy Thea postanowiła obdzwonić znajomych i upewnić się, że na pewno przyjadą, wszystko uległo zmianie.

Kiedy telefon wreszcie zadzwonił i okazało się, że to ktoś z londyńskiej gazety, Thea była uszczęśliwiona i natychmiast przekazała tę wiadomość Molly. A Molly, która zamierzała właśnie pojechać do salonu piękności, żeby się przygotować na otwarcie, odwołała wizytę.

– Żebym była na miejscu, jeśli ktoś znowu zadzwoni – wyjaśniła.

– Zawsze wiedziałam, że nie masz żadnych wątpliwości co do tego, że potrafię rozmawiać z mediami – zaśmiała się Thea.

– Nieprawda. Słowo daję, Thea. Będę za jakąś godzinę.

Thea zdążyła odebrać jeszcze trzy telefony i zapisać informacje, nim usłyszała, że ktoś otwiera drzwi galerii.

– Bogu dzięki, że już jesteś. Telefon nie przestaje dzwonić od rana, a ja muszę iść do łazienki. Co cię zatrzymało? – Uniosła głowę i zobaczyła nie Molly, a Bena, który stał w drzwiach i wahał się, czy wejść dalej. – Ty nie jesteś Molly!

– Oczywiście, że nie. Przepraszam.

Thei nagle zaschło w ustach i poczuła się jak nieporadna i głupia kura domowa, a nie jak właścicielka galerii, którą interesuje się Londyn. Nie bardzo wiedziała, co powiedzieć.

– No to wejdź – wykrztusiła.

Wszedł i rozejrzał się po galerii.

– Nie byłem pewien, jak mnie przywitasz.

Thea uśmiechnęła się nieco sztywno.

– Chyba miło?

Wydawał się bardzo zmęczony, bardzo oficjalny i jeszcze przystojniejszy, niż to było zdaniem Thei możliwe. Miała ochotę rzucić się na niego i przytrzymać tak mocno, żeby już nigdy nie zdołał jej uciec. Chcąc nie chcąc, przypomniała sobie tę chwilę, kiedy zarzucił ją sobie na ramię i zaniósł do domu. Ale zamiast gniewu czy oburzenia poczuła pragnienie, żeby znów jej dotknął, nawet w złości.

– Przyszedłem ci coś wyznać.

O Boże, nie teraz, pomyślała Thea. Nie mów mi teraz niczego okropnego!

– Czy to konieczne? Jestem pewna, że nigdy nie zrobiłeś niczego naprawdę złego.

– Serio? Kiedy widzieliśmy się ostatnio, raczej w to wątpiłaś.

To dziwne. Jeszcze niedawno wiele by dała za szansę wyjaśnienia Benowi, że się myliła, posądzając go o zdradę. A teraz, kiedy tu był, nie miała na to chęci. Czyżby zrobiła się mściwa? Czy chciała, żeby pocierpiał choć trochę tak jak ona?

– Z pewnością nie możesz mnie za to winić. Naprawdę trudno było uwierzyć, że nie znałeś planów Veroniki wobec Rory'ego, że mi go odbierze, jak tylko go odszukasz.

– Rozumiem. Nie mogę cię winić za to, że we mnie zwątpiłaś.

– No a co mi chcesz wyznać?

– Postanowiłem nieco ograniczyć szkody.

Thea zmarszczyła brwi.

– O?

– Veronica była bardzo zła, że Rory zmienił zdanie.

– Doprawdy?

– Więc żeby jej uniemożliwić przekonanie wszystkich, że twoja wystawa nie jest warta nawet przejścia na drugą stronę ulicy, nie mówiąc już o wyprawie w zapadły zakątek hrabstwa Gloucester, postanowiłem podjąć odpowiednie kroki.

– Jakie kroki? Och, przepraszam, znowu telefon!

Telefon zadzwonił jeszcze dwa razy, nim mogła wrócić do rozmowy z Benem, a wtedy dojechała już Molly.

– Co się dzieje? – zapytała. – I co ty tu robisz, Ben?

– Przyjechałem was ostrzec. Poprosiłem pewną moją przyjaciółkę, żeby zadzwoniła w parę miejsc i zrobiła wam prasę. Zna absolutnie wszystkich.

– Aha! – Thea przyjęła tę wiadomość ambiwalentnie. Była uradowana, że jej galeria ma taką reklamę i że jest jakiś odzew, ale uważała, że Ben powinien był ją zapytać o zgodę. – Czy to nie ja powinnam przygotować komunikat prasowy?

– Przepraszam. Powinienem był zapytać cię o zdanie, ale pisanie komunikatów prasowych to prawdziwa sztuka. Musisz przyciągnąć uwagę znudzonych dziennikarzy, którzy nigdy nie zainteresują się sztuką, o ile nie towarzyszy jej jakaś sensacyjna historia. – Zawiesił głos. – I nie chciałem, żebyś mi zabroniła tego robić, bo wiedziałem, jakie to ważne.

– Och.

Molly wtrąciła się, czując narastające między Theą i Benem napięcie.

– Jestem pewna, że coś bym wymyśliła.

– Molly, wiem, że znasz mnóstwo ważnych osób, ale moja przyjaciółka zna te najbardziej właściwe – powiedział Ben przepraszająco.

– A czy przynajmniej mógłbyś nam pokazać tekst tego komunikatu? – spytała Thea. – Żebyśmy też się dowiedziały o tym sensacyjnym wydarzeniu?

– Oczywiście.

Położył teczkę na stole, wyjął plik papierów i podał go Thei. Komunikat brzmiał następująco:

W Irlandii u podnóża tęczy stoją podobno złote dzbany, ale coś jeszcze cenniejszego odkryto niedawno w zachodniej części hrabstwa Mayo. Młody artysta, którego prace nie były pokazywane publicznie od czasu wystawy dyplomowej, pracował tam od lat nad cyklem pejzaży. Obrazy te na pewno spowodują ogromne zamieszanie w całym artystycznym świecie. Kiedy zaproponowano mu wystawę w londyńskiej galerii Edwarda Grampiana, odmówił, i zamiast tego postanowił pokazać swoje prace w nowo otwartej galerii na prowincji, której właścicielką jest jego eks-przyjaciółka (tu Thea się zakrztusiła) Thea Orville. Galeria została stworzona specjalnie po to, aby wystawić jego prace. Dlaczego postanowił zadebiutować w zupełnie nieznanym miejscu, zamiast w znanej galerii w Londynie, pozostaje tajemnicą, ale cały świat artystyczny wybiera się na otwarcie jej wystawy. A fakt, że artysta jest „do wyrwania", stanowi dodatkową atrakcję.

Tekst ozdabiało zdjęcie Rory'ego patrzącego na zatokę Clew, które kiedyś zrobiła mu Thea. Musiała przyznać, że wyglądał na nim wyjątkowo pięknie i romantycznie.

– Cóż – powiedziała z bardzo mieszanymi uczuciami, zwróciwszy kartki – z pewnością się wam udało, telefon nie przestaje dzwonić. O proszę, znowu! – Kiedy skończyła rozmowę, zwróciła się do Bena: – Ale nie jestem pewna, czy to etyczne. Nigdy nie byłam dziewczyną Rory'ego, a poza tym powinni raczej mówić o jego pracach, a nie o tym, jak wygląda i czy jest „do wyrwania"

– A co to w ogóle znaczy? – spytała Molly.

– Myślę, że to, co Petal określa jako „fajowy", tylko po irlandzku – wyjaśniła Thea. – Nie mam czasu odbierać telefonów od dziennikarzy, którzy są bardziej zainteresowani tym, czy między mną i Rorym coś zaszło, niż jego pracami.

– A zaszło? – zapytał Ben.

– A co to ma do rzeczy? – odparła Thea, wściekła, że o to zapytał, i to przy Molly, co wykluczało kłótnię.

– Pewnie nic. Ale dobrze jest znać prawdę. Szczególnie przy promocji.

– Doprawdy? Przecież ty też nazmyślałeś w tym swoim komunikacie! Prawda nie ma tu nic do rzeczy.

– Och, przestańcie się kłócić – ucięła Molly. – Jak sobie poradzimy z tymi telefonami, kiedy mamy jeszcze tyle do roboty? Ja muszę iść do fryzjera, poza tym trzeba odebrać ostatnią partię pocztówek i Bóg jeden wie co jeszcze.

– Ja też muszę zrobić to i owo – dodała Thea, myśląc o swojej liście spraw do załatwienia, która wydłużała się z każdą godziną.

Brwi Bena powędrowały w górę.

– Niech Petal odbiera telefony. Wyjaśnij jej tylko dokładnie, co ma mówić o twoim romansie z Rorym i kiedy jest pokaz zamknięty.

– Molly upiera się przy tartinkach, więc musimy wiedzieć, ilu osób mamy się spodziewać.

– Dużo więcej, niż zaprosiłaś, to pewne. Notowałaś, z których gazet dzwonili?

– Tak. – Thea skrzyżowała za plecami palce, mając nadzieję, że jeszcze je wszystkie pamięta.

– Lepiej pojadę do firmy cateringowej – stwierdziła Molly. – Mam nadzieję, że zdążą dorobić tartinek.

– Tylko najpierw zadzwoń do Petal i zapytaj, czy ojciec może ją tu zaraz przywieźć. Nie mogę biegać po schodach za każdym razem, jak zadzwoni telefon, mam parę rzeczy do zrobienia na dole – po-prosiła Thea.

– Musisz mieć telefon bezprzewodowy, wtedy mogłabyś z nim chodzić.

– Tak, wiem. Ale teraz wolę Petal. Proszę...

Telefon znowu zadzwonił.

– Zadzwonię z komórki – oznajmiła Molly, gdy Thea podniosła słuchawkę.

– Rozejrzę się tu, jeśli pozwolisz – powiedział Ben.

Thea rozmawiała przez telefon i nie mogła mu powiedzieć, że nie pozwala. Tak bardzo chciała oprowadzić go sama.

Rozdział dwudziesty pierwszy

Kiedy telefon zadzwonił po raz kolejny, Thea poprosiła Molly, żeby odebrała, a sama zeszła na dół zobaczyć, co robi Ben. Czuła się okropnie oszukana, że to nie ona pokazuje mu wystawę i nie może obserwować wyrazu jego twarzy na widok wreszcie porządnie rozwieszonych obrazów.

Był na dole w dużej galerii, gdzie pobrudzone klejem deski podłogi zasłaniała wykładzina. Odwrócił się, kiedy usłyszał jej kroki.

– Fantastycznie. Świetnie tu wyglądają. Zrobiłaś doskonałą robotę.

– Ja tylko powiesiłam obrazy. To Rory jest świetny.

Pokręcił głową.

– Ważne jest ich rozmieszczenie, a ty doskonale sobie z tym poradziłaś.

Thea przygryzła wargi. Tak bardzo pragnęła jego uznania, ale kiedy już ją pochwalił, nie wiedziała, co powiedzieć.

– Dziękuję, że napisałaś do Toby'ego – ciągnął Ben. – Bardzo się ucieszył z listu.

– To dobrze. Więc wiesz, że do mnie napisał? Musiałam mu odpowiedzieć.

Tak naprawdę to chciała się dowiedzieć, czy Ben czytał jej list do Toby'ego.

– To miło, że znalazłaś czas pomyśleć o małym chłopcu, mimo że miałaś tyle innej roboty.

Thea uśmiechnęła się.

– To nie jest jakiś tam mały chłopiec, tylko Toby! A to zupełnie co innego. Jesteśmy przyjaciółmi.

– Ale ty i ja nie?

Och! A zatem czytał list.

– A jak sądzisz?

Westchnął.

– Nie. Mam mnóstwo przyjaciół, ale żaden z nich nie przypomina ciebie.

– Ale to nie oznacza, że Toby i ja nie możemy się widywać? Byłoby mi przykro. Kocham go. – Tym słowom towarzyszyło westchnienie. To była prawda, kochała Toby'ego, ale kochała również mężczyznę, z którym teraz rozmawiała. To tak, jakby przesyłała pocałunek w niewłaściwym kierunku.

Ben pokiwał głową.

– Thea! – zawołała z góry Molly. – Petal zaraz będzie, ale teraz musisz tu przyjść i odbierać telefony. Ja muszę jechać do firmy cateringowej i odebrać pocztówki. A, i dzwonił Rory! Zawiadomił, że przyjeżdża.

Ben uśmiechnął się cierpko.

– No to już pójdę. Muszę jeszcze rzucić okiem na dom.

– W Bristolu?

– Nie, niedaleko stąd. Żebyście z Tobym mogli kontynuować znajomość.

Thea przez kilka sekund szukała właściwej odpowiedzi.

– To w Goldenley – wyjaśnił Ben, gdy nadal milczała.

– Aha! Tam są ładne widoki.

– Wiem. Dlatego go kupiłem.

– Chętnie go kiedyś obejrzę.

– Oczywiście. Molly zamierza mi urządzić parapetówkę.

Gdyby nie była taka okropnie zajęta, na pewno by się rozpłakała.

Natomiast Rory był taki cudownie nieskomplikowany, że kiedy pojawił się w drzwiach wejściowych, Thea pobiegła go uściskać. W jego silnych ramionach mogła znaleźć pocieszenie, więc przytuliła się do niego, marząc, żeby był kim innym – kimś, kto wcale nie działa na nią pocieszająco.

– Hej, Thea! Może mnie już puścisz?

– Tak się cieszę, że cię widzę.

– Cóż, długo nie zabawię. Niedaleko Gloucester mieszka kobieta, którą muszę odwiedzić. Co się stało? Zwykle wcale się tak nie palisz do uścisków?

Thea roześmiała się. Już czuła się lepiej.

– Właściwie nic takiego, po prostu bez przerwy dzwoni telefon i póki Petal tu nie przyjedzie, żeby go odbierać, sama muszę to robić. A Molly nalega, żebyś przygotował komentarze. Mówi, że jeśli mamy je przepisać, powielić i oprawić, to musi je dostać dzisiaj. Albo jeszcze lepiej wczoraj.

– Nie zamierzam pisać komentarzy.

– Ani jednego? A Molly tak chciała, żebyś skomentował wszystkie obrazy.

– Trudno. Komentarze są do dupy. – Uśmiechnął się. – Przynajmniej moje.

– Mogłabym ci pomóc, jeśli nie lubisz pisać.

– Nie rozumiem, dlaczego od malarzy, którzy, na litość boską, wyrażają siebie za pomocą obrazów, wymaga się, żeby byli też pisarzami? To tak, jakby kazać pisarzom ilustrować swoje książki albo projektować do nich okładki!

Thea roześmiała się.

– To chyba dobry argument. Dopracuj go porządnie, nim Molly wróci z drukarni.

– Już wróciłam – odezwała się Molly zza stosu pudełek. – Jaki argument?

– Że nie będzie komentarzy – powiedział Rory stanowczo. – Są do dupy. Tylko przeszkadzają w odbiorze obrazów.

– Ale wcale nie zamierzałyśmy ich umieszczać koło obrazów! Wydrukowałybyśmy je w ślicznych, błyszczących folderach. Popatrz! – Wyciągnęła z torebki nienagannie błyszczący folder.

– Och, Molly! Kolejny wydatek – jęknęła Thea.

– To tylko próbki – uspokoiła ją Molly, a następnie zwróciła się do Rory'ego: – Ludzie lubią wiedzieć, na co patrzą.

– Przecież widzą, na co patrzą – odparł Rory. – To krajobrazy, a nie abstrakcje, nie ma w nich jakiegoś ukrytego szyfru. Nie wystarczy im sam taki obraz, wysoki na osiem stóp?

– Ostatnio odwiedziłam wiele galerii, tam ludzie mają coś do poczytania. Uważam, że też powinnyśmy zrobić jakieś teksty.

Rory roześmiał się.

– Takie galerie są do dupy, jeśli wybaczysz mi to wyrażenie.

– Och, daruj sobie przeprosiny – ucięła Molly. – Użyłeś już tego określenia wcześniej.

Thea zwiedziła z Magentą wiele galerii i uznała, że większość komentarzy jest na żenującym poziomie. Położyła rękę na ramieniu przyjaciółki, chcąc ją w ten sposób udobruchać.

– Rory ma rację. Jego prace nie wymagają objaśnień, a ja też wolę prostotę. Ludzie powinni tu oglądać obrazy i miło spędzać czas, a nie dźwigać grube przewodniki.

Rory, który już raz określił swoje stanowisko, zaczynał się nudzić.

– Więc jak dostaniecie resztę odbitek, to będziecie gotowe na dzień przed czasem? Thea, potrafisz dokonać cudów.

– Obie potrafimy – przyznała Thea. – Ale to nie będzie wolny dzień. Widziałeś, w jakim stanie jest łazienka?

– Chyba tak, przynajmniej raz z niej korzystałem.

– Więc rozumiesz, że trzeba ją odnowić. – Thea miała nadzieję, że to nie będzie konieczne, ale kiedy Molly zwróciła jej uwagę na napisy w rodzaju „Kim kocha Simona" i inne o dużo gorszej treści, musiała ustąpić. – Może nam pomożesz? Jestem pewna, że masz trochę czasu przed randką. Pożyczę ci kombinezon.

– Chętnie bym ci pomógł, ale już mówiłem, że muszę się spotkać z jedną kobietą w sprawie...

– Proszę, powiedz mi, że w sprawie psa, albo nawet wszystkich psów. Zwolnię cię wtedy z malowania wychodka.

Thea, która codziennie po powrocie do domu musiała sprzątać sterty zasikanych gazet i psich kupek, straciła już nadzieję, że Rory kiedykolwiek weźmie na siebie odpowiedzialność za Larę i szczeniaki.

– Thea, obiecuję ci, że coś zrobię z Larą i że niedługo znajdę domy dla szczeniaków. – Rory uśmiechnął się do niej. – Ale teraz jadę w sprawie programu telewizyjnego, w którym mam wystąpić. Dyskusja o przemianach w sztuce na przestrzeni wieków. Widzieli moje zdjęcie i uważają, że się nadaję. Mam odpowiednie kości policzkowe, czy coś takiego.

Thea i Molly wymieniły spojrzenia. Nie podjęły tematu.

– Musisz wrócić tu jutro najpóźniej o wpół do szóstej i być trzeźwy. Wszystkie moje przyjaciółki fotoreporterki przyjeżdżają robić zdjęcia. Będziesz mi potrzebny – a przynajmniej twoje fantastyczne kości policzkowe.

– Suka – stwierdził przyjacielsko. – Oczywiście, że wrócę. Może nawet jeszcze dziś będę cię błagał o nocleg.

– Wiesz, który pokój jest twój. Na łóżku nadal leży twoja pościel. A jeśli wrócisz przede mną, zajmij się szczeniakami, dobrze?

Kiedy Rory wyszedł, Molly i Thea ponownie wymieniły spojrzenia.

– Cóż, mam nadzieję, że jest lepszy w dyskusji na temat przemian w sztuce niż na temat Cézanne'a – stwierdziła Molly.

– Był wtedy do dupy.

Molly zmarszczyła brwi.

– Wiem, że spędzasz dużo czasu z Petal, ale czy musisz przejmować jej słownictwo?

Thea wzruszyła ramionami.

– Do dupy czy nie, i tak nie zamierza nam pomalować łazienki. Lepiej sama to zrobię, a ty odbieraj telefony.

Ziewnęła. Ostatnio bardzo późno chodziła spać.

– Mówiłam ci, że jutro przychodzi moja sprzątaczka i wszystko jeszcze raz wypoleruje? To bardzo ważne, żeby tu wszystko błyszczało.

– Molly, kochanie, jesteś moim utrapieniem. Miałyśmy prowadzić tę galerię jak najtańszym kosztem. Tym razem pozwolę ci na to, ze względu na Rory'ego, ale potem same będziemy odkurzać. Dasz sobie z tym radę?

Molly skrzywiła się.

– Kiedyś pracowałam jako pokojowa. Potrafię sprzątać, jeśli muszę.

– To dobrze. A co z oknami? Ocet i gazety nadają szybom piękny połysk.

Molly zrobiła tak przerażoną minę, że Thea się wycofała.

– W porządku. Zamówiłam chłopaka, który dorabia w soboty myciem okien. Ma odpowiedni sprzęt i przyjdzie tu jutro rano.

– Co zamierzasz włożyć na otwarcie? – spytała Molly z lekkim niepokojem, widząc, że Thea przebiera się w kombinezon, który wcześniej proponowała Rory'emu. – Mam nadzieję, że nie to?

– Och, zastanawiałam się poważnie nad tym kombinezonem. To byłby mocny akcent, coś w rodzaju manifestacji.

– Thea, doprawdy nie wiem, czy...

– Daj spokój, znowu żartowałam. Powinnaś już mnie znać.

– No to co zamierzasz włożyć? Jestem pewna, że nie masz w szafie nic odpowiedniego.

– Ani odpowiednich środków w banku, więc to, że nie mam również czasu, żeby coś kupić, nie ma większego znaczenia – mówiąc te słowa, Thea przygryzła wargi. Ten problem przemknął jej kilkakrotnie przez myśl, ale ponieważ nie mogła znaleźć żadnego rozwiązania, starała się o nim zapomnieć.

– Thea.

Molly była tak poważna, że Thea odstawiła wiaderko z farbą.

– Co?

– Tak strasznie cię proszę, jedź dziś ze mną na zakupy. Reprezentujesz tę galerię. To strasznie ważne, żebyś wyglądała pięknie.

– Uniosła rękę w obronnym geście, nim Thea zdążyła wziąć oddech, nie mówiąc już o odezwaniu się. – Tak, obrazy będą mówić same za siebie, ale skoro połowa artystycznego świata sądzi, że miałaś z Rorym romans, nie możesz dopuścić, żeby się zaczęli zastanawiać, jakim cudem było to możliwe.

– O Boże! Chyba tak nie myślą!

– Że miałaś romans z Rorym? Oczywiście, że tak myślą! I większość twoich przyjaciół również.

– Ale...

– Ja wiem, że nie miałaś. – Molly rzuciła Thei ukradkowe spojrzenie, żeby sprawdzić, czy się nie myli. – Ale mogę się założyć, że ta artystyczna hałastra z Londynu tak sądzi. Bo niby dlaczego wybrał właśnie twoją galerię?

Wcześniej bez wahania Thea odpowiedziałaby, że z powodu tego wspaniałego przestronnego wnętrza, ale teraz nie mogła znaleźć żadnego wytłumaczenia.

– Ja już sama nie wiem...

– Więc musisz wyglądać tak cudownie, żeby wyjaśnienie wydawało się absolutnie logiczne.

Thei wydawało się to raczej absolutnie nielogiczne i zupełnie niemożliwe. Spróbowała zaprotestować:

– Ale chcę, żeby galeria...

– Nie. Nie dopuszczę, żeby weszli przez te drzwi, rzucili na ciebie jedno spojrzenie i pomyśleli: „No nie, te plotki nie mogą być prawdziwe!".

– Ale...

– Na litość boską, kobieto! Nie masz zupełnie dumy? Przecież poza tym jest jeszcze Ben!

– Co z nim?

– Te kobiety, z którymi się pokazuje, zwisają mu z ramienia jak torebki od Lulu Guinness! W zeszłym tygodniu było przyjęcie rodzinne, na które przyprowadził właśnie taką... kobietę. – Molly najwyraźniej nie mogła wymyślić dla niej gorszego określenia. – Nosiła rozmiar trzydzieści sześć, a może nawet trzydzieści cztery, i wyglądała na dziewiętnaście lat, chociaż okazało się, że ma dwadzieścia pięć. To i tak za mało jak dla mężczyzny w wieku Bena, a poza tymi paliła prawie bez przerwy.

– A co to ma wspólnego ze mną i tym, w co się ubiorę na otwarcie? – spytała Thea, usiłując dostosować wyraz twarzy do tego swobodnym tonem zadanego pytania.

Molly była lekko skonsternowana.

– Och nic, doprawdy. Po prostu uważam, że już czas, żeby Ben ułożył sobie życie, i to z kimś, na kogo Toby raczej się nie napali, jak będzie miał osiemnaście lat. Ben ma naprawdę okropny gust, jeśli chodzi o kobiety.

– Rzeczywiście.

– Ale nie o to chodzi. Musimy kupić dla ciebie sukienkę. Daję ci dwie godziny na pomalowanie łazienki, a potem zabieram cię stąd. Znam wspaniały sklep w Cheltenham. To dobrze, że ostatnio trochę schudłaś.

Molly wyszła z galerii, nim Thea zdążyła zaprotestować, że to wcale nie jest dobrze. Schudła dlatego, że nie miała czasu jeść w dzień, a wieczorem, kiedy wracała do domu, była zbyt zmęczona, żeby coś sobie ugotować. Wszystkie pochłaniane obecnie kalorie pochodziły z czekolady, soku pomarańczowego i od czasu do czasu z torebki chipsów. Thea nie podzielała powszechnej opinii, że kobieta powinna być chuda jak tyczka, i sama wcale nie chciała taka być. Ale z drugiej strony odczuwała leciutkie zadowolenie, że może teraz kupować ubrania w mniejszym rozmiarze.

Dokładnie w dwie godziny później, co do minuty, Thea niechętnie oddała pędzel chłopakowi Petal – właśnie pojawili się oboje w galerii.

– Jeśli się nie postarasz, nigdy nie urządzę ci tu wystawy – zapowiedziała poważnie.

– Niech się pani nie martwi. Jestem malarzem. Potrafię malować.

Thea puściła to mimo uszu.

– Tylko nie zapomnij, że nie chcemy żadnych przekontrastowanych faktur ani eksperymentów z perspektywą. Chcemy, żeby ściany były po prostu białe.

– Już je pani raz pomalowała, ja tylko nałożę drugą warstwę.

– Przypilnuję, żeby się postarał – obiecała Petal. – A teraz jedź na zakupy z ciocią Molly.

Thea niechętnie zdjęła kombinezon. Wolałaby raczej skończyć malować łazienkę. Ta biała farba działała na nią uspokajająco.

Kiedy już wsiadła do samochodu Molly, który wyposażony był w automatyczną skrzynię biegów, wspomaganie kierownicy i skórzane siedzenia i kosztował tyle co niewielki dom, odczuła radość, że wreszcie się stąd wyrwała. W galerii było w tej chwili głośno i panowało zamieszanie, a nadejście chwili, kiedy będzie można uznać, że wszystko jest już gotowe, dziwnie przypominało wygraną w totolotka: wspaniałe, ale bardzo mało prawdopodobne zdarzenie.

– Myślę, że spodoba ci się ten sklep. Prowadzi go taka utalentowana osoba. – Molly, która była zręcznym kierowcą, za jednym zamachem wyprzedziła traktor i ciężarówkę. – Wie lepiej od klienta, w czym mu będzie do twarzy.

– Jestem pewna, że jest tam okropnie drogo.

– To inwestycja. Ale zapewniam cię, że ona nie dopuści do tego, żebyś kupiła coś, w czym nie będziesz się dobrze czuła.

Sklep był przerażająco mały – taki, do którego nigdy nie wchodzi się tylko pooglądać, bo potem człowiek krępuje się wyjść bez zakupów. Ale przekroczywszy jego próg, Thea uznała, że jest tu bardzo przyjemnie. Spodobała się jej także właścicielka, niezwykle atrakcyjna pięćdziesięcioletnia kobieta. Patrząc na nią, Thea musiała przyznać, że ona sama nie jest ani tak ładna, ani tak elegancka, natomiast z ulgą przyjęła fakt, że jest od niej o piętnaście lat młodsza.

Molly i właścicielka ucałowały się serdecznie.

– Caroline, to jest Thea. Przywiozłam ją do ciebie, ponieważ potrzebuje czegoś naprawdę olśniewającego. Otwieramy... otwiera jutro galerię sztuki.

– Och, tę, o której mówili w radiu dziś rano? Wystawa jakiegoś Irlandczyka? Zapowiada się cudownie!

– Mam nadzieję, że tak będzie – powiedziała Thea raczej bez entuzjazmu. Nagle pomyślała, że biorąc odpowiedzialność za wszystko, popełniła okropną pomyłkę i to pomyłkę, o której będzie głośno. Podobnie jak Kopuła Milenijna w Londynie, będzie to spektakularna porażka.

– Ależ na pewno! Skoro jest z tobą Molly, z pewnością odniesiesz wielki sukces. A więc, kochanie, w czym czujesz się najlepiej?

– W dżinsach.

– A zatem spodnie.

Thea pokręciła głową.

– Nie. Mam za grube uda.

Caroline zadała jej jeszcze mnóstwo pytań, a potem powiedziała:

– Dobrze. Usiądźcie teraz i napijcie się wina, a ja znajdę coś do przymierzenia.

– Nie zapytała, jaki rozmiar noszę – szepnęła Thea niespokojnie.

– Nie musiała. Potrafi to ocenić na pierwszy rzut oka. Wyobraź sobie, że większość kobiet, które tu przychodzą, ma własnych stylistów – powiedziała Molly.

– Własnych? – Thea była pełna podziwu. – Czy to znaczy, że nikt inny nie może ich zatrudnić? Niesamowite!

Molly już otworzyła usta, żeby zaprotestować, ale zmieniła zdanie.

– Och, znowu żartujesz! Przepraszam.

Thea zastanawiała się, czy to przypadkiem nie wino wypite na pusty żołądek sprawiło, że wygląda w tym lustrze tak dobrze. Wydawała się smukła – określenie, które nigdy, przenigdy do niej nie pasowało.

– O rety! – wyrwało się jej.

Sukienka była czarna, bez ramion, krótka i dopasowana, po prostu świetnie uszyta. I miała tak starannie i subtelnie dobrane dodatki, że wcale nie czuła się w niej jak prostytutka, lecz raczej jak gwiazda filmowa w noc rozdania Oscarów.

– Ta – zadecydowała Caroline.

– Jest cudowna! – przytaknęła Molly.

– Założę się, że kosztuje majątek. – Mina Thei zrzedła. – Nie będę miała wielu okazji, żeby ją włożyć. Ten zakup nigdy mi się nie zwróci.

– No cóż, w pewnym sensie masz rację. – Caroline dolała Thei wina. – To nie jest tania sukienka. Ale zawsze twierdzę, że niektóre okazje są tego warte. W końcu suknię ślubną, która kosztuje kilka tysięcy, wkłada się tylko raz.

– A ta sukienka nie kosztuje kilka tysięcy – dodała Molly.

– Ale ja nie wychodzę za mąż ani nie zamierzam w najbliższej przyszłości. Zresztą może to odpowiednia sukienka? Droga, ale wyjątkowa? Ile kosztuje?

– Nie mów jej! – Molly wyciągnęła rękę, żeby powstrzymać Caroline. – Kochanie, to prezent ode mnie i Dereka – jesteśmy ci tacy wdzięczni. Świetnie się bawiłam, a on miał tyle spokoju. Ten prezent nie oddaje nawet w połowie naszej wdzięczności.

– Ależ nieprawda! Już przedtem tak bardzo…

– To były nudy, a teraz to zabawa. – Molly zlekceważyła sprawę kosztów jednym machnięciem ręki. – A teraz, Caro, co znajdziesz dla mnie na tę okazję?

Trzy zaprzyjaźnione z Theą fotoreporterki, które, w przeciwieństwie do Magenty, nie brały żadnego udziału w jej przedsięwzięciu, przyjechały w sobotę po południu. Na szczęście po tym, kiedy już zobaczyły Rory'ego, obrazy i galerię, Thea nie musiała ich zbyt długo przekonywać, że podjęła właściwą decyzję co do swej przyszłości.

– Magenta mówiła nam, że te prace są fantastyczne, ale nic nie wspominała o Rorym – powiedziała jedna z nich.

– Bo widziała tylko slajdy – wyjaśniła Thea. – Szukałyśmy go wtedy obie przez cały dzień, ale bez skutku. Znalazłam go sama, kiedy ona poszła do kosmetyczki.

– Głupia Magenta! To fantastyczna galeria i dużo lepsze zajęcie niż wynajmowanie pokoi. Założę się, że twoi studenci wchodzili ci na głowę.

Petal, która odkurzała ściereczką listwy przypodłogowe – to był jej wkład w odnawianie galerii – uniosła głowę z oburzeniem.

– Niektórzy istotnie. Ale nie ty, Petal.

Petal skrzywiła się. W przeciwieństwie do ciotki doskonale wiedziała, kiedy Thea żartuje albo kiedy jest sarkastyczna.

Przyjaciółki Thei rozstawiły sprzęt. Najpierw sfotografowały wszystkie obrazy, a potem, zużywając kilka rolek filmu, zrobiły mnóstwo zdjęć Rory'ego, Petal i Thei przy różnych zajęciach.

– Mówiłam ci, że niedługo przyjedzie znajoma dziennikarka? Chce o tobie napisać artykuł do rubryki towarzyskiej jakiegoś pisma.

– O mój Boże! Tylko tego mi brakowało, wiadomości, że zaraz przyjedzie ktoś z „Sunday Sport", żeby sfotografować mnie i Rory'ego topless. Pewnie wie o tym już cały świat!

– Fajny pomysł – stwierdził Rory, schodząc z drabiny, na której pozował do zdjęcia. – Thea topless przed jednym z moich bohomazów.

– W całej prasie znajdą się zdjęcia twojego torsu i to ci musi wystarczyć – oświadczyła Thea.

– A poważnie mówiąc – wtrąciła się Magenta – to powinnaś być wdzięczna za taką reklamę. Niełatwo ją zdobyć, a bardzo trudno jest zaczynać bez niej.

– To zasługa Bena – powiedziała Molly z dumą – on to załatwił.

– A kto to jest? – spytała któraś z obecnych kobiet.

– Jest związany z pewną londyńską galerią – wyjaśniła Magenta, wybawiając Theę od dociekliwych pytań. – Cholernie użyteczny.

307

– To mój kuzyn – dodała Molly, chcąc zaznaczyć, że i ona ma w tym swój udział. – Thea, kiedy zamierzasz się przebrać?

Thea rozpaczliwie popatrzyła na zegarek.

– Jest dopiero czwarta!

– Nie mówię, że już musisz. Ale powinnaś sobie zarezerwować dość czasu, żeby pojechać do domu, przebrać się i tu wrócić.

– Och, nie jadę do domu! – Thea roześmiała się na samą myśl o tym. – Nie mam na to czasu. Zamierzam się przebrać...

– W moim hotelu, naprzeciwko. Ja ją uczeszę i umaluję – zaproponowała Magenta, która nadal wyglądała jak modelka.

Thea już miała oświadczyć, że się nie zgadza, ale stwierdziła, że jest w mniejszości, i zamknęła usta.

– To dobrze – powiedziała Molly, sprawdzając swój grafik. – Jedna rzecz z głowy. Gdzie ustawimy barek?

Za pięć szósta Molly, Petal i jej przyjaciele, Rory, a także Thea byli już gotowi. Wszyscy byli zdenerwowani, choć Rory nie chciał się do tego przyznać. Wyglądał niesamowicie przystojnie w sportowym garniturze, czystej koszuli i nowych butach. Oczywiście był bez krawata. I choć miał garnitur z wytwornej i znanej kolekcji, nic nie stracił ze swej surowej męskości. Thea była pewna, że każda kobieta, która na niego spojrzy, straci dla niego głowę.

– No dobra, jesteśmy gotowi, mamy szampana i wędzonego łososia – stwierdził Rory. – To teraz zapomnijmy o klientach i zaczynajmy zabawę!

Thea zbyt późno przypomniała sobie, że miała go nakarmić, żeby alkohol nie uderzył mu za szybko do głowy.

– Rory, mogę z tobą zamienić słówko? – Zaciągnęła go do innego pokoju, zgarniając po drodze tacę pełną maleńkich tartinek z kawiorem i nadziewanych przepiórczych jajek. – Nim zaczniesz pić, zjedz to wszystko. Nie pozwolę ci się upić i zaprzepaścić drugiej szansy. Poza tym załatwiłoby to na dobre moją galerię jeszcze przed otwarciem.

– W porządku, nie panikuj. Przed przyjściem tu napiłem się oliwy. Tak robią Rosjanie. I wypiłem jeszcze pół litra wody. Zeszłym razem dostałem wystarczającą nauczkę.

– Uff, kamień spadł mi z serca. Myślałam, że będę musiała za tobą chodzić i liczyć drinki, a potem wyrywać szklankę, jak wypijesz za dużo.

– A tak to z tego zrezygnujesz?

– Owszem, skoro postanowiłeś zachowywać się rozsądnie.

– Szkoda. Podobałoby mi się to. Wiesz, że fantastycznie wyglądasz? Bijesz na głowę wszystkie obecne tu kobiety, chociaż też wyglądają świetnie.

– Naprawdę?

Nie wierzyła mu ani trochę, ale to było urocze.

– Tak, naprawdę. Może nawet złamię swoje postanowienie i znów spróbuję cię zaciągnąć do łóżka. Dla czegoś takiego warto pozostać trzeźwym.

Thea roześmiała się.

– Jesteś okropny, Rory Devlinie. Wracajmy do towarzystwa.

Rozdział dwudziesty drugi

Choć Thea marzyła o tym, żeby się napić i ukoić nerwy, postanowiła nie tykać alkoholu, póki impreza się nie skończy. Nie mogła sobie pozwolić na nawet najkrótszą chwilę dekoncentracji.

Petal, która miała pełno ślicznych koleżanek oraz równie dużo przystojnych kolegów, namówiła czworo z nich do kelnerowania podczas otwarcia.

Molly upierała się, żeby obsługę przyjęcia zapewniła firma cateringowa, chcąc zminimalizować ryzyko, że kelnerzy się upiją albo będą dyskutowali o sztuce z zaproszonymi krytykami, ale Thea była stanowcza.

– Podajemy tylko szampana i tartinki. Nie ma sensu opłacać kelnerów.

– Och! – zmartwiła się Petal! – To im nie zapłacisz?

– Ależ oczywiście, że zapłacę – wycofała się Thea. – Ale wy należycie do rodziny. Wolę zapłacić wam niż obcym ludziom.

Molly rzuciła siostrzenicy spojrzenie, które mówiło, że zrobi jej piekło, jeśli ktoś z jej przyjaciół zawiedzie.

– Dobra, otwórzmy butelkę i wypijmy dla kurażu, nim zjawią się tu te dzikie hordy – zaproponował Rory.

– Ja poproszę sok pomarańczowy – powiedziała Thea. – Mam nadzieję, że ktoś się pojawi. – Otworzyła drzwi galerii i niespokojnie rozejrzała się po ulicy.

– Musimy poczekać do wpół do siódmej – uspokoiła ją Molly. – Jestem pewna, że przyjdą.

– O mój Boże! Podjechał jakiś duży czarny samochód! – Thea, nadal niespokojna, cofnęła się w głąb galerii. – Chyba jednak nie chcę tu obcych ludzi. Wolę, żebyśmy byli sami, my i dziewczynki.

„Dziewczynki", które ostro protestowały przeciw temu określeniu, nadal szykowały się w hotelu naprzeciwko. Odesławszy zrobioną na bóstwo i piękniejszą od najpiękniejszej modelki Theę do galerii, musiały zająć się sobą.

Rory wetknął Thei w rękę kieliszek szampana.

– Masz, jeden drink ci nie zaszkodzi, a łatwiej ci się będzie uśmiechać. O, oto nadchodzą piękne panie.

Przyjaciółki Thei wymieniły spojrzenia.

– Czy to nie jest jeszcze gorsze niż „dziewczynki"? – spytała Magenta.

Uznawszy sprawę za nierozstrzygniętą, poczęstowały się szampanem.

– Wspaniałe przyjęcie, Thea, twoje zdrowie!

Thea nadal ściskała w ręce nietknięty kieliszek, kiedy do galerii weszli pasażerowie dużego czarnego samochodu. Podeszła, żeby ich przywitać, i nagle znalazła się w chmurze zapachu Eau Savage.

– Thea, moja droga, tu jest wspaniale!

– Edward! Przyjechałeś? – Thea serdecznie odwzajemniła jego uścisk, zapominając, jaki był ważny i wpływowy, i myśląc tylko o tym, jak miło go widzieć. – Wejdź i napij się czegoś. Rory pokaże ci swoje prace.

– Och, to Rory tu jest? Jakim cudem udało ci się go zdyscyplinować?

Thea roześmiała się i spytała cicho:

– Myślisz, że Veronica przyjdzie?

– Kochanie, nie sądzę, żeby mogła nie przyjść.

Ku wielkiej uldze Thei oprócz fotografów i redaktorów rubryk towarzyskich przyjechało też kilku poważnych dziennikarzy piszących o sztuce. Przedarli się do niej i nagle stała się bohaterką przyjęcia. Wystarczy pewność siebie, kilka ciętych uwag, a ludzie od razu uznają, że wiesz, o czym mówisz. Nawet jeśli sama w to nie wierzysz. Postanowiła zapomnieć o Veronice – jeśli przyjdzie, może jej nie zauważy. A byłoby jeszcze lepiej, gdyby to Thea nie zauważyła Veroniki.

Ale nawet podczas rozmów z naprawdę interesującymi ludźmi jej wzrok uciekał w kierunku drzwi w poszukiwaniu Bena i Toby'ego. Wysłała Toby'emu imienne zaproszenie, dopisując różowym flamastrem: obiecaj, że przyjdziesz. W odpowiedzi otrzymała miły list z zapewnieniem, że się zjawi.

Jej droga sukienka, która wywołała pewną sensację wśród przyjaciół, przywykłych do oglądania jej w dżinsach, została kupiona głównie dla Bena. Przyznawała to w głębi serca. Podobnie jak makijaż, fryzura, w zasadzie wszystko, co nie było bezpośrednio związane z galerią. Gdyby nie miała nadziei, że mu w ten sposób udowodni, iż potrafi być atrakcyjna i pełna uroku, nigdy nie dałaby się przekonać Molly do tego zakupu. Chciała, żeby Ben zobaczył ją teraz i zaczął się zastanawiać, dlaczego jej przy sobie nie zatrzymał. To marzenie było małostkowe, dziecinne i w żaden sposób nie feministyczne, ale też bardzo ludzkie i nie mogła się go pozbyć.

Thei wydawało się, że już całe wieki zeszły jej na rozmowach z ludźmi, przedstawianiu Rory'ego, uśmiechaniu się i pozowaniu do zdjęć, nim wreszcie w drzwiach wejściowych zobaczyła wysoką sylwetkę Bena.

Nie było z nim Toby'ego, natomiast towarzyszyły mu dwie chude, olśniewające kobiety. Jedną z nich była Veronica, w jedwabiach w kolorze fuksji i z diamentową kolią na szyi. Druga kobieta była dużo młodsza. Ben trzymał ją za łokieć w bardzo opiekuńczy sposób, zapewne chroniąc przed Veronicą.

Czarna jedwabna suknia Thei, którą dotąd uważała za doskonałą, nagle wydała się jej zdecydowanie zbyt wyzywająca. Jak, na litość boską, miała przywitać Veronicę? Jakby były starymi znajomymi? Czy ona nadal sądzi, że chciała porwać Toby'ego? Nagle poczuła, że sama potrzebuje ochrony. Rozejrzała się gwałtownie i zauważyła Rory'ego. W tej chwili był sam, zapewne szukając drinka.

– Weź mnie za rękę, szybko! – wyszeptała.

Nie pytając o powód, Rory posłusznie objął ją ramieniem, kładąc rękę na jej pośladku.

– Tak wystarczy?

– Doskonale. Właśnie przyszła Veronica z Benem.

– Veronica! O mój Boże! Ona pragnie mojej krwi – i pewnie nie tylko!

– Oboje będziemy bardzo spokojni i bardzo uprzejmi. Użyj swojego wdzięku, ale z wyczuciem. Na litość boską, Rory, jeśli nie potrafisz sprawić, żeby taka kobieta jak Veronica wyskoczyła z majtek, to nie jesteś tym facetem, za którego cię uważałam!

– Ciebie nigdy nie zdołałem do tego doprowadzić.

– Och, przestań się wygłupiać i chodź! Podejdziemy się przywitać, jakbyśmy się naprawdę cieszyli, że przyszli. No chodź!

Nie przepychała się do nich przez tłum, ale tak manewrowała Rorym, żeby Ben i jego towarzyszki ich zauważyli.

Ben odezwał się pierwszy.

– Witaj, Thea. Wyglądasz bardzo… szczupło.

Postanowiła go nie całować. Pocałowała już dzisiaj dosłownie wszystkich, mężczyzn, kobiety i dzieci, ale nie mogła w ten sposób pocałować Bena.

– O, Ben. I Veronica! – wykrzyknęła. – Jak miło was tu widzieć. Wiem, że jesteście ważnymi osobistościami w branży i jestem wdzięczna, że robiąc taki kawał drogi, przyjechaliście na moją wystawę – kończąc, ścisnęła rękę Rory'ego, żeby teraz on coś powiedział.

– Veronica! – Rory puścił Theę i tak długo obejmował Veronicę, póki się nie upewnił, że ktoś zrobił im zdjęcie. – Czy mi kiedykolwiek wybaczysz? Tyle dla mnie zrobiłaś, a ja ci uciekłem w ostatniej chwili… – Popatrzył jej w oczy w dobrze Thei znany sposób. Jeśli Veronica miała w sobie choć kroplę estrogenu, musiała zareagować. – Chodź, poszukamy szampana. Zamierzam go pić z twojego pantofla.

– Głuptas! – Veronica pozwoliła się prowadzić, świadoma zazdrosnych spojrzeń innych kobiet. – Jestem dzisiaj w sandałkach!

Ben został na miejscu, w milczeniu domagając się uwagi. Kiedy Veronica zniknęła im z oczu, Thea zapytała:

– Gdzie jest Toby? Obiecał przyjść na wystawę.

– I bardzo chciał, ale taki pokaz zamknięty to nie jest odpowiednia impreza dla dzieci, prawda? – wyrwała się z odpowiedzią towarzyszka Bena. – Strasznie by się nudził.

Thea poczuła się dotknięta w imieniu Toby'ego. Chciał tu przyjechać dla niej, a nie dla sztuki.

– Może przyjechać innym razem – załagodził sytuację Ben. – Och, przepraszam, zapomniałem was sobie przedstawić. To jest Poppy Jacks. Thea Orville, właścicielka i twórczyni tej galerii.

Thea na próżno czekała na wyjaśnienie, że Poppy Jacks jest kimś bardzo ważnym w świecie artystycznym, co oznaczałoby, że Ben przyprowadził ją tutaj w celach służbowych, a nie dlatego, że jest z nią związany.

Poppy Jacks wyciągnęła rękę.

– Cześć! Jesteś bardzo odważna. Decydować się na coś takiego, pomimo tak małych szans powodzenia! Ben mi mówił, ile on sam włożył pracy w to, żeby galeria nie zrobiła klapy jeszcze przed otwarciem.

Po raz pierwszy tego wieczoru Thea nie znalazła stosownej odpowiedzi.

– Muszę jeszcze porozmawiać z mnóstwem osób. Ben, może pokażesz Poppy galerię? – zdołała w końcu wykrztusić.

– Z kim przyszedł Ben? – spytała Molly. – Widziałam, jak Rory nadskakuje Veronice. Muszę przyznać, że ten chłopak, jeśli chce, potrafi być czarujący jak sam diabeł.

– I ma kości policzkowe anioła – stwierdziła Magenta, biorąc kieliszek szampana z tacy niesionej przez kelnera. – Zrobiłam kilka fantastycznych zdjęć. Muszę iść. Do zobaczenia!

– Więc? – Molly nadal czekała na odpowiedź.

314

– Musisz go sama zapytać. Ma na imię Poppy.

– Ona zrobiła nam prasę?

– To ty jesteś znawczynią prywatnego życia Bena, nie ja. Może idź uaktualnić dane. – Thea uśmiechnęła się, żeby złagodzić ostre słowa. – Muszę teraz znaleźć Edwarda Grampiana i upewnić się, że podoba mu się nasza wystawa.

Molly odszukała Theę trochę później.

– To nie ona robiła prasę. To tamta dziewczyna, która teraz rozmawia z Rorym. Poppy to tylko podrywka. Och, zaczynam mówić jak Petal.

– Już wychodzimy. To był cudowny pokaz! – Ben pocałował Theę w policzek.

– Tak, świetnie się bawiłam – dodała Poppy. – Idziemy coś zjeść. Edward zabrał gdzieś Veronicę, więc jesteśmy spuszczeni ze smyczy.

– Może chcecie zjeść coś tutaj? Idziemy wszyscy do Chińskiego Smoka, możecie się przyłączyć – zaproponowała im Thea.

Obserwowanie przez cały wieczór, jak Ben flirtuje z Poppy, będzie wprawdzie męką, ale myśl, że może go już więcej nie zobaczyć, jeśli teraz pozwoli mu zniknąć, była jeszcze gorsza.

Poppy roześmiała się.

– Och nie, Ben obiecał mi coś bardziej wyrafinowanego.

Thea zacisnęła zęby.

– Chiński Smok jest bardzo wyrafinowany.

Była bardzo zmęczona i zaczęło ją ogarniać uczucie zawodu. Jeśli nie będzie uważać, może się zdarzyć, że nagle wybuchnie płaczem.

– Poppy nie lubi chińskiej kuchni – wyjaśnił Ben.

Thea zmusiła się do otwarcia ust.

– Zatem dokąd jedziecie? – Nie miała zamiaru pytać, ale ponieważ Ben stał nadal z Poppy uczepioną jego ramienia, zamiast się wynosić w cholerę, musiała coś powiedzieć.

– Ben zna pewne miejsce w pobliżu Chipping Norton. – Poppy omal nie klasnęła w ręce z uciechy. – Na pewno będzie świetnie.

– I na pewno będzie to kawał drogi – stwierdziła Thea.

– A ty mówiłaś, że gdzie idziecie? – spytał Ben.

Dlaczego ciągle tak stał, skoro gdyby miał choć odrobinę taktu, powinien dawno ją tu zostawić, żeby mogła dać upust swoim uczuciom? A tak musiała dalej prowadzić tę zdawkową rozmowę.

– Do Chińskiego Smoka. Rory i ja zamierzamy się urżnąć w trzy dupy. Zasłużyliśmy na to, nie sądzisz?

Przez twarz Bena przemknął dziwny wyraz, ale to zapewne z powodu szoku, że użyła tak wulgarnego zwrotu. Nic już nie powiedział i wyprowadził swoją dziewczynę z galerii.

Do Chińskiego Smoka poszło prawie dwadzieścia osób, choć rezerwację zrobiono dla dwunastu. Kilkoro z nich zdołało już się jednak upić szampanem Molly. Przyszło paru kolegów Rory'ego ze studiów, dwóch młodych dziennikarzy, którzy chcieli się napić z gwiazdą, oraz kilku innych mężczyzn i jakieś dziewczyny, których Thea nie potrafiła do nikogo dopasować. Obsługa w Chińskim Smoku była bardzo uprzejma i miła, szybko zestawiono stoły, przyniesiono dodatkowe krzesła i pałeczki.

Thea nie siedziała obok Rory'ego, choć jej to zaproponował. Był bardzo podniecony, upojony swoim niezwykłym sukcesem. Obecni na pokazie klienci, zdaniem Thei, kompletnie powariowali. Kiedy zobaczyli pierwszą czerwoną naklejkę z napisem „sprzedane", natychmiast zaczęli kupować następne, jakby każdy chciał mieć jakieś dzieło młodego geniusza, pomimo zabójczych cen, jakie ustalili wspólnie z Rorym. Wątpiła, czy obrazy istotnie podobały się klientom tak bardzo, jak powinny – raczej traktowali ich zakup jako inwestycję. Nikt też nie zaprotestował, kiedy Thea poinformowała wszystkich, że obrazy zostaną jeszcze prawdopodobnie wystawione w Londynie i dopiero za kilka miesięcy znajdą się w rękach nowych właścicieli. Edward, który nadal chciał wystawić prace Rory'ego, poprosił ją, żeby nie pozwoliła zabrać żadnego z obrazów, póki on nie zdecyduje, co weźmie do swojej galerii.

Od tej chwili Rory już nie będzie się musiał martwić o przyszłość, zwłaszcza po tym, jakie zrobił wrażenie na telewizyjnej producentce. Thea poznała ją również i nawet wahała się, czy nie uprzedzić jej delikatnie, że marny z niego prezenter. W końcu zrezygnowała z tego pomysłu. Rory zapewne zdoła się nauczyć czytać z teleprompta i być mniej spięty przed publicznością.

Nie miała apetytu. Serce jej waliło, czuła się tak, jakby wypiła dwadzieścia filiżanek mocnej kawy, choć naprawdę wypiła zaledwie kieliszek szampana, który wcisnął jej Rory, oraz całe litry wody mineralnej. Kiedy zaczęto składać zamówienia, zgodziła się dzielić z kimś porcję dla dwojga.

Rory zachowywał się jak lew salonowy, był w centrum uwagi i oczarował wszystkich. Thea cieszyła się, że nie siedzi u jego boku. Nie chciała, żeby ich postrzegano jako parę. To nie byłoby w porządku, Rory na pewno chciał zakończyć ten wieczór z kobietą. A bez względu na to, jaki był czarujący i jak właściwe byłoby takie zakończenie wieczoru, nie zamierzała dopuścić, żeby brał ją pod uwagę. Ale w towarzystwie siedziało kilka innych młodych kobiet, zapewne bez takich skrupułów i bez złamanego serca, zabiegających o jego uśmiech i o to, co mógł im poza tym oferować.

Napiła się wody mineralnej. Marzyła, żeby się stąd urwać, pojechać do domu i pójść spać. Była tak zmęczona, że mogła zasnąć na siedząco. Właśnie odpływała w taki stan bliski snu, kiedy usłyszała, że ktoś ją woła.

Podniosła głowę i zobaczyła Bena.

– Thea, mogę z tobą pomówić? – zapytał. – W cztery oczy?

Powiedział to z takim przejęciem, że zaczęła się zastanawiać, czy nie zdarzyło się coś złego. Natychmiast wstała.

– Co się stało? Coś z Tobym?

Lekko pokręcił głową.

– Weź płaszcz i torebkę.

Thea popatrzyła na Molly, ale ta chyba nie zauważyła pojawienia się Bena. Rory podrywał jedną z przyjaciółek Thei i również go nie zauważył. Wzięła żakiet z oparcia krzesła.

Kiedy znaleźli się na ulicy, chwycił ją za ramię. Poczuła złość, nagle całkiem rozbudzona.

– Ciąganie mnie po ulicach zaczyna ci wchodzić w nawyk. Mów, o co chodzi, i pozwól mi wrócić do towarzystwa.

Jego palce wpiły się w jej skórę. Popatrzył na nią uważnie.

– Przepraszam. Mam nadzieję, że nie sprawiam ci bólu. Ale coś muszę wiedzieć. Naprawdę zamierzasz tu siedzieć całą noc i urżnąć się w trzy dupy, jak to eleganckо określiłaś?

– A czemu nie?

– Bo chcę ci coś pokazać… – Zrobił taki ruch, jakby zamierzał ją popchnąć w dół ulicy.

Zmusiła go, żeby się zatrzymał, ale nie zwolnił uścisku na jej ramieniu.

– O co chodzi? Nie mogę tak po prostu wyjść. Mam tu obowiązki.

– Większość gości i tak jest pijana, a Molly zajmie się resztą.

– Ale ja nie chcę wychodzić!

Tym razem odwrócił się i chwycił ją za oba ramiona, patrząc jej uważnie w oczy.

– Naprawdę? Nie masz dość tych chichoczących kobiet i przypochlebnych facetów, którzy pakują nos w twoje życie intymne i chcą sprawdzić, czy mogą mieć z tego jakieś korzyści?

Uczciwość stoczyła krótką walkę z dumą i wygrała. Thea wzruszyła ramionami.

– Chodź ze mną. Obiecuję, że nie będziesz żałować.

– A gdzie ta twoja przyjaciółka, Popsy… to jest Poppy?

– Wsadziłem ją do taksówki. To jak, idziesz ze mną czy nie?

Nie czekał na jej odpowiedź. Po prostu złapał ją za nadgarstek i pociągnął za sobą do miejsca, gdzie – akurat na zakazie zatrzymywania – stał krzywo zaparkowany jego samochód.

Miała jakieś dwie minuty na decyzję, czy idzie z nim, czy zostaje. Zajęło jej to zaledwie pięć sekund. Wsiadła, kiedy otworzył jej drzwi od strony pasażera. Cisza i spokój były dla niej dostateczną nagrodą za tę bierność. Powrót do restauracji wydawał się jej teraz zejściem do piekła.

Pozostawili za sobą miasto i ruszyli doliną, której nie znała. Podziwiała przez okno piękno letniej nocy. Wzeszedł księżyc i skąpał wszystko w srebrzystym świetle, ścieląc dziwaczne cienie. Rysujące się ostro na tle nieba drzewa i wzgórza nabierały kształtów mitycznych potworów, żywopłoty pokropkowane dziwnie białymi na tle liści kwiatami powoju pachniały kapryfolium. To była taka noc, podczas której w dawnych czasach dziewice odprawiały dziwaczne rytuały i układały na trawie płócienne koszule, aby je bielić światłem księżyca. Nie pozwoliła sobie na rozważanie, dokąd ją Ben wiezie ani po co, chciała tylko, aby podróż trwała wiecznie. Ta chwila była doskonała: nie musiała nic mówić i po prostu była z Benem. Bo jak tylko zaczną rozmawiać, znów powstaną nieporozumienia i kłótnie.

Zjechał na podjazd domu, którego sylwetka rysowała się w mroku. Nie było światła w żadnym oknie, budynek wydawał się pusty. Róże, pilnie wymagające przycięcia, rosły niemalże w poprzek spadzistego drewnianego ganku. Przy bramie stała tabliczka z informacją „Na sprzedaż", na której nalepiono taśmę z napisem „Sprzedano".

Ben zatrzymał samochód i wysiadł. Obszedł go i otworzył Thei drzwiczki.

– Chodź – powiedział i uchylił przed nią bramę.

Niechętnie, ponieważ psuła w ten sposób nastrój, zaprotestowała:

– Ben, nie możemy składać wizyt o tej porze. Tym bardziej że nie znam tych ludzi, a oni właśnie się wprowadzili. Czy może mają się wyprowadzić?

Nie odpowiedział, po prostu poprowadził ją ścieżką do frontowych drzwi. Szli bardzo blisko siebie, a Thea silnie odczuwała

319

jego fizyczną obecność. Pod sukienką miała tylko skąpe majtki. Bardzo pragnęła, żeby wyczuł jej nastrój i wziął ją w ramiona, ale tego nie zrobił. Odsunął róże, żeby jej nie podrapały, potem wyciągnął klucz i otworzył drzwi.

– Proszę.

Przeszła obok niego, przełamując jego niepokojącą bliskość, i rozejrzała się wokoło.

Budynek był najwyraźniej pusty i to od dłuższego czasu, ponieważ wszystko pokrywał kurz. Stała w wejściu, próbując w świetle księżyca rozpoznać szczegóły.

Drzwi prowadziły prosto do frontowego obszernego pokoju, zapewne przerobionego z dwóch mniejszych, sądząc z przedzielającej go belki. Dostrzegła wielki kominek w jednym końcu i schody w drugim. Prawie naprzeciwko drzwi znajdowało się okno, za którym widoczny był ogród, a dalej pokryte lasem wzgórza. Dom był stary, dawno nieodnawiany i zapewne bardzo oryginalny. Uroczy. Niemalże mogła się założyć, że na zewnątrz jest stara wygódka w stylu Cotswald. Musiał kosztować majątek.

– Jest niesamowity – stwierdziła. – Ale czegoś nie rozumiem. Porwałeś mnie, dosłownie mnie porwałeś, z towarzystwa przyjaciół i ważnych klientów, po to, żeby mi pokazać dom, który mogłam obejrzeć kiedy indziej?

– Nie mogłem już dłużej czekać. Nie mogłem ryzykować. Gdybym cię teraz nie zabrał, poszłabyś do łóżka z Rorym.

– Och! A czemu mnie powstrzymałeś? Miałeś przecież Poppy. Nigdy dotąd nie okazywałeś mi zainteresowania, więc to nie może być zazdrość.

– Zazdrość! Żebyś wiedziała, przez co przeszedłem! Jak to nigdy ci nie okazywałem zainteresowania? Musisz doskonale wiedzieć, co do ciebie czuję.

– Niby skąd? Dzięki pozazmysłowej percepcji? Bo innych znaków mi przecież nie dawałeś? A całowałeś mnie tylko wtedy, kiedy byłeś wściekły i nie mogłeś mnie uderzyć. – Nagle poczuła, że się uśmiecha, i ucieszyła się, że on pewnie nie może tego zobaczyć. – Teraz też jesteś wściekły, prawda? I znów mnie chcesz uderzyć?

Usłyszała jego cichy śmiech, kiedy do niej podchodził.

– Istotnie, ale nie aż tak, jak chcę cię pocałować.

Porwał ją w ramiona, z równą bezwzględnością gniotąc zarówno ją, jak i jej drogą sukienkę. Jego usta znalazły się na jej ustach, jakby przyciągnięte magnesem, jego palce zanurzyły się w jej włosach na karku. Nie mogła się ruszyć, oddychała z trudem i chciała, by to trwało wiecznie. Było tak, jakby w jednym pocałunku skoncentrowały się te wszystkie, którymi jej dotąd nie obdarzył. Całował ją tak, jakby nigdy nie zamierzał przestać.

W końcu, zdyszany, cofnął usta, ale nie wypuścił jej z objęć. I dobrze, bo pewnie by upadła.

– Zatem – powiedział, dysząc ciężko – czy mogę cię teraz prosić, żebyś za mnie wyszła? Tylko mi nie mów, że jesteś zaskoczona, bo to nieprawda, i dobrze o tym wiesz. Kocham cię od chwili, kiedy ci pomogłem wyjść z tego kosza na śmieci. Możemy się kłócić jak pies z kotem, ale jesteśmy dla siebie stworzeni i wiesz o tym równie dobrze jak ja.

Thea przełknęła ślinę, próbując odzyskać oddech i równowagę. Jej umysł ocknął się nieco szybciej niż ciało. Choć chciałaby całować się z Benem przez resztę życia, najpierw wolała wyjaśnić kilka kwestii.

– A te kobiety, o których mówiła mi Molly? Te zwisające z twoich ramion jak torebki?

– O czym ty mówisz?

– Zawsze u ramienia wisi ci jakaś piękna dziewczyna. Molly mi mówiła. Jedną zabrałeś nawet na przyjęcie rodzinne.

– A, tę.

– Tak, tę. To nie była Poppy, bo Molly by ją poznała.

Znów się roześmiał. Chyba po raz pierwszy, od kiedy go znała, zachowywał się beztrosko i chłopięco, jak Toby przy szykowaniu czekoladowego ciasta.

– Cilla miała powstrzymać rodzinne plotki, a Poppy służyć za zasłonę dymną, aby Veronica się nie zorientowała, że mi na tobie zależy.

– Nie sądzę, żeby Poppy wiedziała, jaką rolę jej przeznaczyłeś. Wykorzystałeś ją!

– Ona też w swoim czasie wykorzystała mnóstwo ludzi. Dobrze jej to zrobi, jak raz sama zostanie wykorzystana.

– Jesteś draniem!

Spojrzał na nią przeciągle.

– Thea, czy ty masz pojęcie, jak okropnie jest sobie uświadomić, że kobieta, którą kochasz, może zostać skrzywdzona przez kobietę, którą kiedyś kochałeś? Gdyby Veronica miała choć cień podejrzenia, że coś do ciebie czuję, wystąpiłaby do sądu o przyznanie opieki nad Tobym.

– Ale chyba by przegrała, prawda?

– Nie wiem, na pewno by spróbowała. A wiesz, co by to oznaczało dla Toby'ego.

– O Boże!

– A gdybym poszedł na przyjęcie sam, dokuczaliby mi pytaniami o tę kobietę, którą Toby tak lubi. Plotki dotarłyby na pewno do Veroniki, która by cię tak urządziła, że nigdy byś się z tego nie podniosła. Czy teraz możemy już przestać się kłócić?

– Nie kłócę się. To ty się kłócisz. A skoro tak bardzo ci się podobałam, dlaczego mnie nigdy nigdzie nie zaprosiłeś jak normalny facet?

– Mówiłem ci. Z powodu Veroniki.

– Ale przecież problem Veroniki istnieje nadal. Więc dlaczego dzisiaj mnie tu zabrałeś?

– Ponieważ teraz twoja galeria odniesie sukces niezależnie od tego, co ona zrobi. A żaden sędzia nie przyzna jej opieki nad dzieckiem, kiedy Toby mu powie, jak bardzo chce mieszkać z nami.

Okropna myśl przemknęła jej przez głowę.

– Ben, ale nie robisz tego tylko ze względu na Toby'ego? To znaczy, ja naprawdę go kocham, ale nie zamierzam wychodzić za ciebie tylko dlatego, żeby go uszczęśliwić.

– A żeby mnie uszczęśliwić? – wyszeptał. – Albo siebie? – Pogładził dłonią jej policzek. – Czy ślub ze mną mógłby cię uszczęśliwić? Bo to jest najważniejsze.

Nie mogła mówić. Wiedziała, że jeśli spróbuje, wybuchnie płaczem.

– Słuchaj, może gdzieś usiądziemy? Nogi muszą cię okropnie boleć od tych śmiesznych obcasów.

Uradowana, że znów ją krytykuje, odparła:

– Wcale nie są śmieszne, a muszą być wysokie do takiej sukienki. – Obróciła się w kółko. – Podoba ci się? Była bardzo droga.

– Jest piękna, ale nie mogę przestać myśleć o tym, jak wyglądałabyś bez niej.

– Och, przestań!

– Daję ci dwie sekundy na ucieczkę, ale jeśli nie uciekniesz, obawiam się, że będę musiał się z tobą kochać.

Westchnęła z godnością.

– Te obcasy są odpowiednie do sukienki, ale trudno w nich biegać.

Wydał z siebie głęboki pomruk i ruszył ku niej, po czym wziął ją na ręce z przerażającą łatwością. Zaczęła chichotać.

– To bardzo romantyczne, Ben, ale gdzie zamierzasz się ze mną kochać? Ta sukienka kosztowała stanowczo zbyt wiele, żeby służyć za prześcieradło.

– Siedź cicho i pozwól mnie się tym martwić.

Chichotała dalej, a on dyszał ciężko, niosąc ją po zakurzonych schodach na górę, a potem oświetlonym blaskiem księżyca korytarzem do sypialni. Kopnięciem otworzył drzwi, za którymi ujrzała podwójny śpiwór, poduszki i kilka papierowych toreb.

Postawił ją ostrożnie na ziemi, nagle tracąc pewność siebie.

– To jednak wcale nie jest romantyczne. Możesz spokojnie zmienić zdanie. Pojedziemy do hotelu, gdzieś, gdzie jest porządne łóżko.

Thea odwróciła się do niego i objęła. Wsuwając ręce pod jego marynarkę, czuła gorąco jego ciała przez cienkie płótno koszuli.

– Jak wolisz – wymruczała.

Zanurzyła twarz w jego ubranie i wdychała zapach wody po goleniu, mając nadzieję, że szybko uzna, iż śpiwór jest równie romantyczny jak apartament nowożeńców z łazienką i bezpłatnym koszem owoców.

Wahał się, jej zdaniem, o sekundę za długo. Wzięła jego rękę i położyła na swojej piersi, wsuwając ją za dekolt sukienki.

– O Boże, Thea! – wydyszał i w chwilę później sukienka z szelestem spłynęła do jej stóp, tak że została tylko w szpilkach i majtkach. – Jesteś przepiękna. Mógłbym tak patrzeć na ciebie bez końca.

Westchnęła, cmoknęła z niezadowoleniem i kopnęła sukienkę na bok.

– Nie, nie mógłbyś, jeśli ja mam coś do powiedzenia. Rozbieraj się, przegiąłeś!

Z początku byli siebie tak głodni i tak się spieszyli, że nie mieli czasu na czułe pieszczoty. Dopiero kiedy się od siebie oderwali, spoceni i zdyszani, mogli zacząć się sobą cieszyć.

– Nie sądziłam, że seks może być właśnie taki – stwierdziła Thea, nadal nie mogąc odzyskać tchu.

– Sam jestem zaskoczony. Napijesz się szampana?

– Co?

– To, co powiedziałem. Nie mogę ci wprawdzie zaproponować kołdry z gęsiego puchu, ale mam kilka podstawowych artykułów.

– Ben, o czym ty mówisz?

Wstał i sięgnął po jedną z toreb, a księżyc oświetlił jego umięśniony tors.

– Dwie butelki szampana, odpowiednio schłodzone, ale teraz już pewnie ciepłe. Puszka pasztetu z gęsich wątróbek, krakersy, kilka pomidorów i ser. A, i na deser kilka czekoladowych trufli, mam nadzieję, że je lubisz?

Odrzucił śpiwór, wstał i odszukał leżące pod ścianą ubranie. Z kieszeni spodni wyjął szwajcarski scyzoryk.

Obserwując jego ruchy, Thea pożałowała, że nie ma ze sobą aparatu, aby utrwalić na zawsze widok jego pięknej męskiej sylwetki skąpanej w świetle księżyca. A potem uświadomiła sobie, że nie będą jej potrzebne zdjęcia. Będzie mogła podziwiać to ciało w naturze podczas każdej pełni.

– Myślę, że mi się spodoba małżeństwo z tobą – stwierdziła, kiedy podał jej krakersa z pasztetem.

– Zrobię wszystko, żeby tak było w istocie.

Jego pocałunek smakował szampanem.

Podziękowania

Dziękuję Sue Wilson, fotografikowi, Gilli Allan, pisarce i towarzyszce podróży (która nie jest apodyktyczna i wcale nie chrapie) oraz Jane i Alanowi Fordom za pomysł. Pam i Julianowi Swindellom za zabranie nas do Hollow Cottage w hrabstwie Mayo. Aix-en-Province i Nowemu Jorkowi za to, że są takie cudowne. Ale przede wszystkim dziękuję Lyn Cluer-Coleman za stworzenie The Stroud House Gallery, której powstawanie mogłam obserwować.

Książkę wydrukowano na papierze
Ecco Book Cream 70 g/m², vol. 2.0
dostarczonym przez

TWÓJ PAPIER
TWÓJ PARTNER ECCO PAPIER

Infolinia 0-801 687 200
www.eccopapier.com.pl

Warszawskie Wydawnictwo Literackie
MUZA SA
ul. Marszałkowska 8, 00-590 Warszawa
tel. (0-22) 827 77 21, 629 65 24
e-mail: info@muza.com.pl
Dział zamówień: (0-22) 628 63 60, 629 32 01
Księgarnia internetowa: www.muza.com.pl

Warszawa 2005
Wydanie I

Skład i łamanie: MAGRAF s.c., Bydgoszcz
Druk i oprawa: Drukarnia Naukowo-Techniczna, Warszawa